납골당의 어린왕자 11

저자 퉁구스카 | **표지** MARCH

|목차|

여명, 혹은 황혼

겨울이 머무는 세계의 8월 14일.

이날의 아침 뉴스는 속보와 함께 시작되었다.

「첫 소식입니다. 시설 보수 및 착저(着底)한 선박들의 인양 작업으로 반년 이상 재개통이 지연되어 왔던 파나마 운하가 드디어 오늘, 완전히 정상화되었습니다. 국방부 발표에 따르면 현지 시각으로 오전 2시 30분경 최종 점검을 완료했으며, 정상화된 운하를 최초로 이용하는 배는 전함 미주리가 될 것이라고 합니다.」

「북쪽 갑문이 먼저 수리된 이래 내륙의 가툰 호수에 머물며 수상 포대 역할을 수행해온 USS 미주리는, 운하를 통과한 뒤 단독으로 샌디에고까지 항해하여 종합적인 정비를 받을 예정이라는군요. 전문가들은 선령 73년이나 되는 노후함이 이제껏 말썽을 일으키지 않은 것만으로도 훌륭한 일이며, 주기적인 점검이 뒷받침된다면 재취역 당시의 방침대로 향후 10년을 더 운용하더라도 문제가 없을 것이라 평가했습니다.」

「백악관 대변인은 다음과 같은 성명을 내놓았습니다.」

『이로써 대륙분할 작전의 주요 목표 중 하나를 달성했습니다. 오늘은 방역전쟁을 수행하는 과정에 있어서 또 하나의 전환점이 된 날로 기억될 것입니다. 또 한 번의 승리를 가능케 한 군 장병들의 노력과 시민들의 지지에 대하여 깊은 경애와 감사의 마음을 전합니다.』

「전함 미주리의 운하 통과에는 대략 7시간 가량이 소요될 것으로 예상됩니다.」

「본 방송사는 웹사이트를 통해 미주리의 항해를 실시간으로 중계해 드릴 예정입니다. 홈페이지 주소는 www…….」

이후로는 운하 상륙 및 방어의 주축이었던 해병원정대 장병들의 함성과 환호가 화면에 잡혔다. 그들이 수개월에 걸쳐 구축한 방어선은 한눈에 보기에도 견고하기 짝이 없는 것이었다. 말하자면 장벽과 요새의 연속선이다.

그것을 보며, 겨울은 생각했다.

이걸로 종말의 끝은 얼마나 가까워졌으려나. 해군의 부담이 경감될 것은 확실하고, 남미로부터의 대규모 변종 유입도 차단되었다. 이쯤 되면 향후 10년간 인류 멸종의 가능성이 0에 수렴하지는 못하더라도, 최소한 극도로 근접하기는 했을 것이었다.

기실 이제 와서 그게 중요한 문제는 아닐지라도, 그동안 여러 종말을 겪어온 입장에선 어쩔 수 없이 관심이 가는 겨울이었다.

요즘 들어선 그 이후의 나날을 고민하는 시간이 많기도 했다.

예컨대, 봄의 질문에 대답하고 난 다음의 삶은 어떻게 변화할 것인가? 같은.

"……."

겨울은 일상처럼 커피를 곁들여 신문을 읽고, 구강청정제로 입을 헹군 뒤, 일상이 된 앤과의 통화를 거쳐 지휘관들을 위한 브리핑에 참석했다.

브리핑에서 가장 중요하게 다루는 건 강하 예정지역의 변종 분포 변화, 또는 새로운 특수변종의 등장 여부, 이동양상 등이었다. 강화종 위퍼가 증명했듯이, 그리고 앞서 등장했던 모든 특수변종들이 그러했듯이, 하나의 새로운 특수변종은 곧 전체적인 전투 양상의 완전한 변화를 의미했다. 적을 모르는 채로 적전강하를 할 순 없다.

언제나처럼 로저스 중장이 브리핑을 진행했다.

"트릭스터를 풀어놓은 다음부터 놈들의 구성이 급격히 변하기 시작했음은 다들 인지하고 있을 것이다. 여기까진 충분히 예상했던 일이지만, 러시아 방면으로 빠지는 숫자는 여전히 기대를 밑도는 수준이다. 러시아 당국은 지금쯤 안도의 한숨을 내쉬고 있겠지."

러시아가 상정한 최악의 시나리오는 자국민들의 철수 및 산업시설 이전이 완료되기 전에 본토 방어선이 무너지는 것이었다. 그리고 트릭스터의 존재는 그 가능성을 극대화한다. 교활한 특수변종들은, 지휘관이기 이전에 탁월한 길라잡이이기 때문. 전기를 다룬다는 것은 자기장에도 민감하다는 뜻이다. 게다가 동종간에 정보를 공유하기까지 한다.

그간 러시아의 광활한 국토는 그 자체로 변종을 막는 장벽 역할을 해왔다. 동장군만을 두고 하는 이야기가 아니다. 유라시아 대륙의 변종들에겐 지도도 없고 나침반도 없고 통신망도 없다. 일부 지능 높은 개체들이 지형을 개별적으로 기억하는 것만으로는 한계가 뚜렷했다.

그래서 러시아의 1차적인 방어 전략은 변종들을 엉뚱한 방향으로 유인하는 것이었다. 헬기나 기계화 부대를 동원하면 그렇게까지 어렵진 않은 일. 상황과 조건에 따라선 단 한 번의 전투도 없이 하나의 변종집단을 붕괴시킬 수도 있었다. 끊임없는 이동을 강요하여 추위와 굶주림에 의한 소모를 유도하는 것이다.

'종말 이전부터 사람이 다닐 길조차 없던 동네가 많다고 하니까.'

대표적인 경우가 극동에 있는 캄차카 주였다. 이런 지역들 가운데 일부는, 러시아가 멕시코의 남쪽 절반을 실제로 점유한 시점에서도 영토로서 유지할지 모른다고 한다.

어찌어찌 연명 중인 호주 정부도 러시아의 전략을 답습하고 있다던가.

"러시아는 어쨌든, 우리 입장에선 별로 좋은 일이 아니지."

중장이 말했다.

"원래는 변종들을 분산시키기 위해 별도의 작전을 전개할 필요까진 없다고 판단하고 있었으나, 놈들이 언제 움직일지, 움직이기는 할지 확신할 수 없는 시점에서 별도의 작전이 불가피하게 되었다."

"그 작전도 우리가 수행합니까?"

손을 들어 질문한 건 피곤한 표정의 공수군 장교, 알렉세이 구쉬킨 소령이었다.

'여전하구나.'

독립대대에 조언자로서 붙어있을 적에도 만사를 짜증스러워하던 이였다.

로저스 중장은 무뚝뚝하게 부인했다.

"아니다. 이 임무, 작전명「자유의 요새(Fort liberty)」는 제101공수사단과 제10산악사단, 러시아 제11근위강습연대에서 차출한 병력으로 별도의 합동임무부대를 편성하여 투입한다. 이들은 쿤룬 산맥 남쪽에 먼저 거점을 구축하고 변종들을 끌어내는 역할을 담당할 것이다."

"······주공보다 조공의 규모가 더 크군요."

"원래 그런 작전이지 않았나."

스크린에 새로운 지도가 투사되었다.

"한편 러시아 측에선 제로 그라운드 강하 1개월 전, 극동전략방면군의 전략예비를 동원해 유인 공세를 전개할 것이다."

"전략예비라면, 설마 전차집단군입니까?"

"규모로는 집단군이라도 집중해서 운용하진 않는다. 상

식적으로, 전차 2천 7백대에 장갑차 천 4백대가 한 덩어리로 뭉쳐서 움직이면 작전목표를 달성하기 어렵겠지. 놈들의 주의는 확실하게 끌겠지만, 맞서기보다는 도망치는 쪽을 택할 테니. 멧돼지 사냥 당시 그랬던 것처럼."

개체 간 성향의 차이는 있을지언정, 구울 정도만 되어도 이건 아니다 싶으면 일단 물러나서 기회를 노린다. 트릭스터가 포함된 군집이라면 더욱 그러할 것이다.

미국 장교들 가운데 한 명이 보드카 마시는 놈들은 너무 무식하다고 중얼거렸다. 그걸 들은 공수군 장교들은 코웃음을 치고 무시했다. 그들에게선 조국에 대한 자부심이 느껴졌다.

겨울은 배부된 자료를 눈으로 훑었다.

'전부 다 치장물자로 분류되어 있던 구형 장비들인가…….'

변종을 상대하는 데엔 전차나 장갑차나 구형과 신형의 차이가 크지 않다. 그래서 러시아는 성능이 우수한 기갑차량을 아껴두는 편이었다. 아마 가까운 시일 내에 멕시코 방면으로 수송될 것이다. 방역전쟁이라면 몰라도, 미국을 견제하는 데엔 최신형 전차가 절실할 테니.

그런 의미에서, 난민들을 정착시킬 멕시코의 북쪽 절반은 전략적 완충지대로서 유용하지 않을까.

"마지막으로, 주변 지역으로부터의 유입을 확실하게 차단하고자, 공군이 투하할 지뢰의 숫자와 범위 역시 기존의 안보다 대폭 늘리기로 했다. 구체적인 규모는 아직 논의하는 과정이지만, 대략 3백만 개 선에서 확정되지 않을까 싶다."

"그건 너무 많지 않습니까?"

이번 질문자는 겨울이었다.

"그 정도 숫자의 지뢰를 공군의 역량만으로 살포하려면 상당한 시간이 필요할 겁니다. 자칫 교활한 것들이 우리 쪽의 의도를 파악할 가능성이 있습니다."

원안에서는 작전을 사흘 앞둔 시점부터 지뢰를 뿌리기로 했었다. 그러나 삼백만 개쯤 되면 사흘로는 어림도 없다. 그리고 지뢰는 접근을 거부하는 무기다. 변종들 중에서 가장 영리한 것들이 그 의미를 깨닫지 못할 리 없다.

이 우려에 대해, 중장은 표정 하나 변하지 않고 대답했다.

"파악하더라도 대처할 방법이 마땅치 않겠지. 승리를 담보하는 가장 확실한 전략은 순수한 힘과 물량으로 압도하는 것이다. 그렇지 않은가?"

"……그렇습니다, Sir."

"그럼 문제는 없는 거로군."

중장이 좌중을 둘러보았다. 겨울을 포함해, 누구도 다른 말을 덧붙이지 않았다. 있는 그대로의 정론이었기 때문이다.

강화종 위퍼의 등장으로 주춤했던 남쪽 방역전선에서도 비슷한 방식으로 대응하고 있었다. 충분한 수의 군견을 전선으로 보낼 수 없었던 군 당국은, 열압력탄을 만들기 시작해서 그냥 많이 만들었다. 나아가기 전에 일단 터트리고 보는 것이다.

한편 병사들은 휴대형 열압력탄과 더불어 수류탄을 애용

했다.

여기까지 곱씹은 겨울이 쓴웃음을 삼켰다.

'그러면서 벌써부터 땅을 파는 게 좀…….'

전쟁채권 판매만으로는 부족했는지, 미국 정부는 그 초토화된 멕시코 북부의 땅을 민간인들에게 불하하는 중이었다. 그 넓은 땅을 모두 난민수용에만 쓸 순 없는 노릇이며, 박살난 폐허 가운데에서도 보다 가치 있고 생산성 높은 땅이 존재하기 마련이니까. 멕시코에서 넘어온 난민들 및 그들을 옹호하는 일부 시민들의 반대 여론은 자연스럽게 묵살 당했다.

이를 두고 어떤 언론인은 "아직 대륙분리 작전도 다 끝나지 않은 판국에 땅 투기를 부추기다니, 달과 화성의 땅을 팔던 사기꾼들과 다를 게 뭐냐.", "하기야 UN이 없는 거나 마찬가지이니 가능은 하겠다.", "크레이머 행정부의 사기극." 같은 식으로 비판하기도 했다.

UN 운운하는 말은 중의적이었다. UN에선 달을 포함한 천체의 소유권을 부정하고, 크레이머의 전임자였던 맥밀런 대통령은 그런 UN의 존재를 인정했었던 까닭이다. 즉 크레이머가 허황된 장사를 하고 있을뿐더러 전임자의 행보와 반대되는 길을 걷고 있노라고 비꼰 셈이었다.

문제는 이 장사를 자금력 있는 난민들 및 난민 출신 장병들을 대상으로도 하고 있다는 점.

심지어 판매 실적을 난민지도자들의 성과를 평가하는 기준 중 하나로 삼기까지 했다.

물론 여기서 겨울은 예외다. 평가기준엔 수훈이력도 들어가며, 명예훈장을 이중으로 받은 시점에서 겨울의 평가는 언제나 만점일 수밖에 없었으니까.

브리핑의 후반은 특수변종들의 정보를 재확인하는 과정이었다.

겨울로선 여러 번 반복해서 읽었던 자료들을 되새기는 시간이다. 다른 장교들에게도 마찬가지인 만큼, 여기에 오랜 시간이 소요되진 않았다. 다만 트릭스터가 무리에 섞여 들어간 이후 특수변종들의 구성이 어떻게 변하고 있는가는 지속적으로 눈여겨볼 필요가 있었다.

누군가 혼잣말처럼 말했다.

"이런. 처키의 비율이 또 줄었나."

처키는 그럼블과 비슷한 부류의 특수변종, 카간의 별명이다. 몽골 지역에서 처음 발견되었다는 이유로 이런 식별 코드가 붙었다. 별도로 산악지대에 적응한 아종은 케식이라 칭한다.

몽골인들이 알면 불쾌하게 여겼겠으나, 그들은 생존자가 굉장히 적었다. 빠져나갈 길이 없는 내륙국가였던 데다, 감염의 발원지인 중국과 붙어있었고, 인접 국가들은 하나같이 자국민 피난을 우선시했으므로.

겨울은 샌프란시스코에 있던 시절을 떠올렸다.

'도올이라는 게 정말로 있는 녀석이었을 줄은.'

알고 보니 도올(타오우, 檮杌)은 중국인들이 카간을 부르는 명칭이었다. 미국에 와서도 비슷한 놈들이 보이니까 그냥 같은 이름으로 불렀던 것. 겨울이 자료에 있는 한자를 한국식 발음으로 읽었더니, 그걸 들은 장교 중 하나가 인형 (Doll)과 비슷하게 들린다는 이유로 처키라는 별명을 붙였다. 어느 영화에서 나오는 귀신 들린 인형의 이름이라나.

산악아종인 케식은 팔다리가 기형적으로 길어 험한 지형을 극복하는 데 유리하다. 사진을 보고 식겁한 유라는 팔척귀신 같다며 투덜거렸었다.

브리핑이 끝난 뒤에도 장교들은 곧바로 해산하지 않고, 몇 대의 노트북을 중심으로 삼삼오오 모여들었다. 오늘은 파나마 운하라는 관심사가 있었기 때문이다.

겨울과 같은 자리에선 82 공수사단 소속 장교가 떨떠름한 기색으로 말했다.

"해병대 녀석들, 아주 신이 났군. 평소에도 지들만 싸우는 것처럼 생색내는 놈들인데, 앞으로 얼마나 더 유세를 떨는지."

우라! 우라! 우라! 그가 바라보는 모니터 속에선 해병대원들이 연신 만세를 외치고 있었다. 보는 시선들이 대체로 짜게 식어있는 건, 저쪽은 고생이 끝난 마당에 이쪽은 이제 시작도 안 했다는 우울함에서 비롯된 것일 터였다. 이쪽이야말로 진짜 정예라는 자부심의 영향도 있기는 있겠지만.

딸깍, 딸깍.

겨울은 해병들의 기쁨을 감상하며 손 안의 회중시계를 짤각거렸다. 뚜껑 안쪽에 앤의 사진을 끼워둔 이후로 생긴 습관 같은 것이었다.

"오. 그건 혹시 애인의 사진인가?"

호기심을 드러낸 사람은 공수군의 카프라로프 소장이 었다.

아차 했던 겨울은, 짧게 고민한 다음, 이내 웃으며 대답했다.

"예. 결혼까지 약속한 사이입니다. 임무를 마치고 돌아오면, 그땐 식을 올릴까 하고."

다른 사람에게 대놓고 밝히는 건 처음이지만, 뭐 어떤가. 알파 중대원들도 다 알고 있는 마당에. 오히려 여태까지 세간에 새어나가지 않은 게 더 놀랍다.

그런데 어째서인지, 소장의 안색이 딱딱하게 굳었다.

"뭔가 문제라도 있습니까?"

의아해진 겨울이 묻자, 주위를 한 번 살핀 소장이 중얼거렸다.

"그러고 보면 여기서 결혼을 안 한 사람은 한겨울 중령뿐인가……."

다비도프 대령이 끄덕였다.

"아무래도 그런 것 같군요."

카프라로프 소장이 겨울의 어깨를 잡고 진지하게 말했다.

"결혼, 하지 말게."

"네?"

"하지 말라고."

"어째서……."

"아 글쎄, 하지 말라면 하지 마."

"……."

"납득 못 하는 표정이군. 인생 선배로서 충고하는 걸세. 그건 아주 위험하고 어리석은 짓이야. 아직 채 스물도 안 된 창창한 청춘을 왜 무덤 속으로 처넣으려 하는가? 벌써부터 인생의 수많은 즐거움들을 삶의 뒤안길로 보낼 필요가 있을까?"

"삶의 뒤안길이라니."

겨울이 당혹감을 드러내는 와중에, 로저스 중장이 하는 말.

"맞는 말이긴 하지."

"……Sir?"

"……."

분위기가 기묘하다. 러시아와 미국 장교들 사이에 국적을 초월한 이상한 공감대가 형성되어 있었다.

8월 셋째 주 목요일. 겨울은 제로 그라운드 진공, 작전명 「포효하는 폭풍(Roaring storm)」을 내년 1월 중에 개시한다고 통보 받았다. 언론에도 이 사실이 대대적으로 공표되었다. 다만 구체적인 날짜는 여전히 미정이다. 보조 작전의 진행 경과와 현지의 기상조건 등을 지켜본 뒤에야 비로소 확정지을 수 있을 사안이었다.

그래도 강하 과정의 시인성(視認性)을 낮추고자 월광이 적은 날을 고를 터이므로, 겨울이 생각하기엔 필시 삭(朔)이 끼어있는 1월 말경이 될 것 같았다. 별다른 변수가 없다면 28일 자정 전후가 유력하다. 그때의 밤은 말 그대로 새까만 어둠일 테니. 강하 도중 사고가 발생할 확률도 덩달아 올라가겠으나, 그 위험을 감수하는 쪽이 보다 옳은 선택이다.

'가장 좋은 결과는 본격적인 교전이 벌어지기 전에 철수하는 거니까.'

강하가 은밀하고 조용하게 성공한다는 전제 하에, 구 중국군의 탄도탄 기지 수색을 빠르게 끝내기만 한다면 충분히 가능할 일이다. 교활한 것들은, 그 교활함 때문에라도 이쪽의 규모와 상세가 불확실한 상황에서 무리한 공격을 감행하지 않을 터. 그 높은 지능으로 축차투입과 축차소모의 폐해를 모를 리가 없다.

그런즉 강하를 감행한 시점으로부터 여명이 밝아오기까지, 적어도 수 시간 가량은 산발적인 탐색전이 이루어질 것이다. 멕시코 중부고원에 강하했을 때도 비슷했다. 우발적으로 발생한 첫 교전 이후, 그 일대의 변종들이 일단은 몸을 사리지 않았던가. 칠흑 같은 밤에 하늘에서 뚝 떨어진 기갑세력은 트릭스터를 신중하게 만들기에 충분하다. 로저스 중장 이하 합동임무부대 지휘관들이 도출한 결론엔 상당한 설득력이 있었다.

그리고 험한 지형이 인간에게만 불리하게 작용하는 게 아니다. 트릭스터 입장에서도 아무렇게나 움직이다간 전파가 닿지 않을 굴곡이 많았다. 즉 대규모 변종 집단을 통솔하자면 교활한 것들의 활동범위도 제한된다. 자연히 전면에 나설 수 있는 개체의 숫자도 적어지고, 이는 어둠을 꿰뚫어보는 전파시야의 강점이 상당 부분 상쇄됨을 의미했다. 공중기갑강습의 전모를 파악하는 시점은 그만큼 늦어질 수밖에 없다.

문제는 옛 중국군 기지 수색이 여명 이전에 완료될 것인가 하는 점.

표면적으로는 탄도탄 기지이지만, 미국에서도 한때 탄도탄 기지였던 곳을 다른 용도로 전용하거나 확장하는 경우가 왕왕 있었다. 하물며 그곳이 중국의 군사기지라면야. 자료를 보면, 미국이 그곳을 탄도탄 기지로 분류한 근거는 90년대에 입수한 첩보였다. 그 뒤로 약 20년간, 해당 기지가 어떤 변화를 겪었을지에 대해서는 누구도 아는 바가 없었다.

항복한 중국군 장성과 고위관료들 가운데 뭐라도 아는 사람이 있으리라 믿었건만…….

국토안보부의 「종말 문서」가 유출되었을 즈음만 해도, 모겔론스가 중국군의 생물병기였다는 가설은 어디까지나 가설에 불과했다.

그러나 크레이머 행정부가 들어선 이래, 그리고 시에루 중장의 사형이 집행된 이래, 그 가설은 어느샌가 미국 정부의 공식 입장이 되어있었다. 정부의 방침이 방침이거니와, 몇 가지 정황증거들이 추가로 발견된 탓도 있었다. 해당 시설 근처에 사상교화를 위한 강제수용소가 존재했다고. 그곳에 수용된 티베트 불순분자들을 생체실험의 제물로 희생시킨 것 아니겠느냐는 의혹을 제기한 것이다. 사형수의 장기를 내다 파는 나라에선 충분히 벌어졌을 법한 일. 물론 추가적인 물증은 아직 제시된 바 없다.

여기까지 곱씹은 겨울은 속으로 한숨을 내쉬었다.

아니었으면 좋겠는데.

진실로 그렇다면, 크레이머는 겨울이 우려하던 행보에 더욱 박차를 가할 것이다. 원죄에 의거한 증오와 차별. 탁류에 휩쓸려 바깥세상으로 가는 지름길. 그것은 한편으로 인류의 존속을 위한 최선의 조치로서 정당화된다. 그게 단순한 명분에 불과했다면 또 모르겠으되, 부분적으로 사실이기도 하여 더욱 난감해지는 겨울이었다.

똑, 똑, 똑.

절제된 노크 소리가 겨울의 주의를 환기했다. 허벅지 위에서 둥근 잠을 자던 스페인 국왕이 귀를 쫑긋거리며 깨어났다. 짖지는 않고, 몸을 긴장시킨 채로 문을 바라본다. 죽다 만 것들에게 쫓겨 다니던 시절의 트라우마 때문일 터이다. 그 머리를 쓰다듬으며, 겨울이 문 쪽으로 목소리를 키웠다.

"문 열려있어요."

들어오는 이는 두 명이다. 장연철과 민완기.

"어휴, 이 동네는 한여름에도 밤이 쌀쌀하군요."

장연철의 엄살을 듣고, 겨울은 리모컨으로 벽난로를 작동시켰다. 가짜 장작 아래 가스불이 들어온다. 딱, 딱 거리는 소리와 장작 타는 냄새가 가짜치곤 그럴듯하다. 겨울이 고갯짓으로 불가를 가리켰다.

"앉아서 불 좀 쬐세요."

"그럼 사양하지 않고."

두 사람의 부장은 난롯가 양쪽의 의자를 차지했다. 코를 움찔거리며 낯선 이들과 겨울을 번갈아 응시하던 닥스훈트는, 위협이 아니라고 판단했는지 몸을 느슨히 하며 다시금 원래의 자세로 돌아갔다. 그래도 눈을 감지는 않고, 하품을 쩍 하면서도 깬 채로 분위기를 살폈다.

"어떻게, 오늘 하루 잘들 보내셨어요?"

겨울이 묻자, 민완기는 그저 빙그레 웃었고, 장연철은 열심히 끄덕였다.

"마치 다른 세상에 온 것 같았습니다. 원래부터 안전지역이었던 곳은 역시 다르군요. 역병 이전이랑 비교해서 달라진 게 없는 느낌입니다."

이곳은 리드빌에서 가까운 스키 리조트였다. 여름엔 코스를 골프장으로 바꾸어 개장한다. 그 밖에도 번지 점프 시설이나 카트 경주장, 승마장, 쇼핑몰과 레스토랑 등을 운영했다. 겨울이 앤과의 데이트에서 느꼈던 것을 똑같이 느끼지 않았을지.

장연철과 민완기를 비롯한 동맹 사람들 다수가 여기로 피서를 올 수 있었던 건, 콜로라도 주지사 '라지 채프' 채피가 겨울과의 약속을 지킨 덕분이었다. 대외적으로는 군인 가족 초청행사로 발표했다. 난민들에 대한 대접이 너무 후한 거 아니냐는 비판이 나오기 어렵게 만든다는 점에서 꽤 괜찮은 명명이었다.

독립대대 입장에선 기대하지도 않았던 여름휴가.

장병들은 일단 기뻐하긴 했다.

그러나 그 기쁨을 드러내는 정도가 결코 크지는 않았다.

장연철도 그 점을 지적했다.

"작은 대장님도 뵙고 다른 사람들도 만나고 해서 저는 진짜 좋았는데, 박 대위는 표정이 썩 밝지 않더군요. 그 밖에도 어째 다들 맥이 빠진 듯한 분위기가……."

겨울이 어깨를 으쓱였다.

"그럴 만도 하죠. 이 고생이 끝날 날만 기다리고 있었는데, 아직도 거의 반년이나 남았다는 사실을 알게 된 걸요. 기운을 차리려면 조금 더 시일이 필요할 거예요."

특히 진석은 더하다. 저질러 놓은 일이 있다 보니, 하루라도 빨리 책임을 다하고 싶은 마음뿐일 터이기에. 겨울에게 당분간 중대장직을 계속 맡겠다고 대답했을 당시에도, 그 당분간이 이토록 길어지리라곤 예상하지 못했을 것이었다.

'솔직히 기다림에 지쳐가기는 나도 마찬가지고.'

유감스럽게도 오늘은 앤이 찾아올 수 없었다. 쿠데타 이후로 상당한 시일이 경과했으나, 이 넓은 대륙 어딘가엔 아직까지 화재를 꿈꾸는 불씨가 도사리고 있는 모양.

뚜껑을 열었다 닫았다, 회중시계를 짤각대는 겨울에게 민완기가 물었다.

"역시 실력이 부족한 겁니까?"

겨울이 아리송한 시선으로 바라보자, 그가 부연하는 말.

"사람들 앞에선 달리 말하기야 했습니다마는, 독립대대

가 특수부대로 지정되었을 때부터 이건 좀 무리가 심하다 싶었지요. 혹시 그 때문에 작전이 지연되고 있는 건 아닙니까?"

겨울은 곤란한 미소를 머금었다.

"그렇진 않아요."

"정말입니까?"

"네, 정말로요. 그림이 좋게 나온다는 이유에서 우리 독립대대를 보내려는 건 사실이더라도, 단지 그 이유만으로 작전 결행을 늦출 만큼 위쪽이 정신줄을 놓지는 않았어요. 변종들을 추위로 소모시키려다 보니 자연스럽게 날짜가 미뤄진 거죠. 이 작전의 실패는 현 정권에게 재앙이나 다름없을 테니까요."

어쩌면 그래서 더더욱 겨울을 보내려는 것일 가능성도 있다. "한겨울 중령이 갔는데도 실패했다! 누구를 탓할 수 있겠는가?" 라는 식의 사후대응을 염두에 두고서. 터무니없는 소리라도, 겨울을 비정상적으로 좋아하는 사람들에겐 나름대로 효과가 있을 것이다.

민완기가 머리를 주억거렸다.

"적어도 그 부분에선 보도된 내용을 믿어도 좋다는 말씀이시군요."

"대체로 그래요."

제로 그라운드의 소재지인 티베트 고원은 세계의 지붕이란 별명이 있을 정도로 해발고도가 높은 지역이지만, 그 고도에 비해서는 추위가 혹독하지 않은 편이었다.

물론 그건 어디까지나 고도에 비해서는 온난하다는 소리. 강하 예정지점의 최저기온은 영하 17도 언저리까지 떨어진다. 고지대 특유의 바람을 감안하면, 실질적인 체감온도는 영하 20도 아래라고 봐야 했다.

　변종들이 그 추위를 견디는 건 나름의 월동준비 덕분이다. 추위가 느껴지기 시작하면, 놈들은 동족을 잡아먹는 한이 있어도 자신들을 살찌우는 데 힘쓴다. 피하지방이 보온재의 역할을 하는 것이다.

　또한 겉으로 노출되는 부위에도 모종의 변화가 일어난다. 연구자들은 피부에 형성되는 조직의 특성이 극지방의 생물 일부에게서 발견되는 결빙저항단백질과 유사하다는 분석 결과를 내놨다. 겨울에도 춥지 않은 지역에 고립된 변종집단에겐 이러한 특성이 없다는 사실도 밝혀냈다. 최소한 번 이상의 적응과정을 거치거나, 특성을 전파하는 특수 변종의 존재가 필요하다는 의미였다.

　허나 어느 한쪽만으로는 진짜배기 혹한에 맞서기 어렵다.

　다시 말해, 어떻게든 열량을 소모시킨다면 놈들에게 선택을 강요할 수 있다.

　'더 늦기 전에 물러나서 대사억제에 돌입하거나, 아니면 더 많은 동족을 섭식해서 활동성을 유지하거나.'

　유라시아에도 험프백처럼 열량 확보에 특화된 개체가 존재하지만, 그런 놈들이 아무리 초목을 뜯어먹고 다닌들 만물이 얼어붙는 계절엔 한계가 있게 마련이었다.

　러시아군이 기동만으로 변종집단을 몰살시킨 사례가 바

로 여기에 해당한다.

미심쩍어하던 민완기가 다시 물었다.

"흐음. 허면, 대장님께서 보시기엔 독립대대의 수준이 어떠합니까?"

짧게 골몰한 겨울이 간결한 대답을 돌려주었다.

"모자라진 않네요."

최선은 아닐지라도 모자라지는 않다. 현재의 독립대대에 대한 겨울의 평가였다. 객관성을 의심할 필요는 없을 것이다. 여러 특수부대들의 활동을 직간접적으로 경험해온 겨울이거니와, 속으론 여전히 독립대대를 보내기 싫은 마음이 남아있으므로.

여기엔 「교습」의 영향도 있었다. 어느 순간 어떤 식의 교련이 가장 효과적일지를 알려주는 직관 보정. 이것이 훈련의 성과를 높이는 데 유의미한 도움이 되었다.

겨울 자신을 포함하여 계산할 경우엔 차선까지도 가능할 것이다.

'훈련 기간이 길어져서 다행이지.'

혼자 하는 생각이었다.

"모자라진 않다, 라……."

읊조린 민완기가 빙그레 웃었다.

"예상보다 후한 평가라서 기쁘군요."

이 말에 속으로 갸우뚱하는 겨울.

"기쁘시다고요?"

"당연하지요. 이런 일로 빈말을 하실 분은 아니시니, 독립대대는 실제로 작은 대장님의 기준을 충족할 만큼 성장한 것일 테고, 당신께서 생환할 확률이 그만큼 늘어난 것이니 저로서도 기쁠 수밖에요. 당신을 앞으로도 지켜보고 싶을뿐더러, 대장님께서 안 계시는 동맹은 제게 별로 재미없는 곳이 될 겁니다. 최소한 지금보다는 말이지요."

민완기의 눈매가 온화하게 휘어진다.

동맹의 방향성과는 별개로, 사람과 사람들의 무대가 다 무너진 뒤에 처음부터 쌓아올리는 일이 무척이나 재미있다고 밝혔던 사람이다. 따라서 지금 이렇게 말할 동기는 충분했다. 만약 겨울 이외의 누군가가 동맹의 중심인물이었다면, 민완기는 거기에 맞춰 지금과 완전히 다른 면모를 보여주었을 것이다.

지금처럼 웃는 일은 드물었을지라도.

서로 알 만큼 알 사이인 장연철은 나이 든 부장의 속뜻을 읽고도 이제 와서 따로 떨떠름한 반응을 보이거나 하진 않았다.

겨울이 연철에게 물었다.

"함께 온 사람들은 어때 보였어요? 다들 기대만큼 기뻐했으면 좋겠는데."

"그 점에 대해선 걱정하지 않으셔도 됩니다. 작년 초까지만 해도 이런 경험을 다시는 하지 못할 거라고 믿고 있었던 사람들이니까요. 기뻐하지 않을 리가 없죠. 원래의 국적을 떠나서, 다들 대장님께 굉장히 고마워하는 중입니다."

"그런 것치고는, 뭔가 마음에 걸리는 게 있는 표정인데요?"

"음, 그게……."

난처하게 머리를 긁던 장연철이 망설임 끝에 조심스레 말했다.

"당장 뭔가 문제가 되는 건 아닙니다만, 중국계 난민들이 너무 맹목적인 분위기라고 해야 할까……."

"맹목적?"

"음, 조금 과장하자면, 꼭 옛날 북한 사람들을 보는 것 같습니다."

그 뒤로 장연철의 설명이 조금 더 이어졌다. 적합한 표현을 찾느라 미간을 좁히는 여백이 많긴 했지만, 어쨌든 겨울은 그가 전하고자 하는 바를 충분히 이해할 수 있었다.

'시에루 중장의 유산…… 인가.'

연철이 증언하기를, 전에도 그런 기미가 있긴 했으나 보다 급격하게 바뀐 것은 시에루 중장의 재판이 생중계된 시점 이후라고 했다. 그녀는 법정 진술에서 옛 모국의 정권을 악의적으로 대변하고, 정신 나간 민족주의자 겸 전체주의자 흉내를 냄으로써 미국 내의 중국계 2세 및 중국계 난민들과 분명한 선을 그어 놓았다. 즉 그들을 테러세력에게 이용당한 또 다른 희생자로 만든 것이다.

「기존의 지도부로부터 숭고한 사명을 계승한 군부가 민간인들보다 우선적으로 탈출한 건 당연한 일이었다.」

「중화의 피를 이어받은 자들은 응당 조국을 위한 복수에 목숨을 바쳤어야 한다.」

……

「우리가 고결한 의거를 감행했을 때 이에 호응하여 미제국주의자들의 압제에 맞서지 않은 모든 중국인들은 더러운 배신자나 다름없다.」

그녀의 연기는 미국이 원했던 수준을 훨씬 더 능가했다. 그녀 자신부터가 바라는 바였으므로.

결국 배신감을 느낀 중국계 난민들이 무의식중에 자신들의 새로운 정체성을 쌓아갈 기반으로서 겨울동맹에 대한 믿음이 절실해졌어도 이상할 것은 없었다.

겨울은 생각에 잠겼다. 특유의 어수룩한 친화력으로 서로 성향이 다른 사람들을 원만하게 중재하는 역할을 맡다 보니, 이런 면에선 장연철이 민완기보다 민감할 수도 있었다.

"저는 긍정적인 변화라고 봅니다."

민완기가 평했다.

"사람에겐 한계가 있으니, 새로운 시작을 위해 과거를 다 내다 버리자면 진통을 겪을 수밖에 없습니다. 그리고 그 결과도 신통찮게 마련입니다. 과거는 곧 현재를 살아가는 사람들의 정체성이니까요. 정체성을 상실한 사람들이 제대로 된 뭔가를 해낼 리가 없지요. 그래서 사람만으로는 안 됩니다. 사람은 사람들을 감당하지 못합니다."

"그런데도 긍정적이라고요?"

"예."

"어째서요?"

"중심을 잡아줄 사람이 사람 같질 않으니까요. 긍정적인 의미로 말입니다."

민완기는 흐뭇한 눈으로 겨울을 바라보았다.

계속되는 훈련 속에 짧은 여름이 지나갔다. 9월 들어 첫 눈이 내린 리드빌은 10월부터 본격적으로 얼어붙기 시작했다. 밤의 냉기를 품은 눈이 상온의 낮에도 다 녹지 않아, 산맥의 풍경은 하루가 다르게 순백으로 뒤덮여갔다. 11월 중순이 되어서는 최저기온이 화씨 14도(영하 10도)까지 떨어졌다. 가을은 없는 거나 마찬가지였다.

한편, 기상청은 올해 겨울이 평년보다 더 추울 것으로 내다봤다. 작년에는 혹서, 올해에는 혹한. 지휘관으로서의 겨울은 근심이 반 기대가 반이었다. 근심은 추위 그 자체에 의한 손실을 우려하는 것이고, 기대는 이러한 강추위가 작전수행과정에서 긍정적인 변수가 되어주기를 바라는 마음이다. 계절은 반대였으되, 작년에도 혹서기를 이용하여 멧돼지 사냥을 성공시키지 않았던가. 이러한 정보력은 변종에겐 없는 인류의 힘이었다.

대대 장병들이 제로 그라운드의 기후에 놀랄 일은 없을 것이다. 콜로라도 산지의 날씨는, 세세한 차이는 있을지언정 많은 부분에서 티베트 고원과 흡사했다. 둘 다 내륙 깊은 곳에 위치한 고지대이기 때문이다.

삐익-

밤을 맞아 외롭게 켜둔 스탠드 아래, 펼쳐진 노트북이 단조로운 전자음을 냈다. 실행 중인 것은 원격 지휘 프로그램. 이 프로그램을 통해 거듭해 온 모의 전술훈련은 겨울이 대대장 역할에 적응하는 데에도 그럭저럭 도움이 되었다. 오늘은 중남미 지역에서 실제로 벌어진 전투를 기반으로, 합동임무부대에 속한 지휘관들에게 각 국면에서의 상황판단을 요구하고, 그 판단이 얼마나 정확했는지를 사후에 검증하는 방식이었다.

전술기호로 가득한 지도 속에서 흐른 시간은 전투 개시 후 11분. 관측 가능한 적의 움직임과 그 일대의 지형을 보니, 가장 강한 통제력을 발휘하는 개체가 어디쯤에 있을지 짐작이 갔다. 그러나 한정된 포격지원으로 갈아버리자니 지나치게 범위가 넓다. 지휘역량을 강화한다며 실제보다 빡빡한 제한을 걸어 놓은 탓.

그럼에도 겨울은 해당지역에 포격요청을 걸어 놓았다. 즉각적인 포격이 아니라, 지휘관이 요청하면 그때 쏴주는 형식으로. 결정적인 순간 교활한 것에게 엄폐와 피신을 강요하여, 일시적으로나마 통제력을 상실케 할 작정이었다.

잠깐이면 된다. 그 잠깐이면, 변종집단의 대다수는 미리 구축된 살상지대로 미친개처럼 뛰어 들어올 테니까. 자동화기의 살상력은 1분 사이의 대학살을 가능케 한다.

겨울은 보온병에 담아두었던 차를 마시며 때를 기다렸다. 화면 속에선 무미건조하게 그어지는 실선과 메시지들, 깜박거리며 이동하는 기호들이 전투의 진행상황을 보여주었다.

변종집단의 공세가 시작되었다. 겨울이 일부러 만들어둔

약점으로 들어온다. 밖에서 관측하기엔 파고들기 좋은 균열이었을 것이다.

딸깍. 엔터를 치자, 드디어 미뤄두었던 포격이 쏟아졌다.

역시나, 변종집단은 화망에 뛰어들고서도 여전히 공세를 유지했다. 실시간으로 미친 듯이 갈려나간다. 이 집단은 거의 와해될 지경이 되어서야 뒤로 물러났다. 살아남은 수는 처음에 비하면 한 줌에 불과했다.

내친 김에 트릭스터까지 찾아서 죽여 놓으면 교육사령부 (TRADOC)[1]의 평가관으로부터 더 좋은 점수를 받을 수 있지만, 겨울은 공세를 격퇴한 시점에서 병력을 더 움직이지 않았다.

'이건 어디까지나 제로 그라운드 강하를 대비한 연습에 불과하니까.'

겨울이 지향하는 것은 인명피해를 최소화하는 승리다. 티베트 고원에서의 작전 목표 역시 신속하게 치고 빠지는 것이지, 적의 섬멸이 아니었다.

어쩌면 트릭스터가 포격에 맞아 죽었을 수도 있다.

눈길이 다시 모니터에 머물렀다. 이 지도 어디에 강화종 위퍼가 숨어있을지 몰랐다. 숲에선 열압력탄이나 수류탄의 효율도 떨어졌다. 군견이 있다면 움직이는 것 자체는 가능해도, 달아나는 트릭스터의 속도를 따라잡으려면 불가피하

---

1 미국 육군 훈련교리사령부(United States Army Training and Doctrine Command). 미국 육군의 군사훈련 및 교육을 전담하는 육군부 예하 사령부. 본부는 버지니아주 포트 유스티스에 위치. 주요 예하부대로는 모집사령부, 사관후보생사령부, 재병연합센터, 초기군사훈련소, 육군 역사관 등이 있다.

게 무리를 해야 한다.

잠시 후, 프로그램은 모의 전투가 종료되었음을 알렸다. 집계된 사상자는 고작 한 자릿수. 실제 전투기록과 비교하면 삼분의 일 이하로 낮은 숫자다.

그러나 평가관은 만족하지 않았다. 정식 강평이 나중에 따로 있는데도 불구하고, 벌써부터 추궁하는 어조로 메시지를 보내왔다.

「귀관의 병력운용에선 오늘도 지나친 소극성이 엿보였다. 적의 관측 범위를 정확히 계산하고 포격을 통해 살상지대로의 공격을 유도한 것까진 좋았지만, 정작 그렇게 만들어낸 기회에 적극적으로 전과확대를 시도하지 않은 이유는 무엇인가?」

단어 선택에서 불만이 느껴진다. 잠시 생각한 겨울이 무난한 답변을 보냈다.

「Lt. Colonel_Han : 적 주력을 섬멸한 것만으로도 충분한 전과이며, 제로 그라운드에서는 전과확대가 중요하지 않을 것이기 때문입니다.」

여기서 끝났으면 좋으련만, 평가관은 다시금 겨울을 질책했다.

「부적절한 해명이다. 제시된 상황은 제로 그라운드와 무관했다. 그러므로 귀관은 병력운용의 일반적인 원칙을 실천했어야 한다. 주어진 조건만을 놓고 판단했어야 한다는 뜻이다.」

틀린 소리는 아니었다. 겨울이 다시 자판을 두드렸다.

「Lt. Colonel_Han : 무슨 말씀이신지는 알겠습니다. 그러나 해당 시점에서 추적을 결심했다면 숲에 기동로를 개척해야 하는데, 그 과정에서 매복에 의한 손실이 발생할 가능성이 높았습니다. 숲을 종단하는 선형의 기동로는 허리가 끊어지기도 쉽지 않겠습니까? 열압력탄의 수량이 충분하지 못한 상황에선 시도할 수 없는 일이라고 생각했습니다.」

「할 수 없는 것인가, 하기 어려운 것인가?」

「Lt. Colonel_Han : 지휘관으로서 할 수 없는 것입니다.」

「이번에도 귀관은 나와 생각이 다르군.」

이번에도. 턱 아래 깍지를 낀 겨울은 혀끝으로 불쾌한 뉘앙스를 되살려보았다.

대놓고 말은 안 하지만, 그동안의 언행으로 미루어볼 때 이 평가관이 겨울에게 품은 불만은 크게 세 가지였다.

첫째. 난민 출신 병사들을 지나치게 감싸고돈다는 것.

둘째. 군인으로서의 마음가짐이 부족하다는 것.

셋째. 더 좋은 성과를 낼 능력이 있는데도 몸을 사린다는 것.

첫째에 대해서는, 그렇게 보여도 할 말은 없다. 그러나 부하들이 모두 태생부터 미국 시민이었어도, 겨울은 지금과 똑같이 아껴주었을 것이다.

'난민이라서가 아니라 부하들이라서 존중하는 거지.'

겨울 스스로는 이렇게 여겼고, 이것이 두 번째 불만과 관련이 있었다.

「아무도 죽지 않는 전쟁은 없다.」

언젠가 이 평가관이 했던 말이자, 그가 생각하는 군인으로서의 마음가짐이기도 했다. 군복을 입은 자 당연히 죽음을 각오해야 하며, 지휘관은 부하들의 희생을 피하려고만 해선 안 된다는 의미. 어느 정도는 상식적인 이야기다. 평가관의 관점에서, 겨울은 부하들 한 사람 한 사람의 목숨에 지나칠 정도로 연연하는 지휘관이었다.

그러나 이는 꽤나 부당한 평가였다. 실전에서든 모의전에서든 인명손실 최소화를 우선적으로 고려하는 건 사실일지언정, 적어도 겨울이 작전 목표를 경시한 적은 없었기 때문에. 대부분의 경우엔 주어진 임무를 달성했다. 다른 장교들의 성향도 겨울과 크게 다르지 않을 터였다.

따라서 세 번째야말로 모든 불만의 근본적인 원인이었다. 그 '한겨울 중령'이라면 이보다 더 잘해내야 한다는 것.

한마디로 말해, 처음부터 기대치가 지나치게 높았다. 전쟁영웅의 딜레마라고 해야 할 것이다.

다행히 평가관은 한 사람이 아니었다. 다수로 구성된 평가단 가운데 유독 까탈스러운 하나가 있을 따름. 겨울은 그러거나 말거나 마음에 두지 않았다.

'어차피 날 내보낼 수 있는 것도 아니고.'

이제 와서 겨울을 작전으로부터 배제한다는 건 말이 되지 않는 소리였다. 최종평가는 결코 낮지 않을뿐더러, 정말로 낮은 평가가 나온다 한들 겨울보다는 오히려 평가를 내린 쪽이 더 큰 의심을 받게 될 것이다. 겨울 입장에선 이마저도 썩 달갑지 않은 믿음이지만.

민완기가 겨울을 일컬어 사람 같지 않은 사람이라 했던 건 어디까지나 겨울의 품성을 두고 내린 평가였다. 아무리 열정적인 혁명가라도 권력을 쥔 다음에는 타락하기 마련이지만, 겨울만은 그 법칙의 예외가 될 것 같다고.

싱 소령이 겨울을 한없이 신의 이름에 가까운 사람이라 했던 것 또한 겨울의 마음과 인격에 대한 이야기였지, 겨울을 문자 그대로의 초인으로 믿는 것은 아니었다.

그러나 많은 사람들에게 겨울은 하나의 우상이 되어버렸다.

문제는, 그들을 물 밖으로 헤엄치게 만들자면 그러한 입지가 필요할지도 모른다는 사실. 민완기는 말했다. 사람만으로는 사람들을 감당할 수 없노라고.

사색이 여기에 이를 때면, 겨울의 의식은 항상 그 연장선으로 나아가곤 했다.

신으로서의 봄을 긍정해야 하는가.

매번 길어져도 결국은 소득 없이 끝나는 고민이었다. 겨울은 한숨을 쉬며 노트북을 접었다. 그리고 잠시 멍하니 있다가, 서랍을 열어 두 개의 편지를 꺼냈다. 하나는 앤에게서 온 것이고, 나머지 하나엔 발신자의 이름이 쓰여 있지 않았다.

앤과 편지를 주고받은 지는 꽤 되었다. 화상통화와 별개로, 편지엔 편지 나름의 낭만이 있었으므로. 무엇보다, 사진처럼 항상 가지고 다닐 수 있다는 점이 마음에 들었다.

「사랑하는 나의 겨울에게.」

시작은 항상 동일한 문장인데도 읽을 때마다 미소를 짓게 된다. 문장은 같아도 날짜는 다르니, 변하지 않는다는 것 자체가 기쁜 것일 수도 있겠다.

「오늘로 당신을 만나지 못한 지 130일째 되는 날이네요.」

겨울은 자그맣게 웃음을 터트렸다. 편지엔 전화상에서 아껴둔 말들이 적혀있었다.

「130일. 믿어져요? 자그마치 130일이나 지났어요. 오, 난 내가 당신 없이 그 허전한 나날을 어떻게 견뎌왔는지 모르겠어요. 그 전에는 또 무슨 수로 견뎌 냈던 걸까요? 아침에 목소리를 듣고 저녁에 얼굴을 보더라도, 결국은 그 순간에만 잠깐의 위안을 얻을 뿐이에요. 화면 속의 당신은 너무 먼 곳에 있네요. 너무도 멀리.」

「최근엔 좋아하던 술도 전혀 손대지 않게 되었어요. 취하는 순간마다 당신의 온기가 너무도 사무치게 그리워지거든요.」

「그런 의미에서 서로에게 편지를 쓰기로 한 건 참 잘한 결정인 것 같아요. 당신이 보낸 말들이 언제나 품속에 있다는 건, 겪어보니 정말 따뜻한 감각이더군요. 당신도 그런가요? 읽어도 읽어도 질리지 않는 건 나만의 이야기가 아닐 거라고 믿어요.」

「그래서 약간은 부끄럽기도 하네요. 내가 글을 그리 잘 쓰는 편은 아닌데, 그걸 당신이 반복해서 읽는다고 생각하니…….」

「음, 오늘은 재향군인의 날이었어요. 창밖으로 참전용사들의 거리행진을 보면서 나는 또 당신을 생각했죠. 음, 물론 낮이나 밤이나 당신 생각뿐이긴 하지만, 어쨌든 그건 조금 특별한 '당신 생각'이었어요. 그들의 희생 덕분에 오늘의 세계가 있고, 당신의 헌신 덕분에 여전히 살아있는 내가 있죠. 연관성이 별로 없는 것 아니냐고 흉보지는 말아요. 앞서 말한 것처럼, 난 항상 당신 생각뿐인걸요. 생각이 이렇게 흐르는 것도 어쩔 수 없단 말예요.」

「겨울의 체온이 그리워질 때마다, 가장 강렬하게 떠오르는 기억은 피쿼드 호의 어둠이에요. 그 어둠 속에서 당신은 두려워하는 나의 손을 잡아주었었죠. 이게 바로 내 기억 속에 가장 선명하게 남아있는 당신의 체온이에요.」

「이미 고백했듯이, 내가 당신을 사랑하기 시작한 건 아마도 그때부터였을 거예요.」

「정말로 고마웠어요.」

「진부한 말이지만, 당신을 만난 건 내 생애 최대의 행운이었어요. 비록 이처럼 그리워하고 있어도, 내 삶은 당신을 만나기 이전까지의 그 어떤 순간보다도 더 완벽해요.」

「아, 추운 곳에 있는 당신의 손을 잡아주고 싶은데…….당신이 돌아오면, 그때는 새로운 봄이겠네요.」

「그 봄이 반드시 올 것을 믿어요. 우리가 나눌 수 없는 하나로서 맞이할 첫 번째 봄이.」

「그때까지는, 서로 조금만 더 그리워하기로 해요. 세 시와 네 시 사이의 간격이 길수록 네 시의 기쁨은 더 커지는 법이니까.」

「이 편지는 여기서 줄일게요.」

「마음을 담은 키스와 함께. 당신의 앤, 조안나 깁슨 보냄.」

「추신 : 부모님께서 겨울을 굉장히 궁금해 하고 계세요. 사귀는 사람이 있다고 해놓고, 정작 누군지는 오랫동안 말씀을 안 드리니까 여러모로 걱정이 드시는 모양이에요. 염려가 묻어나는 목소리를 들을 때마다 흔들리기는 하지만, 역시 직접 대면하는 날까진 알려드리지 않으려고요. 깜짝 놀라실 모습을 포기할 수가 없네요. 그건 무척 재미있을 거예요. 그렇지 않아요? :)」

마지막 줄을 읽은 겨울은 다시 한 번 실소를 터트리고 말았다.

다음으로 읽을 편지는, 사실 적잖이 불편한 것이었다.

어디를 보아도 보낸 이의 이름은 없다. 그러나 봉투를 뜯기 전부터 은은한 향이 새어나왔다. 페이퍼 나이프로 뜯어 보면, 역시나 익숙한 글씨체가 겨울에게 감정을 담은 인사말을 전해왔다. 서명을 자신이 쓰는 향수로 대신하는 사람이다.

「은인, 건강하신지요?」

「당신께서 머무시는 산맥엔 서리 내리는 나날을 지나 함박눈 쌓이고 얼음이 어는 계절이 찾아왔다고 들었습니다. 비록 저는 보다 안전하고 따뜻한 곳에 있으나, 마음만은 은인께서 계시는 곳의 추위를 느끼는 듯합니다.」

“…….”

이쯤에서 그냥 접어버릴까 망설이던 겨울이, 부담스러운

한숨을 쉬고는, 관자놀이를 꾹꾹 누르며 남은 글줄을 읽어 내려갔다.

「주야를 불문하고 은인을 염려하는 마음으로 한가득인 것은, 제가 누리는 안전함과 따뜻함이 누구의 덕분인지를 잊지 않는 까닭입니다. 비참했던 과거가 떠올라 안온한 현재에 감사하게 되는 순간마다, 당신께서 베푸셨던 도움들이 그 무렵의 제게 있어 얼마나 간절했던 것이었는가를 되새기게 됩니다.」

「그럼에도 걱정스러운 은인의 근황을 문자 그대로의 소식으로만 접하는 처지인지라, 당분간은 이러한 불안과 더불어 지내는 수밖에 없겠지요. 그러나 누구를 원망하겠습니까. 저 자신이 경솔했던 것을.」

「당신께 백합과 물망초를 보냈던 일은 아직까지도 후회하고 있습니다. 그것은 분명 곤란한 꽃말이었지요. 은인께서 당혹스러워하셨을 모습이 그려집니다. 당신을 불편하게 해드린 점, 다시 한 번 사과말씀을 드립니다.」

「하오나, 감히 바라건대 제 진심을 오해하진 말아주셨으면 합니다. 저는 진정으로 은인의 행복을 기원하고 있습니다. 그 행복이 저로 말미암은 것이었다면 제게도 더없이 행복한 일이었겠지만, 현실적으로 가능성이 없다는 사실을 어찌 모르겠습니까.」

「다만 사람의 마음이라는 게 뜻대로는 되지 않는 것이라, 이따금씩 헛된 공상으로 스스로를 위로하고 있을 따름입니다.」

「그러니 부디 실망하지 말아주세요. 은인을 화나게 만들었다는 생각이 들 때마다 세상의 모든 색채가 사라집니다. 음식을 먹어도 그 맛을 모르고 말을 들어도 의미를 이해하지 못하며 졸음이 쏟아진들 잠을 잘 수 없게 됩니다⋯⋯.」

이후로도 절절하게 연민을 자극하는 내용이 이어졌다. 그러나 행간엔 보다 진한 감정이 흐르고 있었다. 나름대로 감춘다고 감추고는 있으나, 비슷한 편지가 벌써 수십 통인지라 모르는 편이 더 이상했다. 그 숫자 자체가 비정상인 것이다. 만에 하나라도 앤이 힘들어 하는 모습을 보기 싫은 겨울에겐 당연히 부담스럽고 불편한 집착이었다.

알고 보니, 여기엔 용납하기 어려운 문화적 배경마저 깔려있었다.

얼나이(二奶), 혹은 샤오싼(小三). 역병 이전의 중국에 만연했고, 지금의 중국계 난민들 사이에서도 되살아날 조짐이 보인다는 축첩문화. 얼나이는 금전적인 계약으로만 이루어지는 관계를, 샤오싼은 거기에 연애감정까지 얽혀있는 경우를 뜻했다. 후자를 두고 디싼저(제3자)라는 표현을 쓰기도 했다.

그들의 사정에 누구보다 해박한 민완기가 말하기를, 역병이 번지기 전의 중국에서 축첩은 지배계층이 공유하는 특권으로 통했단다. 즉 일차원적인 욕망을 해소함과 동시에, 사회적 금기를 공공연히 무시함으로써 부와 권력을 확인하고 과시하는 수단이었다는 것이다. 어처구니없는 일이지만, 중국이 실제로 그런 나라였다니 할 말은 없다.

한편, 그에 응하는 여성들도 얼나이가 되는 것을 떳떳하게 여겼다고. 가난하고 전망도 어두운 남자들은 애당초 남자 취급을 해줄 가치가 없는 낙오자들이며, 자기 남자를 지키지 못하는 여자는 본인의 능력이 부족한 것이니 도태당하는 게 정상이라는 논리다.

극도로 부패한 사회가 낳은, 기형적인 적자생존의 원리였다.

모든 인간관계에서 물질적인 이익이 사람다움을 대체하는 양상.

곧 저 메마른 바깥세상으로의 첩경이었다.

겨울로선 결코 용납할 수 없는 흐름이다.

'그런 나라에서 나고 자랐으니 심리적인 저항감이 약할 수밖에.'

누군가의 잘못이 온전히 그 사람의 책임인 경우는 드물다. 어떻게 보면 주웨이도 탁류에 휩쓸린 피해자였으되, 거기까지 이해해주는 건 명백히 겨울의 한계 밖에 있는 일이었다.

지금까지도 냉정하게 잘라왔다고 생각하지만, 한층 더 차가운 메시지를 보내야 할 시점이다.

겨울이 펜을 들었다.

의례적인 도입부 이후로 용건을 적어 넣는다.

「……그 마음이 정리되기 전까지는 더 이상 편지를 보내지 마세요. 서로 더 힘들어질 뿐입니다. 지금까지 당신에게 화가 난 적은 없으나, 앞으로도 이런 편지를 자주 받게 된다면, 언젠가는 정말로 화가 날지도 모릅니다. 제가 사랑하는 사람에게 상처가 될 수도 있으니까요.」

「포효하는 폭풍 작전이 전미의 관심사인 만큼, 제 안부를 확인하는 건 언론의 보도를 접하는 것만으로도 충분할 것입니다. 또한 저는 사랑하는 사람을 위해서라도 반드시 살아서 돌아올 생각이니, 소저께서는 걱정하지 않으셔도 괜찮습니다.」

「만약 소저께서 제 의사를 존중해 주지 않으신다면, 그때의 우리는 더 이상 친구로도 남기 어려울 것입니다. 그렇게 되면 당신께 약속드렸던 것들에 대해서도 재고를 해볼 수밖에 없습니다. 그것은 제게도 유감스러운 일이 될 테지요. 아무쪼록 서로를 위하여…….」

필체는 뒤로 갈수록 딱딱해졌다.

주웨이가 약속한 금전적인 도움 따위 지금은 중요하게 고려할 사항이 아니었다. 이제 앤 없이는 겨울도 없고, 겨울이 없으면 동맹의 앞날도 없을 테니까.

뭔가 난관에 직면하더라도, 달리 자금을 마련할 방법은 얼마든지 있을 것이다.

편지를 마무리한 겨울은 처음 같은 한숨을 내쉬며 창가로 다가가 몸을 풀었다. 별을 보는 건 언제라도 위안이 되는 일이었다. 스탠드 불빛을 등지고 보는 하늘에 무수한 별빛이 반짝인다.

별의 운행은 겨울로 하여금 이 세상의 법칙인 봄을 떠올리게 했다.

다시 시간이 흘렀다. 독립대대의 성탄절은 있는 듯 없는 듯 지나갔다. 조용한 긴장 속에 새해가 밝았고, 제로 그라운드 강하는 드디어 본격적인 초읽기에 들어갔다.

"아."

부대 휴게실에서, 하사 장한별이 리모컨을 놓으며 탄식했다.

"어느 채널을 틀어도 똑같은 방송만 나오네요."

제로 그라운드, 합동임무부대, 한겨울 중령, 러시아 공수군, 로저스 중장, 백악관, 담화, 크레이머 대통령, 티베트 고원, 추위, 강설량, 국방부, 공수기갑강하……. 모든 방송사들이 한결같이 주워섬기는 공통의 키워드들이었다.

"젠장젠장젠장……."

혼잣말처럼 작게 중얼거리는 욕설들. 한별은 예전에 비해 입이 많이 거칠어졌다. 그게 강하작전에 대한 부담감 때문이냐면, 얼마간의 영향은 있을지언정 전적으로 그렇지는 않았다.

하루는 지나가던 겨울이 우연히 그녀가 거칠게 내뱉는 비속어들을 들었다. 주둔지 외곽, 인적이 드문 장소였다.

"Fuck! Shit! Damn! Shut the fuck up motherfucker!"

대체 누구에게 이렇게 화를 내는가 싶어서 슬쩍 봤더니, 혼자 허공에 대고 인상을 쓰며 욕을 하고 있지 않겠는가. 헛것을 보는 건가? 아니면 직무 스트레스가 너무 지나쳤나? 정신분열? PTSD? 마약 중독? 온갖 생각이 스쳐간 겨울이 그녀에게 뭐 하는 거냐는 질문을 던지자, 한별은 엄청나게 창피해하며 말을 더듬었다.

"바, 발성 연습 하는 건데요."

"발성 연습이요?"

"네. 디안젤로 중사님이, 하사쯤 되는 년이 왜 그렇게 욕을 못하냐고 하셔서."

"……."

미간을 찌푸리고 있던 겨울이 꼭 그럴 필요가 있겠느냐고 묻자, 살짝 정색한 한별은 이건 부사관들의 문화이니 모르는 척해 주셔야 해요, 라고 답하여 겨울을 다시금 난감하게 만들었다.

지금, 그 원흉인 디안젤로 중사가 말했다.

"흠. 온 미국이 관음증에 걸린 것 같군요."

이에 선임상사 메리웨더가 눈썹을 치켜세웠다.

"……관음증이라고?"

"그렇잖습니까. 우리는 목숨을 걸고 싸우러 가는 건데, 그걸 무슨 NFL 결승전이라도 되는 양 떠들어대잖습니까. 승산이 얼마나 된다느니, 부대의 전력을 분석한다느니, 현장소식이 어떻게 전해질 예정이라느니……. 심지어 운동선수들 정보 보여주듯이 우리 부대 간부들 정보도 내보내더군요. 이런 식으로 방송에 데뷔하게 될 줄은 몰랐습니다."

"즉, 너무 천박하게 느껴진다는 말인가? 우리에 대한 존중이 없다고?"

"예. 마치 전쟁을 포르노처럼 가볍게 소비하는 것 같습니다. 그 포르노에 실제로 목숨을 걸어야 할 입장에서, 별로 달가운 기분이 아닙니다."

잠시 생각하던 상사가 중후하게 대답했다.

"흠. 그거야, 걸프 전쟁 때부터 이어져 내려온 전통 아닌 전통이니 어쩔 수 없는 일이지. 시민들의 전쟁수행의지를 북돋는 데 이만한 방법이 없기도 하고. 무슨 심정인지는 이해하네만, 적어도 부하들 앞에서는 언행에 주의하도록. 사기유지가 무엇보다도 중요한 시기다."

그러면서 대대장인 겨울을 곁눈질했다. 겨울은 가벼운 눈인사로 감사를 표했다. 이런 쪽까지 겨울이 일일이 신경 쓰기는 어려웠다. 상사는 자신의 역할을 다하고 있다.

"알겠습니다."

디안젤로 중사가 떨떠름한 기색으로 답했다.

「포효하는 폭풍」 작전까지는 아직 일자가 남았음에도 불구하고, 방송국이 송출하는 영상은 총성과 폭음으로 가득했다. 제로 그라운드 강하를 위한 사전준비로서의 「자유의 요새」 작전은 이미 12월 15일부터 시작되었기 때문이다.

대륙분할 작전에서 카르타헤나 위장상륙으로 톡톡히 재미를 본 미군 수뇌부는, 티베트 고원에 대해서도 같은 속임수가 먹힐 것이라 장담했다.

확실히 「자유의 요새」 합동임무부대, 통칭 리버티 부대가 쿤룬 산맥 남쪽으로 얼마나 많은 변종들을 끌어내느냐에 따라 제로 그라운드의 변종 밀도가 달라질 것은 분명하다. 겨울도 나름대로 기대를 걸고 있었다. 리버티 임무부대엔 그 유명한 101공수사단까지 합류했으니, 어지간한 위기를 겪지 않고서는 확실하게 자리를 지켜줄 것이었다.

「포효하는 폭풍」 작전을 위한 다른 준비절차도 있었다. 티베트 고원 주변지역의 상공에 지속적으로 항공기를 띄워, 변종들이 비행 소음에 둔감해지도록 만드는 과정이었다. 터보제트의 소음이 수시로 머리 위를 통과하면, 새까만 밤의 강하에 대해서도 그만큼 대수롭지 않게 여길 가능성이 높다.

여기에 더해 건쉽의 주기적인 포격까지 더해졌으니, 디데이에 어지간한 포성이 들리더라도 광범위한 영역에서 과민한 반응을 보이진 않을 터.

선승구전(先勝求戰). 싸움의 성패는 싸우기 전에 정해지는 쪽이 이상적이다.

그 성향과 신념이야 어쨌든, 크레이머는 무능한 최고사령관이 아니었다.

'계획을 세우는 건 국방부의 몫이었겠지만, 그걸 실제로 채택하는 과정에선 대통령의 영향력이 절대적이니까. 특히 이번 작전 같은 경우는 더 그렇지…….'

독립대대를 특수전 사령부 산하로 편입하고 강하작전에 투입하겠다고 했을 때만 해도 적잖이 불안했던 것이 사실. 그러나 크레이머의 무리한 요구는 딱 거기서 멈추었다. 더 이상의 억지를 부리지 않은 것만으로도 충분한 현실감각이었다.

휴식은 오래지 않아 끝났다.

정보장교 머레이가 얼굴을 감쌌다.

"게임도 강제로 하면 재미없는데."

무슨 말인고 하니, 게임 형식으로 진행되는 야간교육을 두고 하는 소리였다.

위성과 항공정찰로 확인한 현지의 지형을 가상공간으로 재현하여, 작전 실시 이전에 합동임무부대의 장교와 병사 전원에게 현지 환경을 숙지시키는 훈련이다. 물론 변종들과의 전투도 구현되어 있었다.

프로그램 개발엔 시일이 필요했으나, 연초부터 지금까지 준비할 시간은 충분했다. 예산과 인력도 많았다. 최고의 전문가들이 투입되었기에 보기 드문 수준의 결과물이 나왔다.

겨울은 굉장히 참신한 방식이라고 생각했다. 겨울에게도 도움이 되었다. 「독도법」에 의지하여 그 일대의 지도를 모조리 「암기」하기는 했지만, 3차원 그래픽으로 접하는 건 완전히 다른 영역이니까.

사람이 할 수 있는 준비는 다 해두었다. 나머지는 현장의 변수에 달려있을 따름이다.

1월 4일, 독립대대는 오키나와 남서해상의 이시가키(石垣) 섬으로 재배치되었다. 이곳은 제로 그라운드 강하를 위해 확보한 전진기지들 가운데 하나로서, 기존에 있던 공항을 확장하여 사단급 부대의 항공수송에 필요한 시설과 설비를 갖춰두었다. 제로 그라운드 강하 당일엔 이곳에서 수송기를 타게 될 예정이었다. 철수할 땐 수송이 불가능한 장비들을 파기하고 남중국해의 항모전단으로 철수할 계획인지라, 한 번 떠나면 다시는 오지 않을 장소이기도 했다.

겨울에게 조금 뜻밖이었던 것은, 이 섬에 다수의 민간인 거주지가 분포한다는 점이었다. 그중엔 사실상의 소도시에 가까운 곳도 있었다.

원래부터 살던 주민들이라고는 애초에 생각지도 않았다. 섬 곳곳에 감염으로 인한 혼란과 파괴의 흔적이 남아있었으니까. 대륙과의 가까운 거리를 감안하면 이해가 가는 일이었다.

그래서 처음엔 정주를 결심한 해상세력인가 싶었다. 알고 보니 이들의 정체는 미국 정부가 체계적으로 이주시킨 난민들이었다. 관할기관은 태평양 군정청. 일종의 식민 사업이라고 봐도 무방할 것이다. 그렇기에 섬의 주민들 중에서 일본계를 찾아볼 순 없었다. 크레이머 행정부가 추구하는 새로운 질서(New order) 때문이었다.

섬의 정박지를 이용하는 건 대개 군함들이었지만, 가끔 대형 어선들이 몇 척씩 무리지어 닻을 내리기도 했다. 그런 배들은 민간선박인데도 불구하고 제각각 중기관총좌와 폭뢰투사기, 로켓 발사기 등을 최소 하나씩은 탑재하고 있었다. 멜빌레이가 존재하는 한, 방어수단을 갖춘 대형 선박이 아니고서는 연근해에서조차 조업을 하기 어려웠다.

겨울은 주둔지가 변경된 이후 이따금씩 민간인 거류구의 술집을 찾았다. 선원들이 무리지어 들어가는 것을 목격한 다음의 일이다.

기지 인근 마을 주점의 허름한 내부 풍경은 「종말 이후」에 어울리는 구석이 많았다. 이제 와선 꽤나 낯설게 느껴지는 분위기. 벽이 부서졌던 자리마다 판자를 못질해 놨다. 눅눅한 판자는 버려진 탄약상자로부터 뜯어낸 것들이었다. 지붕을 덮은 양철 플레이트에선 녹슨 구멍마다 햇빛이 샜다. 희미한 네온사인 조명 아래, 일본어가 쓰인 물건들은 그 글을 읽을 줄 모르는 사람들 사이에서 구시대의 흔적으로만 남아있었다. 단순한 장식품에 불과했다.

영내에도 장교들을 위한 바가 존재하지만, 겨울이 원하는 건 술이 아니었다. 억센 선원들은 술자리에서 무용담을 늘어놓길 좋아했다. 갑판으로 끌어올린 그물 속에 괴물이 잡혀있더라 하는 식의 이야기들.

주민들은 주민들끼리 어울려 일상의 고단함이 녹아있는 대화를 나누었다.

사복차림으로 모자를 눌러쓴 겨울은, 음료를 홀짝이며 그들의 취중진담에 귀를 기울였다. 본토로는 전해지지 않는 생생한 목소리들이었다.

다 듣고 품게 된 생각이 이러했다.

'이곳은 잿빛이야.'

주민들이 현재의 처지에 절망하고 있는 것은 아니었다. 어쨌든 역병의 위협에서는 벗어났고, 최저한의 의식주는 보장되었으므로.

그러나 더 나은 삶을 꿈꿀 여지는 거세된 채였다. 그러므로 이 섬의 색채는 회색이었다. 밝지도 않고 어둡지도 않은. 굳이 따지자면 그늘에 더 가깝다고 해야 할 테지만.

이 섬에서 생산되는 식량은 전량 인도네시아로 수출된다. 인근의 다른 섬들도 사정은 마찬가지. 그러니 그 값은 결코 높게 받을 수가 없었다. 인도네시아가 기아를 겪으면 미국의 자원수급에 지장이 생기는 까닭. 당장 독립대대의 공수장갑차와 전차들만 하더라도 인도네시아산 알루미늄으로 제작된 것들이다.

또한 미국의 입장에선 인도네시아가 인구과잉인 채로 남아있는 편이 이득이었다. 광물자원을 대가로 한 식량공급에 힘입어, 인도네시아는 이 시점에서도 인구 그래프가 완만한 상승곡선을 그리는 중이었다.

따라서 이 섬의 생산력은 오직 미국 본토의 부담을 경감할 목적으로만 건설된 것이었다.

미국이 안정된 이후에도 크게 달라지진 않을 터.

겨울은 언젠가 되새겼던 양용빈 상장의 말을 떠올렸다. 그저 살아가기 위해서만 사는 삶은 비참한 것이라고.

회색 풍경 속 사람들의 이야기는 삶이 단조로운 만큼 들을 부분도 많지 않았다. 겨울의 방문이 고작 몇 번으로 그친 이유다. 어차피 겨울에게는 더없이 익숙한 색채인 데다, 달리 주의를 할애해야 할 문제도 많았다. 연일 계속되는 회의, 부대원들의 사기유지, 장교에게 필수적인 서류작업, 작전에 대한 최신정보 숙지, 훈련계획 작성 등.

섬에서의 훈련은 주로 야간전투능력을 강화하는 쪽에 초점을 맞췄다. 강하작전이 계획대로 성공한다면 자정에 치고 들어가 여명 전에 철수하게 될 터. 때문에 독립대대는 물론이거니와 러시아 공수군에게도 최신형 야시경과 적외선 표적지시기, 피아식별장치 등이 일괄적으로 보급되었다.

야시경의 개당 가격이 1만 7천 달러에 달한다는 말을 듣고, 공수군 다비도프 대령은 어처구니없다는 투로 이렇게 평가했다.

"전에 알던 가장 비싼 물건보다 더 비싸졌군. 하여간 미국 놈들 돈지랄은 알아줘야 돼."

그래도 그 값에 상응하는 성능을 보여주긴 했다.「환경적응」과 화기숙련 계열의 보정에 힘입어 어지간한 수준의 야시경보다 나은 밤눈을 갖게 된 겨울이었지만, 이 야시경만큼은 정말로 유용했다. 해상도도 높고, 감도도 좋고, 무엇보다 시야가 좁아지지 않았다.

'적어도 작전 당일의 야간에는 하차전투를 하더라도 변종들을 일방적으로 사살할 수 있겠지.'

부대원들의 훈련성과를 보고 내리는 판단이었다.

장갑차 기관포에 소음기를 달지 못하는 이상, 강하 초기에 하차전투를 치를 확률은 높다.

섬 북부의 산지에서 훈련을 진행하는 동안에도 해변의 공항에선 다양한 종류의 공격기와 폭격기들이 쉴 새 없이 뜨고 내렸다. 그 광경을 먼발치에서 지켜보는 병사들은 밤낮을 가리지 않고 진행되는 폭격으로부터 심리적인 위안을 얻곤 했다.

한 가지 뜻밖이었던 것은, 작은 섬에 불과할지라도 고국의 땅을 밟은 일본계 병사들이 이렇다 할 동요를 보이지 않는다는 점이었다.

또한 그들은 이제까지 유별난 부적응이나 불만을 드러낸 적도 없었다.

훈련 내내 직접 대면하며 확인했으나, 물어봐도 그저 웃으며 괜찮다고 답할 뿐이었다.

겨울은 일본계 장병들의 조용한 순응이 정말로 그들의 본심(혼네/本音)인지, 아니면 본심과 별개로 일단 질서에 복종하고 보는 것인지(다테마에/建前) 구분하기가 힘들었다. 난민구역에서의 참담한 생활이 그런 경향을 더욱 강하게 만들어 놓기도 했다.

말하자면 혼네와 다테마에의 경계는 일본계 난민들의 울타리였다.

장연철로부터 신경 쓰이는 이야기를 듣기도 했다.

수면 아래에서 공동체 규모의 따돌림과 차별, 매장이 이루어졌다는 것.

이는 지난날 주도권을 쥐었던 깡패들, 그리고 그들에게 적극적으로 편승했던 일부에 대한 보복으로 보인다고 했다.

그러니 겨울로서도 의식이 될 수밖에.

'차라리 중국계처럼 대놓고 배척하는 편이 나은데.'

당연한 소리지만, 보이는 울타리보다는 보이지 않는 울타리를 넘기가 더 까다롭다. 평소에도 미묘한 거리감 같은 것을 느끼고 있었다.

중대로서의 그들을 못 믿겠다는 말은 아니다. 지난 반년, 실전경험을 축적하기 위한 멕시코 고원 강하는 오아하카 공항 점령 한 번으로 끝나지 않았고, 그 과정에서 각 중대는 신뢰해도 좋을 능력들을 보여주었다.

다만 겨울은 제로 그라운드에서 돌아온 다음을 생각하는 것이었다. 그때도 그 견고한 벽이 그대로 남아있다면, 겨울이 바라는 방향으로 동맹에 합류하기는 어려울 테니까.

만약 겨울이 이에 실망이라도 할 경우, 봄은 그 실망감을 어떻게 해석하는지.

겨울은 사색 끝에 쓴웃음을 머금었다.

이 모든 것은 일단 무사히 돌아온 다음에 곱씹어도 늦지 않을 일이다.

1월 18일엔 긴급 브리핑이 열렸다. 브리핑이야 항상 하던 것이었으나, 이날 전해진 정보는 겨울을 비롯한 장교들을 꽤나 난감하게 만들었다.

"화재…… 말씀이십니까?"

누군가가 묻는 말에, 로저스 중장은 대답 대신 회의실 정면에 투사되는 화면을 바꾸었다. 실시간 위성영상을 본 장교들이 예외 없이 낮은 신음을 흘렸다. 산등성이 몇 개는 이미 까맣게 타버렸고, 가장자리에선 주홍빛 테두리가 영역을 넓혀가는 광경. 달아오른 쇳빛의 띠는 티베트 고원의 끝자락에 걸쳐져 있었다.

새로운 질문이 나왔다.

"Sir. 저 화재가 우리 작전에 직접적인 영향을 줄 가능성이 있겠습니까?"

중장은 부분적으로 부정했다.

"제로 그라운드까지 확산될 확률은 낮다. 그러나."

화면이 다시 바뀌었다.

"불이 계속해서 번진다면 강하지역 봉쇄엔 약간의 문제가 생기겠지."

그가 보여주는 것은 그동안 살포한 지뢰의 분포도였다. 여기에 산불이 발생한 위치를 겹쳐보건대, 이미 많은 수의 지뢰들이 고열에 못 이겨 터져나갔을 것이 분명했다. 제대로 매설된 지뢰라면 불에 대한 저항력이 좀 더 높았겠으나, 하늘에서 뿌려댄 지뢰에 거기까지 기대하기는 힘들었다.

공수군 브루실로프 대령이 지도를 노려보며 턱을 쓰다듬었다.

"말 그대로 약간의 문제로군요."

동료 연대장인 다비도프 대령이 동의했다.

"저런다고 해도 지뢰가 다 무력화될 리는 없으니 말입니다. 최악의 경우에도 최소한의 저지력은 발휘해줄 겁니다. 진짜 문제는 따로 있지요. 저 화재가 자연적으로 발생한 게 아닐 수도 있다는 것."

겨울도 속으로 끄덕였다. 전에도 생각했듯이, 지뢰는 접근을 거부하는 무기다. 그리고 삼백만 개에 달하는 지뢰를 뿌리는 데엔 그만큼 긴 시간이 필요했다. 아직까지도 살포가 진행 중인 구간이 존재할 만큼. 교활한 놈들은 반드시 의구심을 품었을 것이었다.

미국과 러시아 장교들이 계급을 막론하고 의견을 교환했다.

"즉, 지뢰를 제거하고자 일부러 지른 불이다?"

"놈들이 우리의 의도를 대충이라도 파악했다는 전제 하에, 화약에 대한 기본적인 이해만 있다면 충분히 시도해볼 법한 일이지요."

"하긴, 그동안 당한 게 있으니 모르는 편이 더 이상한가……."

"그래도 참 단순한 발상이군. 저러고서 들어갔는데 또 지뢰가 터지면 많이 실망하겠어."

"실망?"

"그 왜, 전에 머리 박고 자살한 놈도 있는 걸 보면 감정이 없지는 않은 모양이니."

"흠. 혹시 그냥 몸을 녹이려고 피운 불이 의도치 않게 커진 건 아니겠습니까? 아니면 우리 쪽에서 가한 폭격이 화근이 되었다거나."

"지뢰지대 방면으론 폭격을 가한 적이 없을 텐데?"

"상황을 너무 심각하게 받아들이는 것도 안 좋지만, 그래도 최악의 상황을 가정해두는 편이 낫지. 어쨌든 기존의 봉쇄망에 예기치 않은 약점이 생긴 건 사실이고."

"그 구간에 대한 보강 요청을 올려볼 순 없겠습니까?"

"그건 좀……. 기존에 정한 숫자도 가용자원과 일정에

맞춰서 한계까지 끌어올렸던 건데, 거기서 더 뿌려달라고 하면 위에서도 난색을 표할 겁니다. 결국 어딘가는 밀도가 낮은 구간이 생길 수밖에 없습니다. 작전을 아예 연기해버리지 않는 한은."

"요청을 하더라도 일단 불은 다 꺼진 다음에 해야지. 지금은 지켜봐야 할 때야. 저 화재가 어디까지 커질지도 모르는 상황 아닌가. 가뜩이나 강설량이 적어서 모든 게 바싹 말라있는 마당에."

"저 연기 아래에서 무슨 일이 벌어지고 있는지도 경계할 필요가 있습니다. 저만큼의 연막이면 만 단위의 변종집단이 관측을 피해 움직였어도 이상하지 않습니다."

트릭스터는 하늘이 인류의 영역임을 확실하게 인지하고 있다. 또한 장기간의 지뢰 살포는 이쪽의 의도를 너무 분명하게 드러냈다.

듣고 있던 겨울이 적당하게 끼어들었다.

"저도 동의합니다. 제가 포트 로버츠에 있었을 때, 트릭스터가 포함된 변종집단은 공중정찰을 방해하고 화력지원을 차단할 목적에서 기지 인근에 불을 질렀었습니다. 그 이후에 벌어진 전투들 역시 마찬가지였고요. 비슷한 사례가 많다는 건 다들 이미 알고 계실 겁니다."

공수군 장교 하나가 끄덕거렸다.

"하긴, 잠깐이나마 연막차장에 특화된 괴물이 있었을 정도이니……."

"뭐? 나는 처음 듣는 이야기인데?"

"미국 쪽 기록에 있더군. 애크리드라고. 하도 빠르게 도태된 탓에 별 내용은 없었지만."

여러 의견이 오가는 과정에서, 상황의 변화에 우려를 드러낼지언정 두려움을 내비치는 이는 없었다. 계획대로 완벽하게 이루어지는 작전 같은 것은 이론적으로만 존재하는 것이다. 겨울은 오래전 중위 시절의 캡스턴 아래에 있었던 피어스 상사가 말한 경구를 떠올렸다.

「전장에서 가장 먼저 죽는 것이 작전이다.」

작전은 종이 위에만 존재한다는 농담도 있다. 한 번이라도 실전을 치른 군인이라면 경험으로 체득하게 되는 것이었다.

'마냥 잘 풀릴 거라곤 생각하지 않았어.'

그래도 겨울은 약간의 아쉬움을 느꼈다. 긴 준비과정을 지켜보는 과정에서, 그리고 기다리는 사람의 온도가 그리운 입장에서 어쩔 수 없이 품게 된 기대였다. 인간적인 미련이라고 해야 할 것이다. 삶에 미련이 없었던 시절의 겨울과는 거리가 먼 감정이었다.

브리핑은 합동임무부대 장교들에게 상황을 숙지시키는 선에서 종료되었다. 애초에 화재 대응은 보다 높은 선에서 이루어질 문제였고, 그마저도 가능한지 의문이었기 때문이다. 미국 본토에서조차 진압에 애를 먹을 규모의 불길이었으므로.

이후 시일이 경과하면서, 더 많은 지역에서 동시다발적인 화재가 발생했다. 그 범위는 대체로 지뢰가 뿌려진 영역과 일치했다. 최소한 변종들이 일부러 불을 지르고 있다는 사실만큼은 확실해진 셈이었다.

그래도 작전을 연기할 정도의 변수는 아니었다.

기대와 불안 속에서 마침내 운명의 날이 찾아왔다.

일찍이 예상했듯이, 디데이는 달이 뜨지 않는 날로 정해 졌다. 새까만 어둠에 갇힐 변종들은 적외선 조명을 적극적 으로 사용할 합동임무부대를 상대로 무척이나 불리한 전투 를 치르게 될 것이었다.

더불어 며칠 전부터 조금씩이나마 눈이 내려준 덕분에, 교활한 것들의 체계적인 방화에도 제동이 걸렸다. 산불이 커지기 쉽지 않은 환경. 그러나 일단 타오르기 시작한 숲은 전보다 훨씬 더 짙은 연기를 내뿜었다. 지상에서 형성된 마 른 구름은 차가운 바람을 타고 보다 넓은 범위로 퍼져, 위 성관측과 항공정찰만으로는 그 아래의 사정을 파악하기 어 렵게 만들었다.

그래도 기갑공수부대의 화력이 워낙 막강하다보니 큰 걱 정거리까진 아니었다. 또한 은폐된 변종집단의 대규모 이 동이 있었다 한들, 이쪽의 의도와 실체를 정확히 인지하기 까지는 상당한 시간이 필요할 것이다.

현시점에서 분명한 불안요소는 예의 그 탄도탄 기지 하 나였다. 내부가 어찌 되어있는지를 확인하기 전에는 섣불 리 성공을 장담할 수 없었다.

투입을 앞두고 대기하는 오후는 의외로 여유로운 여백이

었다. 장비는 미리 실어두었고, 시간 맞춰 사람만 탑승하면 된다. 변동사항이 전달되지 않는 한 더 이상의 회의도 무의미했다. 기상조건에 따라 출발이 앞당겨질 수도 있었으므로, 며칠 전부터 출동준비를 마쳐둔 건 당연한 일이었다. 병사들은 오히려 기다림이 빨리 끝나기를 바랐다.

겨울은 이 여백을 앤과의 통화로 채웠다. 통신위성이 남아도는지라, 거리로 인한 불가피한 송수신 지연을 제외하면 영상통화의 품질은 대체로 괜찮은 편이었다.

'다른 사람들에겐 조금 미안하다는 생각이 들지만……'

일반 통화라면 모를까, 누구나 이렇게 몇 시간씩 영상통화를 할 수 있는 건 아니다. 겨울이야 고급 지휘관답게 망접속이 허가된 노트북을 지급받았으나, 대부분의 장병들은 한정된 단말기 앞에서 줄을 서야 하는 까닭이었다. 포트 로버츠 쪽 사정도 비슷했다. 지금쯤 군정청 사무소 앞엔 기다란 줄이 늘어져 있을 것이다.

그래도 어쩔 수 없지.

겨울은 눈 딱 감고 특권을 만끽하기로 했다.

심지어 앤은 자기 일을 다 미뤄두면서까지 시간을 냈다.

"차기 부국장이 그래도 괜찮은 거예요?"

겨울이 농담처럼 묻자, 모니터 속의 앤은 어깨를 으쓱였다.

「뭐 어때요. 아직 정식으로 지명을 받은 것도 아닌데. 솔직히 진급이 지나치게 빠르다는 느낌도 없잖아 있고요.」

"나이 스물아홉에 국장이 된 에드거 후버 같은 경우도

있잖아요.”

겨울의 말에 앤이 실소와 함께 눈을 흘겼다.

「왜 하필 그런 사람하고 비교를 하고 그래요?」

FBI의 초대 국장인 에드거 후버는 최초 범죄자들과의 전쟁을 통해 영웅이 된 인물이었지만, 한편으로는 자신의 이익을 위해 수단과 방법을 가리지 않았던 권력욕의 화신이기도 했다. 그래서 그 명성의 절반쯤은 직권남용으로 얼룩져있다.

「게다가.」

앤이 강조하듯 덧붙이는 말.

「부국장쯤 되면 사적으로 시간을 내기가 더 어려워질 거 아녜요. 달갑지 않네요, 그런 거.」

그러나 거부할 순 없을 것이다. 앤에게도 나름의 유명세가 있는 까닭이다. 샌프란시스코에서의 공로로 훈장을 받았고, 쿠데타 진압에도 기여했으며, 진압 이후에는 확실하게 신뢰해도 좋을 인물 가운데 하나로 인정받아 중책을 수행해왔다. 대중적인 인지도는 낮을지언정 실무자들 사이에선 그녀를 모르는 이가 없을 지경.

‘비공식적으로는 나와의 관계도 있고.’

부국장 선정엔 당연히 정치적인 계산도 들어간다. 즉 앤은 능력과 충성심이 검증된 인재일뿐더러, 멀지 않은 장래엔 수사국의 대외적인 얼굴로서도 유용할 거라는 뜻이었다.

“듣고 보니까 나도 싫어지네요. 또 책임을 지는 자리에

오른다는 게 말처럼 좋기만 한 일인 것도 아니고요.”

이렇게 말하는 겨울 역시 대대장으로서 자신의 지휘능력을 두고 고민을 품은 적이 있다. 끄덕이는 겨울을 보고 앤이 과장된 한숨을 내쉬었다.

「역시 그렇죠? 명예로운 일이긴 해도, 아직은 좀……. 당신에게 더 큰 힘이 되어줄 수 있을 거란 점 하나만은 마음에 들지만요.」

그리고 그녀는 고개를 흔들었다.

「아니, 골치 아픈 주제는 이쯤에서 접어두죠.」

화제는 자연스럽게 바뀌었다. 앤은 겨울이 보낸 동영상이 무척이나 좋았다고 이야기했다. 그녀가 있는 워싱턴은 작년처럼 하얀 풍경이었으나, 이곳 이시가키 섬은 1월의 가장 추운 날에도 최저기온이 영상 10도 아래로 떨어지지 않았다. 남국의 풍경을 연인과 공유하고 싶었던 겨울은 파도가 밀려오는 백사장을 걸으며 카메라를 향해 말을 걸었다. 앤이 옆에 있는 것처럼. 그 롱 테이크 속의 따뜻한 말들을 들은 그녀는 그 순간에 분명히 미소를 지었을 것이다.

통화가 길어지다 보니 간헐적으로 흐름이 끊어지는 순간들이 있었으나, 사실 서로 얼굴을 보는 것만으로도 좋았으므로 그다지 상관은 없었다.

겨울은 의식적으로 작전에 대한 언급을 피했다. 그것은 앤도 마찬가지였다. 겉으로 보여주는 모습은 자연스러웠으되, 겨울은 그녀가 감추려는 불안감을 느낄 수 있었다. 겨울에게 부담을 주지 않으려 애쓰는 그 모습은, 굉장히, 사랑스러웠다.

　그러던 중에, 개인실 천장의 스피커로부터 지휘관들을 호출하는 영내방송이 흘러나왔다. 겨울은 못내 살짝 굳어지고 마는 앤의 표정을 못 본 척 해주었다.

　"벌써 시간이 이렇게 됐네요."

　달칵. 웹캠 정면으로 회중시계를 열어 보인다. 덮개 안쪽의 자기 사진을 본 앤이 픽 하고 풀어졌다.

　「그 시계, 잘 쓰는군요. 비싼 시계는 태엽도 함부로 감지 않는다던데.」

　"돌려줄 작정으로 가지고 있을 적엔 그랬지만, 이젠 아니니까요. 선물로 받은 걸 누구에게 팔 생각도 없고. 내게도 의미가 있는 물건이니까요."

　다른 사람도 아닌 시에루 중장의 선물이었다. 겨울은 그녀를 기억할 것이다.

　"아쉽지만 이만 일어날게요. 다들 기다리게 만들어선 곤란하니."

　「……그래요.」

　앤은 몹시도 상냥한 음성으로 답했다.

　「기다리고 있을게요, 나의 챔피언.」

　겨울은 미소를 머금었다.

　이어 참석한 최종 브리핑은, 브리핑이라기보다는 의례적으로 결의를 재확인하는 절차에 가까웠다. 공수군 브루실로프 대령은 겨울을 보고 의아한 표정을 지었다.

　"안색이 좋군. 뭔가 기쁜 일이라도 있었나?"

아직까지도 앤의 여운에 잠겨있던 겨울은 이 말을 듣고서야 입가를 매만졌다. 이를 본 카프라로프 소장이 말했다.

"보나마나 조금 전까지 애인하고 통화라도 하고 있었던 거겠지."

"……."

너무 정확해서 할 말이 없었다. 살짝 부끄러워하는 겨울의 반응을 통해 자신의 추측을 확신한 소장이, 이번엔 쓸데없이 애잔한 표정을 지어 보였다.

"귀관은 언젠가 나의 충고를 떠올리게 될 것이야……."

"……."

겨울은 그냥 한 번 난처하게 웃어 보이고 말았다.

이후, 약간 이르게 저녁식사를 마친 다음, 로저스 중장은 영내방송으로 전 병력에게 전했다.

「이제 와서 뭔가를 더 당부할 필요는 없겠지.」

공백을 두고 이어가는 말.

「우리는 그만큼 충실한 준비를 갖춰왔다. 그리고 그 이상의 각오를 다져왔다. 나는 확신한다. 성공하든 실패하든, 이 임무에 우리보다 어울리는 자들은 없을 것이라고. 그러므로 우리는 그동안 길러낸 역량으로 최선을 다하기만 하면 된다. 우리의 최선이 곧 인류의 최선일 테니까. 그 최선을 다한 싸움의 끝엔 반드시 명예로운 승리가 있을 것이다. 그로부터 계속될 역사 속에서, 우리의 친구와 가족과 연인들은 두려움이 없는 내일을 살아가게 될 것이다.」

중장은 다짐하듯 호소했다.

「우리의 손으로 종말을 끝내자.」

낭비를 싫어하는 성격에 어울리는 짧은 격려였다.

독립대대는 오후 6시 30분을 기하여 수송기 탑승을 완료했다. 순항속도를 고려하면 작전지역 상공까지 약 4시간이면 충분하겠지만, 실제로는 조금 더 긴 비행이 될 예정이었다. 독립대대에 할당된 수송기만 헤아려도 열다섯 대나 되는 까닭이었다. 여기에 다른 부대들까지 합세하면 총합이 세 자리를 넘어간다.

이 정도 규모의 수송편대라면 아무리 높은 고도를 날더라도 광범위한 영역의 변종들을 자극할 가능성이 존재한다. 소음을 줄이기 위해서는 서로 다른 경로와 속도로 비행하여 도착시간을 일치시키는 편이 현명했다.

때문에 실제 강하시간은 자정 전후가 될 것이었다.

기다림 끝에 찾아온 또 다른 기다림은 무거운 적막을 만들어냈다.

수송기는 이따금씩 가볍게 진동했다. 위험하진 않았다. 부담스러운 크기의 낙하산을 얹어 놓은 지휘 장갑차는 바닥의 레일 위에 단단하게 결속되어 있었다. 겨울은 바람 부는 하늘의 풍경이 궁금했으나, 밖으로 낸 창이 없다 보니 구름 위로 뜬 별들을 보는 건 무리였다.

작전장교 포스터가 물었다.

"Sir. 간밤에 잠은 잘 주무셨습니까?"

겨울은 자연스럽게 끄덕였다. 걱정을 많이 하지 않는다는 인상을 줘야 한다.

"그럼요. 대위는요?"

포스터는 쓴웃음을 지었다.

"조금 설쳤지만 문제는 없습니다."

겨울은 다시 끄덕였다. 잘 잤다고 대답하긴 했으나 진정한 의미의 수면을 잊은 지 오래인 겨울이다. 만약 생전처럼 자는 게 가능했다면 겨울 역시 약간은 잠을 설쳤을 것이었다. 혹은 걱정이 실체화된 악몽을 꾸었거나. 겨울은 문득악몽을 꾸는 느낌이 그리워졌다. 이유는 불분명했다. 한순간 스쳐가는 감상이었다.

대위는 툭툭 끊어지는 잡다한 말들로 정적을 지분거렸다. 겨울은 그때마다 적당한 말로 어울려주었다. 평소 군인으로서 훌륭한 모습을 보여준 그에게도 이 상황에서의 침묵은 부담스러운 모양.

'혹은 병사들을 의식한 것일 수도 있겠고.'

싱 소령이 옆에 있었다면 여기에 어울려 보다 나은 분위기를 만들어주었을 터. 그러나 그는 지금 대대참모의 절반과 더불어 다른 기체에 탑승한 상태였다. 만에 하나 사고가발생할 경우에도 부대 기능을 유지하기 위한 조치였다.

숨 막히면서도 지루한 시간이 흘렀다.

삐익-

버저가 울었다. 조종사가 화물칸으로 기내 전화를 걸어강하 30분 전임을 알려왔다. 장병들은 별다른 지시 없이도시간에 맞게 산소마스크를 착용했다. 겨울도 마스크를 쓰고 깊은 호흡으로 산소를 들이마셨다. 산소 게이지가 천천히 줄어들었다.

잠시 후, 다시 한 번 버저가 울고, 붉은 조명이 점등되었다. 기내의 압력이 낮아지면서 귀가 먹먹해지기 시작한다. 겨울은 참모들과 함께 지휘 장갑차에 탑승했다. 그리고 시계를 습관처럼 손에 쥔 채 속으로 초를 헤아렸다.

5, 4, 3, 2, 1.

덜컹!

장갑차가 미끄러진다. 밖에선 수송기 승무원들이 차대를 밀어내는 중일 것이다. 관성이 스쳐간 뒤에 중력이 사라졌다. 몇 번을 경험해도 신경이 저려오는 감각이었다. 겨울보다 나을 리 없는 참모들은 찰나의 호흡곤란을 느꼈다.

1분쯤 지나자 장갑차 상면 장갑 위에서 작은 폭발음 같은 것이 들렸다. 낙하산이 펼쳐지는 소리다. 곧바로 폭력적인 중력이 탑승자 전원을 내리찍는다. 흔들림이 잦아든 후 겨울이 농담처럼 물었다.

"혀 씹은 사람 없죠?"

통신장교 에반스 대위가 멋쩍어했다. 멀미에 약한 그는 첫 강하훈련에서 입을 벌리고 숨을 쉬다가 혀를 아주 거창하게 깨물었다. 피가 줄줄 흐르는 바람에 다른 참모들이 기겁을 했을 정도였다.

이윽고 장갑차 차체가 둔중하게 울렸다.

"현재 위치는……. 꽤 정확하게 내려왔군요."

지도상의 좌표를 확인한 겨울은 성공적인 시작에 만족했다. 강하 과정에서 돌풍에 휩쓸려 부대 전체가 흩어지는 것이야말로 최악의 가능성 가운데 하나였으므로. 대대의 다른 단차들도 기존에 상정한 오차범위 밖으로 벗어나지 않았다.

강하가 완료된 시점에서, 각 중대는 알아서 집결하여 움직였다. 사전에 워낙 연습을 많이 한 까닭에 당장은 겨울이 별도의 지시를 내릴 필요가 없었다. 병사들 중에서도 주변 지형과 작전목표를 숙지하지 않은 사람이 없을 지경. 다만 단계별로 이상이 없는지에 대해서만 사후보고를 받을 따름이었다. 원래 지휘관은 할 일이 없을수록 좋다.

진석으로부터 출력을 낮춘 무전이 들어왔다. 예정대로 병력을 하차시켜 주변을 청소하겠다는 전언이었다. 소음도 소음이지만, 무전사용을 최소화하려면 하차전투를 치르는 쪽이 낫다. 겨울은 그대로 진행하라는 답신을 보냈다. 차량을 가까이에 두고 엄폐물을 확보함으로써, 수색조가 탄도탄 기지를 조사하는 동안 방어선을 구축할 계획이다.

겨울 스스로도 방독면을 착용하고 장갑차 밖으로 나왔다. 방한기능을 겸하는 방호복은 기본으로 착용하고 있다. 탄저내성변종 앤스락스 로지와 겨자가스 내성변종 머스터드 앰버를 의식한 것이었다. 티베트 고원 일대에선 어느 쪽이든 오래도록 관측된 바 없으나, 만에 하나의 위험성이 있는 것이다. 백신접종을 받은 탄저균은 그럼에도 보균자로서 본토로 돌아가게 될 가능성이 존재하며, 겨자가스 쪽은 정말로 조심해야 한다.

군홧발 아래에서 낯선 흙이 버석거렸다.

드디어 제로 그라운드를 밟았다.

칼바람이 매서운 영하의 밤에 활동성을 유지하는 변종의 수는 그리 많지 않았다. 잠든 무리의 눈과 귀 역할을 맡은 놈들만 순찰을 돌듯 배회할 따름이었다.

그러므로 군대에 의한 조직적인 살상은 조용하게 이루어졌다.

소음기로 억제된 총성은 채 삼십 미터도 가지 않아 바람결에 파묻혔다.

반면 교전거리는 평균적으로 백 미터에 달했다. 야간투시경이 제공하는 시야 속에서 표적을 조준하는 적외선 레이저들이 수도 없이 어지럽게 흔들렸다. 군데군데 쌓인 눈이 안개처럼 흩날릴 때마다 선명해지는 광선들. 변종들은 죽는 줄도 모르고 죽었다.

잠정적인 방어선이 형성되자 통신병들이 분주하게 움직였다. 노출의 우려 없이 교신을 하려면 유선망 구축이 필수적이었다. 그 외에 지향성 전파를 주고받기 위한 안테나를 설치하기도 했다. 이는 지휘 장갑차에도 탑재되어 있는 것이었는데, 전파가 샐 염려가 없다는 건 장점이지만, 송수신 각도가 조금만 어긋나도 통신에 지장이 생긴다는 단점이 있었다.

'감수할 만한 단점이지.'

생각한 겨울이 간질거리는 감각에 뒤를 돌아보았다. 백칠십 미터 거리에서 낯선 발자국들을 보고 코를 킁킁거리는 변종이 셋이었다.

보다 가까이에 알파 중대 1소대가 있었으되, 누굴 시키기보다는 직접 사살하는 편이 빠르겠다. 겨울이 소총을 조준했다. 참모들이 움찔하는 찰나에 세 번 끊어 방아쇠를 당기는 겨울.

툭, 툭, 툭. 튀어나간 탄피들이 눈 속으로 푹푹 박혀 들어갔다.

초연의 냄새는 나지 않았다. 방독면 때문이다. 반동도 조금 둔하게 느껴졌다. 경량화에 힘썼다지만, 화생방 방호복이 추위까지 견디게 만들었으니 두껍지 않을 수가 없었다.

"Sir."

통신장교 에반스가 겨울을 불렀다.

"브라보 3 알파의 보고입니다. 뭔가 이상한 변종을 사살했는데, 직접 확인해 보시는 편이 좋을 것 같다는군요."

"이상한 변종?"

겨울이 고개를 기울였다. 브라보 중대 3소대가 있을 방향을 흘낏 쳐다보면서.

"기존에 관측된 적 없는 특수변종인가요?"

"확인해 달라는 걸 보면 가능성이 높지 않겠습니까?"

"교전과정에서 발생한 손실은?"

"없답니다. 적어도 전투를 목적으로 탄생한 괴물은 아니라는 뜻이겠죠."

이 말을 듣고 겨울은 미간을 좁혔다. 여기서 갑자기 미지의 특수변종인가, 하고. 케식이나 카간 같은 놈들이 튀어나왔으면 조용한 전투도 끝장이었겠으나, 지휘관으로선 그래도 아예 모르는 변수가 튀어나오는 것보다야 나았다.

"내가 한번 가보죠……. 에반스는 나를 따라오고, 소령은 여기 남아서 전체적인 상황을 조율해줘요."

싱 소령이 고개를 끄덕였다. 변종에 대한 통찰력은 겨울보다 나은 사람을 찾기 어렵다.

도착은 금방이었다.

장갑차에서 내린 겨울이 브라보 중대 3소대와 접촉했다. 소대장 리아이링이 긴장한 기색으로 겨울을 맞았다.

"내가 확인해야 할 놈은 어디 있죠?"

겨울이 묻자, 그녀가 한쪽으로 손짓했다.

"여깁니다."

이윽고 보게 된 현장은 무척이나 기묘했다. 변종들이 주변의 눈을 일부러 치운 듯한 흔적이 남아있었다. 그리고 그 중심엔 너덜거리는 변종의 유해가 다섯. 넷은 평범한 변종이었지만, 남은 하나는 불어터진 밀가루 반죽처럼 살이 쪘다. 뚱뚱한 변종은 하늘을 보고 누운 채로 땅에 파묻혀 상체의 절반과 얼굴만 밖으로 내놓은 상태였다. 피부엔 끈적하고 두꺼운 점액질이 번들거렸고, 입가엔 토사물이 넘친 흔적이 남아있었다. 탄흔은 가슴에 찍혀있다.

그 외에 어디서 주워 모았는지 석면 플레이트나 나무판자 따위가 흩어져 있기도 했다.

'비막이로 삼았던 물건들인가?……. 점액질이야 추위를 견디고자 분비된 부동액 같은 것이라 치고, 토사물 쪽은 뭐지? 죽고 나서 구토를 하는 경우는 드문데.'

의문을 해소해준 건 역시 처음 발견한 리아이링이었다. 그녀는 한껏 역겨워하며 증언했다.

"이 괴물, 다른 변종들이 토해 내는 것을 받아먹고 있더군요."

"그래요?"

"예. 스스로는 움직이기도 힘들어 보이는 놈을 굳이 먹여 주는 걸 보고, 변종들에게 있어서 뭔가 중요한 역할을 맡은 개체일 거라고 판단했습니다."

"스스로는 움직이기도 힘들다……."

겨울은 조금 다르다고 생각했다. 최근 며칠 사이에 비대한 몸을 묻은 거라면 언 땅이 부서진 조각들이라도 흩어져 있어야 정상이다. 그러나 파묻힌 몸뚱이 주위는 균일하고 단단하게 굳어있었다. 토사물을 먹이러 온 변종들의 발에 다져져 그대로 얼어붙은 모양새다.

즉, 이 괴물은 한동안 움직인 적이 없다.

그것이 아예 움직일 필요가 없다는 뜻이라면 어떨까.

"일단 이놈, 밖으로 파내 봐요."

헬멧 카메라에 다 녹화되었을 테니 현장보존은 필요 없다. 겨울의 지시에 리아이링이 소총수 한 개 팀을 지목했다. 해당 분대의 나머지 절반은 주변 경계를 맡았다.

그러나 언 땅에 하는 삽질이 쉬울 리가 없었다. 먼저 곡괭이로 부수고서 야전삽을 박아야 한다. 곡괭이질의 소음도 신경 써야 했다. 오래 걸릴 것을 직감한 겨울이 한 병사로부터 삽을 넘겨받았다. 얼어붙은 땅을 순수한 힘으로만 벗겨낸다. 우르륵 갈라지는 흙덩이들을 걷어내길 수차례. 겨울은 몇 호흡 만에 특수변종의 대부분을 노출시켰다.

전부가 아니라 대부분으로 그친 것은, 점차로 가늘게 갈라지며 땅속으로 파고드는 괴물의 팔다리 때문이었다.

'이게 대체 뭐지?'

겨울이 눈을 찌푸렸다. 손과 발이 있어야 할 자리엔 배배 꼬인 실 같은 것들이 이어져 있었다. 그중 하나를 삽날로 찍어서 끊으니 미세하게나마 점액과 피가 묻어 나온다. 질긴 근섬유가 중심을 이루었다.

섬뜩한 예감이 든 겨울은 주변의 땅을 무서운 기세로 파헤쳤다. 역병이 내린 뿌리는 일정한 깊이에서 수평적으로 뻗어나갔다. 아무리 파도 그 끝을 찾을 순 없었다. 지켜보던 병사들의 안색이 딱딱하게 굳었다. 눈만 보여도 알기 쉬운 표정들이었다.

"에반스."

삽을 놓은 겨울이 굳은 얼굴로 지시했다.

"각 중대에 이 상황을 전달해요. 무작위로 위치를 정해서 발밑을 확인해 보라고. 사령부에도 새로운 특수변종을 발견했다고 알리고, 이 좌표로 샘플 운반용 드론을 보내달라고 요청해요. 드론 유도는 맡길게요."

"알겠습니다."

에반스가 황급히 뛰어갔다. 사령부와의 교신은 지향성 안테나를 써야 하는 까닭.

그러나 겨울의 짐작이 옳다면 더 이상의 전파노출 방지

는 아무런 의미가 없을 것이다.

'이건 아마, 신경다발로 이루어진 연락망 같은 거겠지.'

유라시아는 미주 이상으로 광활하다. 이 넓은 대륙에서, 변종들은 방향을 유지하는 것조차 쉽지 않았다. 그러므로 예상은 했었다. 언제고 트릭스터와 유사한 능력을 갖춘 특수변종이 나타나긴 할 것이라고.

하지만 이런 식이리라곤…….

"하하."

겨울은 그저 어이가 없어서 웃었다.

공중포대 겸 통제본부로서 작전지역 상공에 정지한 거대 비행선, 패트릭 헨리 급 2번함 「겨울 한」은, 그 압도적인 크기에도 불구하고 육안으로는 잘 관측되지 않았다. 기낭과 선체에 새까만 도료를 도포한 까닭이었다.

이 비행선 내부엔 자그마한 실험구역이 존재했다. 본디 병사들이 낯선 화학작용제에 노출되었을 경우 그 성분을 확인할 목적으로 준비한 간이시설이었으되, 「뿌리」의 구성을 살피는 것 정도는 충분히 가능했다. 현미경과 시료를 갖추고 있고, 담당자는 CDC에서 파견한 박사급 연구원이었으니까. 여기서 결론이 나오지 않으면 본국으로 데이터를 보낼 수도 있었다.

겨울은 지휘 장갑차 안에서 원격회의에 참석했다.

"결론적으로, 이게 진짜 놈들의 연락망일 가능성이 높다는 거로군요."

화면 속 지휘관들이 앞서거니 뒤서거니 길거나 짧은 한숨들을 내쉬었다.

「그렇다.」

로저스 중장이 기계적인 태도로 긍정했다.

「조금 전, 티베트 고원과 중국 서남부 일대에서 변종들의 대규모 움직임이 포착된 것도 동일한 맥락이겠지. 모든 집단의 이동경로가 정확하게 이쪽을 향하고 있다.」

적어도 해당 범위 내에선 예의 그 뿌리를 닮은 신경망이 연결되어 있으리라는 방증이었다. 방식이 방식인지라 퍼지는 속도가 느릴 것 같기는 했다.

순찰을 돌던 놈들이 주기적으로 이상 없음을 알리고 있었다면, 그 연락이 동시다발적으로 끊어진 시점에서 교활한 것들이 뭔가 눈치를 채지 못했을 리 없다. 그런즉 이쪽의 규모를 대충이라도 짐작하고 대대적으로 움직이기 시작했어도 이상하지 않았다.

혹은 그 뿌리 자체에 압력의 변화나 진동을 감지하는 능력이 있을 수도 있고.

「그 대부분은 시간상 직접적인 위협이 되기 어렵겠지만, 일출까지 이곳에 도달할 숫자만으로도 최대 십만을 넘어설 것으로 추정된다. 불을 지른 틈에 꽤 많은 수를 이쪽으로 밀어 넣었던 모양이야. 앞으로 대략 두 시간이면 그 선두집단을 육안으로 관측할 수 있을 듯하군.」

양은 곧 질이다. 거기 끼어있을 특수변종들을 제외해도 무시하기 어려운 규모였다.

공수군 217연대 브루실로프 대령이 투덜거렸다.

「젠장. 트릭스터를 풀어놓은 건 유선망 깔던 놈들한테 무선망까지 던져준 격이었군요. 뭐 이런 새끼들이 다 있어?」

즈베레프 소장이 대꾸했다.

「저 지저분한 신경다발이 과연 시베리아의 동토까지 뚫을 수 있을지는 모르겠는데, 만약 가능하다고 한다면 트릭스터가 없었어도 언젠가는 러시아 본토까지 위험해졌겠지. 놈들이 더 이상 길을 헤매지 않는다면 우리 쪽 방역전선은 그날부로 끝장이야. 억 단위로 몰려오는 꼴을 보게 될 테니까.」

결과적으로, 러시아로서는 미국과의 거래에 응한 게 현명한 결정이었다는 말이었다.

'네크로톡신도 문제고.'

리코라드카와 체르노보그. 러시아 지역에 출몰하는, 방사능에 오염된 변종들. 놈들로 인해 러시아 방역전선의 네크로톡신 농도는 나날이 조금씩 올라가기만 하고 있다. 일선에 투입된 부대를 교체하는 주기도 점차로 짧아질 수밖에 없었다. 그러다 보면 언젠가는 전선을 축소해야 할 날이 온다.

「너무 걱정하진 말도록.」

로저스 중장이 말했다.

「최악의 경우엔 계획대로 핵을 쓰겠다. 어차피 이곳은 우리의 땅이 아니니까.」

중장에겐 판단에 따라 제한된 숫자의 핵포탄을 사용할

권한이 주어져 있었다. 핵치고는 위력이 낮은 전술핵으로 고작 다섯 발뿐이지만, 어쨌든 핵은 핵이었다.

중국의 몰락이 증명하듯이, 밀집된 변종집단에 대한 핵 투발은 엄청난 양의 독소를 발생시킨다. 리코라드카나 체르노보그가 흘리는 양은 여기에 비하면 정말 아무것도 아닌 수준.

독소가 생태계에 누적되었을 때의 악영향을 우려하는 미국 정부로서는 기나긴 심사숙고 끝에 내린 결정일 것이었다. 이곳이 해안선에서 멀리 떨어진 내륙이라는 사실을 감안했을 터.

겨울은 정말로 버섯구름을 보게 되는 지경까지 몰리지 않기를 바랐다.

「탄도탄 기지 수색은 얼마나 진행되었습니까?」

즈베레프 소장의 질문이었다. 로저스 중장이 건조하게 답했다.

「아직은 입구의 방폭문을 뚫는 중이오. 시설 진입에는 조금 더 시간이 필요하겠지.」

즈베레프 소장이 입맛을 다셨다. 딱히 실망한 기색은 아니었다. 수색조가 들어간 뒤로 이제 겨우 20분 남짓 흘렀을 따름, 핵공격은 물론이고 각종 침투와 파괴공작에 대비해 만들어졌을 방폭문이 그토록 쉽게 뚫릴 리가 없다.

겨울이 쓴웃음을 머금었다.

'운이 좋다면 열려있을 거라고 생각했는데.'

최초 역병이 확산되었다는 것은 보관되어 있던 장소로부

터 어떤 식으로든 유출이 있었다는 의미. 그러므로 문이 열린 채 방치되었기를 기대해 봐도 좋겠다고 여겼었다.

「흠…….」

로저스 중장이 갑자기 미간에 주름을 잡았다. 뭐라고 하는지 불분명한 목소리가 들리는 것으로 미루어, 선내 통신으로 그에게 전언이 온 듯했다.

「우리의 레이디가 새롭게 전달하고 싶은 사항이 있다는군.」

레이디는 황보 에스더에게 부여된 호출부호였다.

「그녀가 직접 말입니까?」

살짝 당황한 다비도프 대령이 묻자 로저스 중장은 그렇다고 고개를 끄덕였다.

에스더에 대한 정보는 현시점에서도 중요한 국가기밀로 취급되었다. 그러나, 당연한 말이지만, 합동임무부대의 고급 장교들은 사람으로서의 몸을 잃고 마음만 남은 소녀의 조력을 정확하게 인지하고 있었다.

아울러 이번 작전이 끝난 뒤엔 일반 대중들에게도 제한적인 정보공개가 이루어질 예정이었다. 방역전쟁에 대한 에스더의 기여가 기여이거니와, 일그러진 육체의 수명이 길지 않으리라는 연구결과도 정보를 공개하기로 한 결정에 영향을 미쳤다.

즉, 그 비참한 육체를 치료해줄 능력은 없을지언정, 죽기 전에 세상의 인정과 감사를 받게 해주겠다는 방침이었다. 정부 차원의 표창을 받는다면 에스더 본인 역시 무척이나 기뻐할 터. 신은 이미 그녀의 마음속에 있었으나, 어쨌든 그 헌신은 사람들을 위한 것이었으므로.

그러나 그러한 방침과 별개로, 관계자들 사이에 에스더에 대한 경계심이 남아있는 건 당연했다. 정부도 정부지만 군부 쪽이 특히 더 그러하다. 믿음에 실제로 목숨을 걸어야 할 입장이니까. 소녀가 보여주는 협조적인 태도의 이면에 뒤틀린 본능의 지배가 없으리라고 누가 보증할 수 있겠는가.

인류의 운명을 걸고 주사위를 던질 때, 파멸의 가능성은 단 1푼이라도 무거운 것이다.

그렇다 보니 지금도 에스더와의 대화를 곤혹스러워하는 장교들이 많았다. 인간적으로는 연민이 가는데 군인으로서는 신경이 곤두서니, 어떻게 대하면 좋을지 갈피를 잡기 어려운 것이다. 하다못해 군의 위계질서에 확실하게 포함되어 있지도 않은 상대였다.

로저스 중장이 어수선한 분위기를 다잡았다.

「변종들의 선두집단이 도착하기까지 앞으로 약 두 시간. 길다면 길고 짧다면 짧은 시간이다. 기존의 작전계획이 사실상 무의미해진 이상, 정보와 의견을 주고받는 과정에서 불필요한 중간과정은 생략하는 편이 낫겠지. 귀관들도 의문이 생기면 그녀에게 바로 확인하는 쪽이 편할 것이다.」

당연히 반대는 없었다. 그저 다들 직접적인 의사소통이 낯설었을 뿐.

에스더는 선망에 목소리만으로 등장했다. 겨울은 헤드셋

을 고쳐 썼다.

「안녕, 하세요오, 여러분.」

눈을 깜박이던 즈베레프 소장이 수염 끝을 꼬며 답했다.

「어어. 안녕하신가, 레이디. 좋은 밤…… 은 아니구먼.」

겨울도 부드러운 인사를 건넸다.

"안녕하세요. 이런 상황에서도 친한 사람 목소리를 들으니 좋네요."

기회가 닿을 때마다 통화를 했으니 친한 사이라 해도 과언은 아니다.

「와아. 하안겨울 중령님이다아. 키히힛.」

에스더가 웃자 화상회의 분위기는 어중간하게 느슨해졌다.

'껄끄러워하는 것보다야 낫지.'

겨울의 온화함은 진심인 동시에 도구였다.

카프라로프 소장이 물었다.

「그래, 우리에게 전하고 싶은 정보라는 게 뭔가?」

겨울도 궁금했다. 과연 에스더는 무엇을 알아냈을까. 변종들이 지표 아래 생체 신경망을 구축해 놓은 이상, 에스더에게 당초 상정했던 역할을 기대하기는 어려워진 게 사실이다. 지저신경망의 존재는 교활한 것들에게 무궁무진한 선택의 자유를 부여했다.

'그래도 실시간으로 수집하는 전파가 있으니 뭔가 건지긴 건지는 건가.'

에스더가 말했다.

「변종들은, 차악각을, 하고 있어요.」

로저스 중장이 반문했다.

「착각? 놈들이 무슨 착각을 하고 있다는 겁니까?」

「우리의 목적이요오..」

소녀는 드문드문 새는 발음과 불규칙한 호흡으로 설명을 이어갔다.

「여기는, 노옾고 험한 땅이잖아요오. 한 번 빼앗기면, 다시 되찾기가아 힘드은. 변종들에게느은, 산에서 싸울 때애, 비슷하게 당했던, 기억이, 많아요오. 재작년 여름에도 그랬고오, 작년부터 치이러온 싸움들도오 그랬어요오.」

재작년 여름이라면 불타는 계곡 작전을 말하는 것이다. 살인적인 더위를 전략적으로 활용한 그 작전에서, 변종들은 고지를 점령한 인간의 군대를 상대로 무참하기 짝이 없는 교환비를 기록했다. 겨울과 독립중대의 교전지였던 아이들린 지열발전소에서는 지층처럼 쌓인 시체들을 불도저로 밀어내야 했을 정도였다.

'그리고 작년은……. 멀게는 대륙분할 작전, 가깝게는 자유의 요새 작전인가.'

작년부터 올해에 이르기까지, 대륙분할 작전 최대의 격전지는 역시 멕시코 중앙 고원과 유카탄 반도의 밀림이었다. 생각에 잠긴 겨울은 빠른 속도로 과거를 더듬었다.

'내가 알파 트릭스터 포획에 관한 이야기를 처음 들은 게…… 작년 10월이었구나. 라스베이거스에서, 에머트 대령님으로부터였어. 그때 막 명령이 내려와 다른 부대로 떠

넘겼다고 했으니 본격적인 착수는 그 이후였겠지.'

미국 본토에서는 변종들이 모조리 축출된 다음의 일이었
다. 그런즉 알파 트릭스터 포획은 대륙분할 작전과 함께 진
행되었을 확률이 높다.

'그게 단기간에 끝나진 않았을 거야. 알파 트릭스터 자체
도 보기 드물어진 시점이었던 데다, 중국 대륙의 크기를 감
안하면 한두 개체를 풀어놓는 정도로는 안심할 수 없으니
까. 그럼 이곳의 트릭스터들에겐 공중강습에 대한 기억이
공유되고 있다고 봐야 하나.'

201독립대대를 비롯한 로저스 합동임무부대의 기갑공수
가 아니더라도, 101공수사단 등의 헬리본(헬리콥터를 이용한
공중강습)은 대륙분할 작전 초기부터 적극적으로 실행된 바
있다. 겨울이 아는 한, 변종들이 공수부대를 상대로 고지를
빼앗은 사례는 존재하지 않는다. 공수부대 측에서 쓸모없
어진 진지를 스스로 방기하는 경우라면 몰라도.

「변조옹들은-」

에스더의 말이 이어졌다.

「그러니까아 트릭스터들으은, 이게에, 훠월씬 더 크은
공격의, 준비단계라고 생각해요오.」

「훨씬 더 큰 공격?」

의아한 목소리는 로저스 중장의 것이었다.

「네에.」

「흐음. 우리의 공세가 교두보를 마련하기 위함이라고 판
단한 건가…….」

「교, 교두보오?」

「더 큰 공세를 준비하기 위한 발판을 의미합니다.」

「아아, 맞다아. 배웠는데. 죄송합니다아.」

배웠는데? 순간 속으로 갸우뚱했던 겨울은 이내 의문을 지웠다. 간접적으로나마 작전에 참여하는 이상, 원활한 의사소통을 위해서라도 기본적인 군사용어 정도는 숙지시켰을 터였다. 중미지역의 작전들을 보조한 기간도 길었고.

쿠웅-

둔부와 등으로부터 진동이 타고 올라왔다. 제로 그라운드 인근만이라도 지저신경망을 끊어 놓기 위한 폭격과 포격의 잔향이었다. 공군과 해군항공대, 포병, 그리고 공중포대는 초장부터 엄청난 양의 폭탄 및 탄약을 소모하고 있었다. 통제관이 슬슬 걱정을 하고 있을 것이다. 작전계획은 역시 작전의 시작과 동시에 죽는다.

대화는 폭음에 아랑곳없이 계속되었다.

「아무튼, 제 말씀이 맞습니까?」

중장이 묻자, 에스더는 의외로 아니라고 부정했다.

「그거랑 비슷하긴 한데에, 그래도 조오금 달라요.」

「어떻게 다릅니까?」

「그게에, 으음, 예를 들며언, 멕시코 같은 데에서는, 벼언종들이 산이나아 골짜기, 같은 데에서 주로 숨어있고 그으랬잖아요. 거기느은, 공습으로부터어, 비교저억 안전하니까아.」

「아, 무슨 뜻인지 알겠습니다.」

중장이 말했고, 다들 끄덕였다.

겨울도 납득했다.

'본격적인 싸움을 앞두고서 중요한 피난처 겸 번식용 배후지를 선점 당한다는 느낌이겠구나. 확실히, 산악지대를 빼앗긴 상태로 공지(空地) 합동공격을 받았다간 한 번의 패배가 끝도 없는 패주로 이어질 가능성이 높지. 멧돼지 사냥 초기에 그랬듯이.'

교활한 것들 입장에선 충분히 착각할 법도 했다. 멕시코에서 상정했던 수준 이상으로 어려운 싸움을 치렀던 미군이, 이번에는 그 전훈을 살려 장차 골치 아파질 지역을 미리 장악해놓고 공격을 가하려 든다, 라고.

징후도 뚜렷했다. 자유의 요새 작전이 첫 번째이고, 대대적인 지뢰 살포가 두 번째였으며, 이번 제로 그라운드 강하가 세 번째다. 첫 번째가 의혹이고 두 번째가 불안이었다면 세 번째는 확신이었을 것이다.

'그럼 러시아 극동 방면의 공세도 자기들을 끌어낼 목적이 아닌가 의심했을 테고.'

겨울의 입가에 쓴웃음이 스쳤다. 자유의 요새 작전이 그럭저럭 성공적이었던 데 반해, 러시아의 유인 작전에 이끌리는 변종들이 이상하게 적다 싶었다.

러시아가 유인용으로 투입한 전력은 약 3천 대의 전차와 장갑차. 한데 기갑차량은 굴곡이 적은 지형에서 움직이기 쉽다. 변종들을 최대한 광범위하게 자극하자면 더더욱 그러했다. 교활한 놈들에겐 험지로부터 평탄한 지형으로 끌어내려는 수작처럼 보이지 않았을지.

비록 잘못된 전제에서 시작했으되, 변종들이 이 부분에서만큼은 인간들의 의도를 정확하게 간파한 셈이다.

카프라로프 소장이 떨떠름한 표정으로 말했다.

「요컨대, 죽다 만 것들이 아주 기를 쓰고 달려들 거라는 소린데…… 유감이군. 당장 뭔가 도움이 될 정보는 아니야.」

마냥 여유롭지는 못한 상황에서 대수롭지 않은 정보에 시간을 낭비했다는 어조였다. 눈빛으로 말하는 듯하다. 기본적으로는 십대 소녀에 불과한 에스더가 정보의 경중을 구분할 능력이 있겠느냐고. 다비도프 대령이 농담처럼 긍정했다.

「뭐, 그렇지요. 놈들에게 우리가 곧 떠날 거라고 양해를 구할 수도 없는 노릇이니 말입니다.」

모든 전쟁은 오판으로 점철되어 있다. 방역전쟁도 마찬가지였다.

그러나 에스더의 말은 아직 끝나지 않았다.

「그러니까아, 저를, 내려 보내 주세요오.」

화면상의 표정들이 바뀌었다.

「에스더 양. 그건 이미 끝난 이야기입니다.」

로저스 중장의 음성도 살짝 달라졌다.

「사앙황이, 달라졌잖아요..」

에스더가 매달리듯이 호소했다.

「변종들은, 피일사적이에요. 이대로 가며언, 장군님이랑, 한 중령님, 그리고오 다른 분들으은, 제게, 말씀해주셨던 거보다, 힘든 전투르을, 겪게 되겠죠. 부운명히, 죽거나 다치느은 사람들도, 더 마않이 나오게 될 거고요오.」

「그러나」

「하나님께서는, 제게에, 소명을 주셨어요.」

말을 끊으려던 중장이 입을 다물었다. 그에게도 신앙이 있었다.

「저르을, 이곳으로 보내신 것도오, 그분의 뜻이겠죠. 도울 능력이 있는데, 가아만히 있어야 하는 건, 싫어요. 저라면 땅 밑에서 오가는, 신호들도, 해석할 수, 있을 거예요. 그거 말고도, 여러분께 더 많은 도움을, 드릴 수가 있어요.」

제게 기회를 주세요.

마지막 부탁으로부터 이어지는 짧은 침묵. 대놓고 못 믿겠다고 상처를 주긴 싫으니 다들 자연스럽게 말이 없어진 것이었다. 눈을 찌푸린 사람도 있고 짜증을 감추는 사람도 있고 초조해하는 사람도 있고 무표정하거나 안쓰러워하는 사람도 있다. 어쨌든 누구라도 악당이 되기는 싫은 법이었다.

겨울은 로저스 중장이 자신을 본다고 느꼈다. 화면상의 시선만으로 방향을 짐작하긴 어려우나, 그래도 착각은 아닐 것이었다.

고위 장교들의 입장은 하나다. 대변하는 건 겨울의 역할이었다.

"에스더. 마음은 고맙지만, 그 제안은 받아들이기 어렵네요."

「아…….」

아쉬움과 서운함이 듬뿍 묻어나는 한숨 소리. 지휘관과 참모들의 불편한 침묵에서 예감은 했을 것이다.

「여억시, 안 될 거어라고, 생각은 했지마안, 중령님 은…….」

뒤에 생략된 말은 굳이 입 밖으로 내지 않아도 알 만했다.

"난 당신을 믿어요. 내 목숨을 맡길 수도 있어요. 당신이 어떤 사람인지 아니까요. 그날도 말했었잖아요. 별이 되고 싶었다고."

다니엘서 12장 3절. 「지혜 있는 자는 궁창의 빛과 같이 빛날 것이요, 많은 사람들을 옳은 데로 돌아오게 한 자는 별과 같이 영원토록 빛나리라.」 난민구역에서 겨울의 손에 쓰러졌던 에스더가 슬프게 읊조렸던 구절이다.

겨울이 부드럽게 말했다.

"그러나 모든 사람들이 나 정도로 당신을 믿을 순 없다는 걸 알아줬으면 해요. 설령 제안에 따르더라도, 불안을 품고 싸우다 보면 제 실력을 발휘하기 어렵게 되죠. 또 불미스러운 오해가 생길 가능성도 있고요. 지금은 에스더가 우리를 믿어줄 때예요."

「네에…….」

에스더는 다시금 한숨을 쉬며 거절을 받아들였다.

포격 및 폭격으로 지저신경망을 끊어보려는 시도는 사실상의 실패로 돌아갔다. 병사들로 하여금 폭심지를 파보게 한 결과, 지표에 작렬하는 포탄엔 의미가 없었고, 일부 항공폭탄 종류만이 기대 이하의 성과를 거두었을 뿐이었다.

차라리 파괴목표가 인공구조물이었다면 좋았을 것이다. 질기고 유연한 생체조직을 상대로는 진동에 의한 광범위한 손상을 바라기 어려웠다.

성과를 확인하는 과정에서 괴상한 것들이 발견되기도 했다. 신경망 중간에 덩이뿌리처럼 매달린 심장 같은 장기들이었다. 넓게 퍼진 신경망에 체액을 순환시키기 위한 방안이었을 것이다. 겨울은 이 신경망 어딘가에 본체와 독립적인 자율신경계 덩어리도 존재하지 않을까 생각했다. 어떤 곤충은 몸속에 여러 개의 뇌간이 존재하기도 하니까.

일이 이렇게 되자, 일선 장교들은 임기응변으로써 야전발전기(MEP-802A)[2]를 끌어왔다. 신경다발에 점프선(부스터 케이블)을 물려 놓고 최대전압의 전류를 흘려 넣은 것이다.

당장은 이게 최선이었지만, 신경손상이 일어나는 범위는 썩 넓은 편이 못 되었다. 눈 내린 땅, 얼어붙은 표토 아래의 차갑고 축축한 흙이 일정한 반경 내에선 확실한 감전을 보장했으나, 거리가 멀어질수록 전류를 넓게 흩어 놓았기 때문이다.

카프라로프 소장이 입맛을 다셨다.

「이런 식이면 주어진 시간 내내 작업해도 방어선 내부를 끊어 놓는 정도가 고작이겠는걸.」

---

2 5kw급 발전기로 경유(DL-1,2)와 항공유(JP-8)을 이용하여 전기를 생산한다.

그렇다고 원자력 비행선을 케이블이 닿는 고도까지 끌어내리기도 곤란하다. 공중포대는 어디까지나 관측과 포격지원에 전념해야 하니까.

한 참모가 제안했다.

「본국에 신경작용제를 요청해 보는 건 어떨까요?」

생화학무기를 쓰자는 소리였다.

겨울은 현실성이 결여된 제안이라고 생각했다.

'과연 허가가 떨어질까?'

변종들의 말도 안 되는 적응력을 감안하면 생화학무기 사용은 언제나 신중해야 할 문제일 수밖에 없다. 허가를 얻는 건 쉬운 일이 아닐 것이다.

그리고 허가가 나온다 쳐도, 현시점의 임무부대는 화학무기를 보유하고 있지 않았다. 본토에 있을 보관시설로부터 이곳 제로 그라운드까지 수송하는 데 족히 한나절 가량은 소요될 것이다.

조언자 자격으로 회의를 참관하던 CDC 소속 박사는 참모의 제안에 기겁했다.

「절대 안 됩니다. 저렇듯 엄청난 규모의 신경계에 국지적으로 신경독소를 투여하면, 어느 지점부터는 필연적으로 반수치사량 이하의 농도만 흐르게 됩니다. 반면 노출되는 변종의 숫자는 많을 테니, 독소에 내성을 보유한 변종이 출현하기 좋은 조건이죠.」

속사포처럼 말한 그는 숨을 고르고서 경고했다.

「머스터드 앰버처럼 그걸 무기로 쓰는 괴물도 등장할 수 있습니다. 자칫 유라시아 전체가 사람이 살 수 없는 땅으로 변해버릴 겁니다.」

식별 코드가 두 개의 단어로 이루어진 변종, 즉 네크로톡신 이외의 생화학오염을 유발하는 특수변종은 아직까지 앤스락스 로지와 머스터드 앰버 둘뿐이었다. 그나마 앤스락스 로지는 거의 도태된 듯했고.

로저스 중장은 한마디로 정리했다.

「그렇다는군.」

겨울이 한 생각을 그라고 안 했을까. 처음부터 무가치한 의견이라 여겼을 것이다.

나쁜 소식은 여기서 그치지 않았다.

「서쪽과 동쪽의 강 상류로부터 변종들이 대규모로 떠내려 오고 있다.」

로저스 중장이 무인기가 포착한 장면을 공유했다. 적외선으로 촬영한 상류의 강기슭에선 십수 킬로미터에 걸쳐 무수히 많은 열원들이 흐르는 물로 뛰어들고 있었다. 이따금씩 그들의 머리 위로 불벼락이 쏟아졌다. 변종들은 흘러넘치는 죽음에 아랑곳하지 않았다. 물가가 시체로 뒤덮였다.

화면이 바뀔 때마다 비슷한 장면이 반복되었다. 여러 지점에서 동시다발적으로 벌어지는 일이란 뜻이었다.

장군이 평했다.

「아무래도 우리가 상대하게 될 변종집단의 숫자가 예상보다 좀 더 많아질 모양이야.」

본래는 최대 10만을 좀 넘는 규모를 예상했었다. 여기서 더 늘어난다면 어디까지 내다봐야 할까. 15만? 20만? 이쪽의 화력이 압도적이어도, 굴곡 많은 지형에서 상대하긴 부담스러워지는 숫자다.

겨울은 의구심을 품었다.

'추위에 대해서는 저항력을 갖췄다고 쳐도, 저 많은 변종들이 전부 헤엄을 치진 못할 텐데.'

평범한 변종들에게 수영처럼 섬세한 운동은 무리다.

'다른 변종들이 하류에서 건져내는 형식인가……'

궁구해 봐도 변종들 처지로는 다른 방도가 없었다. 그러나 이 주변의 강들은 폭이 최소 50미터에 이르니, 건져내는 과정에서 다대한 손실을 감수해야 할 것이었다. 그냥 흘러가 버리는 놈들은 대사억제가 한계에 달하는 시점에서 발버둥 치다가 익사해 버릴 터.

반대로 말하면, 그 정도의 손실을 감수하고서라도 이쪽을 물어뜯으려 한다는 의미가 된다. 에스더의 말처럼 어지간히 필사적인 놈들이었다.

이는 필시 자유의 요새 쪽 임무부대가 새겨주었을 교훈. 인간들이 한 번 진지를 단단히 구축하고 나면, 변종들 입장에선 아무리 많은 소모를 각오해도 뚫어낼 확률이 희박하다. 에스더의 말대로라면 교활한 것들은 로저스 합동임무부대의 의도를 단단히 오판한 상태. 전력 집중을 서두르는 것도 이해가 가는 일이었다.

철저한 사전준비가 오히려 독이 되는 경우라니. 아이러

니하기 짝이 없었다.

이어 케식 위주의 특수변종들이 일반 변종들을 뒤로하고 빠른 속도로 접근중이라는 정보도 들어왔다. 특유의 길쭉길쭉한 팔과 다리는 적외선 화면으로도 쉽게 식별할 수 있었다.

이로써 변종집단 선두가 사정권에 들어오기까지 남은 시간은 갑작스럽게 절반 이하로 줄어들었다.

「이상하군. 아무리 급해도 저것들만으로 공세를 걸어올 작정은 아닐 텐데.」

카프라로프 소장의 말에 즈베레프 소장이 냉소했다.

「정말이라면 환영할 일이지만, 중요 전력을 그런 식으로 낭비할 만큼 멍청할 리는 없겠지.」

특수변종의 위력은 대규모 집단을 동반할 때 비로소 극대화된다. 각각의 개체가 유별나게 강력하더라도 이쪽의 화력을 분산시키지 못하면 개죽음을 맞이할 따름.

「보나마나 의도는 진짜배기 공격에 앞서 이쪽의 체력과 탄약을 소모시켜 놓는 것…… 혹은 후속집단이 도착하는 대로 공세에 돌입할 수 있도록 준비를 해두는 것. 이를테면 참호선이라거나. 남미에서도 그걸로 재미를 많이 봤을 테니.」

전투에 특화된 특수변종의 완력이면 겨울철의 땅이라도 순식간에 파헤칠 것이다.

「그렇다고는 하나 꽤 자신감 넘치는군. 배후에 있을 놈들의 지능이면, 핀 포인트로 공습을 당하는 시점에서 우리가 제 놈들 움직임을 뻔히 다 읽고 있다는 사실쯤은 눈치챘을 텐데.」

「반대로 우리의 움직임을 읽을 자신도 있다는 거겠지. 그러지 않고선 중요전력을 단독으로 위험에 노출시킬 리가 없으니까.」

「역시 그 염병할 신경망인가.」

빠르게 주고받는 의견의 끝은 겨울이 지나가듯이 떠올렸던 가설로 수렴되었다. 지저신경망이 단순한 신호전달 체계를 넘어서 진동이나 압력의 변화까지 느끼는 감각기관을 겸한다면, 변종들이 보여주는 자신감도 설명할 수 있다.

이런 추측에 도달한 게 겨울 혼자만은 아니었던 것이다.

217연대장 브루실로프가 불편한 기색으로 말했다.

「그게 사실일 경우 기동방어는 곤란하겠습니다. 기동로가 제한적인 상황에서 저 병신들에게 둘러싸인다면 장갑차고 전차고 손실이 불가피할 테니까요.」

제로 그라운드의 중심, 구 중국군의 탄도탄 기지는 산기슭을 파고드는 협곡 내부에 위치했다. 핵공격에 대한 지형적인 방호력을 확보하기 위해서다. 그래서 로저스 합동임무부대가 구축한 경계선의 일부는 그 일대의 굽이치는 능선에 걸려있었다.

이 능선들은 본디 숲으로 가득하여 기갑세력에겐 도저히 어울리는 전장이 아니었다. 그러나 근 1년간에 걸친 폭격이 산간을 초토화시킨 덕분에, 적어도 제로 그라운드 인근에서는 기갑차량 운영에 그럭저럭 지장이 없게 되었다. 드문

드문 남아있는 나무 밑동들을 빼면 탑재화기의 사선을 가로막을 장애물도 딱히 없다.

그리고 딱 거기까지가 한계였다. 오래된 숲을 차량운행이 자유로울 만큼 파괴하는 건 결코 쉬운 일이 아닌 까닭. 따라서 이쪽에서 치고 나갈 길은, 체급이 가벼운 공수기갑 차량의 험지주파능력을 감안해도 의외로 한정적이었다. 장애물이 많기에 교전거리마저 짧아진다.

기갑은 애당초 산악전에 적합한 병과가 못 되었다. 다만 탁월한 화력과 방어력 때문에, 그리고 병사들에게 줄 심리적 안정감 때문에, 방어선을 고수하면서 시간을 끌면 그만인 임무의 주력으로 선택되었을 뿐.

겨울이 제안했다.

"역으로 다시 한 번 유인을 걸어보는 건 어떨까요."

로저스 소장이 무표정하게 되물었다.

「어떻게 말인가.」

"지저신경망이 감각기관의 일종이라고 가정해도, 포격과 폭격의 잔향이 계속되는 와중에 보병들의 도보이동까지 감지하진 못할 겁니다. 신경망의 깊이도 깊이고요."

겨울은 거미를 떠올렸다. 거미는 제 집에 걸리는 먹이를 줄의 진동으로 감지하지만, 비바람이 몰아치는 날이면 하루살이처럼 작은 먹이가 걸리는 것까지 알아차리진 못한다. 제 눈으로 직접 보거나 냄새를 맡는 경우를 제외하고.

「즉 기갑을 미끼로 적을 속인 다음 보병으로 배후를 치자?」

"예."

「기갑도 기갑이지만, 보병의 위험부담이 너무 크군.」

도보이동이 은폐될 거라는 것도 결국 추측에 지나지 않는다. 자칫 낙관적인 기대만으로 많은 인명을 사지에 몰아넣는 꼴이 될 수도 있었다.

「그래도 중대급 부대 몇 개로 시도해 볼 만하지 않겠습니까? 실패한다고 해도 구원이 가능하고, 그마저도 안 된다면 급한 대로 방어선을 축소해서 버틸 수 있습니다.」

브루실로프 대령이 겨울의 의견에 힘을 실었다.

「어차피 이대로 있으면 남는 건 무식한 힘겨루기뿐입니다. 그게 원래의 계획이긴 했지만, 최초 상정한 것보다 훨씬 더 많은 적을 상대해야 할 처지가 된 만큼……본격적인 소모전이 시작되기 전에 특수변종의 수를 줄여 놓는다면 큰 도움이 되겠지요.」

분위기는 긍정적으로 기울었다. 그러나 결정이 바로 나지는 않았다. 가장 중요한 건 역시 탄도탄 기지 수색 현장의 보호였기 때문이다.

「좋아.」

로저스 중장이 천천히 끄덕였다.

「한 번 판을 짜보지. 지금까지야 그렇다 치고, 앞으로 또 어떤 변수가 추가될지 모르니까.」

벌어둘 수 있는 이득은 기회가 닿을 때 벌어두는 편이 낫겠다. 그런 말이었다.

화상회의의 긴장감이 살짝 올라갔다.

이 순간에도 시간이 흐르고 있었으므로 역할분배는 과감

하게 이루어졌다. 다소 부족한 판단이나마 늦는 것보다는 나을 때가 있는 법. 지금이 바로 그런 경우였다. 어쨌든 변종들이 제대로 들이닥치기까지는 아직 여유가 남아있었으므로.

독립대대에서도 한 개 중대를 내보내기로 했다.

화상회의에서 빠진 겨울은 대대 참모들에게 함정의 개요를 브리핑했다. 작전장교 포스터는 브리핑 말미에 우려를 표했다. 겨울이 하차보병들과 함께 가겠다고 밝힌 탓이었다.

"Sir. 아무리 위험한 임무라지만, 당신께서 나서실 필요가 있겠습니까?"

싱 소령도 거들었다.

"차라리 제가 가겠습니다. 병사들이 적어도 본부를 원망하지는 않을 겁니다."

겨울이 타격대를 직접 이끌고자 하는 의도가 병사들의 심리에 있다고 판단한 듯하다.

'확실히, 신뢰도 면에선 아직 안심하기 이르지.'

대대 예하 각 중대는 훈련도 많이 받았고 실전경험 또한 괜찮은 수준으로 쌓았다. 그러나 근 1년간 하나의 대대로서 호흡을 맞춰왔음에도 불구하고, 여전히 출신성분에 따른 열등감과 거리감 같은 게 존재했다. 이건 차라리 보이지 않는 계급의식에 가까웠다.

요컨대, 겨울이 가장 신뢰하는 건 옛 독립중대원들이라는 것이다.

솔직히 말하면 그게 사실이기도 했다. 의도적으로 편애를 한다는 게 아니라, 실제 전투력에서 그만큼 차이가 난다는 뜻. 겪어온 실전이 다르기에 어쩔 수 없이 생기는 격차다.

같은 맥락에서, 겨울이 타격대로 찰리 중대원들을 선택한 것은, 만약의 경우에도 알파 중대가 방어선을 고수하는 한 탄도탄 기지까지 위험해질 일은 없으리라 판단했기 때문이다. 기지 수색현장 보호를 최우선으로 여기기는 겨울도 다른 장교들과 다르지 않았다.

그러니 여기서 찰리 중대가 큰 피해를 입게 되면 물 밑에서 안 좋은 소리가 돌기 쉬웠다. 브라보, 델타 중대에도 해당되는 이야기다.

그걸 막는 가장 좋은 방법, 즉 신뢰를 보여주는 가장 확실한 방법은 역시 책임자인 겨울 자신이 함께 위험을 감수하는 것 아닐까.

찰리 중대장이 지휘할 기갑 유인조도 겨울의 참여를 반길 터였다.

공격준비는 서둘러 이루어졌다. 변종들의 주력집단이 쇄도하기 전에 방어선으로 복귀해야 하는 까닭이었다. 목표의 달성 여부는 그다음이다. 겨울은 대대본부 인원 일부를 데리고 찰리 중대 하차전투조에 합류했다. 병사들은 한껏 긴장한 모습으로 겨울을 맞이했다.

겨울은 그들의 상태를 눈으로 훑었다. 비록 기갑차량이 빠진 상태라고는 하나, 후방에 남을 병력과 일부 무장을 교환했으므로 화력 면에서는 평범한 보병중대 이상으로 강력하다. 특수변종을 사냥하자면 당연한 조치였다. 풀을 먹인 듯한 뻣뻣함이 조금 신경 쓰이긴 하지만, 전투를 앞두고 긴장하지 않을 군인이 어디 있겠는가.

출발을 앞두고, 무전병이 각급 부대들과의 통신 상태를 점검했다.

"귀소측 감도, 리마 찰리, 리마 찰리. 당소 여하 이상."

[당소 싸마곤(Самогон) 액추얼. 선명하게 잘 들린다, 데이비드 액추얼.]

러시아식 악센트가 들어간 답변. 통신문법은 미국의 것을 따랐다. 독립대대의 각 중대 및 분할된 대대본부를 포함하여, 공수군을 비롯한 다른 부대들과의 교신도 원활하게 이루어졌다. 1년 내내 전파추적 미사일을 두들겨 맞았을 트릭스터들은 함부로 방해전파를 사용하지 않았다.

'그건 결정적인 순간까지 아껴두겠지.'

그리고 그 결정적인 순간이 오지 않도록 만드는 게 성실한 지휘관의 역할이었다. 변종들에게 있어서의 결정적인 순간이란 최소한 적아가 극도로 근접한 상황을 의미할 테니까. 모든 포격지원이 위험근접(Danger close)이나 진내사격(Broken arrow)으로 수렴하게 되면, 교활한 것들은 전력으로 지저분한 전파를 방출하여 지휘체계의 완전한 마비를 꾀할 것이다.

변종들이 인류와의 전쟁을 치르며 확립한 나름의 '교리'였다.

짧은 여유가 허락하는 한도 내에서, 겨울은 눈에 보이는 대로 중대원들의 손을 잡고 격려했다. 예상에 없었던 대대장 노릇이 햇수로 벌써 2년째다. 이젠 「암기」의 도움 없이도 대대원 전원의 이름을 외우는 겨울이었다.

당연한 말이지만, 간부와 병사를 불문하고 겨울을 싫어하는 사람은 없었다. 이는 예전에 곱씹었던 보이지 않는 벽과는 또 다른 문제였다.

그저 소대장 가운데 하나가 애써 침울함을 감추는 기색이긴 했다.

"우리가 좀 더 믿을 만했다면 중령님께서 직접 오진 않으셨겠지."

그가 중얼거리는 말을 듣고, 곁에 있던 동일 계급의 동료가 식겁을 하며 그의 옆구리를 찔렀다. 한편으론 혹시라도 들었을까봐 겨울의 눈치를 살핀다. 일반적인 청력을 기준으로 닿을락 말락한 거리였다.

시선이 마주친 겨울은 모르는 척 그를 향해 미소 지어 주었다.

눈치를 보았던 소대장이 안도했으나, 겨울 입장에선 침울한 쪽이 오히려 마음에 드는 것이었다. 소대장 중 나머지 셋은 겨울의 합류를 그저 반갑게 여기고만 있다.

일본계 난민 출신 하급 장교들은 명령을 철저하게 이행하는 것만이 자신들의 역할이라 여기는 경향이 있었다. 여기엔 난민구역에서의 경험 외에도 문화적인 영향이 있지 않나 싶었다. 점차 나아지는 중이어도, 아직은 이들에게 능동적인 판단력을 기대하기 힘든 것이 사실. 이는 소대장과 중대 참모들을 가리지 않는다.

그 판단력에 기갑유인조의 목숨을 맡겨두기도 곤란했다.

곧 시간이 되었다. 겨울은 마지막으로 중대장에게 손을 내밀었다.

"좋은 활약 기대할게요, 중위. 살아서 다시 만나죠."

"최선을 다하겠습니다, Sir."

중대장 아서 마츠다이라 중위가 정자세로 악수를 받았다. 중위는 긴장한 한편으로 각오와 기대감을 품고 있었다. 겨울은 그 기대감을 잠시 눈여겨보았다.

'그래도 무모한 행동을 할 사람은 아니지.'

일본계 4세인 마츠다이라는 브라보 중대장인 개빈 챙과 공통점이 많았다. 사관학교 출신으로 생도시절의 성적이 우수한 편이고, 혈통에 대한 인식이 희미하다는 점에서.

다만 겨울의 휘하로 오게 된 동기는 조금 달랐다. 마츠다이라는 독립대대야말로 빠른 출세의 지름길이라 생각하여 치열한 경쟁을 뚫고 들어온 경우였다.

바로 그렇기에, 겨울의 눈 밖에 날 행동은 절대 하지 않을 사람이었다. 이해타산과 별개로 겨울에 대한 존경심을 감추지 않기도 했고.

그러니, 독립대대를 경력의 징검다리로 여기면 어떤가.

'자기 역할에 충실하면 그만인걸.'

서로 다른 사람들을 긍정하며 큰 그림을 완성하는 게 지도자의 역할이었다. 뭔가 하나 마음에 안 든다고 내치기 시작하면 종래에는 아무도 남지 않게 된다.

사람의 관계와 마찬가지였다.

쐐애애액-

이제까지는 없었던 제트 엔진의 소음이 별빛 아득한 천구를 가로질렀다. 남중국해의 항모전단에서 발사한 순항미사일(토마호크)[3]들이었다. 다수의 미사일이 연달아 작렬하여 멀리 있는 밤을 번뜩이게 만들었다. 섬광 다음엔 진동이, 진동 다음엔 폭음이 지나갔다.

직후엔 간헐적으로 무의미한 전파를 방출하는 디코이도 뿌려졌다. 혹시나 있을지 모를 트릭스터를 교란하기 위한 조치였다. 당연히 이쪽에서는 해당 전파를 걸러낼 수단을 갖췄다.

1년간의 모든 준비를 쏟아 붓는 밤이다.

겨울이 신호했다.

"가죠. 1소대, 3소대부터 출발."

두 개 소대가 전진하고, 나머지 한 개 소대와 화기소대가 그 뒤를 따랐다.

끊임없이 포성이 울리고 머리 위로 포탄이 지나가는 가운데, 한 개 중대 병력이 어두운 길로 나아가는 발걸음들은 극도로 신중하고 조심스러웠다. 매복위치에 도달하기까지

3　BGM-109 Tomahawk. 1983년에 실전배치된 아음속 순항미사일. 크게 대지/대함용으로 구분한다. GPS와 관성항법장치를 활용하여 정밀타격이 가능하며 오차범위는 10m 이하. 궤도 변경과 저고도 순항이 가능하여 탐지 및 관측을 피하기 쉽다. 최대 사거리는 버전에 따라 1,250 ~ 2,500km로 다양하다. 핵탄두 탑재형도 존재했었다.

는 최대한 전투를 피하는 편이 좋다. 모두가 하나같이 숨을 죽여, 눈이 뽀득뽀득 밟히는 소리조차 귀에 거슬릴 지경. 이 발소리가 지저의 역겨운 뿌리에 닿을까 봐 그렇다.

통신망에선 쉴 새 없이 적들에 대한 정보가 갱신되었다.

[라인 퀘벡, 5-3-0-1, 2-4-0-5, 일반변종을 매달고 있는 감마 케식 7체…….]

비록 장소는 달라도 겨울 또한 같은 괴물을 보고 있었다.

[선두 정지.]

칙 하는 잡음과 함께 전해지는 목소리. 병사들이 느릿느릿 자세를 낮추며 숨을 죽였다.

팔다리가 길쭉길쭉한 이형(異形)의 특수변종 무리가 듬성듬성 간격을 벌린 채 1소대 전면을 통과하는 중이었다. 낮은 절벽을 기어오르다시피 튀어나와 거리가 지나치게 가깝다. 당황한 1소대 전열이 소대장의 통제 하에 슬금슬금 뒤로 물러났다.

최초의 거리는 약 30미터. 그것이 50미터가 되고 60미터가 되기까지, 변종들은 이쪽으로 고개를 돌리지 않았다. 달빛 없는 밤의 장막 덕분이었다.

"망할(糞)……."

근처의 병사가 속삭이듯 욕설을 중얼거렸다. 놀란 탓에 새어나온 모국어였다. 방독면 전성판을 통과하는 숨소리가 거칠다.

솔직히, 겨울도 심장이 조금 두근거렸다. 물러나는 병사들이 실수로 넘어지거나 무기를 떨어트리거나 해서 소음을 내지 않을까 걱정스러웠던 까닭이다. 신장에 비해 피탄 면적이 좁고 팔다리가 각각 3미터씩인 괴물이 무더기로 발광하며 달려들었다면, 적어도 소총수 한 개 분대 정도는 사지가 찢어지고 말았을 것이다. 이긴다 한들 작전에 지장이 생기는 건 물론이다.

적외선 센서가 감지한 케식의 실물은 사전에 접한 영상과 자료보다 더욱더 기괴했다. 체온 보존이 잘 되는지 신체의 대부분이 보랏빛이었다. 기다란 팔다리로 우르르륵 움직이는 꼴이 거대한 벌레처럼 보이기도 했다.

딸깍.

무릎을 꿇은 겨울이 야시경을 조작하여 열상의 온도별 색채전환기능을 껐다. 순수하게 빛을 증폭하는 방식으로 전환된 시야는, 약간 어두워지긴 했어도, 놈들의 창백한 형상을 전보다 분명하게 보여주었다. 울긋불긋한 이미지로는 알아보기 어렵던 부분 역시도.

'정말로 다른 변종을 업고 있군.'

앞서 무인기 영상으로 볼 땐 오직 전환된 열영상뿐이어서 놓쳤던 부분이다.

매달리다시피 업혀있는 녀석의 몸집이 작은 편이기도 했다.

보나마나 교활한 것들의 구상이었을 것이다. 인간을 상대하는 싸움에선 크기가 작을수록 유리할 때가 있음을 알 테니까. 작은 체구는 야음을 이용하기에도 좋다.

그래도 다행히, 자그마한 놈의 다리는 스캠퍼 특유의 역

관절이 아니었다. 그저 근육이 단단한 미성숙체일 따름. 이 대륙에 트릭스터를 풀어줄 때 가장 걱정하던 일 중 하나, 수렴변이 같은 건 일어나지 않았다. 미주의 변종들이 지닌 강점이 고스란히 중국 대륙으로 옮겨왔다면 무척이나 골치 아프게 되었을 것이다. 데들러라든가, 위퍼라든가.

끼이이이-

덩치 큰 괴물들의 무리 후미에서 다섯 개체가 우뚝 멈춰섰다. 서로 다른 방향을 보며 코를 킁킁거린다. 뭔가 눈치를 챘는가 싶어 불안해지는 순간이었다. 놈들이 적대적인 괴성을 지르는 순간 앞서 지나간 놈들도 모조리 반전할 것이다.

아니나 다를까, 곧바로 무전이 날아왔다.

[칩니까?]

겨울은 작게 답신했다.

"아직. 유도 레이저 찍고 포반에 좌표 전송해요. 유도포탄 사격임무. 신호하면 쏘라고."

교전이 불가피할 경우엔 레이저 유도기술이 적용된 박격포탄부터 떨구겠으나, 지금 당장은 아니다.

'지금 포탄이 작렬하면 사방팔방으로 흩어지겠지. 일부는 이쪽으로도 돌입한다.'

몰살시킬 자신은 있다. 그러나 목적은 그게 아니다. 저 괴물들은 이상을 깨닫기 전에 살상지대에 갇혀있어야 했다. 근방의 동종 대다수와 함께.

짧지만 기력을 빨아먹는 기다림이 지나갔다. 포탄 유도

용 레이저 말고도, 소총에 달린 표적지시기의 광선들이 변종들의 몸뚱이에 별을 뿌린 듯한 광점을 찍어놓았다. 그 녹색 점들은 사수들의 심장박동에 따라 조금씩 흔들렸다. 더불어 대전차화기 사수들이 각자의 부사수와 함께 발사준비를 마쳤다.

그러나, 운 좋게도, 다섯 케식은 끝까지 이쪽을 알아차리지 못했다.

중대는 놈들이 멀어지는 것을 보고서 다시 이동하기 시작했다. 다리를 질질 끌며 지나간 괴물 집단의 흔적과 무수한 군화의 발자국들이 어둠 속에서 교차했다.

후방에선 개인화기와 차별화된 총성, 그리고 포성이 메아리쳤다. 겨울은 때때로 땅에 튕겨 공중으로 사라지는 예광탄 줄기와 포탄의 광채를 보며 전투의 양상을 어림잡았다.

'역시, 치명적인 피해가 발생하지 않을 거리를 두고 탄약을 소모시키는 중인가.'

이 또한 교활한 것들의 지혜였다. 평범한 변종들의 무수한 죽음으로 쌓아 올린 경험.

이후로도 병사들의 진을 빼놓는 고비가 반복되었다. 오직 어둠과 정적에 의지하여 크고 작은 변종들과 근거리에서 스쳐가는 순간들. 변종들은 수시로 진로를 가로막았다.

그나마 적당한 거리가 있을 땐 포격을 유도하여 박살을 내고 통과했다. 작은 것들만 얼쩡거리는 드문 경우엔 지정사수들이 무음으로 사살했고.

'그래도 이 정도면⋯⋯.'

예상보다는 수월하게 나아가는 셈이었다. 겨울이 직접 길을 고르는 보람이 있었다. 탁월한 감각보정은 감염된 본능과 첨단기기 이상의 효율로 어둠을 꿰뚫었다.

그렇게 얼마나 더 걸었을까. 소대장이 겨울에게 보고했다.

"Sir. 매복지점에 도달했습니다."

겨울이 끄덕였다. 보고를 받기 전부터 지형을 보고 알고 있었다. 경사가 한쪽은 급격하고 한쪽은 완만한 언덕. 완만한 쪽이 방어선을 향해 기울어 있어, 변종집단이 이쪽으로 진입할 경우 체력은 체력대로 낭비하고 포화는 포화대로 두들겨 맞을 지형이었다. 교활한 괴물들이 미치지 않고서야 이곳을 변종집단의 진입로로 쓰진 않을 것이었다.

척박한 고원의 언덕답게 풍화되다 만 바위가 여기저기 분포했다. 사전에 지형정보를 숙지할 때부터 엄폐물로 쓰기 좋겠다고 생각했던 것들. 거리가 멀다 싶으면 일반변종을 포함하여 온갖 것을 다 집어던지는 케식의 행동양상을 고려할 때 이보다 더 유리한 매복지점은 존재하지 않았다.

"각 소대는 경계선 구축을. 지원화기 위치는 내가 직접 정합니다."

겨울이 고속유탄포와 경기관총을 거치할 위치를 일일이 지정해 주었다. 최적의 살상효율을 뽑아내자면 전술적인 「통찰」에 기대는 편이 나았다.

'요즘은 감각적으로 잘 구분이 안 가지만.'

근래 들어 겨울이 자주 느끼는 감각적 혼란이었다. 본연의 감각과 보정으로서의 감각 사이, 한때 뚜렷했던 경계가 갈수록 희미해지고 있었다. 지난 스물여섯 차례의 종말에선 느껴본 바 없는 착각. 겨울은 고개를 흔들어 잡생각을 떨쳐냈다.

'일반 소총수들은 일단 소대장들이 알아서 하게 두고-'

마음에 안 드는 부분을 교정하면 될 것이다. 소대장들의 역량을 실전상황에서 검증할 기회이기도 했다. 안목이 있다면 겨울이 정한 지원화기의 살상범위에 맞게 소총수들을 배치해 놓을 테니까.

경계선 전방에는 지형지물과 쐐기에 의지하여 단단히 고정시킨 몇 줄의 도폭선이 깔렸다. 1차적인 역할은 물리적인 장애물이다. 겨울이 예상하기로, 이토록 깜깜한 밤엔 집중된 사선상에서 발목을 걸어 넘어뜨리는 정도로도 충분한 혼란을 유발할 수 있을 것이었다.

격발은 그다음 차례였다.

도폭선 안팎엔 병사마다 몇 개씩 들고 온 산탄지뢰들이 깔렸다.

"서둘러! 곧 유인조가 온다! 시간이 얼마 없어!"

소대장들이 소리 죽여 작업을 재촉했다.

배후에서는 1킬로미터쯤 떨어진 곳에서 공수군 중대가 작전 중이었다. 측면에 산을 끼고 있었으므로 공수군 중대와 이쪽 사이엔 변종들의 밀도가 떨어졌다. 감염변종들이 인간보다 강인하다고는 하나, 대규모로 이동할 땐 무리를 통제하기 쉬운 길을 고르는 법. 칠흑 같은 어둠 속, 굴곡이 거친 혹한의 산은 이동경로로 삼기에 적합하지 않았다.

즉 이번 매복은 변종들에게 수준 높은 통제력을 발휘할 개체들이 있기에 비로소 가능한 작전이었다. 지형에 의거하여 변종집단의 진입 방향을 예측할 수 없었다면 구상 단계에서 그쳤을 것이다. 트릭스터를 풀어놓고 얻은 거의 유일한 전술적 이점이었다.

그래도 간간이 길을 잃고 헤매다가 튀어나오는 놈들이 있었다. 접근 중인 무리의 규모가 규모다 보니 그런 식으로 출현하는 숫자도 은근히 많았다.

그것들은 지정사수, 혹은 로켓 사수가 나서서 침묵시켰다. 사방에서 포격이 이어지고 있었으니 짧고 강렬한 소음쯤은 큰 문제가 되지 않았다.

'지저신경망이 있으니 무리와 떨어져도 어떻게든 목적지까지 올 순 있는 건가.'

교활함이 없는 것들과 지저신경망을 까는 개체들 사이선 대체 어떤 방식으로 정보전달과 방향유도가 이루어지는 걸까. 겨울은 그것이 의문이었다. 비가청영역의 음파일 수도 있겠고, 곤충들처럼 페로몬을 분비할 수도 있겠지만, 당장은 알아낼 방법이 없었다.

기갑유인조의 교전 현장이 가시권에 들어왔다. 장갑차가 발사하는 중기관총은, 야시경의 시야에선 레이저를 끊어 쏘는 것처럼 보였다.

속도가 빠른 특수변종들이 장갑차와 전차 대열을 노리고 모여들었다. 지형의 요철을 이용해 빙글빙글 돌면서 기회를 엿보는 중. 숫자가 점점 늘어난다. 꿈틀거리는 역병의 띠였다.

곧 섬멸에 착수해야겠다고 생각할 즈음에, 겨울은 사령부로부터의 갑작스러운 연락에 눈살을 찌푸렸다.

"생물학적 오염 경고라니. 이제 와서?"

영문을 모르기는 말을 전한 통신병도 마찬가지였다. 제로 그라운드야말로 생물학적 오염의 중심지가 아니던가. 새삼스럽다 못해 엉뚱하기 짝이 없는 경고였다.

'전 병력이 4단계 방호태세(MOPP level 4)를 갖추고 있는 마당에 따로 오염에 대비할 필요가 있는 것도 아니고…….'

기실 이 이상의 오염방지대책 같은 건 있지도 않다. 양압(陽壓) 장치가 달린 장갑차로 피신하는 걸 제외하고. 지속적으로 양의 압력을 유지하는 장갑차 내부는 설령 작은 틈이 생겨도 외부의 공기가 유입되지 않는다. 안팎의 거의 완전한 격리. 그러나 거기에 의지할 수밖에 없을 상황이면, 정상적인 전투는 이미 물 건너갔다고 봐야 할 것이었다.

통신병이 곤란해하며 말했다.

"저도 잘 모르겠습니다. 자세한 사항은 위성통신으로 전달하겠다고……. 상황이 허락하는 대로 연락하라는 전언입니다. 어떻게 할까요?"

로저스 중장이 바보짓을 할 리는 없으므로, 시급하진 않을지언정 분명 뭔가 일이 생기기는 생긴 것이겠다. 그래도 즉각적인 후퇴 명령이 빠진 걸 보면 사태의 심각성은 낮을 터. 겨울은 통신병으로 하여금 군사용 위성전화를 연결하도록 했다. 방독면 때문에 수화기를 대기가 불편했다.

"중령 한겨울입니다. 대체 무슨 일입니까?"

연결된 것은 로저스의 참모 중 한 사람이었다. 재커리 고반 대령. 의외로 올레마 거점에서부터 안면이 있는 사이다. 문자 그대로의 안면만 있을 뿐이어도.

「회색 상황(Code grey). 탄도탄 기지 조사 현장에서 격리 실패가 보고되었다.」

겨울은 잠시 말문이 막혔다. 사전에 약정한 바, 회색 상황이면 이제까지 발견된 적 없는 새로운 감염변종이 수색조의 봉쇄를 뚫었다는 뜻이었다. 그나마 위험성이 낮음을 의미하는 회색이니 망정이지, 적색이었으면 눈앞의 적보다 등 뒤를 더 신경 써야 했을 것이다.

생각이 여기에 미치자 겨울은 살짝 화가 났다.

"격리 실패라니……. 그쪽에선 일을 대체 얼마나 허술하게 처리한 겁니까?"

「내가 알겠나.」

대령도 황당하긴 매한가지인 모양.

「크기가 너무 작아서 놓쳤다지만, 결국은 변명이지. 진즉에 지휘체계를 통합했어야 하는 건데.」

기지 수색대와 조사단은 합동임무부대 사령부의 직접적인 지휘를 받지 않는다. 정치적으로 민감한 무언가가 발견될 경우를 대비한 조치 같았다.

낭비할 틈이 없다. 겨울이 빠르게 확인했다.

"작다면 얼마나 작습니까? 기지를 벗어난 개체 수는요?

밝혀진 특징은 있습니까?"

「영상분석 결과 크기는 최소 2인치(5.08cm)에서 최대 5.5인치(13.97cm) 사이. 탈출한 개체는 최대 스물 미만. 구체적인 특성은 아직 알아낸 바 없다. 포획한 개체를 살펴보겠다는군.」

"스물……."

「비취인가 3급 이하의 인원들에게는 크기가 작은 신종이 출현했다고만 알리게. 후방이 위험하다고 생각하면 곤란하니까.」

전모는 사실상 겨울만 알고 있으라는 소리였다. 겨울이 눈을 찌푸리며 대답했다.

"일단 통신을 종료하겠습니다. 적이 바로 눈앞입니다."

「건투를 비네.」

뚝. 연결이 끊어졌다. 겨울은 통신병에게 전화기를 던져 주었다.

'어차피 그것들이 여기까지 오려면 시간이 걸린다.'

최대 5.5인치라고 해봐야 한 뼘이 채 안 되는 크기다. 아타스카데로에선 뒤틀린 아기들이 인상적인 움직임을 보여주었었지만, 역시 성체에 비해선 손색이 있었다.

이 추위에 얼어 죽을 가능성도 있다. 숫자는 고작 스물.

그러니 병사들에겐 전투를 끝낸 다음 알려줘도 무방할 것이다.

후방에 남은 세 개 중대엔 싱 소령이 알아서 전파할 터이고.

"사격!"

무전으로 퍼지는 외마디 명령에 3개 소대의 반포위망이 불을 뿜기 시작했다. 화기소대는 그 배후, 겨울이 지정한 위치에서 강력한 지원화력을 퍼부었다.

끼에에에엑-

막 장갑차 대열을 분단하려 들던 변종들의 쐐기꼴이 엉망으로 짓뭉개졌다. 결정적인 순간에 예기치 못한 방향에서 포화를 얻어맞은 까닭이다. 사지 길쭉한 괴물들이 피를 흩뿌리며 발작한다. 등 뒤의 기습에 극도로 분노한 낌새. 어둠 속에서도 휘꺽 돌아보는 눈들은 역병의 광기로 물들어 있었다.

겨울이 그 눈알들 중 하나를 겨냥했다. 툭! 어깨를 치는 단발사격의 반동. 사선 끝의 안구가 터졌다. 한쪽 눈을 잃은 괴물이 혀를 빼물고 폭주했다.

직후 사방에서 불티가 튀며 갖은 돌이 박살 났다. 팔 긴 괴물들의 광란에 가까운 투석. 땅이 척박하다보니 긁는 대로 돌이고 자갈이다. 우스꽝스러운 팔매질이지만, 위력만큼은 그럼블의 투척 이상으로 파괴적이었다. 사납게 튀는 파편에 병사들이 몸을 움츠렸다.

삽시간에 탄창 하나를 비운 겨울이 무전기를 붙잡고 거친 말투로 목소리를 높였다.

"쏴! 간격을 내주지 마! 겁을 먹지만 않으면 반드시 이기는 싸움이다!"

이런 식의 정면대결에선 겨울 개인의 전투력이 큰 비중

을 차지할 수 없다. 적이 두려움을 모르는 괴물, 그것도 대다수가 특수변종들이니까. 경기관총 두셋 정도의 제압능력을 더해줄 수 있을 따름이다. 작은 건 아니지만, 핵심적인 역할을 하기는 어렵다.

그러나 겨울이 가진 힘은 전투력만이 아니었다.

"3번 유탄포! 11시 방향, 거리 150! 제압사격!"

그로부터 두 호흡 뒤, 불과 4초 만에 열다섯 발의 공중폭발탄이 작렬했다. 하나하나가 수류탄에 필적하는 위력이었다. 미친개처럼 달려오던 케식들이 일제히 땅을 구른다. 그러고도 숨이 붙어 벌떡 일어났으나, 대열은 이미 앞뒤가 끊어져있다. 크기는 그럼블이어도 그만큼 단단하지는 못한 놈들이었다. 소총이든 뭐든 박히기는 한다. 일단은.

기갑차량들도 올가미를 조이듯 호응했다. 기본적인 방어력이 있으니 대담한 기동과 화력투사를 선보인다. 공수가 역전된 지금, 변종들은 보다 약한 쪽을 우선적으로 씹어 먹는 게 최선이었다. 지금 더 약해 보이는 건 당연히 몸이 노출된 하차전투조다.

겨울은 위험한 찰나마다 사격을 가하며, 한편으로는 하나라도 새는 화력을 놓치지 않고 수습했다.

"거기! 기관총! 지금 어딜 쏘는 거야! 조준선을 끌어내려!"

예광탄 줄기가 변종들의 머리 위로 뻗어나가는 중이었다. 퍽퍽 돌 부서지는 소리에 기겁한 사수가 자꾸 목을 숙이는 탓이었다. 보지도 않고 그저 쏜다는 행위 자체에 매몰되는 경우. 본인은 필사적으로 싸운다고 생각하지만 결과적으론 탄약만 낭비하게 된다.

그 여백으로 괴물들이 밀려들고 있었다. 짐승을 능가하는 공격적인 야성이었다.

허겁지겁 교정된 사선이 그 대열을 좌우로 휩쓸었다. 퍼억 퍽 터지는 핏줄기들의 뜨거운 열상(熱像)이 녹색 시야에서도 선명하다.

이처럼 부대의 사선을 겨울의 감각으로 끌어들이는 것. 돌과 변종이 날아드는 가운데 시야가 좁아지기 십상인 병사들에겐 가장 즉각적으로 도움이 될 지시들이었다.

접근이 힘들어지자, 살아남은 케식들은 자연 엄폐물 사이를 지그재그로 뛰어다녔다.

빠악!

겨울 근처에서, 운 나쁜 병사가 머리에 묵직한 투석을 직격 당했다. 깨진 돌은 차라리 포탄에 가까울 질량이었다. 목이 돌아간 병사는 그대로 즉사했다. 푹 들어간 방탄헬멧 밑으로 피와 뇌수가 흘러내렸다. 시체는 뜬 눈으로 겨울을 본다. 곁에 있던 동료도 겁을 집어먹었다. 시체를 엄폐물 뒤로 밀어 넣은 겨울은 몸을 사리지 않고 병사들을 독려했다. 두려움을 모르는 지휘관만큼 사기유지에 좋은 것도 드물다.

그런 겨울에게 변종들의 공격이 집중되었다.

위이이익!

체구 작은 변종 둘이 숨 막히는 비명을 지르며 날아든다. 빗발치는 투석 궤도를 피하느라 여유가 없었던 겨울은 한 놈만 간신히 쏴 죽이고 나머지 하나는 상체를 비틀어 팔꿈치로 쳐 죽였다. 쾅! 하고 흔들리는 몸. 묵직한 관성을 힘과 무게중심으로 맞받아친 겨울은 관절이 삐걱거리는 통증을 억눌렀다. 주변의 언 땅이 부서지며 날카로운 불티가 튄다.

'정확도가?'

올라갔다. 어둠 속에서 무턱대고 던져대는 수준이던 조금 전까지와 달리, 트릭스터가 본격적으로 고삐를 잡은 느낌이다. 때마침 무전기에도 간헐적인 잡음이 섞였다.

그러나 이미 늦었다.

아니, 처음부터 너무 깊은 함정이었다고 해야 할 것이다. 겨울이 최초에 외쳤듯이, 겁을 먹지만 않으면 반드시 이기는 싸움이었다.

하늘에서 희미하게 높고 날카로운 소리가 들렸다. 레이저로 유도되는 박격포탄 세례였다. 연속으로 터지는 고폭탄들. 시야가 몇 번이나 주홍빛 잔상으로 물들었다. 밤을 사르는 폭발의 갈피에서 흉측한 그림자들이 현란하게 이지러졌다. 어지럽게 타오르는 죽음들이었다. 화력 통제를 맡았던 소대장이 주먹을 불끈 쥐고 뜻 모를 고함을 내지른다.

교활한 개체가 이 광경을 보고 있다면 필시 극도로 분노했을 것이다. 이렇게나 간격을 좁혀놓았는데 어째서 여전히 포탄이 떨어지느냐고.

그러나 이건 시작에 불과했다. 변종들이 첫 번째 저지선에 도달했을 때, 도폭선에 걸려 넘어지는 것들의 남동쪽 낮은 하늘에서 터보팬 엔진의 소음이 가까워졌다. 알라모 편대와 같은 기종의 공격기 두 대였다.

[데이비드 액추얼, 데이비드 액추얼. 당소 히트맨. 현시 각부로 귀소 측에 대한 근접항공지원에 돌입한다. 브레이크. 가용무장은 30밀리 고폭탄 2,228발…….]

허가를 받은 통신병이 지상으로 불벼락을 유도했다.

퍼퍼퍼퍼펑!

연속적인 폭발이 두 줄의 직선으로 질주했다. 몇 초 만에 수백 발씩 끊어 쏘는 무지막지한 포화(Short burst). 반대편에서 선회한 공격기가 같은 방식으로 반복해서 얼어붙은 밤의 대지를 갈아엎었다.

이어 2소대장이 날카롭게 외치는 소리.

"도폭선 1번, 격발!"

또 한 줄의 폭발적인 죽음이 더해졌다. 직후 연달아 터지는 산탄지뢰로 인해, 변종들은 결국 첫 번째 저지선을 돌파하지 못했다.

그리고 두 번째 이후의 저지선은 사실상 쓸모가 없어졌다. 변종들의 숫자가 줄어, 더는 돌파를 시도할 수 없게 되었기 때문이다.

이로써 전투는 실질적인 마무리 단계에 접어들었다.

그럼에도 폭음과 괴성이 계속되는 와중에, 겨울은 목덜미로 파박 튀어 오르는 뭔가를 본능적으로 잡아챘다.

텁!

위협의 정도가 약하여 바위 깨진 파편인 줄 알았건만, 잡고 보니 손아귀에서 강한 꿈틀거림이 느껴진다. 으직으직.

작지만 날카로운 이에 방탄섬유 장갑이 씹히는 소리.

'이건…….'

아무래도 기지를 탈출했다는 예의 그 작은 변종들 중 하나인 모양이다. 분홍빛 역병의 덩어리는 겨울의 손을 벗어나고자 안간힘을 썼다. 끼익 끼익 우는 소리가 무척이나 거슬렸다. 날붙이로 쇠를 긁는 수준의 소음이었다.

겨울은 이게 벌써 여기까지 왔다는 사실에 당황했다.

자그마한 것들에 대한 경고가 전파되면서, 찰리 중대 하차전투조는 짧은 시간 극심한 혼란 상태를 겪었다.

"확실해? 뜯어진 데 없는 거 확실하냐고!"

기관총 사수가 신경질적으로 부사수를 다그치는 소리. 제 방호복에 물어뜯긴 구멍이 없느냐는 질문이다.

"확실하니까 앞을 봐, 앞을! 보이는 놈들부터 쏴 죽이란 말야! 다 빠져나가잖아, 이 멍청아!"

부사수가 아닌 소대장의 일갈이었다.

그의 말대로, 십자포화에 죽어나가던 괴물들의 무리가 느슨해진 화망을 무더기로 빠져나가는 중이었다. 결정적인 섬멸이 바로 눈앞이었건만…….

그러나 한편으로는 이만하기를 다행이라 여기는 겨울.

'만약 이것들이 조금 더 일찍 나타났다면 거꾸로 우리가 섬멸 당할 처지에 놓였을지도.'

손아귀에서 발버둥치는 살덩어리를 내려다보며 하는 생각이다. 여태껏 방탄장갑을 질겅거리던 녀석은, 제 노력이 소용없음을 깨달았는지 이제 짧은 사지를 바동거리며 구속을 벗어나려 애쓰고 있었다. 이이익! 이익! 얼마나 힘을 쓰는지 몸통 전체에 근육과 혈관이 도드라졌다.

보다 거대한 것들이 이 틈에 들이치는 대신 달아나기를 택한 것으로 미루어, 역시 이 작은 것들은 트릭스터의 통제를 받지 않는 모양이었다. 즉 서로가 서로의 존재를 모르는 것이다.

막 기지를 탈출한 신종에게 2차 감염으로 전해지는 후천적 특질이 있다면 그게 더 이상할 노릇이지만.

겨울은 쥐고 있던 놈을 엄지로 꾸욱 누르기 시작했다. 괜한 잔혹성이 아니라 단단함을 확인하려는 것이었다. 압력은 어디까지 견딜 수 있는지, 골격은 얼마나 단단한지. 대응할 화기는 어느 정도가 적당할지. 상상을 초월하는 괴물들이 하도 많다보니, 크기가 작다고 방심할 수가 없었다. 감각상의 위협수준은 겨울 개인에 대한 직접적인 위협을 반영할 따름이다.

억세게 죄는 손 안에서, 호흡조차 불가능해진 작은 괴물이 필사적으로 몸부림쳤다. 눈에서 핏줄이 터지고 입 밖으론 내장이 밀려나온다. 의외로 뼈가 부러지는 소리는 나지 않았다. 유연하면서도 탄성이 강한 골격이다. 엄지 끝에 거센 박동이 느껴졌다. 죽음에 직면하여 빠르게 뛰는 심장은 사람이나 변종이나 매한가지였다. 푸쉭! 압력에 못 이긴 몸뚱이가 파열하는 순간에, 괴물은 고통을 능가하는 증오로서 겨울을 노려보았다.

미움을 담아낼 최소한의 지능이 존재한다는 뜻이다.

뿜어진 피에서는, 추운 날씨를 감안해도 많은 양의 수증기가 피어올랐다. 여타의 변종들보다 상당히 높은 체온. 어쩐지 두꺼운 장갑 너머로도 따뜻함이 전해진다 싶었다. 반 뼘짜리 사체를 위로 던져, 떨어지는 것을 대검의 칼날로 쳐올린다. 서걱! 날카롭게 벼려진 대검은 작은 몸뚱아리를 간단하게 베어버렸다.

겨울은 토막 난 사체를 발끝으로 굴리며 살펴보았다. 지질(脂質)이 꽤 있는 편이긴 하나 이것만으로 영하의 칼바람을 견디기는 무리다.

한마디로, 이 괴물은 굉장히 소모적인 특성을 보유했을 가능성이 높았다.

'좋지 않아.'

들판 곳곳으로부터 괴상한 불협화음들이 들려왔다.

끼익! 끼익! 끼이이익!

끼이익? 끽! 끼긱끽!

가까운 숫자가 한둘이 아니다. 시체로 뒤덮인 경사에서 타악 탁 튀어 오르는 움직임들을 헤아려보면, 당장 눈에 들어오는 것만 열을 넘는다. 도약의 높이는 때때로 2미터에 달했다.

재커리 고반 대령은 탄도탄 기지를 탈출한 개체가 최대 스물 남짓이라 했었다.

'하지만 그 전부가 이곳으로 몰려왔다…… 라는 건 지나치게 낙관적인 판단이겠지.'

결국 이 괴물들은 단시간에 급격하게 숫자를 불린 것이

다. 그게 물리적으로 어찌 가능한지는 아직 모르겠으나, 명백히 불길한 징조인 건 사실이었다.

"우왓! 이거 뭐야! 기분 나빠! 진짜로 기분 나빠!"

한 병사가 달라붙었던 괴물을 패대기치더니 신경질적으로 짓밟는다. 콱콱 찍어대는 군홧발 아래에서 괴물은 차바퀴에 깔린 설치류 꼴로 으깨졌다.

그걸 보며 동료들이 낄낄거렸다.

"어이, 후지오. 그런 걸로 호들갑 떨지 마. 꼴사납다고."

"젠장! 가, 갑자기 달라붙어서 놀랐을 뿐이야! 너네는 다를 줄 알아?"

"그래. 네가 그렇다면 그런 거겠지."

찰리 중대원들은 친근한 모국어를 주고받으며 긴장을 이완시켰다. 한 차례 혼란을 겪기는 했으나, 작은 신종이 그렇게까지 두려운 존재는 아니라 여기게 된 듯하다.

어느 정도는 화생방 방호복 덕분이기도 했다. 생화학 작용제로부터 전신을 지키고자 만든 물건인 데다, 신형이기에 기본적인 방어력까지 더해놨으니까. 변종에게 물리기 쉬운 부분엔 방탄섬유까지 들어가 있다.

손바닥보다 작은 괴물은, 확실히 단일개체로서는 별다른 위협이 되지 못한다.

허나 격전 중에 다수가 침투한다면 이야기가 다르다.

신형 방호복이 튼튼하다 한들 모든 부위가 방탄장갑만큼 견고할 순 없었다. 작은 괴물이 달라붙어 끈기 있게 씹어대다 보면 언젠가는 구멍이 나게 되어있었다.

동시에 전신 방호복은 착용자의 감각을 둔하게 만든다. 전투상황에서 채 1킬로그램도 되지 않을 살덩이가 붙는 걸 어찌 바로 알아차리겠는가.

심지어 물리고도 깨닫지 못할 확률이 높다. 전투흥분과 집중으로 인해 통증이 둔해지는 건 흔한 현상이니까. 전투 후, 내가 언제 이렇게 다쳤지? 라고 놀라는 경우가 여기에 해당한다. 그 상처가 괴물에게 물린 자국이라면…….

그나마 임무부대 전체가 방독면을 착용한 상태임을 위안 삼아야 할 것이다. 감염자가 생기더라도 곧바로 동료를 물어뜯지는 못할 터이므로.

대대장이 신경 쓰는 것을 눈치챘는지, 소대장 한 사람이 겨울의 의사를 물었다.

"어떻게 합니까? 유탄으로 싹 갈아엎을까요?"

시체가 널린 들판을 두고 하는 말이다. 작은 것들이 변종들의 유해에 달라붙고 있었다.

잠시 망설이던 겨울이 명령했다.

"쓸어요."

수를 늘리는 속도를 보아 의미가 있을지 의심스러웠으나, 그냥 두고 가는 것보단 나을 것이다. 오래 걸리지도 않을 테고.

한 쌍의 고속유탄발사기가 다시 한 차례 탁월한 살상능력을 과시했다. 두 문을 합쳐 초당 최대 10발씩 갈겨대는 대인유탄 세례. 이는 피와 살로 이루어진 것들에겐 화염과 파편의 재앙이나 다름없었다. 폭발을 피해 도약하는 것들은 폭압에 찢어진 육편의 소나기로 변했다.

그러나 그렇게 떼로 죽어가는 수는, 아까 보았던 것에 비해 더 늘어난 것 같았다.

겨울의 근심이 짙어졌다.

마츠다이라 중대장과 합류한 겨울은 병력을 차량에 태워 본래의 방어선으로 복귀시켰다. 그리고 자신은 곧장 사령부와 통신을 연결했다. 대체 상황이 어떻게 돌아가고 있는 건지, 또 새롭게 밝혀진 정보는 있는지. 이 순간에도 변종들의 주력 집단이 접근하고 있었다. 놈들의 괴성이 골짜기마다 메아리치는 상황. 여기에 자그마한 것들까지 숫자를 불려 달라붙었다간 대책을 마련하기 힘들어진다.

'그 크기에 수백 규모만 되어도 중대한 변수야.'

수천 이상이면 말할 것도 없다. 최악의 전개를 상상해보는 겨울. 상정 외의 괴물들에게 뒤덮여서는 독립대대든 공수군이든 정상적인 전투력을 발휘할 리 만무했다.

「일단 뭐가 되었든 칭할 이름이 필요하니, 정식으로 뮤테이션 코드가 확정되기 전까진 테라토마라고 부르겠습니다.」

지휘관들의 채널에 접속한 CDC 박사의 말이었다.

장군들은 어정쩡하게 반응했다.

「……테라토마?」

박사가 빠른 속도로 답했다.

「생긴 게 비슷하고, 생성과정에서도 외견상으로나마 유사한 모습을 보여서 말입니다.」

서로 살짝 엇갈린다. 장군들은 테라토마가 뭔지조차 모르는 눈치였는데, 박사는 왜 하필 그런 이름을 붙였느냐는 식으로 받아들인 것. 어쨌든 중요한 문제는 아니었으므로 그 부분을 지적하는 사람은 없었다.

「여하간 그 테라토마인지 뭔지, 번식이 어찌 저렇게 빠른 거요? 상식적으로 납득이 안 가는데!」

카프라로프 소장의 목소리엔 채 지우지 못한 위기감이 묻어있었다.

「번식이 아닙니다.」

「아니라고?」

「예. 탄도탄 기지…… 아니, 이젠 중국군 연구시설이라고 부르는 편이 낫겠군요. 아무튼 시설에서 확보한 데이터를 해독한 결과, 테라토마는 인간과 변종의 육체를 변형시키는 방식으로 스스로를 복제합니다.」

설명을 서두르는 것에 비해 내용상 잔가지가 많다. 하기야 이런 상황에 익숙할 리가 없는 인물이다. 중언부언하거나 중요한 정보를 생략하거나 말을 더듬지 않는 것만으로도 합격이었다.

「말하자면, 완전히 새로운 형태의 감염인 것이죠. 특히 이미 모겔론스가 장악한 육체, 즉 변종을 기반으로 이루어지는 변형은 속도가 무서울 만큼 빠르더군요. 여러분이 목격하신 게 그 결과물들일 겁니다.」

「Говно.」

소장이 욕설을 중얼거렸다.

「하면 골격은? 뼈까지 그렇게 변형시킬 순 없을 텐데? 복제된 놈들에게는 뼈가 없나?」

「변성된 단백질이 골격을 대신합니다. 코뿔소의 뿔 같은 거지요..」

코뿔소의 뿔은 뼈와 다르다.

끝까지 믿기 싫었던 듯 한숨을 내쉬는 소장.

「무엇을 상상하든 항상 그 이상이군! 그럼 뭐요, 그 테라토마 뭐시기한테 물린 변종은 얼마 못 가 무조건 같은 무게의 자잘한 괴물들로 쪼개진다는 뜻이오?」

「그렇진 않습니다. 그렇게 급격한 변형은 당연히 많은 열량을 소모하는 데다, 이미 있는 개체들도 양분을 흡수하니까요. 제대로 된 연구가 진행되어야 정확하겠습니다만, 얼추 원래 무게의 절반이나 남으면 다행일 겁니다. 제 추측으로는 모겔론스 확산을 제어할 수단으로서, 또는 모겔론스 자체를 대체할 무기로서 의도적으로 만들어진 결과물이 아닌가 싶습니다.」

「제어수단? 저 분홍 메뚜기 떼가?」

「어떤 연구든 중간과정, 혹은 실패작이라는 게 있지 않겠습니까?」

「염병……!」

로저스 중장이 건조하게 물었다.

「무기라고 판단한 근거는 뭐요? 역시 기지에서 나온 데이터인가?」

박사가 즉답했다.

「아뇨. 추가적인 해독은 아직. 다만, 무제한적으로 증식하는 놈들이 일반 대사에서도 열량 소모가 어마어마하기 때문입니다.」

「무슨 상관인지 모르겠군.」

「다시 말해, 우리가 아는 모겔론스보다 통제하기가 쉽다는 의미입니다. 열량이 공급되지 않으면 길어봐야 몇 시간 이내로 활동이 정지될 겁니다. 여기처럼 추운 지역에서는 채 한 시간도 지나지 않아 대사억제에 들거나 동족을 잡아먹거나 하겠지요. 극단적인 대사가속과 대사억제 사이에 중간이라는 게 없는 놈입니다. 크기가 작아서 지능도 떨어지겠고요. 생물병기로서는 우리가 보아온 모겔론스보다 이상적인 모습이 아니겠습니까?」

극단적인 대사가속. 겨울이 예상했던 소모적인 특성의 실체였다.

'추위는 순수한 열량 소모로 견디는 것이겠고.'

그렇기에 그 자체로는 결코 오래 활동할 능력이 없다. 끊임없이 양분을 공급해줄 숙주가 필요하다.

'대사억제로 견디는 능력은 오히려 평범한 변종보다 더 우수한 건가?'

닫힌 폭압문, 완전히 격리된 기지. 그 안에서 햇수로 3년째 대사억제만으로 살아남았다면 겨울처럼 판단할 수밖에 없었다.

「문제는 지금 변종들이 사방에서 밀려들고 있다는 거로군.」

로저스 중장의 음성이 한층 낮아졌다.

「최소 수십만의 숙주들이…….」

당초 일출 전까지 도달하리라 예상했던 수십만과, 그 뒤로도 교활한 것들이 필사적으로 밀어 넣을 수백만, 혹은 수천만. 거기에 놈들을 잡아먹을 테라토마까지. 어느 한쪽만 있다면 그나마 쉽게 처리할 수 있을 텐데, 둘 다 동시에 상대해야 한다는 점이 진짜 문제였다.

물론 테라토마는 변종들에게도 적이나 다름없다.

하지만, 포격과 폭격을 경계하여 전선으로부터 거리를 두고 있는 교활한 것들이 이 어둠 속 작은 것들의 존재를 제대로 파악할 수 있을까?

파악한다 한들, 2차 감염으로 테라토마에 대한 통제력을 확보하기조차 곤란하다. 평범한 변종들은 무는 힘을 제어 못 해 과다 출혈로 죽일 테고, 그게 아니더라도 2차 감염보다는 증식하는 속도가 더 빠를 것이므로.

게다가 이쪽에서는 탄도탄 기지 조사 작업이 지연될 게 뻔하다.

임무부대의 철수조차 불가능해질 가능성이 높았다.

로저스는 이미 조기철수를 고려하고 있을 것이었다.

「어렵게 생각하지 맙시다.」

즈베레프 소장의 목소리였다.

「어떻게든 방어선을 사수할 방법은 있습니다.」

「구체적으로는?」

로저스 중장이 묻자, 소장은 침착한 어조로 답했다.

「최악의 경우, 전 병력을 승차시킨 다음 근접위험사격으로 전술핵을 갈기면 됩니다. 항모전단에도 추가적인 핵 투발을 요청하고 말입니다. 당장 독소 누적보다 더 심각한 위기가 발생했는데 마냥 안 된다고만 하지는 않겠지요.」

「……..」

「그렇게 형성된 방사능 오염지대의 연속선상에서 자그마한 것들은 살아남지 못할 겁니다. 덩치가 큰 놈들도 오래 버티진 못할 테고요. 놈들도 결국엔 살아있는 생명체들인즉. 풍향에 따라 폭발고도를 조절하면 탄도탄 기지로 낙진이 떨어지는 것도 막을 수 있습니다. 그쪽은 폭압문이 뚫렸으니 조심해야지요. 혹시나 모겔론스의 원형이 오염될지 모르니까.」

리코라드카나 체르노보그 같은 특수변종들도 기껏해야 마이크로시버트(100만분의 1 시버트)단위로 피폭되어 있을 뿐이다. 수십 내지 수백 시버트에 달하는 강렬한 방사능에 노출되면 변종이든 뭐든 줄줄이 죽어나가는 게 정상이었다.

그러나 이 제안에 따르자면 임무부대 역시 최소한의 피폭을 각오해야 한다. 핵포탄 근접위험사격은 최소 수 킬로미터 거리에서 버섯구름을 보게 된다는 뜻. 양압 장치를 갖춘 장갑차든 최신형 방독면과 방호복이든, 방사능에 대해선 완벽한 대책이 되어주지 못한다.

또한 교전에 의해서든 테라토마에 의해서든 방호복이 상하는 경우도 고려해야 했다. 아주 작은 손상이라도 치명적으로 작용할 것이다.

무전망에 잠시 침묵이 감돌았다.

「아예 우리 머리 위로 낙진이 떨어지도록 만들어도 좋겠지요.」

즈베레프 소장이 말했다.

「극단적으로 말해서, 우린 작전 목표를 달성하는 순간까지만 살아있으면 됩니다.」

전 병력이 방사능에 중독된다 한들 임무만 성공시키면 그만이라는 이야기였다.

「냉전 시대의 광기로군.」

탄식인지 냉소인지 모를 로저스 중장의 메마른 소감.

그러나 작고 무수한 것들을 상대로는 기존의 전략과 전술이 예외 없이 무용지물이었다.

하다못해 무기조차도 그렇다. 폭발성이 아닌 모든 자동화기는, 테라토마와 대적할 땐 사실상 쓸모가 사라지는 수준이었다. 하나하나 침착하게 정조준으로 쏜다고 쳐도 탄약 소모가 감당 못 할 만큼 증가해버릴 테니까. 차라리 냉병기 쪽이 더 효과적일 수도 있겠다.

그러니 달리 어떤 대책이 있을 수 있겠는가.

대비한 범위를 한참이나 벗어난 적의 출현. 임기응변 외의 지휘라는 게 무의미해진 시점에서, 로저스가 내놓을 다른 대안 같은 건 존재하지 않았다. 이 순간 임무부대 합동사령관으로서의 그는 반쯤 할 일을 잃은 것이나 다름없었기에.

「현 시각부로 독립대대 이상의 제대 지휘관들에게 핵 투발 요청권을 부여하겠다.」

그가 결정을 내렸다.

「단, 이건 어디까지나 최후의 수단임을 잊지 말도록. 1차적으로는 열압력탄 등의 다른 수단으로 저지하는 걸 원칙으로 한다. 그 저지가 불가능해지는 국면이 언제인가는 각 방면 책임자들의 판단에 맡기지. 그 전에 탄약 재고가 바닥날 가능성이 더 높긴 하지만.」

말할 필요가 없을 만큼 당연한 내용임에도 이렇게 강조해두는 이유는, 러시아 공수군 지휘관들의 공격적인 성향을 우려했기 때문일 것이다.

'냉전시대의 광기라.'

겨울도 장교교육으로 접한 바 있다. 전면핵전쟁 상황을 가정한 유럽침공계획에서, 소련은 핵으로 적을 쓸어버린 직후 바로 그 지점으로 기갑세력을 투입할 생각을 했다. 효율만 놓고 본다면 방어선을 뚫는 데 이보다 더 좋은 방법은 없다.

동시에, 해당 병력이 방사능에 피폭당해도 무방하다고 여겼다. 어쨌든 공세가 끝날 때까지는 살아있지 않겠는가? 라는 게 소련 최고사령부의 입장이었으니까.

즈베레프 소장이 내놓은 제안과 꼭 닮아있는 태도다.

「그럼, 각자의 건투를 빌지. 우리 모두에게 신의 축복이 있기를.」

이미 어디를 보아도 혼돈뿐일 전투가 막을 올렸다. 이를 인정하는 로저스 중장의 음성은 여전히 음의 고저가 결여

되어 있었다.

그 나름대로 자신을 다스리는 요령일 것이다.

겨울도 같은 각오를 다졌다.

'장교의 처음이자 마지막 소임을 다할 뿐.'

어떤 상황이 닥치더라도 결코 동요하지 않는 냉정함. 혹은 최소한 겉으로 보이는 모습이나마 침착함을 유지하는 것. 말하자면 부대 전체의 누름돌 역할이다. 이는 지휘관의 가장 기본적이면서 경우에 따라서는 가장 지키기 어려워지는 미덕이기도 했다. 이 미덕만 있으면 전멸을 목전에 두고서도 부대가 안에서부터 붕괴할 확률이 낮아진다.

이런 점에서는 겨울보다 나은 지휘관이 무척이나 드물 것이었다.

테라토마의 숫자는 시간의 흐름에 따라 기하급수적으로 늘어났다. 비록 전모가 다 보이진 않을지라도, 겨울은 그것을 어두운 산맥과 고원 전체에서 느껴지는 위협성의 상승으로 체감할 수 있었다. 실체가 분명한 위협과는 다르다. 굳이 묘사하자면, 밤의 저편이 통째로 스멀거리는 듯한 혐오감에 가까웠다.

'마치 눈에 들어오는 모든 어둠이 한 덩어리의 괴물인 것처럼……'

지나치게 활성화되는 보정에 현기증이 날 지경이다. 범람하는 감각의 홍수 속에서 정신을 날카롭게 유지하는 것은 그 자체로도 또 다른 싸움이나 마찬가지였다.

"빌어먹을! 여기에 화염방사기가 있어야 하는데!"

에반스가 이를 갈았다. 팔뚝에 들러붙은 테라토마를 신경질적으로 으스러뜨린 직후의 일갈. 발작하듯 털어내는 손으로부터 피에 젖은 머리카락과 못생긴 이빨 따위가 떨어졌다. 하나하나는 겨울 이외의 사람들도 악력만으로 죽일 만큼 약한 놈들이었다.

통신장교의 말대로 화염방사기가 있었다면 도움이 되었을 것이다.

아주 잠깐 동안에는.

"데인저 클로즈! 전장 80미터 지점에 열압력탄 낙하 경보! 비과시간…9초! BLU-96입니다!"

통신병의 전파에 간부들이 악을 썼다.

"9초? 씨발! 장난해?"

"엎드려! 너네 다 엎드리라고!"

커다란 괴물들이 참호선 정면으로 육박해오는 상황에서 적을 무시하고 엎드리라는 게 쉬운 요구일 리 없었다. 겨울 또한 아슬아슬한 순간까지 케식들의 안구를 터트린 뒤에야 무너져 내리듯 참호 내벽에 기대었다. 「생존감각」이 경고하는 항공폭탄은 하늘을 가로지르는 거대한 죽음의 예감이었다. 그 시작은 퍼엉- 하는 작은 폭음. 그리고.

콰콰콰콰쾅!

강력한 폭발이 이어졌다. 격렬한 광풍이 참호 밖을 휩쓸었다. 겨울의 머리 위로 자잘한 흙과 자갈들이 쏟아졌다. 찰나간 오렌지빛으로 점멸했던 시야는 더욱 어두워졌다가 암적응을 거쳐서야 정상으로 돌아온다. 겨울은 참호 안으로 굴러 떨어진 케식을 발견했다.

끄으, 끄으윽…….

괴물이 울컥 토해내는 피. 거기엔 내장조각이 섞여있었다. 기다란 팔다리는 엉망진창으로 꺾여 날카로운 뼈가 살을 찢고 나왔다. 불룩불룩한 피부 안에서도 움직임이 없었다. 이는 더불어 후두둑 굴러온 작은 살덩이들도 마찬가지였다.

다행이다. 열압력탄의 폭풍은 범위 내의 모든 생물체를 전신골절과 내장파열로 살해한다. 그 위력 앞에선 보다 큰 괴물의 피하로 파고든 테라토마 역시 무사할 수 없었던 것이다.

도폭선으로 폭파시키고 삽으로 걷어낸 참호는 빠르게 구축한 것치고 의지할 만한 피신처가 되어주었다. 케식의 투석으로부터든, 아군의 폭격으로부터든.

"추가 낙하 경보! 라인 에코에 비과시간 5초! 라인 감마에 비과시간 7초! 11초!"

탄종을 구분할 틈도 없이 착탄 예정시각만 가까스로 알리는 통신병. 어차피 지금 떨어지는 것들은 다 같은 종류의 폭탄이었다. 남중국해상의 항모전단에서 이륙한 공격기 편대들은 변종들은 물론이거니와 병사들마저 착란을 일으킬 수준으로 열압력탄 세례를 퍼부었다.

'아직은 괜찮아!'

광범위한 살상능력을 발휘하는 탄종이 남아있는 한 핵탄두의 차례는 돌아오지 않는다.

과연 이 분위기가 얼마나 유지될지는 의문이어도.

항모전단 세 개가 전력으로 지원해봐야 보유한 열압력탄 수량에는 한계가 있기 마련이었다. 그다음으로 선호되는 소이탄도 그렇고.

"우선은 유선망 보강을!"

겨울이 에반스 대위에게 외쳤다.

"본격적으로 핵이 터지기 시작하면! 무선 통신에 장애가 생길 수 있으니까!"

그나마 아직 여유가 있을 때 끝내둬야 할 작업이다. 잔류 방사능에 의해 만들어지는 안개와 전파간섭은 때로 무전기를 먹통으로 만들 만큼 강력하다.

카카카캉! 소음기를 분리한 소총들이 날카로운 소리로 울었다. 겨울이 가장 먼저 내린 지시 중 하나가 소음기 분리였다. 은밀 행동 따위 물 건너간 지 오래고, 소음기는 소리와 열을 함께 가두는 물건이기에. 아무리 추운 날씨여도 길어질 싸움에선 과열 예방이 중요했다.

괴성이 파도처럼 밀려왔다.

방어선에 접근하는 변종들의 모습은 그야말로 통제되지 않는 혼돈 그 자체였다. 놈들이 당연히 파야 했을 참호선은 중간부터 미로 수준으로 흐트러지며 뒤얽혔다. 사선을 피하며 접근한다는 본래의 목적과 한참이나 동떨어진 모양새. 그로부터 뛰쳐나오는 놈들은 온몸이 울룩불룩하여 더욱 흉측한 모습들이 되어있었다.

퀘에에에엑!

때때로 돌부리에 채여 넘어지며 달려드는 놈들의 비명. 그렇다. 비명이다. 적대적인 함성이 아니라 고통에 겨워 내지르는 비명의 다중창이었다. 실시간으로 살을 파먹히는 와중이니 고통스럽지 않을 리가 있을까. 당장 겨울이 조준한 놈만 해도 걷느니만 못한 속도로 절걱거리며 오다가 총에 맞아 쓰러진다. 말기 암 환자의 발작처럼 전신을 미친 듯이 긁어대는데, 손톱에 긁혀 찢어지는 살 아래로부터 파박파박 튀어나오는 움직임들이 보인다.

그것들 하나하나에 총탄을 낭비할 순 없었다.

보다 거대한 특수변종이라고 해서 사정이 다르진 않았다. 테라토마들이 진딧물처럼 달라붙어 속살로 파고드는 순간, 변종들은 크기와 종류를 불문하고 새로운 역병의 운반체로 전락했다. 고통에 미쳐서는 광란하는 소처럼 무작정 달려오는 것이다.

참호 안으로 뛰어드는 테라토마도 그만큼 늘어났다.

이런 전장에선 장교도 일차적으로는 일개 전투원 역할을 수행하는 수밖에 없다.

단지 겨울은 끊임없이 이동하며 간부와 병사들에게 자신의 존재를 각인시켰다. 지휘부가 건재하다는 사실만으로도 위안이 되기 때문이다. 그것은 곧 부대의 지휘체계가 유지되고 있다는 믿음과 같으므로. 어디가 위태로운지, 예비대를 어디로 투입해야 할지, 또 어디에서 여유가 있어 예비대를 보충할지 등을 직접 확인하려는 의도도 있었다.

보고만으로는 현장과 판단의 괴리가 생기기 쉬운 상황

이다.

그러다 마주친 진석이 창백한 안색으로 물었다.

"Sir! 기지 수색이 끝나려면 멀었답니까?!"

"구획마다 나뉘어져 있어서!"

말하다 말고, 겨울은 진석에게 붙는 테라토마를 개머리판으로 후려쳤다. 빡 하고 으스러진 살덩이가 참호 구석에 질퍽하게 처박힌다.

"시간이 좀 더 걸리려나 봐요!"

"망할!"

진석은 욕을 참는 기색이었다.

지하기지의 각 구획을 나누는 견고한 압력문과 방폭문들. 본디 보안과 격리를 위한 조치였겠으나, 지금은 그저 장애물에 지나지 않는다. 자동화된 보안장치를 포함하여 유사시를 대비한 시설소각설비까지 맞물려있다 하니 해체가 지연되는 것도 당연했다.

'여기도 아직은……'

분대의 절반, 한 개 팀마다 한 사람씩 참호 내부를 정리하는 모습이 보인다. 야시경의 열영상으로 보면 그래도 테라토마가 잘 식별되는 덕분이다. 그러나 이제 곧 체력 면에서도 한계가 올 것이었다. 희극의 한 장면으로 보일 만큼 정신 사납게 움직이는 중이니까.

지축이 흔들렸다.

불투명한 밤을 일렁이게 만드는 폭격과 폭풍이 지나간 뒤에, 겨울은 참호선 밖의 상황을 살폈다. 그리고 눈을 찌푸리며 야시경을 썼다. 이제까진 「환경적응」과 각종 화기 숙련에 힘입어 밤에도 밝은 나안(裸眼)으로 전장을 관찰해 왔으나, 지금은 확인할 것이 생긴 까닭이었다. 열원을 온도에 따른 색으로 구분하도록 야시경을 조절한다.

역시나.

조금 전까지 살아있던 것들의 파편은 척박한 땅에 뜨거운 빛으로 흩뿌려져 있었다. 그리고 그 빛을 향하여 자그마한 열원들이 몰려들었다. 이는 박살 난 역병의 몸뚱이들이, 그 짙은 혈향이 또 다른 역병을 불러들이는 광경이었다. 낭자한 죽음의 냄새를 맡고 우르르 몰려든 테라토마 군집은 사방에 널린 살점을 주워 먹어 열량을 보충하고, 심지어 증식에 필요한 질량까지 확보했다. 한참을 바르르 떨다가 둘로 갈라져 따로따로 튀어 오르는 열원을 달리 뭐라 해석하겠는가. 감염시킨 대상의 생체조직을 변형시킬 뿐만 아니라 스스로가 분열하기까지 하는 끔찍한 괴물들이었다.

'결국 핵 이외의 수단은, 그게 무엇이든 미봉책에 불과한가?'

소용이 없지는 않다. 지금도 충분한 저지력을 발휘해주고 있고, 즉각적으로 감당해야 할 숫자를 줄여주기도 하며, 복제 과정에서 일어나는 손실도 상당할 테니까.

그렇다고는 해도 지금 보이는 풍경이 암담하다는 사실은 변하지 않았다.

오히려 여력이 남아있을 때 핵 투발을 미리 요청하는 편이 더 나을지도 모르겠다.

겨울은 빗발치는 핵무기 사용 요청에 갈팡질팡할 백악관 사령실의 혼란을 쉽게 상상할 수 있었다. 결정이 내려지기까지 걸릴 시간을 고려해야 한다.

지금 열압력탄과 소이탄, 집속탄 등 광역살상에 효과적인 무기를 모조리 소진했다가 나중에 새로운 변수에 대한 대응능력이 떨어지는 것도 바람직하진 않았고…….

시시각각 선택의 순간이 다가왔다.

"으아아악!"

사람의 비명이 메아리쳤다. 사방이 변종들의 고통스러운 화음으로 가득한 가운데서도 인간의 음계는 뚜렷하게 구분되었다. 가까이 지나던 겨울이 쓰러지는 그를 받아냈다. 브라보 중대 소속 장쿤타오 하사가 정신 팔린 병사들에게 욕설을 퍼부었다.

"여기 신경 쓰지 마! 앞을 보라고, 자라 새끼들아!"

병사들은 두려움을 억누르며 고개를 돌렸다.

"으, 으, 아파요, 웩. 너무 아파요, 살려주세요! 웨엑."

뿌득뿌득. 몸을 가누지 못하는 병사가 겨울의 방호복을 필사적으로 붙잡는 소리. 그는 계속해서 헛구역질을 하더니, 쥐고 있던 손을 놓고 발작 같은 동작으로 방독면을 벗어던졌다.

"다, 답답해! 답답해!"

"……."

겨울은 몸을 일으키곤 실성한 듯 중얼대는 병사에게 소총을 겨누었다.

우웨에에엑-

병사가 토해내는 피에 묘한 빛깔의 살덩이가 섞여있었다. 내장조각이 아니라, 살아서 꿈틀거리는 테라토마가. 캉! 단발사격으로 병사의 고통을 덜어준 겨울이 테라토마를 밟아 죽이며 병사의 입에 소이수류탄을 쑤셔 넣었다. 목구멍 깊숙한 곳까지 들어가도록. 그리고 군번줄과 탄약을 빠르게 회수하고는, 수류탄의 안전핀을 뽑아 몸 전체를 참호 밖으로 집어던졌다.

이미 방호복 안쪽이 꿈틀거리기 시작한 육체였다.

여기 온 모두는 작전이 시작되기 전에 유서를 작성하고 왔다. 자신이 죽었을 때 관에 넣을 약간의 머리카락과 함께. 시신을 후송하지 못할 경우에 대비한 것이다. 다만 후송불가의 이유가 이런 것이 되리라곤 아무도 상상하지 못했을 따름.

겨울이 무전기를 잡았다.

"아발론, 아발론. 당소 데이비드 액추얼. 핵 투발 요청 대기 중, 이상."

「……데이비드 액추얼. 당소 아발론. 핵 투발 요청 확인. 좌표 송신하라, 이상.」

아발론, 즉 공중포대는 겨울의 요청을 쓸데없이 재확인하지 않았다.

어차피 최종 판단은 사령관 로저스 중장의 몫이다. 당초의 방침과 다르다는 이유로 거부할 수도 있겠으나, 겨울이 아는 그는 그렇게 꽉 막힌 사람이 아니었다. 현장과 유리되어선 안 된다는 이유로 공중포대의 통제실 대신 지상지휘를 택한 인물 아닌가. 겨울이 보는 것을 중장 또한 보았을 터. 아니어도, 거부하기 전에 이유 정도는 물어볼 것이다.

계획이란 매양 사람보다 먼저 죽기 마련이고, 최고 책임자로서 중장이 내릴 판단도 전장의 흐름에 따라 달라질 수밖에 없었다.

'성격을 감안하면 벌써 전폭기를 띄워두었을지도 모르겠지만.'

남중국해의 항모전단에서 이곳 제로 그라운드까지 순항미사일(토마호크)을 날려 보내는 데 걸리는 시간이 약 1시간 10분이었다. 그래서 앞서 떨어진 미사일들이 교전 개시의 신호와도 같았던 것. 초음속 전폭기조차 공역에 진입하기까지 최소 20분은 걸린다.

그러므로 즉각적인 화력지원을 위해선 전폭기 편대를 미리 대기시켜 놓는 편이 현명했다.

문제는 탑재 무장이 핵무기여야 한다는 점.

낙관적인 기대였으나, 로저스는 충분히 그런 기대를 걸어볼 만큼 유능했다. 희박하나마 백악관과의 의견조율까지 벌써 다 끝내놓았을 가능성마저 있다.

기다림은 길지 않았다.

병사들을 미리 대비시키고서 얼마 지나지 않아, 마침내 핵 낙하 경보가 발령되었다.

경보를 전파 받은 병사들 일부는, 사전에 주의를 받았음에도 불구하고 남은 초를 헤아릴 여유조차 없이 기겁을 하며 자세를 낮췄다. 그들이 너무 일찍 웅크리는 바람에 화력 공백이 생길 지경이었다. 장악력을 발휘해야 할 장교와 부사관들마저 냉정함을 잃었다.

그러나 그들을 나무랄 순 없었다.

"미쳤어! 핵이야, 핵! 핵이라고! 다들 바깥쪽 벽으로 바싹 붙어!"

덜덜 떨리는 목소리는 디안젤로 중사의 것이었다. 복무 경력이 긴 베테랑인데도 이 모양이다. 인류 최후의 무기는 그만큼 막연하고 근원적인 공포를 자극했다.

임무부대가 핵을 보유했다는 건 다들 알고 있었을지언정, 그걸 정말로 쓰게 될 거라고 생각한 사람은 극히 드물었다. 길고 철저했던 준비과정이 낳은 부작용이었다. 근거 있는 자신감과 그 이상의 낙관. 잘 풀리지 않겠느냐는 막연한 기대. 드높은 사기의 다른 측면이다.

캬아아아악!

화력공백을 파고든 케식 하나가 참호 위로 불쑥 머리를 내밀었다. 반사적인 대응사격에 얼굴을 얻어맞고는, 반대편으로 펄쩍 뛰어 다시 한 번 참호로 돌입하려 들었다. 이럴 땐 기다란 팔다리가 거추장스럽기 짝이 없다.

바로 그 순간, 2.5킬로미터 거리, 5백 미터 상공에서 전술핵이 폭발했다.

빛은 밤을, 굉음은 다른 모든 소리를 살해했다.

겨울은 귀를 단단히 막고 참호 내부에 몰아치는 돌풍을 견뎌냈다. 그럼에도 폭음은 뼈를 타고 뇌수까지 파고들었다. 폭발 방향을 등지고 눈을 감았음에도 백색으로 물드는 시야는 덤이었다. 눈꺼풀이 참호에 새어든 반사광을 다 막지 못하는 것이다.

병사들에게 장갑차로의 피신을 명령하지 않은 건 참호의 토벽이 오히려 장갑차의 장갑보다 두껍기 때문이다. 강도는 상관없다. 핵심은 차폐물의 밀도와 두께. 섬광에 직접적으로 노출되지만 않으면 초기방사선에 의한 피폭만큼은 큰 폭으로 감소한다. 교육 받은 인원은 누구나 다 아는 내용이다.

반면 입사각상 살인적인 빛과 열을 정면으로 받게 된 괴물은 그 큰 체구가 단숨에 벌겋게 익어버렸다. 직후 강렬한 열풍에 피부가 벗겨지며 나뒹군다. 차에 치인 개처럼 발작을 일으키기도 잠시. 이번엔 폭발의 중심으로 빨려 들어가는 압력에 발버둥 치다시피 하여 참호 안으로 굴러떨어졌다. 겨울이 그 정수리를 대검으로 내리찍었다. 칼날이 콰득, 하고 뼈를 부수며 파고든다. 날 끝이 뇌를 헤집어 놓으면서 괴물의 발광도 잦아들었다.

가장 빠르게 회복한 겨울이 멀리 피어오르는 버섯구름을 눈에 담았다. 그것은 달빛 한 조각 없는 밤 풍경 속에서도 압도적인 존재감을 드러냈다.

'저게 위력이 약한 거라니.'

여러 종말의 갈피에 걸쳐 방사성 화구를 접한 경험이 많은 겨울이지만, 핵폭발을 이토록 근접한 거리에서 목격한 적은 드물다. 그건 보통 죽음을 의미하기에.

고도를 조절한 폭발이라 낙진의 양은 거의 없을 터. 그러나 낙진 대신 일찌감치 떨어지는 것들이 있었다. 기류에 휘말렸다가 소나기처럼 쏟아지는 탄화된 몸뚱이와 살점 부스러기들이 비현실적인 지옥도를 그려냈다. 폭심지에 보다 가까이 있었을 놈들이었다. 자그마한 것들도 뒤섞여 후두둑 떨어졌다. 수분이 날아가 가볍기 짝이 없다. 부딪힐 때마다 변색된 근육이 파삭파삭 부서져 나간다. 조금 전까지 살아있던 것들이라고 생각하기 어려웠다.

여기엔 겨울조차 초현실적인 느낌을 받을 수밖에 없었다. 귀는 여전히 먹먹했다. 폭탄이 하늘에서 터졌음에도 땅이 흔들려 내장까지 징징 울렸다. 이게 지상 폭발이었다면 분명 진동만으로 다치는 사람이 나왔을 것이다.

타타타타탕!

신속하게 재개된 기관총의 사격. 처음 수십 발을 갈기는 동안 사선은 술 취한 사람의 발걸음처럼 좌우로 흔들렸다. 그러나 변종들도 멀쩡한 개체들이 없었다. 비틀거리다가 찢어지며 괴성을 지르기 일쑤다.

어쨌든 한숨 돌렸다. 테라토마에 의한 감염은, 그 끔찍함 때문에라도 사기를 급격하게 깎아먹을 확률이 농후했기에.

'피할 순 없더라도 최대한 미루는 게 좋겠지.'

솔직히 말하자면 겨울도 두렵다. 새삼스러운 일도 아니다. 이 세계의 시간으로, 죽음이 무서워진 지 벌써 1년 넘게 지났으니까. 다만 낡은 익숙함에 기대어 두려움을 억누르는 것이다.

유서는 겨울도 쓰고 왔다. 이 세계는 겨울이 죽은 뒤에도 계속될 터. 살아서 돌아가겠다는 각오와 별개로, 앤을 위해서라도 필요한 일이었다.

겨울은 바쁜 무전과 성난 육성으로 공황에 빠진 이들을 추슬렀다. 바로 지금 방어선을 재정비하라고. 동시에 얼이 빠진 병사의 뒷덜미를 손수 붙잡아 일으켜 세운다. 거의 들어 올리다시피 하는 힘. 말은 자연스레 사나워졌다.

"일어서! 훈련받은 대로 행동해! 죽을 때까지 이대로 앉아 있을 건가!"

같은 질타도 하는 사람에 따라 효과가 다르다.

참호에 침입한 테라토마들은 사방으로 튕겨진 끝에 정신을 못 차리는 중이었다. 사람으로 비유하자면 뇌진탕에 가깝겠다. 잠깐이나마 추가적인 유입이 끊어진 이때 신속하게 걷어내야 다음을 대비할 수 있다.

한편 밖에서는, 충격파가 휩쓸고 지나간 경사면 가득 화상을 입은 것들이 일어서지도 못하고 버둥거렸다. 고통에 겨운 비명을 지르며 휘젓는 팔다리는 그때마다 허물이 벗겨져 너덜거린다. 개중에 간신히 일어난 하나는 인간을 향한 본능조차 잊은 듯했다.

끄, 으, 어어어…….

나름의 지능을 갖춘 개체. 자기에게 무슨 일이 벌어졌는지 모르겠다는 표정이다. 얼굴엔 벌써부터 수포가 생겼으며, 코와 입에서는 피를 뚝뚝 흘리고 있었다.

같은 광경을 본 병사가 총을 겨누었다.

"염병. 좆같네!"

어조가 우울한 것은 자신에게도 문제가 생길까 우려하는 마음일 것이다. 먹먹한 와중에도 날카로운 총성이 울리고, 덩치 큰 괴물이 더 많은 피를 흘리며 비틀거렸다. 평소라면 그냥 무시했을 수준의 총격. 그러나 지금은 구토하느라 일어서지도 못한다.

작은 것들은 대부분 몰살당했고, 즉사를 면한 나머지는 불판 위에 던져진 벌레처럼 날뛰었다. 작열통은 인간에게만 제일의 고통이 아닌 까닭이었다. 2킬로미터 밖에서도 진피까지 익혀버리는 화력이니 전신화상을 입고 미쳐 날뛰는 게 당연하다.

"야! 이거 치워!"

누군가 악을 쓰고, 병사들이 참호 안에 떨어진 거추장스러운 것들을 급하게 치워냈다. 간혹 살아서 꿈틀거리는 놈들에겐 난사에 가까운 사격이 가해졌다. 누구나 다 소리를 지른다. 청각이 둔감해진 탓이었다.

"데이비드 액추얼에서 데이비드 전 유닛에게! 피해가 있다면 보고 바람, 이상!"

무전을 넣어 놓고 둘러보면 시야가 닿는 범위 내에선 큰 문제가 발생하지 않았다. 폭풍을 대놓고 받았으면 자칫 경량화된 장갑차도 위태로웠겠으나, 대대 예하 전 차량은 모두 차량호(차량을 위한 참호)에 들어간 상태였으니까.

「데이비드 1 알파에서 데이비드 액추얼에! 핵폭발에 의한 피해는 없다는 통보!」

알파 중대를 시작으로 여러 중대에서 순서 없는 보고가 올라왔다. 보이지 않는 곳들도 보이는 곳과 크게 다를 바 없다는 내용들이었다. EMP 저항을 갖춘 장비들은 핵공격의 여파를 견뎌냈다.

한편으로 중대간 간격을 조정하고 지원화기를 재배치할 지점과 변경된 화력집중점도 통보한다. 이쪽 방면의 압력은, 방사능 오염 때문에라도 현격하게 감소할 테니까. 병력 밀도가 높아지면 자연스럽게 테라토마에 대한 대응능력도 강화된다.

지도와 지형을 암기한 것이 이럴 때도 도움이 되었다. 덕분에 지도 확인 없이 즉각적으로 최적의 지시가 나오니까. 여전히 보정인지 실제 암기인지 구분이 안 가는 감각이지만, 당장은 그런 사소한 건 아무래도 좋은 일이었다.

그 와중에 상공으로부터 무전이 들어왔다.

「데이비드 액추얼. 당소 아발론 제이택(JTAC: 합동최종 공격통제관). 핵 포격에 의한 전투피해평가(Bomb damage assessment) 의견 바란다, 이상.」

핵이 얼마나 유효했는지 확인해서 알려달라는, 이 상황에 어울리지 않는 요구. 그러나 무시할 순 없었다. 피해평가에 따라 대략적인 네크로톡신 발생량을 계산하는 까닭이었다.

겨울은 이를 작전장교에게 위임했다.

"포스터! 맡길게요. 평가 취합해서 보고 올려요."

이는 일반적으로 특화된 팀을 파견해 수행하는 작업이지

만, 201독립대대의 간부들은 장교와 부사관을 불문하고 기본적인 자격을 갖추고 있었다. 겨울도 마찬가지. 독립대대는 여하간 특수부대니까. 근 1년의 준비기간 동안 고작 2주의 강화교육과 몇 차례의 반복 실습을 못 받는다는 건 말이 되지 않는 일이다.

"알겠습니다. 윗선에서 고민이 많은 모양이군요."

포스터가 굳은 얼굴로 하는 말. 그렇다. 이 정보를 급하게 요구한다는 건 결국 그런 의미다.

로저스 중장이 백악관 사령실과의 조율을 끝마쳤을 거란 기대는 결국 너무 낙관적이고 성급한 것이었다.

상공에서의 열영상으로 테라토마를 관측하는 데엔 한계가 있는 만큼, 평가엔 일선 장교들의 의견이 우선적으로 반영될 수밖에 없었다. 작은 것들이 어느 정도의 위협인지에 대해서도.

이걸 두고 백악관이 전장에 간섭한다고 여겨선 곤란하다. 핵은 말 그대로의 전략병기인 까닭. 오히려 전술핵 다섯 발을 허가 없이 쓰도록 해준 것만으로도 폭넓은 재량권을 인정해준 셈이었다.

'제발, 충격을 받았기를.'

겨울이 기대하는 것은 백악관이 아닌 교활한 개체들의 심리다.

'놈들은 핵공격을 직접 받아본 기억이 없겠지.'

이는 빠른 핵 투발에 기대한 또 하나의 효과였다. 방역전쟁에서의 핵은 아시아 지역에서 사용된 게 대부분이고, 새

크라멘토의 경우는 트릭스터가 등장하기 이전이었으며, 샌프란시스코는 해저핵폭발이었기에 변종들이 정확한 정보를 얻기 어려웠다. 여파를 접했을 바다괴물들도 어찌 된 영문인지 모를 것이다.

그러므로 레인저가 포획한 알파 트릭스터들에게 핵무기는 미지의 영역이었을 터.

이미 사전지식이 있는 사람이 봐도 충격적인 게 핵폭발이다. 교활한 놈들이 그 위력을 경계하여 잠시라도 역병의 대군을 멈춘다면, 이쪽엔 무척이나 큰 도움이 될 것이었다.

이 역시 낙관적인 기대에 불과할 확률이 높겠지만.

이걸 제대로 건의해볼까 싶던 찰나, 지직지직 잡음 낀 무전기에 귀 기울이던 무전병이 기함한 음성으로 외쳤다.

"Sir! 새로운 핵 투발 경고입니다! 핵포탄 두 발 TOT 사격!"

"TOT?"

TOT(Time on target)은 다수의 포탄, 폭탄이 동시에 착탄하도록 쏘는 방식을 뜻했다.

"좌표 FH 3-9-6 2-5-7, FH 3-8-3 2-4-9! 앞으로 17초!"

여섯 단계로 불러주는 좌표는 앞뒤의 가장 낮은 숫자가 100미터 단위다. 쓰는 게 핵이라 더 정확한 좌표 같은 건 불필요한 상황. 겨울이 즉각 착탄 간격을 암산했다.

'고작 0.8킬로미터잖아?'

이 난폭함. 어쩐지 공수군이 담당한 방면이다 싶었다. 아예 한쪽을 지독한 방사능 오염으로 막아놓고 병력을 다른 쪽, 특히 험지 방향에 집중하겠다는 계획인 것 같았다. 겨울이 암기한 지도에 좌표를 대입해보면 두 좌표는 차단의 효과가 큰 개활지 위였으니까.

한편으로는 겨울의 발상처럼 변종들에게 충격을 안겨줄 작정 같기도 했다.

"옵니다!"

통신병이 무전기를 감싸며 엎드렸다. 마침 가까이 있던 유라가 웅크린 채 눈과 귀를 보호하며 악을 썼다.

"모두 충격에 대비해!"

쿠웅-

둔중하면서도 굉장한 크기의 폭음이 귀를 막은 손을 무색케 했다. 땅이 한 차례 파도치듯 울렁인다. 감각상의 착오였다. 이번 폭발은 거리가 꽤 있는데도 이러했다.

겨울은 잦아드는 빛 속에서 눈을 떴다. 풍경은 녹화된 석양을 고속으로 재생하는 것처럼 보였다. 먼저 솟구치던 버섯구름이 충격파에 흐트러지고, 새로 생긴 두 개의 구름은 서로 간섭을 일으키며 기괴한 형상으로 변했다.

먼저에 비해 이번은 폭발고도가 조금 낮았다. 포탄의 위력을 감안할 때 5백 미터면 낙진이 거의 없는 수준이나, 그 이하로 내려가면 슬슬 재로 이루어진 진눈깨비가 흩날리기 시작한다.

자유롭게 쓸 수 있는 다섯 발 중 벌써 세 발을 써버렸다.

변종들이 생각대로 움직여줄지, 기지 수색이 좀 더 빨리 끝나주지는 않을지, 방사능 피폭은 괜찮을지, 그리고 백악관의 결의가 너무 늦지는 않을지…….

복수의 기대와 불안이 교차하는 가운데, 달 없는 밤은 이른 새벽의 경계를 엿보고 있었다.

테라토마의 거시적인 습격 양상은 메뚜기 떼와 흡사했다. 그저 더 많은 먹이와 더 많은 숙주를 찾아 움직일 뿐, 개별 개체에겐 아마 공격이라는 의식조차도 없을 것이었다. 다만 숫자가 늘어날수록 기세가 난폭해지는 것은 동종과의 포식 경쟁이 심화되는 까닭. 다른 개체보다 먼저 먹고 먼저 증식하려면 보다 멀리, 보다 빨리 움직여야 하는 건 당연한 귀결이다.

그리하여 그것들이 이루는 침식의 물결, 그 시각화된 본능엔 합리성이 결여되어 있었다. 방어선은 기갑과 초연의 방파제였고, 여기에 부딪히는 식욕의 파도는 사나워졌다가 잠잠해지고, 몰려왔다가 물러나기를 혼란스럽게 되풀이했다.

이를테면 지금이 그렇다. 한참을 싸우던 중에 별안간 고요가 찾아왔다. 물론 조용해진 건 이 일대에 국한된 이야기. 다른 부대가 막아내는 방향에선 여전한 총포의 교향곡이 울려 퍼지고 있었다. 여차하면 이쪽에서도 예비대를 파견해야 할 테지만, 당장 들어오는 지원요청은 없었다. 설마 한순간에 지휘부까지 매몰되었을 린 없으니 어찌어찌 막아내고는 있는 모양이다.

겨울이 오한이 드는 몸을 추슬렀다. 경험해본 사람만이 아는 것이지만, 추운 곳에서 운동으로 몸을 데우는 데엔 한계가 있었다. 그 한계점을 지나고 나면 발열이 급격하게 감소한다.

여기에 이제껏 흘린 땀으로 온몸이 젖어있기까지 하니, 체온을 유지하는 것조차 갈수록 어려워지는 형편이었다.

이토록 빠르게 지쳐가는 건 결국 상대해야 할 괴물들이 너무 작고 많은 탓이었다. 그 자잘한 놈들을 하나하나 일일이 잡아 죽이자니 동작의 낭비가 많아질 수밖에.

불행 중 다행인 것은 몸이 식을수록 달라붙은 테라토마를 식별하기가 쉬워진다는 점이다.

겨울은 각 중대별 손실과 탄약 잔량을 확인하고 화력집중점과 방어전면을 재설정한 뒤에야 비로소 흙벽에 기대어 쉴 짬을 낼 수 있었다. 초인적인 체력이라곤 하나, 전투를 치르는 내내 방어선 곳곳을 뛰어다녔으니 소모된 정도는 다른 장교와 병사들 못지않다.

삐이이이이-

어디선가 날카로운 전자음이 들려왔다. 방사능 측정 장비, 가이거 계수기가 내는 소리였다.

가까이 있던 병사가 신경질적으로 반응한다.

"어떤 새끼야? 당장 안 꺼?!"

그러자 한별이 퉁명스럽게 대꾸했다.

"나 새끼다, 인마! 사람이 실수 좀 할 수도 있지! 미안해!"

그리고 그녀는 자신의 계수기를 음소거로 돌려놓았다. 기실 처음부터 음소거 모드였던 것인데, 스스로의 말마따나 초조하게 만지작대다가 버튼을 잘못 건드린 듯했다. 신경질을 부렸던 병사가 쩔쩔 매는 표정을 짓는다.

보통 생각하는 계수기의 이미지는 간헐적으로 틱틱거리는 기계지만, 여기서는 켜기만 하면 저렇게 울어댔다.

애당초 가이거 계수기는 고준위 방사선을 측정하기 위한 장비가 아니다. 그냥 방사능 오염이 있는가 여부를 확인하는 수단일 뿐.

그럼에도 이런 장비를 지급한 것은-

'핵포탄을 근접위험사격으로 쓰는 상황 자체를 상정한 적이 없었으니까.'

즉, 만에 하나 핵포탄을 실제로 사용할 경우 낙진피해를 예방하라고 준 물건이었다.

이제 다시 조용해졌으되, 한 번 울린 경고음의 잔향은 강해진 불안감으로서 메아리처럼 남아있었다. 그것을 감지한 겨울이 병사를 불렀다.

"정재열 일병. 담배 피워요?"

"예?"

"흡연자냐고 물었어요. 내 기억으론 맞는 것 같은데."

"어, 예. 그렇습니다."

"하루에 몇 대나 태워요?"

"대충 반 갑 정도⋯⋯."

대답을 들은 겨울이 보기에 편할 미소와 온화한 목소리를 만들었다.

"돌아간 뒤에 20년만 담배 끊어요. 지금까지 피폭당한 만큼은 만회될 테니까."

"⋯⋯."

정 일병은 멋쩍게 뒤통수를 긁적거렸다. 방호복을 입은 터라 우스꽝스러워지는 행동이었다.

담배에 폴로늄(po-210), 그리고 납의 방사성 동위원소(pb-210)가 들어있다는 사실은 여기 있는 모두가 알고 있다. 사전에 교육받은 내용이기 때문이다. 방사능에 대한 막연한 공포를 구체적이고 현실적인 차원으로 끌어내리는 것. 이것이 교육의 목표였고, 겨울은 그 취지를 긍정했다. 가장 큰 공포는 무지에서 나오는 법이므로.

임무부대가 핵포탄을 지급받은 이상 꼭 필요한 교육이었다.

장기간의 흡연이 핵 피폭에 비견될 만큼 해로운 것도 사실이고. 이건 핵이 만만한 게 아니라 담배의 독성이 그만큼 심각한 것이다.

물론 임무부대 전원이 방호복을 입고 있으며, 따라서 가장 치명적인 내부피폭을 막아주고 있다는 점을 감안해야 한다.

'정말 20년으로 충분할지는 모르지만.'

안심시키려고 어림잡아서 한 소리일 따름. 부족할 수도, 넘칠 수도 있다. 듣는 인원들 또한 머리로는 그것을 알 것이나, 가슴으로는 겨울의 말을 위안으로 삼을 것이다. 겨울에 대한 믿음이 믿음이거니와 간부 및 병사들 스스로도 그렇게 믿고 싶을 테니까.

비흡연자들이 투덜거리는 소리가 들렸다. 난 담배를 안 피우니 만회할 방법도 없네, 라고.

지금을 견디는 데엔 딱 그 정도의 두려움이 좋았다. 한평생 골초로 살았어도 천수를 누린 사람이야 얼마든지 있지 않은가.

"Sir! 파라레스큐가 옵니다!"

누군가의 보고에 겨울이 건성으로 끄덕였다. 헬기의 접근쯤 일찌감치 깨닫고 있었다. 특수전사령부 산하 구조비행대는 이 전장에서 부상자를 후송할 유일한 수단이었다. 따라서 한 개 특수작전비행단이 통째로 제로 그라운드 지원에 투입되었다.

땅을 두들기는 엔진 소리와 함께 구조헬기가 고도를 낮추었다. 이렇게나 어둠이 짙은데, 착륙을 유도하는 사람 하나 없이 무서운 속도로 하강하여 충돌 직전에 균형을 회복한다. 정예 중의 정예다운 탁월한 역량이었다. 비교할 대상이 있다면 그 유명한 나이트 스토커(160 항공연대) 정도일 것이다. 겨울과는 어느 쪽이든 인연이 있다.

「또 옵니다!」

지직 대는 무전을 타고 들려오는 경고. 이번엔 헬기가 온다는 게 아니었다.

「프리스트, 프리스트! 당소 데이비드 4 액추얼! 기지점선 스팟으로부터 정북으로 6클릭(킬로미터), 케식 다수가 포함된 일반 변종집단 약 300이 산개대형으로 남하 중! 이동 속도 시속 10클릭! 고폭탄 8발 효력사 요청! 입감했는가?」

「잠시 대기. 고폭탄 8발 떴다 이상. 비과시간 14초.」

독립대대 델타 중대가 지상에 전개한 견인포대에 화력지

원을 요청하는 내용이었다.

"제발 좀 쉬어 가면서 하자, 모친 출타한 씹새들아⋯⋯."

고개 푹 숙이고 한숨 팍 쉬며 중얼거리는 건 분대장 중 하나인 임호진 병장이었다. 그는 몸통에 감던 덕트 테이프를 찍 뜯어 갈무리하며 전투를 준비했다. 그의 방호복은 계속해서 둘둘 감아댄 테이프로 인해 기괴한 모습이 되어있었다. 다른 병사들 역시 사정은 비슷했다.

심지어는 탄약상자를 부숴서 판자를 부목처럼 덧대는 경우도 흔했다. 부대 전체가 그야말로 파격적인 몰골이었다.

송정훈 소위가 탄식한다.

"이건 제대로 된 전투가 아니야. 진-짜로 중보병이 아쉽다⋯⋯."

그러나 센츄리온 장갑복은 장갑차 안에 고작 두 벌이 들어갈 뿐이며, 충전용 장갑차를 별도로 편성한다고 쳐도 배터리 지속시간 문제가 여전했다. 수송역량과 전투지속능력 양면에서 강하작전에 적합하지 못했다.

테라토마가 물러가면 일반 변종들이 밀려오고, 그걸 먹으러 다시 테라토마가 모여들고, 격퇴하고 나면 또 일반 변종들을 상대하는 패턴이 끝도 없이 반복되는 상황.

겨울은 교활한 것들이 사태를 파악하고 공세를 중단하길 바랐으나, 이 잔혹한 고원의 밤은 희망적인 기대를 무엇 하나 들어주지 않았다.

지나간 희망을 곱씹던 겨울이 간과했던 가능성 하나를 깨달았다.

'아, 그런… 가.'

당초 바랐던 변화는 교활한 것들이 테라토마의 존재를 파악하고 추가적인 변종집단 투입을 중단하는 것이었다.

그러나 지저신경망이 테라토마에 의한 감염으로 파괴되었다면, 전방에 도사린 트릭스터들이 자그마한 괴물들의 위협을 인식했다 한들 그 정보를 후방으로 전달할 방법이 없었다. 전파추적 폭격을 피하고자, 그리고 대륙 전역의 무리를 움직이고자, 트릭스터들은 지저신경망의 범위 내에서 서로간의 직접적인 소통이 어려울 만큼 흩어져 있었을 가능성이 높으니까.

지저신경망이 낳은 행동범위의 확장이 오히려 독으로 작용하게 된 경우였다.

'역시, 광활한 영역에서 위협을 인식시키려면 전략핵을 쓰는 수밖에……!'

전술핵과는 차원이 다른 전략적 파괴력의 과시가 필요한 시점이었다.

변종집단 유입만 끊어지면 테라토마에 의한 위기도 고점을 넘기는 셈이다.

"부상자는 어딥니까? 여기도 한 명 있다고 들었습니다!"

동료와 함께 들것을 들고 나타난 파라레스큐 대원의 외침.

"이쪽으로!"

포스터 대위가 팔을 크게 흔들었다.

부상자는 정보장교인 머레이 대위였다. 대대 참모진에서

후송인원이 발생할 정도로 전후방의 구분이 없는 전투를 치렀다는 뜻이다.

그나마 테라토마에 의한 부상이 아니어서 다행. 핵폭풍에 휘말려 날아온 지뢰가 원인이었다. 파편을 살펴보니 공군이 살포한 물건은 아니고, 옛 중국군이 군사지역 침투를 방지할 목적으로 산간에 매설했을 대인지뢰였다.

'이걸 다행이라고 여겨야 하는지는 모르겠지만.'

치명상은 어찌 피했으되, 방호복이 터진 탓에 보다 심각한 피폭을 피할 길이 없었다.

급한 와중에도 파라레스큐 대원들은 명예훈장 수훈자에게 최소한의 경의를 표했다. 겨울은 들것에 신속히 고정되는 참모의 손을 잡아주었다.

"먼저 가서 기다리고 있어요. 당신은 할 만큼 했으니."

출혈로 초점이 흐려진 머레이가 더듬거리며 말했다.

"이대로는 오래 못 견딥니다. 철수를 건의해야 합니다."

"……고려해볼게요."

실은 따로 건의할 것도 없다. 고위 참모들 사이에서라고 왜 철수 이야기가 안 나왔겠는가.

「테라토마의 특성상 우리가 잠시 빠지기만 해도 알아서 지리멸렬할 겁니다!」

알렉세이 구쉬킨 소령의 주장이었다.

상관인 카프라로프 소장은 이를 낙관주의라고 일축했다.

「내가 생물학은 문외한이어도, 상식적으로 볼 때 증식과 분열주기가 짧다는 건 돌연변이율이 높다는 뜻이지. 그리고 저건 어쨌든 모겔론스의 개량종이다. 기존의 변종들을 잡아먹으면서 뭔가 변화가 생길 수도 있을진대, 끝까지 저 모양일 거라고 누가 장담하나?」

즈베레프 소장도 짧게 쏘아붙였다.

「성공적인 철수가 승리만큼 어려운 것임을 몰라서 하는 소리인가?」

최고책임자로서 로저스 중장마저 거부했다.

「성공할 가능성은 있겠지. 그러나 군인은 최악을 대비해야 한다. 고작 몇 시간 지났을 뿐이지만, 이 전장에서 희망적인 관측이 맞아떨어진 적 있던가?」

결국 대통령이라도 나서서 결정을 번복하지 않는 한 작전을 속행하겠다는 말이었다.

'여기서 물러나면 다시 준비를 갖추는 데 적어도 몇 개월은 더 걸린다.'

그리고 그때의 싸움도 승리를 장담할 수 없기는 마찬가지일 것이다.

동시에 즈베레프의 말대로, 적의 대대적인 공세를 막아내면서 철수를 한다는 건 절대로 쉬운 일이 아니었다. 공수군 두 개 사단에 독립대대를 포함한 미군 한 개 여단 병력이 공중으로만 탈출해야 할 상황이었으므로. 고래로 적전(敵前)철수는 종종 적전상륙만큼이나 큰 피해를 야기했다.

그러니 어차피 감수해야 할 희생이라면, 불확실한 미래에 기대기보다 가급적 이미 시작한 지금 끝장을 보겠다. 장군들과 백악관의 공통된 의지였다.

잡은 손이 빠져나갈 때, 머레이가 겨울에게 중얼거리듯 당부했다.

"살아서 돌아오십시오."

"걱정 마요. 내 죽을 자리는 여기가 아니니까. 괜찮은 계획도 하나 있고."

참모는 의아한 표정으로, 그러나 더 묻지 못하고 헬기로 실려 갔다.

전략핵을 써야 한다는 겨울의 건의에, 로저스 중장은 벌써 검토 중이라고 답했다. 유능함은 의심할 여지가 없는 사람이었다.

「그렇잖아도 위스키 호텔(백악관)에 상신한 참이다. 시현(示現)용으로 변종의 밀도가 희박한 지역에 투발하는 거라면 POTUS(대통령)의 결심도 쉬울 거라고 판단했지. 타격지점을 선정하는 데 시간이 걸릴 테니, 일단 그때까지는 지금처럼 버텨주길 바란다.」

새벽이 다가오고 있다곤 하나 여전히 새까만 하늘이었다. 위성관측이 반쯤 무용지물인 관계로, 전략핵을 터트릴 만한 범위에서 변종의 밀도를 파악하기란 결코 쉽지 않은 일일 터. 타격지점 선정에 시간이 걸린다는 말은 결국 그런 뜻이었다.

"Sir!"

겨울의 위치에서도 새로운 역병의 군세가 가시권에 들어오는 와중에, 에반스 대위가 긴급히 전파했다.

"기지 수색대가 마지막 격리구역을 뚫었습니다! 모겔론

스 원형 확보가 목전입니다!"

겨울이 한숨 지으며 끄덕였다.

"그래도 놀고 있진 않았나 보네요."

기지를 제대로 봉쇄하지 못했을 때부터 못내 불신을 품었던 겨울이었다. 거기서 테라토마를 놓치지만 않았어도 지금쯤 훨씬 더 편한 힘겨루기를 하고 있었을 것이다.

"……우리 조금만 더 힘내보죠."

애써 피로감을 감추며 겨울은 새롭게 전의를 다졌다.

끊임없이 전투가 이어지는 와중에 가장 우려되는 것은 지저신경망이 파괴되는 속도였다. 그 속도는 곧 신경망을 타고 테라토마가 확산되는 속도와 같을 것이기 때문이다. 신경다발 한 줄기 한 줄기는 테라토마가 증식하기엔 가늘고 부적합한 질량이지만, 그 중심에 있을 신경망 변종의 본체는 사정이 다르다. 그 비대함으로 테라토마 수십 내지 수백 개체쯤은 뱉어낼 법하다.

만약 신경망의 파괴가 이미 전연지역을 넘어 저 먼 후방까지 도달한 상태라면, 그땐 전략핵공격으로도 희망적인 기대를 걸기 곤란할 것이었다.

생각해보자. 트릭스터가 전파추적을 피해 웅크리면서도 통제력을 유지하기 좋을 위치는 신경망 변종과 가까운 곳일 터. 그러므로 땅 밑으로 번진 테라토마가 가장 먼저 습격하게 될 것 역시 트릭스터들이었다.

혹시 모른다. 트릭스터가 오히려 자그마한 것들을 격퇴하거나, 무사히 몸을 빼내는 데 성공할지도. 온몸으로 전류를 흘릴 수 있는 괴물이니 승산이 없지는 않았다.

그러나 그건 기습이었다. 트릭스터들이 속수무책으로 당한다고 치면, 변종들 입장에서는 갑작스럽게 참수공격(머리부터 자름)을 당하는 거나 마찬가지. 거기서 수십만의 변종들이 그대로 정지할 린 없다. 머리가 없어진 줄도 모르고 앞으로 내달리는 몸뚱이만 남는 것이다. 트릭스터 이외에 지능을 갖춘 것들은 마지막으로 전달된 의지에 따라 무리를 통솔할 테니까.

그 몸뚱이마저 테라토마에게 몰살당하길 바라는 건 현실성이 없었다.

왜냐면, 역병의 군세와 트릭스터는 당연히 거리를 두고 있을 테니까.

대규모 변종집단과 가까이에 있다간 쓸데없이 폭격 맞을 확률만 올라간다.

'즉 시간싸움인데…….'

겨울은 초조한 심정으로 교전에 임했다.

"야, 시팔! 저거, 저거!"

송정훈 소위가 비명처럼 내지르는 소리. 그가 가리키는 방향의 어둠이 불길하게 꿈틀거렸다. 야시경의 열상으로 보면 수도 없이 뭉쳐진 주홍빛 점들의 덩어리일 것이다. 동종의 몸통을 밟고 도약하는 놈들의 몸통을 밟고 도약하는 놈들의 몸통을 밟고 도약하는 놈들이 겹쳐지고 겹쳐지고 또 겹쳐진 끝에 만들어낸 범람.

"평범한 놈들 나타난 지 얼마나 됐다고 벌써!"

쾅쾅쾅쾅! 고속유탄발사기의 집중적인 포화가 쇄도하는 역병의 홍수를 저지하려 했다. 그러나 그것은 사격으로 파도를 무너뜨리려는 격이었다. 표면에서 일어나는 폭발에 피와 살이 퍽퍽 부서져 나가는데도, 거대하고 끔찍한 급류는 조금도 약해지지 않은 채 먼저 접근하던 변종들을 집어삼켰다.

"아까보다 더 많잖아! 차라리 전 구간에 방사능을 도포하는 편이 낫겠다!"

송 소위가 억울한 듯 분통을 터트리는 순간, 제트 엔진의 섬광과 배기음이 폭 넓은 쐐기를 이루며 별빛 천구를 가로질렀다. 겨울이 최적의 타이밍에 불러들인 전폭기 편대였다.

직후, 네 발의 집속탄(CBU-87)이 포물선을 그리며 자유낙하로 떨어져 내렸다. 각각의 집속탄은 껍데기가 대나무처럼 쪼개지면서 저마다 200여 발씩의 작은 폭탄들을 쏟아냈다. 사람이든 차량이든 가리지 않고 찢어발기도록 만들어진 다목적 자탄들이었다.

빠바바바박!

삽시간에 축구경기장 네 개 면적이 폭발의 소나기를 두들겨 맞았다. 각각의 자탄은 성형작약을 터트리며 사방으로 파편을 흩뿌렸고, 파편에 섞인 지르코늄은 짧은 시간이나마 화씨 2200도에 달하는 고온으로 격렬하게 타올랐다. 이는 파도를 무너뜨리기에 충분한 위력이었다.

초연을 실어오는 강풍에 기분 나쁘게 고소할 향기가 섞

였다. 방독면을 썼음에도, 겨울은 그 향기를 시각적으로 인식할 수 있었다. 화약과 강철의 폭우를 뒤집어쓰고도 살아남은 것들이 동종의 유해로 포식을 시작했기 때문이다. 그 위에 유탄발사기의 공중폭발탄 연사와 박격포 사격이 가해졌다. 이쪽에선 증식 과정의 질량 소실을 기대하는 수밖에..

당연히, 병든 고기가 구워지는 향기에 벌레처럼 이끌려 오는 거대한 움직임이 있을 것이다.

겨울이 괜히 전술핵 이외의 무기체계가 임시방편에 지나지 않는다고 판단했던 게 아니었다.

'저지력이든 뭐든 제대로 된 소이탄이 더 낫겠지만-'

그건 방어선 가까이에서 쓸 수가 없다. 시야가 지나치게 차단되는 까닭이다. 지상에서는 물론이고 항공관측조차 어려워진다. 변종들에게 짙은 연막을 쳐주는 꼴인지라, 자칫하면 방어선 붕괴의 단초를 제공할 위험성이 존재했다.

그래서 타오르는 것은 매양 산과 고원의 건너편이었다. 얇게 펴 바른 쇳물처럼 달아오른 지평선, 뭉게뭉게 피어오르는 연기가 공제선보다 멀리 있는 별들을 감추었다.

테라토마의 먹잇감을 철저하게 탄화시킨다는 점에서 더욱 좋을 무기이건만.

전술핵은 이런 측면에서도 유효하다. 한 번이라도 핵을 터트린 구간이라면, 교전 과정에서 흩어지는 살점들은 내부피폭을 유발하는 훌륭한 독 먹이가 되어줄 테니까.

사용을 아무리 자제하려고 해도, 결국 전술핵 투발이 계속되는 이유였다. 방사능 오염지대를 늘려 방어선을 축소하지 않으면 도무지 견딜 수 없는 순간들이 반복되는 것이다.

「지금! 중대 각 단차! 들이박아!」

진석의 지시에 따라 알파 중대 소속 차량들이 각각의 차량호로부터 일제히 돌출했다. 경량화되었다고 해도 기본적으로 기갑차량이다. 기세가 꺾인 급류를 짓밟기엔 충분한 중량을 보유하고 있었다. 속도와 무게가 실린 무한궤도는 테라토마를 짓이기는 컨베이어 벨트와 같았다.

동시에 툭툭 튀어 장갑 표면에 들러붙는 것들은 유탄포의 공중폭발탄 지원사격에 벗겨져 나간다. 알루미늄 합금에 유탄 파편이 부딪히며 어지러이 불티를 튀겨댔다.

차량 외부 관측 장비가 손상될 가능성을 감수하는 조치였다.

송정훈 소위가 불평했듯, 이건 제대로 된 전투가 아니었다.

끄어어어어-!

장갑차가 치고 나간 사이, 연기가 피어오르던 시체 더미로부터 별안간 케식 한 개체가 벌떡 일어나 달려온다. 놈은 곧 대응사격에 피를 흩뿌리며 쓰러졌지만, 그 몸으로부터 폭발하듯 테라토마들이 쏟아져 나왔다. 하필이면 겨울과 참모들이 지나가던 참이었다.

그 점잖은 싱 소령마저 욕설을 내뱉었다.

"사생아 새끼가! 끝까지 곱게 죽지 못하고!"

그의 검이 번뜩인다. 무뎌진 날은 벤다기보다 찢는 것에 가깝게 테라토마를 쳐 죽였다. 겨울은 눈앞에서 튀는 둘을 소총과 팔꿈치로 후려치고, 등 뒤에서 튀는 하나는 손으로 잡아 으깨었다. 동시에 디딤 발로 또 하나를 밟아 죽였다.

"으아, 내 총⋯⋯."

매카들 중사가 진절머리를 내며 총의 장전손잡이를 연거푸 잡아당겼다. 그때마다 테라토마의 피와 체액이 살점과 더불어 찔꺽거린다. 이쯤 되면 제대로 발사될 거란 보장이 없다. 아무리 이물질에 강한 총이라도 말썽을 일으키기 십상인 환경이었다.

실제로 총기의 기능고장을 보고하는 병사들이 속출했다. 급하게 대충이라도 총을 씻어내느라 마실 물까지 다 써버리는 경우마저 있었다.

사실 아끼는 데 큰 의미가 없기도 했다. 수통 뚜껑을 한 번이라도 완전히 열어버리면, 그 안에 든 물은 곧장 방사성 대기와 분진에 노출되고 마니까.

겨울의 방호복조차 더러운 피와 기름과 미니어처 같은 내장조각에 절어있었다. 일부 병사들이 열심히 감았던 덕트 테이프들은 미끈거리는 체액으로 인해 느슨해진 붕대처럼 흐물거렸다. 여기에 유일한 장점이 있다면, 달라붙으려는 테라토마조차 미끄러지는 경우가 늘었다는 것.

제3자가 보았으면 문자 그대로 지옥에서 싸운다고 평할 광경이었다.

혼란스러운 와중에 선임상사 메리웨더가 병사들 사이를 오가며 악을 썼다.

"핵이다! 핵 떨어진다! 대가리 숙여 새끼들아!"

이쪽 구간은 아니다. 그러나 거리가 얼마나 멀리 떨어져 있든, 당장 죽을 지경이 아니라면 잠시라도 엎드려 엄폐하는 쪽이 정신건강에 유익했다.

잠시 후, 충격파에 실려 온 부드러운 재가 겨울의 눈앞을 스쳐갔다.

'방금 그거, 몇 번째였지?'

임무부대가 보유했던 수량은 진즉에 다 써버렸다. 겨울에 이어 공수군이 두 발을 썼고, 나머지 두 발도 얼마 안 가 공수군과 미군이 나누어 사용했다.

그러므로 이제 와서 작렬하는 전술핵은 죄다 항모전단으로부터 나오는 것들이었다.

당연히 임무부대 차원에서도 핵 투발을 최소화하려고 노력하고는 있다.

전술핵의 대안 중 하나는 폭탄창에 재래식 폭탄을 가득 채운 전략폭격기 집단이었다. 융단폭격으로 변종집단의 허리를 끊어 일시적으로나마 추가적인 유입을 차단하는 것이다.

의도한 바는 아니지만, 러시아 측의 전략폭격기 집단은 멀리서부터 들리는 엄청난 소음으로 변종들에게 빠른 학습을 강요하고 있었다. 1기당 15톤의 폭탄을 쏟아내는 폭격기가 한꺼번에 수십 대씩 출현하는 것이다. 그 위력은 수십 킬로미터 밖에서도 지진을 느낄 만큼 강력하다. 폭격이 이루어지는 도중엔 직접적인 파괴범위를 벗어난 곳에서조차 중심을 못 잡고 넘어지는 변종들을 볼 수 있었다.

그러나 폭격을 가해야 할 범위를 고려하면, 그리고 폭격기 편대가 왕복하는 거리와 무시무시한 탄약 소모율을 감안하면 이 또한 일시적인 조치에 지나지 않았다. 융단폭격 두세 번에 공중포대가 싣고 온 각종 포탄의 총량만큼을 써 버리게 되니까.

이 시점에서 기다리던 소식 하나가 들어왔다.

에반스가 잔뜩 굳어진 낯빛으로 보고했다.

"Sir! 트라이던트가 발사되었다고 합니다! 숫자는 셋!"

"드디어!"

트라이던트는 잠수함이 발사하는 다탄두 핵미사일의 이름이었다. 분류상으로는 양용빈 상장이 미 본토에 쏘았던 것과 같은 무기. 겨울은 저도 모르게 꽈악 주먹을 쥐었다. 늦다면 늦고 빠르다면 빠르다. 이번에야말로 효과가 있기를 바랄 따름.

"지금으로부터 3분…… 아니, 2분이면 착탄합니다!"

전술 태블릿을 넘겨받은 겨울이 착탄지점을 확인했다. 대기권을 벗어나 시속 2만 킬로미터로 날아오는 미사일 한 발당 여덟 개씩, 총 스물네 발의 전략핵탄두가 거대한 원을 그리며 동시다발적으로 낙하하도록 되어있었다.

참으로 긴 2분이었다.

대기와의 마찰로 인한 탄두의 발광은 23킬로미터 거리에서도 선명했다. 겨울을 비롯한 독립대대 전원은 찰나간 별빛 하늘의 저편에 죽죽 그어지는 밝은 실선들을 볼 수 있었다. 인공적으로 빚어진 유성우. 이는 어울리지 않게 환상적인 광경이었지만, 그 빛줄기 하나하나가 전술핵의 스물다섯 배에 달하는 막강한 파괴력의 수소폭탄들이었다.

그리고 폭발.

까맣던 세상에 색채가 돌아왔다. 전장의 풍경이 한순간에 낯설어졌다.

"정줄 놓지 말고 싸워라, 얼간이들아! 구경하다 죽을 작정-"

메리웨더 상사의 질타는 끝나기도 전에 우레를 닮은 소음에 파묻힌다.

그동안에는 벌겋게 달아오른 자동화기의 발사음도 사라졌다. 각종 구경의 탄피가 조용하게 쏟아진다. 마치 무성영화의 한 장면 같았다.

여명을 앞둔 새벽은 본연의 어둠을 빠르게 되찾았다. 그러나 그때까지 망막에 맺힌 잔상, 거친 고원과 험한 산맥의 분수령 너머 전방위에서 솟아오르는 거대한 상승기류들은, 사람과 변종을 가리지 않고 호흡곤란으로 밀어 넣는 압도적인 풍경이었다.

변종들이 잠깐의 공황에 빠진 틈을 타, 사령부로부터는 방어선을 점진적으로 물리라는 지시가 내려왔다.

즉 본격적인 철수절차에 돌입하라는 뜻이었다.

'마침내 원형을 확보했나?'

겨울은 못내 그것이 궁금했으나, 한가롭게 정보를 요구하고 있을 때가 아니었다.

기존의 방어선을 고수하다간 단계적으로 병력이 빠질 때

마다 변종들이 들어올 틈이 생긴다. 부대 간의 섬세한 간격 조정과 유기적인 협력, 그 이상의 행운이 필요한 시점이었다.

휘하의 기갑세력을 다시 한 번 돌출시켜 변종들의 주의를 분산시킨 겨울은, 나머지 보병들을 신속하게 2선으로 재배치시켰다. 2선은 사령부 직할 공병대가 미리 구축해놓은 예비 참호선이었다.

"빨리! 빨리! 유탄발사기는 이쪽으로! 서둘러! 뒈지다 만 새끼들 달려오는 거 안 보이냐!"

장교와 부사관들이 병사들을 윽박질렀다. 모든 배치는 틈틈이 구축해둔 계획에 입각하여 겨울의 의도로 수렴되었다.

예상치 못했던 건 이 와중에 빚어진, 각 부대의 철수순서에 관한 마찰이었다.

「다 끝나가는 마당이니 예의는 집어치우지. 최후까지 후미를 지키는 역할은 우리가 맡아야겠소.」

로저스 중장에게 하는 카프라로프 소장의 말은 숫제 통보에 가까운 어조였다.

「대체 무슨……..」

「서로 좋게 가자는 말이오. 당신네 양키들은 이 지옥으로부터 일찍 몸을 빼내서 좋고, 우리 러시아는 미국에 빚을 지워서 좋고.」

「……..」

「물론 이미 받은 지시와는 상충되는 것이겠지. 사령관인 당신과 한겨울 중령의 순번은 반드시 마지막의 마지막이 되어야 한다. 그런 방침이 내려오지 않았소?」

추측을 넘어서 아예 확신하는 듯한 태도였다.

'이 급할 때 왜 굳이 나까지 선망에 호출했나 했더니……'

공수군 장성들의 강력한 요구였다. 이 대화를 겨울에게 들려주고 싶었던 모양이다. 전쟁영웅으로서 이용만 당하는 신세에 질려 자신들을 편들어주길 바라는 것일까?

이들은 또한 겨울의 정치적인 영향력을 인지하고 있기도 하다.

총성과 포성이 끊임없이 격화되는 상황에서, 소장은 이질적인 감정을 담아 말했다.

「그건 곤란해. 곤란하고 말고. 전쟁영웅인 당신들이 혹여 죽기라도 한다면, 도취적인 비극에 매몰된 미국인들은 결코 우리의 희생을 직시하지 못할 거란 말이야. 우린 그저 들러리로 전락해버리는 거지. 이 작전의 실질적인 주력은 우리 러시아 공수군인데도 불구하고!」

아니라고는 못 하겠다.

애초에 독립대대가 이곳 제로 그라운드로 오게 된 이유가 무엇이던가.

「장병들의 피로 다른 나라의 여론을 사려는 우리 정부의 태도를 비웃어도 좋소. 그러나.」

카프라로프 소장이 선언했다.

「어머니 러시아의 이름으로, 이 싸움의 진정한 주인공은 우리가 되어야겠소. 그러니 순순히 먼저 떠나시오. 따로 배웅은 하지 않으리다.」

사령부 참모진 가운데 하나가 즉각적으로 힐난했다.

「미쳤군! 지금 한가롭게 그딴 헛소리나 지껄이고 있을 때요?」

미군에겐 결코 나쁜 이야기가 아니었음에도 불구하고 반발하는 이유는, 그만큼 황당하고 급하기 때문일 것이었다. 지금 2선 재배치를 무사히 끝냈다 한들 철수는 이제 막 시작되었을 따름. 이토록 민감한 순간에 지휘체계가 흔들리는 것 자체가 당혹스럽기 짝이 없는 일이다.

「아니지.」

하하. 비난을 긍정하며, 카프라로프 소장이 소리 내어 웃었다.

「모르겠소? 때가 아님을 알기에 할 수 있는 요구란 말이오.」

사실상 시시각각 다급한 전황을 인질로 잡은 셈이었다.

「어차피 당신들에겐 다른 선택지가 없소이다. 우리를 강제로 움직일 방법이 없을 테니까. 다 같이 밍기적 대다가 죽기는 싫겠지!」

「그만!」

로저스 중장이 소모적인 흐름을 끊었다.

「시간 낭비는 여기까지. 미군을 우선적으로 철수시킨다. 그러나 지금 여기서 벌어진 일에 대해서는 나중에 반드시 문제 삼고 넘어갈 것이다.」

감정표현이 적은 중장으로서는 듣기 드물게 노여움을 억

누르는 음성이었다.

「그러시든가.」

카프라로프 소장의 대꾸였다.

교신이 종료된 후, 겨울은 그 자신감을 기이하다고 생각했다.

'이 상황에 대한 증언이 나오면 공수군이 희생을 치르는 의미 자체가 퇴색될 텐데.'

목적이야 어쨌든, 결정적인 순간 임무부대 전체의 안위를 담보로 미군을 협박한 것이다. 그것도 사전에 합의한 지휘체계를 무시하면서까지.

무언가 보험이라도 있는 걸까?

카프라로프 소장이 처음 혐의를 제기했을 때 로저스 중장이 잠자코 듣고 있었던 건 확실히 좀 이상했다. 겨울마저도 한순간이나마 그게 진짜인가 고민했을 정도이니.

겨울과 로저스, 올레마의 기적을 일궈낸 두 주역의 죽음은 미국에게 있어 분명 국가적인 손실이 될 터. 허나 핵을 보유한 잠재적 가상적국과 갑작스레 국경을 마주하게 된 입장에서, 이번 작전에 대한 대가를 적게 지불하고자 묘한 판단을 내렸을 개연성은 존재했다.

국익의 눈금을 읽는 법은 사람마다 다를 수 있다.

하지만 중장이 결국 화를 내는 걸 보면, 카프라로프 소장이 언급한 그 '정부의 방침'이라는 것이 실제로 있었을 가능성은 낮은 편이었다. 겨울이 이렇게 판단하는 건 로저스 중장이라는 사람을 어느 정도 알기 때문이다. 그는 능숙한 연기와는 거리가 먼 사람이었으므로.

그러므로 그의 짧은 침묵은 순간적인 갈등의 증거라고 보는 편이 타당했다.

「나는 오고 싶지 않았어.」

「영웅처럼 죽기 쉬운 게 어디에 있나.」

지난날 보드카가 사람을 마시는 술자리를 거쳐 반쯤 인사불성이 되었던 로저스 중장의 취중진담이다. 미군이 먼저 가라는 말에 번민할 여지가 충분했다.

허나 그 이상으로 책임감이 강한 인물이기도 하다. 이런 면에서만큼은 고지식하다고 해도 좋을 것이다. 정 죽는 게 싫었다면, 한때 겨울이 염두에 두었듯이 어떤 식으로든 빠질 이유를 만들면 그만이었다. 그러나 중장은 그렇게 하지 않았고, 이곳에 와서도 굳이 위험한 지상지휘를 고집했다. 그것은 그가 생각하는 군인의 의무이자 지휘관의 역할이었다.

따라서 그의 분노는 합당하다. 역시 겨울의 추측일 뿐이지만, 거기엔 자신의 동요에 대한 혐오감도 묻어있지 않았을지.

그렇다면 카프라로프가 드러낸 확신의 정체는 무엇인가.

명령을 내리는 틈틈이 지나간 대화를 심란하게 곱씹던 겨울의 뇌리에, 불현듯 스산한 깨달음 하나가 스쳤다.

'이것 자체가 공작이 이루어진 결과일 수도 있어!'

일전, 리드빌에서 겨울과 통화했던 중앙정보국 요원은, 오프 더 레코드라는 사족을 붙이면서까지 「러시아인들을

설득하는 과정에서 많은 공작과 이면합의가 있었다.」라는
비밀을 들려주었다. 그리고 「꼭 무사히 돌아오십시오. 그때
쯤이면 중령께선 당신을 따르는 사람들의 신이 되어 있으
실 겁니다.」라는 말도 남겼다.

그게 바로 이 순간에 대한 암시였던 건 아닐까?

만약 그렇다면, 미국은 자국 장병들과 전쟁영웅들을 최
대한 무사히 귀환시키기 위하여, 즉 러시아 측이 자발적으
로 희생을 치르도록 유도하기 위하여 속임수를 쓴 것이 된
다. 물론 그 과정에서 일부러 속아준 러시아 관계자들도 있
을 터였다.

어쩌면 공수군 장성들 역시 이미 매수되었을 가능성마저
존재한다. 훗날 근거 없는 속단이었다고 밝히는 조건으로
은밀한 대가를 받기로 했다거나.

정보국에게도 강력한 동기가 있다. 그들은 겨울에게 상
당한 투자를 했고, 그 이상으로 많은 것을 기대하고 있으니
까. 겨울이 살아서 돌아오는 편이 이익인 것이다.

그러나 지금으로선 이러한 궁구에 아무런 의미도 없었
다. 아마 앞으로도 그러할 것이다. 추측이 사실이라 한들
누가 있어 그것을 사실이라 진술하겠는가.

그럼에도 쉬이 지우기 힘든 의심인지라, 겨울은 주의를
산만하게 만드는 불쾌감을 떨쳐내려 애썼다.

이곳 제로 그라운드에 오기로 한 것은 겨울에게 있어서
무척이나 어렵게 내린 결심이었다. 그 어려웠던 결심에 이
제 와서 흙탕물을 끼얹는 듯한 느낌. 손이 닿지 않는 곳,

한계 밖에서 비가역적으로 흘러들어오는 탁류가 너무나 싫다.

로저스 중장에게 보고하는 건 무의미했다. 근거조차 없는 의혹을 제기해서 뭐하나. 또 한 번의 시간낭비일 뿐이다.

당장 어쩌지 못할 문제는 잠시 잊고, 주어진 책임에 집중하는 게 최선이었다.

어느덧 동녘이 밝아오기 시작했다.

쪽빛으로 물드는 하늘, 푸르게 젖어드는 전장에도 변화가 찾아왔다.

"아발론으로부터 입전! 변종집단의 추가 유입이 빠르게 감소하고 있습니다!"

이는 공중포대가 중계한 관측결과였다. 통신장교의 보고를 들은 싱 소령은 경련을 일으키도록 지쳐있는 장검을 늘어뜨렸다. 테라토마들이 그 작은 크기로 말미암아 대대 지휘부에까지 쉴 새 없이 침투해 들어왔기 때문이다.

그가 가쁜 숨결 사이에 고단한 중얼거림을 섞었다.

"전략핵이, 먹힌 건가……."

핵 투발 결정 과정에 직접 참여하진 않았으되, 싱 정도 되는 장교가 전략핵이 사용된 목적을 모를 리 없었다. 다탄두 핵미사일의 전율스러운 위력은 아직까지도 저편 하늘에 거대하게 뭉글거리는 상승기류들을 남겨 놓았다. 그리고 그 아래, 시야의 소실점까지 유해로 뒤덮여있는 초토의 대지.

여기에 동틀 녘의 창백한 색감과 강해지는 추위가 더해

지자, 척박한 고원은 얼어붙은 종말을 고스란히 그려 놓은 듯한 풍경으로 화했다.

그러나 그 풍경은 결코 정적이지 않았다.

전투양상은 일견 달라진 게 없는 것처럼 보였다.

당연한 일이다. 추가적인 유입을 차단했다는 건, 상황이 최악으로 치닫는 걸 막았다는 뜻에 불과하기에. 허리가 끊어졌다 해도 이미 전장에 진입한 변종집단들이 곧바로 사라지는 게 아니며, 이것들을 다 물리친 다음엔 달리 삼킬 숙주가 없어 죄다 이쪽으로만 밀려올 테라토마들을 상대해야 한다. 이 지역에 잔존한 숫자 전체와 맞서 싸워야 할 것이다.

그래도.

'이제 얼마 안 남았어.'

그것들을 다 죽여야 할 필요는 없다. 이쪽은 하늘로 떠나면 그만이니까.

다만 철수가 진행되면 진행될수록 뒤에 남는 병력의 방어력이 약해지는 게 문제다.

결코 그 역할을 자청하고 싶진 않았으나, 이런 식으로 돌아가길 바라지도 않았건만……. 서로 먼저 탈출하겠다고 다투다가 전멸하는 꼴만은 면했으니 다행이라 여겨야 할까?

겨울이 뒤를 열어 놓고 정차한 지휘 장갑차 안쪽에서 전황을 파악하는 중에, 방사능의 전파간섭으로 지직거리는 알파 중대 채널에서 3소대 3분대의 다급한 보고가 들려왔다.

「데이비드 1! 당소 1-3 찰리! 당소측 IAAV가 추가로 무력화되었다! 이젠 분대 내 기동 가능한 차량이 없다!」

IAAV는 임시제식 공수장갑차(Interim Armored Airborn Vehicle)의 약어였다. 대부분이 이제껏 잘 견뎌주었으나, 이 물질에 의한 오염이 극심한 와중에 혹사시킨 탓인지 슬슬 궤도가 벗겨지거나 주저앉는 차량들이 나오는 중이었다. 테라토마의 물결을 우악스럽게 짓밟는 식으로 저지해왔으니 그럴 법도 하다. 아니더라도 외부 관측 장비가 손상되어 실질적인 전투능력을 상실하는 경우 또한 많았다.

중대장 진석이 신경질적으로 묻는다.

「젠장! 긴급수리는?!」

「불가능합니다! 뭐가 문제를 일으킨 것인지도 파악이 안 됩니다!」

「그럼 고정포대로 쓰다가 버려! 1-3 찰리는 다음 진지변경에서 예비대로 빼겠다!」

현시점에서 중대장들의 지휘는 대개 이런 식이었다. 개중에 진석이 가장 나은 건, 능력의 차이라기보다는 실전경험으로 인한 침착함과 정신력의 차이였다. 그것 역시도 능력이라면 능력이겠지만.

방어선이 지속적으로 축소됨에 따라 전투 양상도 갈수록 단순해지고, 겨울이 대대장으로서 지휘력을 발휘할 여지가 줄어들었다.

전투가 심화될 무렵 되새겼듯이, 이제 지휘관으로서 처

음이자 마지막 소임을 다할 뿐.

끼이이이-!

바닥을 기어온 테라토마가 겨울의 전투화 구두코를 깨물었다. 빠득빠득, 작은 이빨이 줄줄이 뭉개지는 소리. 유달리 약한 놈이다. 눈은 없고 코에는 구멍 두 개가 있을 뿐이라, 둥글둥글한 머리에 새빨간 입만 도드라져 보이는 개체였다. 증식과 분열이 워낙 빠르다보니, 벌써부터 방사능으로 인한 기형이 생겨나고 있는 모양이다.

밟아 죽이는 겨울로서도 이젠 지긋지긋하다는 것 외에 다른 감상이 들지 않았다.

초인적인 전투력을 거의 무가치하게 만드는 끔찍한 적이었다.

가장 먼저 제로 그라운드를 이탈한 것은 탄도탄 기지 수색부대였다. 민간인 전문가가 포함된 그들은 임무의 성패와 무관하게 최우선적으로 보호해야 할 대상이었다.

나머지 미군 중에선 독립대대의 순서가 마지막이다. 그래도 그 순서는 의외로 금방 돌아올 것이다. 임무부대에서 미군이 차지하는 비중이 크지 않았던 까닭. 카프라로프 소장의 말대로, 지상에서의 실질적인 주력은 러시아 공수군이 맡고 있었다.

'에스더를 믿었다면 이렇게까지 고생하지 않아도 되었을 텐데.'

에스더에겐 변종집단의 유입을 초기부터 차단할 능력이 있었다. 그랬다면 핵 투발도 불필요했을 것이고, 사령부와 공수군 사이에 갈등이 빚어지지도 않았을 터. 애초에 철수 작전이 이렇게까지 어려워질 이유가 없었다.

스스로 나서서 에스더를 설득하긴 했으되, 그건 어디까지나 장교들의 중의를 대변했던 것. 그녀를 신뢰하는 겨울로선 품지 않을 수 없는 안타까움이다.

공수군에서 끝끝내 막대한 피해가 발생하고 만다면, 신앙에 의거해 사람들을 돕는 것으로 간신히 마음을 지키고 있는 소녀에겐 얼마나 큰 아픔으로 남을는지. 그것은 그녀가 믿는 소명의 균열이기도 하다.

에스더는 번민할 것이다. 주께서 내게 정녕 소명을 내려주셨다면, 진실로 사람들을 구해야 할 순간에 그분은 어찌 나의 역할을 만들어주지 않으시는 것일까.

물론 그녀는 중미 방역전선에서 벌써 많은 사람들을 구했다. 돌아가서도 한동안은 그녀가 구할 사람들이 많을 것이다.

그러나 오늘 이 전투가 특별하다는 건 그녀 또한 알고 있을 터. 말 그대로 인류를 구하는 작전이 아닌가.

몸이 그렇게 병들었어도 속에 있는 건 결국 소녀였다. 크나큰 기대가 없었을 리 없다. 결국 오늘 느낀 무력감은 에스더의 마음을 천천히 좀먹어 들어갈 것이다.

그렇잖아도 수명이 얼마 남지 않은 그녀인데…….

겨울은 그녀의 최후가 안식과 거리가 멀 것을 예감했다.

"Sir! 우리 차례입니다! 드디어 우리 차례입니다!"

사령부의 통보를 받은 에반스가 두 주먹 불끈 쥐며 환호했다. 숨겨진 사정을 모르면, 뒤에 남는 이들이야 어떻든 일단은 이 지옥에서 빠져나간다는 사실에 기뻐할 수밖에.

겨울이 무전기를 잡았다.

"데이비드 액추얼에서 데이비드 전 유닛에게. 철수는 찰리-브라보-델타-알파 순으로 실시한다. 반복한다. 찰리-브라보-델타-알파 순이다. 브레이크. 데이비드 1, 2, 4는 추가 지시가 있을 때까지 현 위치를 고수. 브레이크. 데이비드 3는 현시각부로 스톨리치나야 1에게 방어진지를 인계할 것. 인계가 완료되는 시점에서 보고 바란다, 이상."

공수군 331연대의 차량과 병사들이 독립대대의 철수를 엄호했다. 그들이 단계적으로 대대의 빈자리를 메꿔나감에 따라, 대대는 보유한 모든 차량을 방치하며 이송 지점으로 이동했다. 어차피 변종들이나 테라토마에게 탈취당할 우려는 없으니, 남아도는 기갑차량들은 러시아군이 최후의 최후까지 버티는 데 유용하게 써먹을 것이었다.

간혹 스쳐가는 러시아 병사들은, 차마 감추지 못하는 부러움과 질시와 피로와 두려움 등을 담아 먼저 떠나는 독립대대 병사들을 흘깃거렸다.

역시 공수군 측에서도 정확한 사정을 알고 있는 사람은 손에 꼽는 듯했다.

마침내 때가 되어, 겨울은 불편한 마음으로 헬기에 올라탔다. 떠나기 전 마지막으로 돌아보는 제로 그라운드는, 여전히 인간과 괴물들의 생사가 치열하게 교차하는 전장이었다.

철수한 병력의 수용은 해상에서 이루어졌다.

오늘을 위해 개조된 화물선이 무려 스무 척에 달했다. 이들 화물선은 항모와 같은 비행갑판을 올려 수많은 헬기의 이착륙을 동시에 감당할 능력을 갖췄으며, 생물학적 오염에 대응할 수단도 마련해두었다. 전술핵을 실제로 사용할 경우에 대비해 체계적인 방사능 제염 절차까지 준비했음은 물론이다.

선내 공간은 미 본토로 복귀하는 여정에서 작전참가 병력의 숙소로 쓰일 예정이었다. 인근에 공항을 보유한 섬이 존재하는 데도 굳이 해로로 복귀하도록 한 것은, 이 느린 항해가 검역격리를 겸하는 까닭이었다. 제로 그라운드에서 모종의 감염이 있었다 한들 고립된 선상에서 발병한다면 통제하기 한결 쉬울 것 아닌가.

동시에 독립적인 함대를 꾸려도 좋을 만큼 많은 병원선들이 있었다. 다수의 망명정부를 포함한 세계 각국이 손을 보탠 덕분이다. 사실 그들은 후방지원에 만족하지 않고 실제 전투부대까지 파견하고 싶어 했으나, 보급체계의 혼선과 조직체계의 이질성 등을 이유로 미국과 러시아가 받아들이지 않았다.

어쨌든, 전반적인 사전준비는 관계자들이 "이 정도면 할 만큼 했다."라고 평할 정도였다.

그럼에도, 지금 겨울이 보는 철수현장은 굉장히 혼잡했다. 요구되는 제염작업과 의료적 처치가 기존에 상정한 수준을 아득히 뛰어넘었기 때문이다. 기실 모든 작전인력이 정밀검진을 받아봐야 할 처지였다. 병원선이 아무리 많아도 부족하고, 또 거기로 병사들을 실어 나르는 데에서 다시 혼란이 빚어질 수밖에 없다.

"분사!"

촤아아악-

방호복 위로 뿌려지는 소독제(Decon foam)와 제염수의 압력은 살이 아플 만큼 강력했다. 오는 동안 성에처럼 얼어붙었던 테라토마의 조각들이 한꺼번에 씻겨 나간다. 세척을 맡은 화생방대의 꼼꼼함은 차라리 편집증에 가까웠다. 전장에서 돌아온 자들의 처절한 모습에 충격을 받은 탓.

겨울이 보기에도 자신들은 이제 막 지옥에서 기어 올라온 듯한 몰골이었다.

"다음! 세척을 마친 인원들은 이쪽으로!"

화생방장교의 외침을 듣고, 겨울은 비로소 방독면을 벗었다. 머리카락은 땀으로 흠뻑 젖어있었다. 추운 데서 흘린 땀은 그리 쉽게 마르지 않는다.

늘어뜨린 방독면으로부터 거품 섞인 소독액이 뚝뚝 떨어졌다.

"하아……."

차가운 계절의 바닷바람에 두피가 어는 듯한 통증이 엄습했으나, 겨울은 일단 한결 편해진 호흡에 만족했다. 비단 겨울이 아니어도 비슷한 모습을 여기저기서 볼 수 있었다. 방독면을 오래 쓰고 있으면 그저 숨을 쉬는 것만으로도 체력이 소모된다. 그 상태로 긴 시간 격전을 치른 이들에겐 평소와 같은 호흡이 절실했다.

일출을 맞이하는 바다는 거짓말처럼 청명하여 현실감이 없었다. 조금 전까지 있었던 끔찍한 전장과는 달라도 너무 다른 아름다움이었다. 사람들이 이래저래 외치는 소리들이 사방에서 들려왔지만, 총성과 포성과 흉한 괴성에 익숙해진 귀엔 없는 거나 다름없는 소음이었다.

간호장교의 인솔에 따라, 선내로 들어간 독립대대 장병들은 내팽개치다시피 방호복을 벗어던졌다. 개중엔 탈진하여 남의 도움을 받아야 하는 경우도 많았다. 의무병과 화학병들은 무기와 방호복, 기타 장구류를 걷어 생화학 폐기물 수거함에 담아가는 한편으로, 지친 전우들에게 따뜻한 음료와 갑상선 방호제, 그리고 모포를 하나씩 나눠주었다.

겨울 몫은 간호장교가 직접 건네었다.

"잘 돌아오셨습니다, Sir."

"고마워요, 소위."

어깨에 모포를 두른 겨울은 먼저 갑상선 방호제부터 삼켰다. 방호제의 주성분은 아이오딘-127(요오드)로, 아이오딘의 방사성 동위원소가 갑상선에 축적되는 걸 막아주는 역할을 했다.

이는 말하자면 보완조치였다. 투입 전에 마지막으로 먹은 식단에도 대량의 아이오딘이 첨가되어 있었으니까. 최소한 갑상선 암의 발병률만큼은 현저하게 낮아질 것이었다. 방사능 중독으로 인해 가장 많이 발생하는 암이 바로 갑상선 암이라는 점을 감안하면, 독립대대 장병들에겐 적

짧은 위안이 될 요소였다.

"병원선행 헬기 순번이 돌아올 때까지 이곳에서 대기해 주시면 됩니다."

여전히 방호복 차림인 간호장교의 말에 겨울은 고개를 기울였다.

"보트는 안 쓰나 봐요?"

"바다 상태(Sea state)가 마냥 좋은 게 아닌 데다, 그쪽에서 한 번에 받아들일 수 있는 환자 수에도 한계가 있는지라 한꺼번에 많이 보내봐야 기다리게 만드는 건 마찬가지입니다. 차라리 공간이 넉넉한 이곳에서 쉬다가 가시는 편이 나을 겁니다. 시간을 절약하기 위해 채혈처럼 간단한 조치는 여기서도 하고 있고요."

타당한 이유였다.

"혹시 뭔가 불편하십니까?"

"아뇨, 딱히 불편하지는……. 그보다, 어차피 기다릴 거라면 철수 현황을 알아보고 싶은데."

철수는 여전히 진행 중이었다. 겨울은 못내 공수군의 처지가 궁금했다.

간호장교는 긴장한 채 뻣뻣하게 고개를 저었다.

"죄송하지만 당신께서 직접 움직이시는 건 곤란합니다. 정해진 격리과정이 있으니까요."

"그래도 보고를 해줄 순 있겠죠?"

"물론입니다. 즉각 보고하겠습니다."

"서두르진 말아요. 그러다 당장 급한 일에 지장이 생겨도

여명, 혹은 황혼 179

곤란하잖아요."

겨울이 굳이 이런 말을 덧붙이는 것은, 간호장교의 계급이 계급이거니와 명령계통 자체가 다르기에 서둘러준다 한들 노력의 낭비가 될 가능성이 농후했기 때문이다. 가뜩이나 본연의 업무만으로도 포화 상태인 지금이었다.

즉 여기서 강하게 요구하는 건 권한도 없는 하급자에게 계급을 내세워 부담을 주는 꼴이 되기 십상이었다.

"이해해주셔서 감사합니다. 최선을 다하겠습니다."

그는 어딘가로 무전을 넣어 겨울의 뜻을 전했다. 저편에선 인지했으니 대기하라는 답신이 돌아왔다. 그러나 그 결과가 확인될 쯤에도 겨울이 여기에 있을지는 알 수 없는 노릇. 혼란스러운 사후 행정의 와중엔 얼마든지 벌어질 법한 일이다.

'그리고……. 결국 근거 없는 나 혼자만의 의심일 뿐인걸.'

겨울에겐 오직 정황증거만이 있을 따름이다. 물증이나 그에 준하는 증언이 뒷받침되지 않고선 소용없는 것이었다.

이런 속과 별개로, 겨울은 대대 구성원 한 사람 한 사람에게 일일이 짧은 격려를 건네주었다. 전투가 끝나도 장교의 역할은 끝나지 않는다. 방사능 중독을 걱정하고 있을 모두에게 지휘관으로서 침착한 모습을, 생환을 함께 기뻐하는 모습을 보여주어야 했다.

'어쨌든 앤을 다시 볼 수 있게 된 것만큼은 진심으로, 정말 진심으로 기쁘니까.'

그녀를 떠올리니 비로소 마음이 녹아내리는 것 같다. 죽었어도 이상할 게 없었던 전장이었다. 겨울은 손 안에서 회중시계를 짤깍거렸다. 전투가 진행되는 내내 몇 번이고 꺼내보고 싶은 충동이 들었으나, 부적처럼 안쪽 주머니에 넣어두었으므로 꺼내볼 방법이 없었다.

물론 방법이 있었더라도 꺼내진 않았을 것이다. 테라토마의 체액으로 엉망진창이 되었을 테니. 뚜껑 안쪽, 비로소 보는 연인의 사진은 이제 다 끝났음을 깨닫게 만드는 부드러운 위안이었다. 그녀와 부부가 될 날이 눈앞에 선명하게 그려지는 듯했다.

과연 이 상황에 어울리는 감상인가, 라는 생각엔 의미가 없었다.

불가항력이었기 때문이다.

그녀는 세상에서 가장 좋은 아내가 되어줄 것이다.

간호부사관이 겨울의 피를 뽑아가고서 얼마나 지났을까.

"Sir! 헬기가 준비되었습니다."

역시나, 겨울의 요구에 대한 반응보다는 헬기 탑승 순서가 돌아오는 게 먼저였다.

"할머니. 일단 끊을게요. 저 검사 받으러 가야 돼요. 네, 네. 아무렇지도 않다니까요. 검사도 만약을 위해서 하는 거예요. 큰 문제는 없을걸요?"

밝은 목소리를 꾸며내던 유라가 서둘러 통화를 마무리한다. 위성단말 앞에 줄을 서서 대기하던 사람들이 간부와 병사를 가리지 않고 아쉬움을 드러냈다. 어차피 하게 될 연락이지만, 조금이라도 빨리 하고 싶은 마음. 생사의 경계를 오갈 땐 누구나 사랑하는 사람의 목소리가 간절해지는 법이었다. 그것이 가족이든, 연인이든.

위성의 수용량으로 인한 우선순위 제한인지, 아니면 보안상 동시에 감시 가능한 회선 숫자의 한계인지, 넷 워리어 단말의 통화기능은 일시적으로 막혀있는 상태였다.

고로 겨울도 줄을 서고 싶었으나, 어렵게 어렵게 참아냈다. 모든 장교와 병사들이 다 양보하고 나설 테니까.

"대장님!"

헬기에 나누어 탑승하기 전, 유라가 겨울을 불렀다.

"작전 성공 여부는 아직인가요?"

모겔론스의 원형 확보에 성공했는가를 묻는 질문이었다.

그러나 현시점에선 이렇다 할 전파사항이 없었다. 겨울은 이렇게 답하는 수밖에 없었다.

"조만간 알게 되겠죠. 확인하는 데 시간이 필요할 거라고 봐요."

발표가 지연될 이유를 고민해보면, 가능성은 크게 둘이었다.

첫째. 겨울의 말대로, 모겔론스의 원형을 획득한 게 맞는지, 혹은 원형이 변질되지는 않았는지 검증하는 과정에서 시간이 소요되는 경우.

섣불리 작전성공을 확정지었다가 나중에 번복하게 되면 후폭풍을 감당하기 어렵다. 군 당국이 신중하게 처신하는 건 당연한 일이었다.

둘째. 원형과 함께 확보한 데이터에 뭔가 정치적으로 민감한 내용이 포함되어 있어, 그것을 어떻게 다루느냐를 두고 논의를 진행 중인 경우.

이는 긍정적인 것일 수도, 부정적인 것일 수도 있다.

입술을 깨물고 있던 유라가 슬픈 어조로 말했다.

"동생 같은 애들이 너무 많이 죽었어요."

실제로 그렇게까지 많이 죽었다기보다는, 죽은 이들이 너무 비참하게 죽었다고 해야 정확하다. 입으로 작은 괴물을 토해내는 동시에 온몸이 자글자글 무너져 내리는 모습은 한평생 트라우마로 남아도 이상하지 않을 악몽이었다. 단순히 변종으로 변하는 것보다 훨씬 더 끔찍하다.

'아니, 그토록 끔찍한 죽음은 하나라도 많다고 해야 하나.'

곱씹는 겨울에게, 유라가 남은 말을 뱉었다.

"그 죽음이 무의미하게 된다면, 그땐 진짜 견디기 힘들 거란 생각이 들어요."

"……."

달리 해줄 말이 없었던 겨울은, 다만 고개를 끄덕이는 것으로 대답을 대신했다.

독립대대 인원을 태운 헬기는 여러 병원선으로 나누어 향했다. 편제 유지보다 진료 능력에 따른 분배가 우선이었던 까닭. 더는 전투를 치를 일도 없다. 군인이기 이전에 환자로 취급하는 게 당연했다.

겨울의 경우엔 영국 왕립해군의 아르고스(RFA Argus)함에서 종합적인 검사를 받았다. 병원선인데도 과할 만큼의 자위용 무장을 탑재한 선박이었다. 병원선의 무장을 불허하는 제노바 협약이 무의미해진 세계이니 이상하게 여길 바는 아니었다.

"결과는 언제쯤 나올까요?"

겨울이 묻자, 중령 계급의 영국군 의무장교는 잠시 궁리한 뒤에 대답했다.

"아무리 빨라도 내일입니다."

"늦으면?"

"한 보름은 잡아야겠지요. 많이 불안하십니까?"

"나는 괜찮은데, 조금이라도 빨리 안심시켜줘야 할 사람이 있어서요."

전장의 소식이 어디까지 언론 보도로 풀렸을지는 모르겠다. 작전을 앞두고 마치 스포츠 경기를 다루듯 부산을 떨었었으나, 이건 아니다 싶을 때 정부가 정보를 차단했을 가능성이 높으므로. 차단 자체가 불길하게 해석되더라도, 날것 그대로의 전황을 공개하진 않았을 것이다. 테라토마는 온갖 예측을 다 벗어난 재앙이었으니.

그러나 앤은 1급 기밀도 열람 가능한 비취인가 보유자였다. 또한 고위 감독관으로서 여러 인맥도 가지고 있을 터. 겨울을 보내고서 걱정이 없었을 리 없으니, 전략핵이 빗발친 전장 사정을 이미 알고 있다고 봐야 한다.

그녀를 안심시키려면 의료적 소견을 첨부하는 편이 나을 것이다.

겨울 스스로는 괜찮지 않을까 짐작하고 있지만.

'난 실수를 한 적도 없고, 공수군처럼 막무가내로 싸우지

도 않았으니까.'

피폭이 심할 것으로 예상되는 건 경황없이 핵의 섬광에 노출된 이들이었다. 이건 실수한 사람을 탓하기가 곤란하다. 경고가 귀에 들어오지 않을 만큼 급박한 고비들이 수도 없이 많았기 때문이다.

한편 공수군은 자신들을 적극적으로 낙진이 떨어지는 범위에 밀어 넣었다. 애초에 자기들 머리 위로 낙진이 떨어지도록 좌표를 요구하기도 했다.

그리고 겨울에겐 「독성저항」의 효과도 있을 것이었다. 죽을 것을 살려줄 정도는 아니어서 정확히 계량하긴 어려우나, 피폭을 경감시켜주는 정도라면 기대를 걸어볼 만했다.

의무장교가 한쪽 눈을 찡긋했다.

"제가 한 번 손을 써보겠습니다. 기대는 마시고 기다려주십시오."

순간적으로 망설인 겨울은 사양할 타이밍을 놓쳤다. 문밖에서 기다리는 사람이 잔뜩 있는지라 바로 대답하지 못한 시점에서 이미 끝난 것이었다.

다음 날 아침, 겨울이 먼저 알게 된 건 검진결과가 아니라 이번 제로그라운드 진공, 작전명 「포효하는 폭풍(Roaring storm)」의 성공 여부였다.

「······다시 말씀드립니다. 우리는 대역병의 원형을 확보했습니다. 이로써 종말의 끝이 가시권에 들어왔습니다. 우리의 과학자들은 백신을 개발할 것이고, 인류의 영역으로 남아있는 모든 땅에서 더 이상 어떠한 감염폭발도 일어날 수 없도록 만들 것입니다. 이 위대한 승리를 거두고 돌아온 미-러 양국의 장병들에게 경의와 감사의 마음을 전하도록 합시다…….」

백악관의 중대 발표, 크레이머 대통령의 대국민 담화 중 일부였다.

이를 지켜본 남중국해상의 함대에서도 일제히 환호성이 터져 나왔다.

다만 그건 함대에 속한 장병들의 이야기고, 실제 전장에 있었던 인원들은 조용한, 혹은 우울한 여운에 젖어있었다.

겨울은 카프라로프 소장이 끝끝내 탈출하지 못했다는 소식을 들었다. 공수군 98근위소총사단 최후의 생환자가 기억하는 소장의 마지막 말은 "확, 그냥. 빨리 꺼져 새끼야." 였다고 한다.

이로써 겨울의 의심이 사실이더라도 그를 비난하긴 어렵게 되었다.

미국 시민들도 그의 과보다는 공을 더 크게 볼 것이다. 급박한 상황에서 지휘체계를 부정하여 위기를 빚을 뻔한 잘못은 있을지언정, 결국은 애국자로서, 또 군인으로서 더 없이 영웅적인 죽음을 맞이한 셈이니까. 그것은 누군가 감수해야만 하는 희생이었다.

변덕스러운 겨울 바다엔 어느새 함박눈이 내리는 중이었다. 이상한파가 찾아올 거라는 말은 들었으되, 이렇게나 남쪽으로 내려온 해상에서 눈이 내리는 걸 보게 될 줄은 몰랐다.

방사능에 찌든 헬기를 바닷속으로 모조리 밀어버린 까닭에, 말끔하게 비워진 비행갑판은 그저 하얗게 덮여가는 강철의 뜨락이었다. 한쪽엔 갑판요원들이 만든 눈사람이 서 있었다.

곧 치우기야 할 테지만, 당장은 보는 사람 마음이 편안해지는 정적인 풍경이다.

난간에 기댄 겨울은 이름이 같은 계절을 바라보며 조용한 한숨을 내쉬었다.

박제된 낙원

    격리기간을 거쳐 샌디에이고로 회항한 함대가 마주한 것은, 항만과 인근 거리를 가득 메운 채로 장병들을 환영하는 무수한 사람들의 물결이었다. 환호와 함성이 뒤섞인 감격의 도가니. 귀가 먹먹해지는 그들의 외침은 의미가 뒤섞여 만들어내는 하나의 감정이었다.

    군악대가 군가를 연주하는 가운데, 미러 양국의 대통령이 부두까지 마중을 나왔다. 장병들은 두 국가원수와 그들의 참모진으로부터 경례를 받으며 하선했다. 전쟁영웅에게 상급자가 먼저 경의를 표하는 건 어디까지나 미국의 비공식적인 관습이었지만, 이날만큼은 러시아의 이그나체프 대통령도 우방의 관례를 따라 이례적인 모습을 보여주었다.

    겨울은 장교가족들을 위해 마련된 별도의 대기공간에서 앤과 재회했다. 미리 생각해둔 말들은 하나도 쓸모가 없었다. 웃는 얼굴로 우는 앤이, 떨어지면 죽을 것처럼 겨울을

끌어안았다. 너무도 필사적이어서 아픔이 느껴질 지경이
었다.

'지금은 조금 아픈 정도가 좋아.'

겨울은 그 아픔에 만족하며 연인의 머릿결에 얼굴을 묻
었다. 그리고 숨을 깊게 들이쉬었다. 그리웠던 사람의 향기
에 눈시울이 시큰해지는 느낌이었다. 눈을 꾹 감고 체온을
만끽하는 사이 몇 번이고 밝은 플래시가 터졌으나, 그런 사
소한 것에 신경 쓸 겨를이 없었다.

"보고 싶었어요. 정말로, 보고 싶었어요⋯⋯."

목이 메어있던 앤이 간신히 속삭이는 말.

겨울이 그녀의 귓가에 답했다.

"나도 그랬어요."

무서웠다.

"당신을 다시는 못 보게 될까 봐 얼마나 무서웠는지 몰
라요."

앤은 겨울을 안은 팔에 한층 더 힘을 주었다. 이미 통화
로 무사하다는 걸 알고 있었을지라도, 이렇게 실감하는 건
완전히 다른 차원의 문제였으니까. 두려움과 그리움이 한
꺼번에 해소되는 감각은 이대로 영영 몸을 맡겨두고 싶은
안온함의 급류였다.

그러나 정해진 일정이라는 게 있었다.

장소를 옮겨가며 대대적인 기념행사가 진행되었다. 낮이
기울고 밤이 깊어질 때까지. 이 시간 동안, 겨울은 앤 생각
에 수시로 산만해지는 자신을 추스르는 것이 고역이었다.

이날, 겨울의 서훈이력엔 두 개의 훈장이 더해졌다. 하나는 크레이머가 달아준 수훈십자장이었고, 다른 하나는 이그나체프 대통령이 수여한 성 게오르기 4급 훈장이다.「포효하는 폭풍」은 미러 양국이 합동으로 수행한 작전이었으므로 겨울이 러시아로부터 훈장을 받는 게 이상한 일은 아니었다. 크레이머 또한 공수군 장성 및 장교들에게 미국의 훈장과 표창을 전달했다.

아울러 전사자들에 대한 사후 추서도 이루어졌다.

카프라로프 소장은 전사로 인한 특진에 러시아 연방영웅 칭호가 더해져 최종적으로는 대장 계급을 인정받았다. 그에 대한 미국 정부의 예우는 대단히 엄숙하여, 전장에서 죽은 애국자에 대한 미국인들의 인식을 간접적으로 보여주었다.

겨울과 앤은 이 모든 행사를 치르고서야 비로소 제대로 된 해후를 나눌 수 있었다. 이때에도 역시 말은 필요하지 않았다. 아니, 그렇다기보다는 할 겨를이 없었다. 겨울은 자신이 이토록 격정적일 수 있다는 사실에 놀랐지만, 이내 그 놀라움조차도 잊어버리고 말았다. 두 사람이 보낸 시간은, 사랑을 나누는 것 이상으로 곁에 있는 서로의 존재 자체를 확인하고 확인하며 또 확인하는 밤에 가까웠다.

무의미한 비교이긴 하지만, 좀 더 심한 쪽은 역시 앤이었다고 해야 할 것이다. 어찌 됐든 연인을 전장에 보낸 채로 기다려야 했던 쪽은 그녀였으므로.

"벌써 새벽 세 시예요. 내일을 생각해서 몇 시간만이라도 눈을 붙여요."

겨울의 말에, 같은 베개를 베고 마주 보던 앤이 달콤한 한숨을 내쉬었다.

"자야죠. 자야 하는데……. 도무지 눈을 감을 수가 없네요. 바로 눈앞에 당신이 있으니까. 눈만 감으면 아쉬워져서……."

"내 꿈을 꾸면 되잖아요."

겨울이 장난스럽게 대꾸하자, 앤은 습관처럼 겨울에게 이마를 부비며 키득거렸다.

"겨울 꿈이야 맨날 꾸죠. 그 꿈이 어떤 내용인가가 문제인 거지."

그간 악몽이 많았다는 뜻이었다.

"내가 같이 있잖아요. 오늘 꿈은 분명 좋은 내용일 거예요."

"……그럴까요?"

되묻는 그녀의 볼과 귀를, 겨울은 상냥한 손길로 어루만졌다. 날이 갈수록 부드러워지는 촉감이었다. 사실 눈을 감기 아쉬운 건 겨울도 마찬가지. 항시 사진을 품고 다니더라도 시각적인 결핍이 없기란 무리였다.

은은한 테이블 스탠드 조명 아래에서 보는 앤은 평소와 다른 색채의 따뜻함이었다. 매끄러운 머릿결이 금빛으로 선명하다. 본래의 탁한 금발에 밝은 염색을 올올이 섞어 전에 없던 깊이감을 더했다. 겨울이 그 머리카락을 끌어다 조용하게 입 맞췄다.

작게 웃은 앤도 겨울의 얼굴을 쓰다듬는다. 손가락에서 반지가 반짝였다. 겨울은 그 반지에도 키스했다. 한 번, 두 번, 세 번. 자연스레 깍지를 낀 두 사람은 가깝던 간격을 더욱 줄여 놓았다. 서로의 숨결이 피부에 곧바로 와 닿는 거리였다. 사람의 냄새가 짙어졌다.

앤이 자그맣게 입술을 달싹였다.

"이제 우리, 결혼하는 일만 남았나요?"

"당연하죠."

"부모님께 인사도 드리고?"

"그럼요."

"언제쯤이면 될까요?"

"글쎄요. 모르긴 몰라도, 조만간 시간을 낼 수 있지 않겠어요?"

"그랬으면 좋겠네요."

겨울도 꿈꾸고 있었다. 앤이 들려주었던, 아직 찾아오지 않은 미래의 시간들을. 그녀의 부모님을 만나 담소를 나누고, 결합을 축복받고, 그녀의 고향에 흐른다는 작은 강에서 한가롭게 낚시를 즐기고, 많은 사람들이 지켜보는 가운데 한평생 다시없을 언약을 나누는…….

"이거 봐요."

다시금 키득거리는 앤.

"아까 겨울이 이런 거예요."

보여주는 팔뚝엔 겨울의 손자국이 남아있었다. 잡은 손에 힘이 과했던 탓이다. 의지에 온전하게 반응하는 몸이라도 정신이 없을 땐 실수가 생기기 마련이었다.

물론 그게 겨울만의 이야기는 아니었다.

"앤이 만든 것도 보여줘요?"

이쪽은 주로 긁힌 자국들이다. 여유가 없기는 앤도 대동소이했으니까.

잠시 유치한 대결을 벌인 두 사람은 곧 같이 한 번 웃고서 조용해졌다. 즐거운 침묵 속에서 벽걸이 시계가 째깍거리는 소리만이 도드라졌다.

"이제 그만 자야죠."

"그러게요."

"불 끌까요?"

"아뇨."

아까 했던 대화의 반복이다. 그러나 겨울을 바라보며 이따금씩 깜박이는 눈은 시간이 흘러도 감길 줄을 몰랐다. 겨울은 그 눈에 어렴풋이 비치는 자신이 조금 낯설게 느껴졌다. 스스로가 행복해지는 모습을 오랫동안 상상해본 적이 없었기 때문이다.

'봄의 질문엔 어떻게 대답해야 하지?'

아직 답을 요구하지 않는 걸 보면, 조금 더 두고 봐야 할 모양이다.

이 시점에서 별빛아이가 무엇을 기다리는지는 모르겠으나, 겨울은 자신이 준비가 되었는지 모르겠다고 생각했다. 자신의 답이 쓸모가 있을 것인지도.

"아무래도 안 되겠어요."

앤이 몸을 일으켰다. 덮고 있던 이불이 어깨선을 타고 허리까지 흘러내린다. 겨울의 눈엔 그 모습이 참 아름다웠다. 쏟아지는 머리카락을 목 뒤로 쓸어 넘긴 그녀는, 아랫입술을 살짝 물고 고혹적으로 웃으며 겨울의 상체에 손을 짚었다.

겨울은 약간 곤란한 느낌으로 마주 웃었다.

"지금?"

"지금."

앤이 긍정하며 하는 말.

"차라리 지쳐서 잠드는 쪽이 더 빠르겠다는 생각이 드네요."

그리고 묻는다.

"괜찮죠?"

"……괜찮지 않을 리가."

그렇다. 괜찮지 않을 리가 없다. 그저 날 밝은 다음 한없이 실제에 가까울 피로감 속에서 소화해야 할 일정과 업무들이 부담스러울 뿐. 사후처리를 고려할 때 정식으로 휴가를 얻으려면 공식적인 재정비 기간 이후로도 최소 며칠은 더 지나야 한다.

하지만 겨울은 일단 지금 이 순간에 집중하기로 했다.

앤의 몸은 사랑하는 만큼 부드럽고 부드러운 만큼 따뜻했다.

스스로의 말처럼, 그녀는 하늘에 서서히 쪽빛이 들 즈음에야 기분 좋게 기절하듯 잠이 들었고, 겨울은 잠든 그녀를 바라보다가 완전히 밤을 새버리고 말았다. 그러나 거기서 얻은 고양감에 비하면 견뎌야 할 피로감은 아무것도 아닌 수준이었다.

그로부터 일주일 뒤, 백악관은 정식으로 대역병의 진상을 발표했다.

「모겔론스를 지금과 같은 원형으로 변형시킨 것은 결국 중국의 소행이었습니다.」

겨울은 대대 간부들과 함께 공식성명 중계방송을 시청했다.

「제로 그라운드의 연구기지에서 획득한 데이터에 의하면, 역병의 원형은 아주 오랜 세월에 걸쳐 형성된 공생적 복합체로서, 그 자체는 어떤 인공적인 연구나 개발의 산물이 아니었고, 지금처럼 사람을 괴물로 만드는 질병 또한 아니었습니다. 특정 유전형질을 지닌 인도의 한 소수민족에게만 대대로 감염되어 온 공생체였지요.」

"……인도?"

웅성거림이 번진다. 그동안의 논의에서 인도는 한 번도 거론된 적이 없었던 국가였다.

이런 반응을 짐작한 듯, 백악관 대변인이 고개를 끄덕였다.

「그렇습니다. 인도입니다. 원형의 존재를 최초로 인지한 것도 인도였고, 그것을 무기화하려는 시도 역시 인도가 먼저였습니다. 다만 그 방향성은 중국과 달랐습니다. 그들은 숙주의 신체적 능력을 강화하는 공생체의 특성에 기초하여 병사들의 전투력을 향상시킬 방법을 모색했던 것으로 보입니다.」

이는 겨울로서도 처음 듣는 전모였다.

「반면 국경분쟁을 겪는 과정에서 첩보를 통해 원형의 존재를 알아차린 중국은, 해당 소수민족을 납치, 확보한 표본을 기초로 새로운 생물병기 개발에 착수했습니다. 신체능력을 강화하는 게 아니라 그 자체로서 무기의 역할에 적합한 질병. 그것이 바로 지금 우리가 겪고 있는 종말의 실체, 대역병 모겔론스입니다.」

"아⋯⋯."

중국계 간부, 류젠차오가 탄식했다. 조국에 대한 애정 때문이라기보다, 장차 알게 모르게 겪게 될 여러 불이익들이 걱정스러운 탓일 것이었다.

동시에 겨울을 흘깃거리는 시선들이 있었다. 거기에 녹아있는 감정의 정체는 굳이 생각할 필요도 없는 것이었다. 겨울과 독립대대는 이미 확실한 그들의 울타리였다. 겨울의 규범이 곧 그들의 규범이며, 소속으로서의 독립대대는 과거를 완전히 대신할 새로운 정체성이었다.

겨울은 온화한 무언으로 그들을 안심시켰다.

발표가 이어졌다.

「이 사실을 뒤늦게 파악한 인도는 무기화 연구 저지를 위해, 그리고 납치당한 자국 국민을 구출하기 위해 특수부대를 투입하여 중국군의 연구기지에 침투했습니다. 중국군

관계자로 신분을 위장해서 말이지요. 적어도 중국이 판단하기로는 그랬습니다. 관련된 통신기록과 경고전문이 데이터베이스에 남아있더군요. 기지로 경고를 보낸 곳이 중국의 첩보기관인 국가안전부라는 점을 볼 때, 또 인도가 진행한 연구의 개괄이 중국 측 데이터에 존재하는 걸 볼 때, 인도 당국의 고위 간부들 가운데 중국 측에 매수당한 인물이 있었던 모양입니다.」

증거자료로서, 대변인은 확보한 데이터 일부와 폐쇄회로 영상을 온라인으로 공개한다고 밝혔다.

「아무튼 이때 기지 내부에서 발생한 교전이 바로 모겔론스가 유출된 계기였습니다. 중국군은 혼란 끝에 기지를 폐쇄했지만, 질병은 벌써 새어나간 다음이었죠. 그날의 실험체로 지정되어 있던 티베트 정치사범들 중 적어도 한 명 이상이 살아서, 혹은 이동 도중에 변종이 되어 민간인 거주구역까지 도달한 것으로 추정됩니다. 그다음은, 우리가 익히 아는 사건들의 시작이었고요.」

티베트 정치사범. 생체실험에 대한 혐의마저 확정되는 순간이었다.

겨울은 그늘진 예감을 느꼈다. 앞으로 안타까운 일들이 많을 듯하여.

3월 2일, 귀환 여드레째의 아침에, 겨울은 샌디에이고 해군기지의 숙소에서 봄볕 드는 창가에 앉아 인터넷 신문을 읽고 있었다. 다름 아닌 겨울 자신과 앤에 대한 기사였다.

「그녀는 대체 누구인가? 한 중령의 연인에 대한 엇갈리는 추측들.」

기사에 첨부된 사진은 국방부 공보처에서 제공한 것이었다. 앤과 재회할 당시 누군가 사진을 찍는다 싶긴 했는데, 그게 일반 언론사의 기자는 아니었던 모양이다.

사진에 잡힌 건 겨울을 끌어안은 앤의 뒷모습뿐이었다. 겨울의 개인사를 존중하는 동시에 원하는 효과는 효과대로 얻는 노련함이라고 해야 할까. 정작 겨울은 이번에야말로 알려져도 상관없다고 생각했지만, 공보처로서는 괜히 겨울의 원망을 사고 싶지 않을 것이다.

'아니. 관심을 끌기엔 오히려 이쪽이 더 효과적인가?'

최초의 기사가 뜬 이후 이레가 지났음에도 사람들의 관심은 여전히 뜨거웠다. 내용 값싼 무가지(無價紙) 및 그와 비슷한 수준의 인터넷 언론들은 앤의 정체에 대한 추측성 정보들을 하루도 빠짐없이 메인으로 다루었다.

그러나 말이 추측이지, 겨울이 보기엔 당일 샌디에이고에 있었던 유명한 미인들 사이의 인기대결이나 다름없는 양상이었다. 해군항을 찾았던 저명인사들 가운데 금발을 지닌 여성만 가려내도 족히 수십은 된다. 앤처럼 자연적인 금발은 백 명 중 셋 꼴로 드물지언정, 금빛으로 염색한 사람은 무척이나 흔했기 때문이었다.

심지어 지금도 앤을 찾겠다며 시가지를 들쑤시고 기지 근처를 배회하는 기자들이 있었다.

무의미한 노력이다. 앤은 이미 사흘 전에 이 도시를 떠났으니까.

본디 훨씬 길게 머무를 예정으로 휴가계를 제출한 그녀
였으나, 불과 닷새 만에 복귀명령을 받게 되었다. 익일부터
정식으로 FBI 부국장직을 수행하라는 갑작스러운 통보였
다. 연락을 준 사람은 직속상관인 어니스트 딘 국장. 격앙
된 태도로 항의하는 앤에게, 국장은 그 마음은 이해하지만
자신도 어쩔 수 없는 일이라고 해명했다. 상부의 지시가 있
었다는 암시였다.

통화를 끝낸 앤은 상심하여 눈물까지 보였다.

"세상에 이런 경우가 어딨어요."

사실 많다. 수사국에서 일하는 그녀는 얼마든지 겪어왔
을 것이다. 다만 오랜만에 만난, 그것도 생사가 갈리는 전
장에서 돌아온 연인과 이르게 헤어지기가 서러웠을 뿐. 일
만 바라보고 살던 시절과는 다르다.

비슷하면서도 보다 심한 사례로서, 군에선 전역 당일에
전역을 취소시키기까지 한다. 전투병력 부족이 본격적으로
심화되던 시기, 즉 조지 W. 부시 대통령의 재임기간에 통
과된 『진급과 전역, 분리의 정지에 관한 대통령의 권한(10
U.S. Code § 12305)』이었다.

이 권한이 워낙 빈번하게 행사된 데다, 애초에 병력부족
의 원인이 된 이라크 전쟁을 일으킨 것도 부시 행정부인지
라, 장병들 사이에서 부시 대통령의 평판은 바닥을 모르고
추락했다.

겨울 또한 심정이 말이 아니었지만, 상심한 앤 앞에서 드

러널 속은 아닌지라 복잡한 마음을 감추며 차분한 말로 다 독여주었다.

그녀는 겨울의 품에 얼굴을 묻은 채로, 셔츠를 꽉 움켜쥐며 중얼거렸다.

"아예 사표를 써버릴까…….."

파격적인 승진이고 뭐고 필요 없다는 소리였다.

그렇게 한참을 고민한 끝에, 앤은 정말 내키지 않는 태도로 자신의 새로운 지위를 받아들였다. 출세에 대한 욕심이 아닌 책임감으로 내리는 결정이었다.

"미안해요. 적어도 당분간은, 내가 그 자리에 있어야 할 것 같아요."

그녀의 말에, 겨울은 상냥하게 입 맞추고 부드럽게 대답했다.

"미안하긴요. 가서 해야 할 일을 해요. 그게 앤이라는 사람이잖아요."

이는 앤이 덴버에서 들려주었던 말과 닮아있었다. 그날의 대화를 기억하기에, 앤은 서글프게 쿡 웃고는 겨울에게 거듭 입 맞추었다.

'당분간은 내가 있어야 한다…… 라.'

겨울은 그 너머의 형편을 충분히 짐작할 수 있었다. 쿠데타로 인한 신뢰의 문제만이 아니다. 일전, 그녀는 조금씩 극단화될 기미를 보이는 수사국 내부 동향에 우려를 표한 적이 있었다. 중국계 시민들에 대한 시위나 테러 등으로 업무 부담이 과중해진 탓에, 중국계 전체를 격리 수용하자는 의견에 찬동하는 수사관의 비율이 점점 늘어나는 중이라고.

혹시 모를 폭주에 제동을 걸 사람으로선 앤보다 나은 인물이 드물 것이다.

지금 와서 곱씹어보면, 모겔론스의 진상을 발표하기에 앞서 부국장 교체를 서두른 것은 백악관 역시 같은 문제를 고려했다는 방증이었다.

만에 하나 대통령에게 안 좋은 의도가 있더라도, 그 의도를 행동으로 옮기는 건 신중하고 계획적으로 이루어져야 할 일이다. 본격적인 계획에 착수하기도 전에 수사국 같은 거대 기관이 사고를 쳐선 곤란한 것이다. 그 사고는 대외적으로 알려진 크레이머의 성향과 엮여 적잖은 정치적 부담을 안겨줄 테니까.

상념에 빠져있던 겨울은 자신이 몇 분씩이나 같은 화면을 보고 있었음을 깨달았다. 스크롤을 무성의하게 죽죽 내려 보면 대수롭지 않은 정보들이 스쳐 지나간다.

어차피 다 비슷비슷한 기사임을 알면서도 때때로 살펴보는 것은 허전함을 견디는 한 방편이었다. 무엇 하나 사실에 가까운 게 없으니, 부모님의 경악을 기대하는 앤의 음모는 아직까지도 유효한 듯하다. 그 계획을 즐겁게 말하던 앤의 모습을 떠올리면, 심란한 지금도 어쩔 수 없이 웃게 되는 겨울이었다.

'그 자리에 다른 군인가족들도 있었는데.'

참 뜻하지 않게 오래 지켜지는 비밀이었다. 겨울의 명성을 고려하면 더더욱 그러하다.

노트북을 접은 겨울은 자신에게 온 우편물들을 하나씩 뜯어보았다. 은행에서 온 급여계좌 정보는 그렇다 치고, 뜻밖에 러시아 연방정부 직인이 찍힌 봉투가 섞여있었다. 연방정부 직할 베테랑 관련사업 조정위원회가 보낸 안내 문서였다.

첫 장은 13개 부처로 분산되어 있던 보훈 담당 기관들을 단일화하고, 서훈 및 관리대상을 확대하며, 물질적인 차원의 보훈을 미국 수준으로 강화하겠다는 내용을 담고 있다.

둘째 장부터는 겨울 개인에게 주어지는 혜택들을 설명하고 있었다. 받을 땐 잘 몰랐는데, 이그나체프 대통령이 겨울에게 수여한 성 게오르기 4급 훈장은 그 격이 굉장히 높은 것이었다. 같은 게오르기 훈장의 1, 2, 3급을 제외하면 위로는 러시아 연방영웅 훈장이 존재할 뿐이다. 미국의 서훈체계에 비유하자면 명예훈장 바로 아래인 수훈십자장쯤에 해당됐다.

여기서 핵심은 서훈 및 관리대상의 확대였다.

「대통령령에 의거, 러시아 연방의 안보와 이익에 기여한 외국인, 무국적자, 난민 등의 인원에게도 연방 시민과 동일한 수준의 혜택을 제공하기로 함. 그 혜택의 상세는 다음과 같음. 국민연금, 군인연금, 장애연금, 참전용사 특별부가연금, 기초생활 공과금 지원 등 금전적인 지원의 합산 수령. 정부에 의한 직업 교육 및 취업 알선. 세금 할인. 연방정부와 지방정부가 소유한 휴양지를 무상으로 이용할 권리. 육체적, 또는 심리적 치료를 목적으로 하는 여행의 대중교통 요금 면제…….」

겨울이 보기에, 이건 난민들의 불만을 무마하며 그 인력을 활용하기 위한 사전조치다. 즉 미국의 선례를 벤치마킹하는 것이다.

러시아는 장차 미국으로부터 대대적으로 난민 인구를 받아들일 계획이었다.

「요컨대 3등 시민이 필요한 것이죠.」

어젯밤 예고도 없이 연락한 CIA 요원이 한 말이다.

「그들이 옛 본토에서 방역전쟁을 치르며 상실한 인력은 실로 엄청난 수준이니까요. 특히 남녀 성비는 우리 미국 이상으로 심각하게 붕괴했습니다. 여성 전투병을 적극적으로 모집했다곤 하나, 실전에선 역시 남성 전투병들이 먼저 소모되게 마련입니다. 2차 대전 때 그랬듯이. 추가적인 소모를 피하고 싶은 게 당연합니다.」

미군의 사정도 비슷하다. 최전선에서 실전을 치르는 육군 부대들은, 여성 전투병의 비율이 아무리 높아도 20%를 넘지 못했다.

형편상 어쩔 수 없었던 독립대대가 특이한 것이다. 이쪽은 기피하고 자시고 할 겨를이 없었다.

"한데 왜 3등 시민입니까?"

겨울이 묻자, 요원은 별것 아니라는 투로 답했다.

「그야 먼저 받아들인 외국인들이 있잖습니까. 그들이 2등 시민입니다.」

"……."

「그들조차 못내 불만이 있는 마당에, 이제 와서 받아들이는 난민들을 똑같이 취급하긴 곤란한가 봅니다. 무엇보다, 인구가 부족하다고 해서 그 많은 난민들을 모조리 시민으로 대우해버리면 국가 정체성이 무너지게 됩니다. 적어도 그들이 판단하기로는 그렇습니다.」

"국경을 넘어가도 나아질 건 없겠군요."

생략된 주어는 난민들이었다.

「글쎄요.」

여기에 대해선 확답을 피하는 요원.

「최소한 일부는 더 나은 기회를 얻겠지요. 우리 미국의 방역전쟁은 머지않아 소강기로 접어들 테니 말입니다.」

군인이 되는 건 중서부지역의 난민들에게 있어선 거의 유일한 등용문이나 다름없었다. 그 문이 점차 좁아질 거라는 말이다. 아직은 중미지역에서 치열한 전투가 계속되고 있지만, 그 끝은 파나마 운하 방어선으로 정해져있다.

예산 때문에라도 정부가 군 감축에 착수하는 건 필연이었다.

'하물며 이젠 러시아군이 가세할 테니…….'

러시아 입장에선 미국에게 보장받은 새로운 영토를 넓혀나가는 싸움이다. 관련 예산을 절약할 겸, 미국이 포화 상태인 난민들을 러시아에 넘기는 건 자연스러운 흐름이었다. 크레이머가 일찍이 공언한 바도 있다.

요원이 본론을 말했다.

「제가 이렇게 전화를 드린 것은, 러시아 내부에 휴민트 (HUMINT)를 구축하는 데 중령님의 도움을 받고 싶어서입니다.」

휴민트란 인간 정보(Human intelligence)의 약자다.

"간첩 노릇을 할 사람을 골라 그쪽으로 보내달라는 뜻입니까?"

「일단은 그렇습니다. 아무래도 중국계 위주로 이주를 진행시킬 예정이라……. 중령님께서 적당한 후보자들을 물색해주신다면 고맙겠군요. 그쪽 사람들을 살피는 안목 면에서 한 중령님보다 나은 사람은 드물겠지요. 그들의 문화에 익숙하시니까요.」

왜 중국계 위주인가.

간단하다. 미국은 골칫거리를 줄여서 좋고, 러시아는 러시아대로 난민들의 처우에 대한 부담이 적어서 좋기 때문. 여기서 부담이 적다는 말은, 미국 시민들의 여론에 그만큼 덜 신경 써도 괜찮다는 의미일 것이다.

대역병의 원죄로 인하여, 현시점에서 중국인들이 광범위한 동정여론을 얻을 가능성은 희박했다. 정부가 국민을 책임지듯이 국민은 그들의 정부를 책임져야 한다. 이것이 미국 주류사회의 여론이었다.

「선별된 당사자에게도 나쁜 이야기는 아닐 겁니다. 그만한 대가를 약속할 테니.」

겨울은 요원의 평이한 어조가 불편했다.

"만약 내가 거부한다면 어떻게 됩니까? 선택권이 있긴

합니까?"

「흠.」

요원이 뜸을 들이다가 말했다.

「좀 더 생각해보시길 부탁드립니다만, 그러고 나서도 여전히 싫으시다면 강요할 순 없지요. 보다 중요한 부분이 따로 있기도 하고.」

"보다 중요한 부분?"

「아까 일단은, 이라고 말씀드리지 않았습니까.」

"……."

「너무 걱정하진 마십시오. 중령님께 큰 부담을 드리려는 건 아닙니다. 당신께선 그저 업무상 접촉하게 되는 러시아 장교들과 친분을 쌓고, 그 과정에서 자연스럽게 호의를 베풀어주시면 됩니다. 혹시라도 어려운 청탁 같은 게 들어올 경우엔 검토해 보겠다고 하고 저희에게 전달해 주십시오. 가능 여부는 저희가 판단하겠습니다.」

"업무상 접촉하게 되는 러시아 장교들이라니, 영문을 모르겠네요. 제로 그라운드 진공은 이미 종결되었고, 로저스 합동임무부대도 곧 해체 수순을 밟을 텐데요."

「그건 그렇습니다만, 그것과 별개로 미-러 양국이 역병의 추가 상륙에 대비한 합동 비상대응체계를 구축할 예정입니다. 201독립대대의 합류는 확정된 거나 마찬가지지요. 서부 전 지역에 걸쳐 어디서 돌발사태가 발생하더라도 6시간 내로 전개 가능한 기갑세력이 아닙니까.」

6시간은 조금 과장된 표현이긴 하지만, 초기대응에 있어서 독립대대가 유용한 것 자체는 사실이었다.

「그 체계 내에서 중령님께선 201독립대대의 지휘관인 동시에 한 구역의 통제관 역할을 담당하시게 될 겁니다. 자체적인 권한으로 수송기를 동원할 수 있을 뿐만 아니라, 비상상황 발생 시 감염확산을 저지하기 위한 모든 조치를 취할 수 있는 자리죠.」

"무슨 말인지는 알겠어요. 그래서……."

겨울이 습관처럼 짧은 한숨을 내쉬었다.

"그래서, 거기에 합류할 러시아 장교들을 회유해라?"

「아까도 말씀드렸다시피, 따로 회유를 하실 필요는 없습니다. 그냥 친절하게 잘 대해주시고, 많은 친분을 쌓으시고, 때때로 저희 쪽 관계자들과 다리를 놓아주시는 정도면 족합니다. 그들은 그것만으로도 자연스럽게 준비될 테니까요.」

"……러시아와 미국의 우열이 분명하기 때문에?"

「하하. 뭐, 사람의 심리라는 게 다 그런 거 아니겠습니까?」

미국의 물질적 풍요와 그것을 바라보는 그들의 욕망이 그들의 의무감을 서서히 느슨하게 만들 거란 예언이었다.

「용건은 이걸로 끝입니다. 한 번 깊게 생각해보십시오. 조만간 다시 연락드리겠습니다.」

전화를 끊으려던 요원은, 문득 생각난 것처럼 덧붙였다.

「아, 참.」

"……?"

「대령 진급, 미리 축하드립니다.」

"……고마워요."

겨울은 건조한 감사를 표했다.

예고를 받은 뒤로 며칠 지나지 않아, 겨울은 자신의 대령 진급이 확정되었다는 통보를 받았다. 미러 합동 비상대응 체계를 구축하기 전에 미리 필요한 교육을 이수하라는 내용이었다. 국방부가 수립한 현지임관(Field promotion) 장교 자격보수 프로그램에 따라, 펜실베이니아 주 칼라일의 육군전쟁대학에서 6개월간 강화 교육을 마치고 나면 비로소 계급장을 바꿔 달게 되는 것이다.

군 내부에서나 통하는 기준이긴 하지만, 그땐 학력 상으로도 학사에 상당하는 자격을 인정받게 된다. 과거 D.C.의 국립전쟁대학에서 합동고급교육과정(JPME)을 수료하기도 했거니와, 장교로서 쌓아온 실전경험들은 교육을 대신하기에 충분하다. 서훈이력은 여기서도 가산점이었다.

이미 고졸 학력으로 이등병부터 시작해서 대장까지 진급한 존 베시 전(前) 합참의장 같은 사례가 있기 때문에, 겨울이 딱히 특별대우를 받고 있는 건 아니었다.

서부의 현지 언론들은 장차 만들어질 비상대응체계에 깊은 관심을 드러냈다.

『911로 공수부대를 호출할 수 있게 되다!』

『연방정부의 비상대응체계 구상이 서부 3개주 주택 시세와 거래량에 미치는 영향 분석.』

『득인가, 실인가? 일부 학자들의 우려 속에서 절대다수의 주민들은 환영하는 분위기.』

『또 한 번의 위기는 없어야 한다. 크레이머 행정부의 과감한 결정.』

표제만 보더라도 전반적으로 지지를 표명한 언론들이 많다.

다만 실제로 읽어보면, 주정부에 대한 연방정부의 간섭을 우려하는 목소리도 없진 않았다. 유사시 구역 책임자가 해당 지역의 치안행정까지 장악하도록 되어있는데, 이는 사실상 상설화된 계엄조치나 마찬가지라는 주장이다.

여기선 당연히 겨울의 이름도 언급되었다. 201독립대대의 새로운 주둔지를 유치하기 위해 서부의 지방자치단체들이 치열한 경합을 벌이고 있다는 것이었다. 독립대대의 인지도나 신뢰도가 대응체계를 구성할 다른 부대들보다 높은 편이고, 주민들이 체감하는 안전과 직결된 문제다 보니 자연히 지역 의원들에게도 예민한 사안으로 떠올랐다는 분석.

이에 관해 자주 언급되는 사람들 중엔 탈튼 브래넌 의원도 끼어있었다. 과거의 거래를 토대로 샌디에이고 시민들에게 큰 영향력을 발휘하는 중이라고.

"……."

겨울은 오랜만에 보는 그 이름을 눈여겨보았다. 이상할 만큼 친절한 제안을 건넬 당시 여기까지 정확히 내다본 건 아니었겠지만, 노회한 정치인답게 이득을 예감하긴 했을 것이다.

구독자들의 관심이 많기 때문일까? 겨울의 향후 행보에 대해 다루는 기사도 많았다.

「현시점에서 대령 진급이 확정된 그는, 이후 평균적인 경력만 쌓더라도 서른이 되기 전에 준장 내지 소장까지 올라갈 확률이 높다. 많은 이들이 그의 정계진출 가능성을 점치지만, 만약 그가 계속해서 군에 남기를 선택한다면 군 내부에서는 대단히 견고한 입지를 다질 수 있게 된다. 장성으로서만 30년 이상을 복무하게 되는 것이다. 그가 설마 계급정년에 걸릴 일은 없을 테니.」

「……최초 임관일로부터의 복무기간(YCS)을 기준으로 한 겨울 중령의 은퇴연령은 만 58세지만, 관계법령에 의거 국방부 장관 명령으로 만 66세, 대통령령으로는 만 68세까지 연장될 수 있다. 한 중령은 앞으로 어떤 정권이 들어서더라도 지지율에 긍정적인 영향을 줄 사람일 것이므로, 복무기간이 연장될 가능성은 지극히 높다…….」

「……군인으로서의 전문성과 정치인으로서의 전문성이 완전히 다른 영역에 있다는 사실을 감안할 때, 한겨울 중령이 군인의 길을 고집하는 데서 얻을 이익은 상당하다 하겠다. 출신성분상 대권 도전이 불가능하다는 점을 고려하면 더더욱 그러하다…….」

검토해볼 만한 견해였다. 어쨌든 겨울에겐 미래가 주어졌으니까. 난민들의 처우개선은 물론이거니와, 앤과의 삶을 설계하기 위해서라도 필요한 일이다. 언제까지고 겨울 자신으로서 사는 것이다. 그러나 그 미래에서 질박한 현실감을 느끼긴 힘들었다.

'이래서야, 그 봄이 오기는 올까.'

겨울이 생각하는 봄은 앤이 편지에서 말했던 봄이다.

「그 봄이 반드시 올 것을 믿어요. 우리가 나눌 수 없는 하나로서 맞이할 첫 번째 봄이.」

제로 그라운드로 떠나는 겨울에게 위안이 되었던 글귀. 편지는 이제 접힌 부분이 닳기 시작했다. 이 편지를 받을 때만 해도 막연히, 돌아오면 바로 결혼을 하게 될 거라고 생각했다.

그러나 FBI 부국장으로서 정해진 휴가조차 다 못 채우고 복귀한 앤이 가까운 시일 내에 다시 휴가나 휴직을 요청할 수 있을 확률은 지극히 낮다고 봐야 한다. 미국 사회는 당분간 여러모로 시끄러울 것이다.

단순히 법적으로 부부가 되는 것 자체는 쉽다. 관할 시청이나 카운티 사무소를 찾아 담당자 앞에서 서약을 하고, 소정의 수수료를 낸 뒤 결혼증명서를 발급받으면 끝이므로. 필요한 건 딱 한나절 가량의 시간에 불과하다.

그러나 그래봐야 부부로서 함께 지내기 어렵다는 사실은 변하지 않는다. 실질적으로 달라지는 게 없는 것이다. 책임감 강한 앤은 부국장으로서 D.C.와 현장을 오가야 할 테고, 겨울은 겨울대로 받아야 할 교육과 수행해야 할 임무가 있으니까. 더욱이 앤과 자신에게 결혼식이 아름다운 기억으로 남기를 바라는 마음도 있었다.

당연한 말이지만, 그렇다고 하여 겨울이 자신의 책임을

방폐하는 일 따위는 있을 수가 없다.

'어쩐지 체한 것처럼 답답해지는데…….'

겨울의 한숨은 예전부터 습관 같은 것이었지만, 요즘 들어선 그 횟수가 부쩍 늘어나고 있었다. 사실상 최후의 전투를 끝내고 왔어도 마음이 영 가볍지 못하다.

똑똑.

정중하게 문 두드리는 소리가 겨울의 주의를 환기했다.

"들어와요."

문틈이 햇빛으로 갈라진다. 들어오는 건 부대대장인 싱 소령이었다. 겨울의 시선은 그가 휴대한 서류철에 머물렀다.

"그건가요?"

"예. 최종적으로 확정된 명단을 첨부했습니다."

소령이 겨울에게 서류를 건넸다.

명단을 살핀 겨울의 감상.

"추가 의병전역자가 서른하나……. 객관적으로는 적고, 주관적으로는 많네요."

방사능 중독 증상으로 인해 의병전역이 불가피한 장병들의 명단. 대대 전체에서 31인이니 결코 많다고 하기 어려우나, 보다 직접적인 부상이나 정신적인 문제로 인해 먼저 전역 판정을 받은 인원들도 있고 해서 전체적인 손실은 상당한 편이었다.

싱 소령이 위로했다.

"그래도 전략핵까지 쓴 작전에서 복귀한 것치고는 피해가 적은 편이라는 평가입니다. 너무 마음에 두지 마십시오."

"뭐, 어쩔 수 없는 거긴 한데……."

명단을 넘기던 겨울이 중얼거리듯 말했다.

"다행히 박 대위는 전역자 명단에 없군요. 이걸 다행이라고 해야 할진 모르겠지만."

진석은 복귀 이래 머리카락이 너무 많이 빠져서 방사능 중독을 우려하던 참이었다. 그러나 검사 결과 이는 스트레스성 탈모로 밝혀졌다. 소견서에선 역시 스트레스가 원인으로 추정되는 위궤양과 십이지장궤양 등으로 인해 당분간 직무수행이 어렵다는 평가를 내리고 있었다.

하기야 스스로를 한계까지 몰아붙이는 타입이니 그럴 법도 했다.

여기에 또 화가 난 진석은 자신의 머리를 몽땅 다 밀어버렸다. 병사들은 중대장이 실망을 너무 많이 해서 저렇게 되었다고 수군거렸다. 그걸 듣고, 예전부터 차기 중대장으로 정해져있던 유라는 자기도 탈모가 생길까봐 전전긍긍하기 시작했다.

이 흐름은 진석을 더더욱 화나게 만들었다.

겨울은 유라의 승진과 보직변경이 포함된 인사명령서에 서명했다. 그것을 지켜보던 싱 소령이 묻는다.

"당신께선 좀 어떠십니까?"

"뭐가요?"

"건강 말입니다."

겨울이 어깨를 으쓱였다.

"당장 큰 이상은 없지만, 앞으로 자주 검사를 받으라고 하더라고요."

이는 대대 구성원 대부분이 들은 말이기도 했다. 의병전역 처분을 받지 않았더라도, 핵이 작렬하는 전장을 경험한 이상 한평생 주의를 기울여야 하는 건 당연한 일이었다. 안심하려면 적어도 2, 3년은 무사히 보내야 한다.

겨울은 화제를 바꾸었다.

"그나저나, 결원을 보충하는 것에 대해 이런저런 말들이 많던데……. 미안하지만, 내가 없는 동안 소령이 신경을 써 줬으면 해요. 소령은 그래도 우리 대대의 특성을 잘 이해하고 있는 사람 중 하나잖아요."

독립대대 전체에서 생긴 결원을 합치면 거의 한 개 중대 규모는 된다. 한데 새롭게 정해진 방침에 따르면, 앞으로 합류할 인적자원은 더 이상 난민출신으로 한정되지 않았다.

이전부터 출신성분이 다양했던 간부들이야 그렇다 쳐도, 일반 병사들까지 그렇게 뽑는 건 대대의 최초 창설 의도와 상반되는 것이다. 대대의 전신인 독립중대는 어디까지나 난민들을 병력자원으로 활용하고자 만들었던 부대이니.

'어떻게 보면 이게 정상이긴 하지…….'

시작이 어떠했든, 독립대대는 이제 엄연한 특수부대였다. 출신을 불문하고 우수한 자원을 받아들이는 쪽이 더 자연스러웠다.

다만 동맹을 비롯한 난민사회 내에서는 이러한 조치에 어떠한 의도가 있는 게 아닌가 하는 우려가 나돌고 있었다.

독립대대, 나아가 겨울의 이미지를 난민들로부터 분리시키는 과정의 일환이라는 말이었다. 혹자는 새로운 형태의 화이트 워싱이라는 표현까지 사용했다.

애초에 독립대대를 특수부대로 지정했던 것 자체가 하나의 정치적인 포석이 아니었나, 하는 추측도 있었다.

싱 소령이 천천히 끄덕였다.

"뭘 걱정하시는지 압니다. 알파 중대는 좀 덜한데, 나머지 중대들 사이에선 이런저런 불만들이 나오는 모양이더군요."

"아무래도 지금까진 중대마다 출신성분상의 통일감이 강했으니까요. 그런 점에서 불만이 안 나올 순 없겠죠. 그러나 부대 성격상 불가피한 변화이고, 난민 출신 지원병 모집이 중단되는 건 아니며, 남은 장병들의 장래 면에서도 이런 변화가 유리하다는 점을 숙지시켜줘요."

"이미 신경 쓰고 있습니다. 자리를 비우신 사이에 별일 없도록 관리하겠습니다."

싱 소령이라면 오랫동안 함께 싸운 사람이니 병사들이 부외자로 여기지 않을 터. 겨울이 이런 당부를 해두기에 적합했다.

사실 겨울도 그런 의심이 없지는 않다.

포트 로버츠 사령은 진즉에 다른 인물로 교체되었다. 자리를 비운 지가 1년이 넘는 마당에 아직까지 대행으로 남겨두는 게 오히려 더 이상할 노릇.

겨울을 쓸 곳이 워낙 많아 빚어진 일이고, 또 한직에 방치되는 것보다는 훨씬 나은 처분이기도 하지만, 결과적으로 볼 때 겨울이 난민들로부터 장기간 유리되어 있는 것은 사실이다. 이쯤 되면 정책담당자의 성향에 따라서는 다른 구상을 품어볼 여지가 충분했다.

그럼에도 겨울이 장교로서 병사들에게 할 수 있는 말은 정해져있는 거나 마찬가지였다.

싱 소령이 시간을 확인했다.

"조금 일찍 출발하시는 건 어떻습니까?"

한 시간 후로 예정된 미러 양국의 합동영결식 이야기였다. 일찍 간다면 겨울과 대화를 원하는 이가 많을 것이다.

"그러죠. 시내의 새로운 거주지도 둘러볼 겸."

장례식부터가 어두울 수밖에 없는 행사이거니와, 러시아 장교들과 대면하게 될 거라는 부분에서 CIA의 부탁을 떠올린 겨울은 조금 복잡한 기분을 느꼈다.

샌디에이고 시내와 근교엔 겨울동맹 명의로 구입하거나 임대계약을 체결한 거주지가 존재했다. 겨울이 떠나있는 동안에도 브래넌이 제안한 거래가 정상적으로 진행된 것이다.

장연철은 백산호의 활동을 호의적으로 평가했다.

"예전에 안 좋은 일도 있었고 해서 솔직히 못 미더운 마음이 있었는데, 굉장히 성실하게 일을 처리해주시더군요. 사람이 완전히 달라진 수준이어서 놀랐습니다."

배경을 모르니 당연한 평가였다.

사업보고 차원에서 기지를 방문했을 때, 그간 정보국이

사람을 어찌 다루었는지, 백산호는 겨울과 눈도 제대로 마주치지 못했다.

겨울은 차창에 머리를 기대었다. 흐르는 풍경 속에서 간혹 가로수에 묶인 노란 리본들이 스쳐 지나갔다. 미국에서 집 앞의 나무에 묶어두는 노란 리본은, 그 집에 전장으로 떠난 군인이 있음을 뜻하는 오래된 상징이었다. 겨울이 본 매듭 중에는 영영 풀리지 않을 것들이 섞여있었다.

장례식은 한 번으로 끝나지 않았다.

에스더가 위독하다는 연락을 받은 겨울은 엘 파소의 포트 블리스로 이동했다. 그곳에 CDC 격리시설이 설치되어 있었기 때문이다. 소녀의 임종을 지켜주라는 상부의 배려였다.

겨울이 수송기에서 내려다본 포트 블리스는 무척이나 거대한 규모의 군사기지였다. 어림잡아 동서의 폭이 10킬로미터는 되는 듯했다.

들어보면 본디 이 정도까진 아니었다고 하는데, 구 미국-멕시코 국경에 가까운 입지로 인해 현 방역전선의 주요 후방거점 중 하나로서 여러 차례 확장을 거듭했다는 것이었다. 북으로는 빅스 육군공항, 남으로는 엘 파소 국제공항을 끼고 있어 항공물류를 처리하기에 좋았고, 동쪽으로는 온통 황무지뿐이라 확장에 장애가 될 요소도 없었다.

격리시설이 들어선 위치가 바로 이 황무지였다. 철조망을 두른 경계는 포트 블리스와 엘 파소 시가지 양쪽으로부터 일정한 거리를 확보하고 있었다. 에스더 본인의 협조적인 태도와 별개로, 생물학적 오염의 측면에서 그녀는 여전히 위험한 존재인 까닭이었다.

시설로 들어가는 길은 왕복 2차로 하나가 포장되어 있을 따름이었다. 겨울을 태운 차량이 메마른 땅을 가로질렀다. 여름이 아니고선 비가 거의 내리지 않는 지역인지라, 건조한 황무지엔 이따금씩 모래 섞인 바람이 불었다. 겨울은 그것을 작은 알갱이들이 차체에 자잘하게 부딪치는 소리로 알 수 있었다.

그나마 격리시설 자체는 허술한 부분 없이 잘 만들어진 편이었다. 철조망 주변엔 시민들이 가져다 둔 꽃다발들도 적지 않았다. 계획대로 에스더의 존재가 백악관에 의해 공표된 덕분이었다. 철망에 붙여진 색색의 종이들이 봄바람을 받아 나비의 날갯짓처럼 나풀거렸다. 필시 응원과 감사의 메시지들이 적혀있을 것이었다. 엄중하게 경계를 서는 병사들의 모습이 오히려 어색해 보일 지경이었다.

다행이다. 병든 소녀가 어디를 보더라도 황량함만 가득한 곳에서 삶을 끝내야 했다면, 그건 겨울에게도 적잖이 마음 상하는 일이 되었을 테니까.

또 하나 다행인 것은, 안전을 우려하는 시위대가 보이지 않는다는 점. 생각해보면, 이곳 엘 파소에 남아있는 주민들은 방역전쟁이 한창일 땐 봉쇄선을 지척에 두고 일상을 영위한 것이다. 이제 와서 불쌍한 소녀 하나 도시 근처에 있다고 난리를 피울 이들이 아니었다.

「와아…….」

내부에서 마침내 재회한 에스더는, 바닥에 엎드린 채로 눈만 굴려 겨울을 바라보았다.

「정말로, 오셨네요오. 뵙고 싶었어요오.」

아무래도 움직일 기력이 없는 모양이다. 그녀의 육신은 명백히 무너져가는 중이었다. 실시간으로 붕괴하는 그녀의 체내에서 어떤 변이가 일어날지 모르는 탓에, 에스더의 곁을 지키는 사람들은 그녀와 두꺼운 강화유리를 사이에 두고 이야기를 나누는 수밖에 없었다.

유리 너머의 환경은 무균실과 거리가 멀었다. 에스더가 일반적인 환자는 아니었기 때문이다. 고급스러운 오디오 주변, 그녀가 즐겨 들었을 음반들이 눈에 띈다. 그 옆엔 생화가 풍성하게 꽂힌 화분도 있었다. 저편의 벽에는 십자가가 걸려있고, 그 아래엔 인조가죽 장정(裝幀)에 핏빛 진물이 말라붙은 커다란 성경이 놓여있었다.

잠시 유리에 손을 얹고 서 있던 겨울은 어렵게 인사말을 골랐다.

"그동안 잘 지냈어요?"

죽어가는 이에게 할 말은 아닌 것 같지만, 마지막 순간까지 평범하게 대해주는 편이 낫지 않을까 생각한 겨울이었다. 지금 에스더가 보여주는 평온함을 망쳐 놓지 않기 위해서는.

「네에.」

에스더가 입꼬리를 끌어올린다.

「저느은, 자알 지내고 있어요오. 사람들으을, 더어, 돕지

박제된 낙원　219

못한다는 게에, 아섭긴 하지마안요.」

"너무 아쉬워하진 말아요. 당신은 벌써 많은 사람들을 살렸으니까. 에스더가 없었으면 남부전선은 지금보다 훨씬 더 힘든 싸움을 치렀을 거예요. 사람들이 당신에게 얼마나 고마워하고 있는지 알죠?"

발표가 나간 이후 민간 방송에서도 에스더의 이야기를 다루었으니 모를 리가 없다.

그리고 일찍이 그녀의 도움을 직간접적으로 느낀 이들도 얼마든지 있었다. 겨울과의 통화에서 뭔가 이상하다는 말을 했었던 캡스턴 중령이 대표적이었다.

'이제는 대령이지.'

소식을 듣기론 가까운 시일 내 준장 진급도 유력하게 점쳐진다고 하니, 겨울만큼은 아닐지언정 무서운 속도로 치고 올라가는 사람이다.

캡스턴처럼 에스더의 영향을 체감한 사람들은 병든 소녀에게 당연히 우호적일 것이었다. 그로 인해 도덕적인 딜레마를 겪긴 했어도, 그걸 에스더의 잘못이라고 탓할 순 없다. 어쨌든 결과적으로는 더 많은 병사들이 어두운 운명을 피할 수 있었으니까.

「알죠. 아는데에.」

에스더가 잠시 거친 기침을 했다. 튀는 침에 피가 섞여있었다.

「그래도오, 아섭기는 하네요오. 제게, 이 저엉도의 고통을, 주셨으니이, 주님께서 저르을 좀 더어, 중요하게 쓰실 거라느은, 기대가 있었거든요오.」

"……."

「이건 역시이, 교오만한 태도였나봐요오. 요옵과 같은, 실수를, 저지르은 셈이니까아.」

당연한 기대였을 것인데도, 에스더는 다시 자신을 탓하고 있었다.

"욥과 같은 실수요?"

「네. 후우…….」

속으로 어렴풋한 화기를 느끼는 겨울의 물음에, 에스더는 거칠어지는 숨을 고르며 눈을 깜박였다.

「요옵은 이렇게 말했어요오. "그런데도 주님으은, 나의 걸음을 낱낱이이, 아시나니, 떨고 또 떨어도오, 나아는 순금처럼 깨끗하리라…….".」

이는 욥이 자신의 결백을 주장하는 대목이었다. 겨울도 어느 정도는 알고 있다. 지난날 러시안 강 근교의 목장에서 수녀에게 들은 바가 있거니와, 종말의 갈피를 오가면서 쌓은 경험도 있었다. 욥은 선하면서도 믿음이 깊은 사람이었다. 적어도 사람에 대해서는 잘못을 저지른 적이 없었다.

「그러자 여호와아께서 말씀하시기르을, "트집 잡는 자가아, 전능한 자와 다투려느냐아. 하나님을 탓하는 자느은, 대답할지니라아." 하시고오, 다시이, "네가아 내 공의를 부인하려 하아느냐, 네 의를 세우려고오, 나를 악하다아 하겠느냐아."라고오 하셨어요오.」

욥이 진실로 자신을 결백하다 말하는 것은, 그게 설령 사실이라 해도, 결국 결백한 자신에게 시련을 주는 신이 의롭지 못한 존재라고 말하는 것과 같다. 그래서 여호와는 욥에게 그 교만을 일깨워준다. 그 억울함의 표현 역시 신을 모독하는 하나의 죄가 되는 것이라고.

신은 이해를 벗어난 존재이기에 신의 섭리를 인간의 선악으로 판단해선 안 된다는 뜻을 담고 있는 대목이었다.

여기까지 느릿느릿 설명한 에스더가 이렇게 마무리 지었다.

「욥이 아아무리 결백한드을, 인간의 기준으로, 죄가 없는, 사람이었을 뿐이니까요오.」

"……그거, 신앙이 없는 사람 입장에서는 매번 억울하게 들리는 이야기예요."

겨울의 말에, 에스더는 힘들게 미소 지었다.

「사시일, 저도 쪼끔 그래요오. 키히힛.」

마지막까지 웃음을 잃지 않은 소녀는, 겨울이 도착한 뒤로 고작 여섯 시간을 더 살았다.

「아…….」

최후의 순간에 에스더가 중얼거리듯 남긴 말.

「별이, 보이네요.」

이제껏 에스더의 신앙생활을 도와 온 추기경 및 목사들은 눈시울을 붉히며 하나님께 그녀의 안식을 간구하는 기도를 올렸다.

"……한없이 자비로우시며 모든 사랑의 근본이신 하나님. 이 가엾은 영혼이 당신의 나라에 빛나는 별이 되어, 마침내 영원한 생명에 이르게 하소서. 아멘……."

겨울은 이 기도를 들으며 심란한 기분에 잠겼다. 세상에 사람을 사람의 기준으로 사랑해주는 신이 있었으면 어땠을까 생각하면서.

의료진이 완전한 사망을 확인한 후, 에스더의 시신은 냉동보존 절차에 들어갔다. 장례식은 치르더라도 매장이나 화장은 없을 예정이다. 생전의 그녀가 시신기증에 동의했기 때문이었다. 그간 많은 연구가 진행되었을지라도, 에스더의 몸에는 여전히 많은 가치가 남아있었다.

장례를 마친 겨울은 다음 날 오전 칼라일행 비행기에 몸을 실었다.

군 수송기 운행계획 상으로는 적합한 항공편이 존재하지 않았으므로, 겨울은 불편을 예상하면서도 민간 항공사를 이용하는 수밖에 없었다. 물론 표 값은 공금으로 처리된다. 그러나 도중에 마주치게 된 시민들의 애정과 관심이 문제였다. 길이 꽉 막혀버린 것이다.

이 위기 아닌 위기는 공항 안전요원과 항공사 직원이 겨울을 퍼스트 클래스 라운지로 안내하면서 해소되었다. 비단 라운지뿐만 아니라 실제 좌석 또한 일등석으로 상향조정되었다. 군인에 대한 예우로서 종종 있는 일이었기에 겨울도 굳이 사양하지 않았다.

다만 프라이버시가 보장되는 자리를 얻은 대가로서, 기장이 기내방송으로 이 같은 내용을 자랑하는 것쯤은 감수해야 했다. 영리를 추구하는 항공사가 그저 경의를 표하기 위해서만 비용을 지출할 리가 없다. 다 자사의 긍정적인 이미지 구축과 입소문을 기대하며 하는 일이었다.

편도 1,600마일이 넘는 비행은, 도중에 한 번 환승하는 것까지 고려하면 거의 다섯 시간 가깝게 걸리는 여정이었다.

이 항공사에서 퍼스트 클래스의 기내식은 사전에 예약해 두는 것이 원칙이었으나, 겨울에겐 임의로 정해진 코스가 제공되었다.

전채는 부드러운 로스트비프 세 점에 크림을 곁들인 프레첼 롤이 하나. 접시를 차례로 비우고 나니 브로콜리 수프가 나왔고, 수프 다음엔 양상추, 오이, 체리, 그리고 설탕을 입힌 호두를 버무려 놓은 샐러드가 차려졌다. 어느 것 하나 기성품을 섞은 메뉴가 없었다.

메인 요리는 핏물이 살짝 배어나오는 손가락 두 마디 두께의 스테이크였다. 겉을 바삭하게 익힌 등심은 칼을 대고 밀자 놀라울 정도로 부드럽게 들어갔다.

식감 또한 그러했다.

그 훌륭한 맛을 느끼며, 겨울은 저도 모르게 쓴웃음을 짓고 말았다.

'이게 처음은 아니지만……. 심란한 일을 겪어도 배고플 때 하는 식사는 맛있네.'

디저트로는 치즈를 바른 크래커, 초코 시럽과 생 딸기를 잔뜩 얹은 선데이 아이스크림이 나왔다. 겨울이 아이스크림을 먹는 동안, 좌석 전면의 TV에선 의료보험 개혁을 부르짖는 크레이머의 모습을 보여주었다. 이어폰을 끼자 그의 힘찬 목소리가 들린다.

「……인류는 이미 질병으로 인한 멸종의 위기를 겪었습니다. 이러한 위기가 다시는 반복되지 않도록 하기 위하여, 우리는 가난한 사람들도 충분한 수준의 의료서비스를 누릴 수 있는 사회를 만들어야 합니다! 맥밀런 행정부가 나름대로 노력을 하긴 했지만, 그 성과는 결코 만족스러운 수준이 아니었습니다!」

「저소득층을 대상으로 국가가 사보험 판매를 중개하는 수준에 그쳐선 안 됩니다. 국가가 직접 주도하는 시스템이 필요한 것입니다!」

「저는 먼저 모든 병원에서 모든 보험들이 예외 없이 적용되도록 조치하겠습니다. 솔직히 말이 안 되지 않습니까? 나는 분명 보험에 가입한 상태인데, 병원에서 해당 보험사와 계약을 하지 않았다는 이유로 혜택을 받을 수 없다뇨? 이것이 얼마나 부조리한 일인지는 조금만 곱씹어봐도 분명한 것인데, 우리는 그저 익숙한 관습으로서 이를 받아들이고 있을 따름입니다.」

「생사가 오가는 응급상황에서조차, 내 보험이 적용되는 응급실을 따로 찾아서 가야만 하는 게 대다수 미국 시민들이 처한 현실입니다. 그렇지 않으면 설령 치료를 다 받더라도 돈이 없어서 죽게 될 테니까요. 이러한 두려움이 미국 사회에 만연해있는 한, 우리는 결코 종말의 그림자로부터 자유로울 수가 없습니다…….」

　뉴스에서는 이어 크레이머 대통령에 대한 시민들의 지지를 구체적인 수치로서 보여주었다.

　93.8%.

　실로 유례가 없이 높은 지지율이었다. 이전까지는 9.11 테러 직후 조지 W. 부시 행정부가 기록한 89%가 최고였다. 그나마도 그 지지율이 오래 이어지진 못했다는 점에서 비교대상이 되긴 어렵다. 크레이머의 인기는 장기간 상승곡선을 그려오다가, 제로 그라운드 진공을 전후하여 정점을 찍었다.

　크레이머는 자신에 대한 시민들의 열광적인 지지를 바탕으로, 맥밀런 대통령조차 손을 댈 엄두를 내지 못했던 미국 사회의 오래된 모순들을 과감하게 손볼 계획을 짜고 있었다.

　겨울은 생각했다.

　'자기 울타리 안에선 훌륭한 지도자인데.'

　이런 행동들이 워낙 강렬하게 시선을 끄는지라, 미국의 이익, 즉 울타리 밖에서 일어나는 일들에 대해선 상대적으로 적은 관심이 주어질 수밖에 없었다.

　칼라일이 위치한 컴벌랜드 카운티의 지역사회, 나아가 펜실베이니아 주 전체가 겨울의 체류에 지대한 관심을 드러냈다.

　특히 강연을 희망하는 기관이나 단체가 많았다. 겨울은

이 같은 요청에 힘닿는 데까지 응하고자 노력했다. 비록 현역 군인 신분이라 직접적인 대가를 받을 순 없었지만, 그래도 특정 지역사회와 유대감을 쌓아두면 언젠가 어떤 식으로든 도움이 되리라 여겼기 때문. 상부의 인가를 받은 것은 물론이었다. 주민들은 이러한 겨울의 행보를 무척이나 반가워했다.

유라가 읽던 신문을 접으며 평했다.

"대장님 사진 되게 잘 나오셨네요. 나중에 혹시라도 군복을 벗으시게 되면, 여기저기서 강연료만 받아도 엄청난 부자가 되시겠어요. 다른 일 안 하셔도 괜찮겠는데요?"

"설마 그 정도겠습니까?"

대꾸한 사람은 브라보 중대의 1소대장이었던 왕커차이. 유라는 그에게 신문을 넘겨주었다.

"직접 봐. 여기, 다른 명사들이랑 비교해서 잠재적인 가치를 산정하는 부분."

두 사람 사이에 서로 다른 중대 사이의, 혹은 서로 다른 출신성분으로 인한 거리감은 희박했다. 명성 높은 독립대대의 일원으로서 확고해진 소속감과 자부심을 공유하거니와, 생사의 고비를 함께한 이들 간의 전우애도 있는 것이다.

"와."

기사를 빠르게 눈으로 훑던 왕커차이의 감탄에, 유라가 살포시 웃었다.

"대단하지?"

"아니 무슨 강연료가 이렇게 미쳐 날뜁니까? 1분당 10만 달러? 정말로?"

겨울이 손을 내밀었다.

"나도 잠깐 줘볼래요?"

"앗, 예."

왕커차이는 각 잡힌 동작으로 겨울에게 신문을 넘겨주었다.

내용을 보면 분당 10만 달러 운운한 것은 로널드 레이건 전 대통령의 일화였다. 일본 기업의 초청강연에서 총 40분간 400만 달러를 받았던 것. 이게 89년의 일이었으니, 지금을 기준으로 환산하면 더욱 엄청난 금액이 될 것이었다.

그 밖의 다른 사례들도 많았다. 전직 뉴욕 시장이나 국무부 장관, 국방부 장관 같은 공직자들 역시, 자리에서 물러난 뒤엔 강연 한 번에 재직 당시의 연봉보다 많은 돈을 받고 다녔다고. 이런 문화를 대강은 알고 있었던 겨울조차 구체적인 금액들의 나열을 보고 있으려니 단위 감각이 이상해지는 느낌이다.

기사는 겨울의 잠재적인 강연료를 레이건 대통령과 비슷한 수준으로 어림잡았다. 만약 자서전을 쓴다면 선인세로만 3천만 달러 이상을 받을 거라는 예측도 붙어있었다. 해외시장이랄 게 존재하지 않는 지금에 와서는 엄청난 고평가인 셈.

「디킨슨 대학에서 ROTC 생도들과 친근하게 대화를 나누는 한겨울 중령」

유라가 잘 나왔다고 한 사진 아래의 설명이었다.

디킨슨 대학은 육군전쟁대학과 마찬가지로 칼라일에 위치하고 있는 데다, 거리상으로도 고작 2킬로미터 떨어져있을 따름이라 겨울이 방문하기에 부담이 없었다. 덕분에 벌써 두 번이나 찾았고, 예비 장교들과 더불어 훈련을 뛰기도 했다.

지역 언론은 이를 사실상의 기부행위로 받아들이고 있었다.

신문을 돌려받은 왕커차이가 의문을 표했다.

"근데 나랏일을 했던 사람들이 이러고 다니면 욕 많이 먹지 않습니까? 돈을 너무 쉽게 버는 것처럼 보입니다. 서민들의 눈엔 분명 안 좋게 보일 텐데……. 순수하게 강연의 대가로만 지불하는 돈도 아닌 것 같고……."

이 말에, 진짜 부당한 방법으로 돈을 벌어 보았던 이들의 표정이 묘해진다. 브라보 중대의 나머지 소대장들, 즉 쑨시엔이나 리아이링, 류젠차오 등이었다. 과거엔 그게 당연한 거라고 여겼겠으나, 이제 와서는 지우고 싶은 과거에 불과할 것이었다. 소속감이 대체된 탓. 아니, 대체될 소속감이 있기에 비로소 가능한 변화다.

유라가 끄덕였다.

"맞아. 내가 알기론 이런 게 비난을 꽤 많이 받을걸? 전부 다 그렇지야 않겠지만, 네 말처럼 강연 자체보다는 로비가 목적인 경우도 있을 거고. 일종의 전관예우라고 봐야겠지?"

"인맥과 영향력을 파는 장사로군요. 그럼 대대장님께도 좋지만은 않겠는데요."

"바보야. 우리 대장님은 예외지. 그동안 기부하신 금액이 얼만데. 그리고 이런 식으로 돈을 버셔도 결국 남 돕겠다고 다 쓰실 분이시고."

핀잔을 준 유라가 그렇죠? 하는 눈빛으로 겨울을 바라보았다. 당연히 그럴 거라는 믿음. 인간적인 신뢰. 겨울은 어깨를 으쓱이며 가볍게 웃었다.

유라를 비롯한 대대 일선장교들이 겨울을 뒤따르듯 육군전쟁대학으로 오게 된 것은, 이들 또한 현지임관 장교 자격보수 프로그램의 대상이었기 때문이다. 다만 직급에 따른 차이는 있어서, 겨울보다 한 달이나 늦게 왔으면서도 복귀는 각자 두세 달씩 더 빠를 예정이었다.

찰리 중대의 타타라 소위가 묻는다.

"기부 하니까 생각나는 겁니다만, 이 중위님은 요즘도 그 게임 하십니까?"

"그 게임? 아, 응. 한동안 손 놨었지만, 대장님의 추가 승급이 해금되었다는 이야기를 들어서 다시 시작했어."

이게 대체 무슨 소리인가 했는데, 자세히 들어보니 과거 유라가 넷 워리어 단말로 보여준 적 있었던 방역전쟁 모바일 게임의 이야기였다.

그러나 여전히 이상한 부분이 있었다.

"기부랑 게임이 무슨 상관이에요?"

아리송한 겨울의 물음에, 생긋 웃으며 답하는 유라.

"여기에 지르는 금액은 국방성금을 낸 걸로 간주되거든요. 세금 낼 때 기부금 항목으로 공제도 되던걸요?"

"……."

곱씹어보면, 공공 소유 개념(퍼블릭 도메인)이 적용되는 미국 정부의 저작물 내에 유료 결제 컨텐츠가 존재하는 게 비정상이었다. 다만 그게 국방성금으로 들어가는 거라면 위법으로 볼 여지가 없다. 겨울은 국방부의 상술이 참 대단하다고 느꼈다…….

"앙트레 나왔습니다."

웨이트리스가 카트에 전채가 담긴 접시들을 실어왔다. 교육 잘 받으라는 의미로 겨울이 사는 식사였다. 칼라일 일대가 그리 번화한 지역은 아닌지라 적당한 장소를 물색하기 어려웠으나, 그래도 인접도시인 해리스버그에서 그럭저럭 괜찮은 레스토랑을 찾을 수 있었다. 창 밖에 흐르는 서스퀘해나 강의 풍경이 괜찮은 분위기를 자아냈다.

"맛있게 드세요."

웨이트리스는 돌아서는 순간까지 겨울에게서 눈을 떼지 못했다.

전채의 중심은 작고 두꺼운 넙치 스테이크였다. 뼈를 깔끔하게 발라내고서 겉이 바삭해지도록 시어링 한 다음, 돼지 뒷다리를 통째로 숙성시킨 햄을 썰어서 얹고, 보들보들한 게살과 옥수수가 들어간 오르조 파스타를 곁들였다.

"오, 맛있겠다. 잘 먹겠습니다."

유라를 필두로 다른 장교들도 한마디씩 감사를 표하고

식사를 시작한다.

'내 입맛엔 다 맛있는데 다른 사람들 입엔 어떨지.'

다행히 다들 겨울이 사주는 거라 억지로 맛있는 척하는 눈치는 아니었다.

간간히 이어지는 대화에서, 유라는 이 자리의 차상급자로서 자연스러운 모습을 보여주었다. 계급 상의 하급자들을 대하는 태도에 절제된 자신감이 묻어났다.

겨울이 이곳으로 오기 전, 막 중대장이 되었을 때도 마찬가지였다. 기념으로 짧게 취임사를 말하는 자리에서, 유라는 처음부터 정색을 했다.

"중대장이 되자마자 싫은 소리부터 하기는 싫지만, 그래도 한마디 해야겠어. 너희들, 요즘 지나치게 풀어져 있는 거 아니니?"

그녀쯤 되면 꼭 목소리를 높이지 않아도 병사들을 긴장시키기에 충분했다.

"그동안의 싸움들이 너무나 힘들었던 거 알고, 죽은 전우들이 떠올라 때때로 울적해지는 것도 이해해. 악몽도 자주 꾸겠지. 나도 그러는걸. 너희는 쉴 자격이 있고, 보상 받을 자격이 있어. 하지만 그게 인생 다 산 사람처럼 막 나가도 좋다는 뜻은 아니야. 아니라고."

반복으로 강조하며, 유라는 잠시 병사들과 시선을 맞췄다.

"누구라고 말은 안 하겠어. 그치만 분명 나다 싶은 사람이 있을 거야."

나중에 확인한 바로는 마약에 손을 댄 병사가 있었던 모양이다. 더는 생산조차 되지 않을 코카인을 대체 어디서 어떻게 구했는지. 유라는 거듭 묻는 겨울에게 마지못해 사실을 밝히며, 처분은 자신에게 맡겨줄 것을 부탁했다.

"우리 중대는, 그리고 대대는 많은 사람들의 기대와 주목을 받고 있어. 이게 얼마나 소중하고 가치 있는 호의인지 설명을 해야 할까?"

중대원들은 입을 모아 아니라고 대답했다.

"힘든 일이 있으면 나에게 의지해. 난 작은 대장님에 비하면 아무것도 아닌 사람이지만, 그래도 너희들의 직속상관으로서 그 정도는 해줄 수 있을 거야. 너희들한테 내가 못 미더운 사람은 아니지?"

중대원들은 다시 한 번 아니라고 입을 모았다.

"부탁할게. 나를, 대대장님을, 그리고 너희를 바라보는 모든 사람들을 실망시키지 마. 만약 내 머리카락이 빠지기 시작한다면, 날 그렇게 만든 사람 머리는 내가 직접 뜯어버리겠어."

딱딱했던 분위기를 푸는 농담으로 받아들였는지, 이 담백한 마무리에 몇몇 병사들이 작은 웃음소리를 냈다. 유라도 뒤따라 미소 지었다.

"웃어?"

"……"

그녀는 진심으로 한 말이었던 것이다.

진석이 자리를 내려놓았어도 알파 중대장은 여전히 대대 내 선임 중대장의 역할을 맡고 있었다. 기존의 다른 중대장들 또한 나란히 대위 진급이 확정되었으나, 그와 동시에 보직이 변경되거나 다른 부대로 이동하게 되었기 때문이다.

지금의 상황을 보건대, 유라가 자신의 역할을 소화하는 데에 무리는 없을 듯하다.

"다들 교육 받는 건 어때요?"

겨울이 묻자, 난민 출신 장교들은 앞서거니 뒤서거니 엄살 피우듯 한숨을 내쉬었다.

"그게, 만만치가 않습니다."

타타라가 말하고 류젠차오가 거들었다.

"처음엔 그저 가볍게만 생각했었습니다. 그냥 진급 자격만 채우면 되는 거라고……."

"그런데?"

"우리 대대의 체면이 있는데 어중간한 성적으로는 창피하지 않겠습니까? 한겨울 중령을 빼면 201대대는 아무것도 아니다, 라는 식으로 여겨지기 싫다면 정말 기를 쓰고 매달려야 한다는 사실을 뒤늦게 깨달은 겁니다."

평소에 사이가 썩 좋지 않음에도 불구하고, 리아이링 역시 미간을 좁힌 채 심각한 공감을 표한다. 체면, 운명, 은전은 중국인을 지배하는 세 여신이며, 그중 제일은 체면이라는 경구가 여전히 통하는 모습이었다.

물론 정도의 차이가 있다 뿐이지, 다른 장교들도 고개를 끄덕이긴 마찬가지였다.

유라가 먹다 남은 서로인 필레를 쿡쿡 찌르며 중얼거렸다.

234 납골당의 어린왕자 11

"대장님은 그런 걱정이 전혀 없으실 테지만……."

겨울은 곤란하게 웃을 뿐 별다른 말을 더하지 않았다.

'대대의 이미지가 중요한 건 사실이니까.'

다들 알아서 각오를 다져주니 다행이었다.

쳐지던 분위기가 바뀐 것은 진석에 대한 이야기가 나오면서부터였다.

"「빠콩을 위한 기도」라. 박 대위님이 얼마나 화를 내시던지."

히로노부 소위가 쿡쿡거리며 하는 소리.

빠콩을 위한 기도는 문자 그대로 진석의 쾌유를 기원하는 모금운동으로 출발했다. 어느 기자의 카메라에 진석의 변화가 잡힌 게 발단이었는데, 본인은 그저 홧김에 머리를 다 밀어버린 것이었으나, 그런 내막을 알 리가 없는 사람들은 진석이 방사능 피폭으로 인해 심각한 후유증을 앓고 있다는 식으로 오해했다.

겨울의 측근으로서, 또 201독립대대의 핵심 간부 중 한 사람으로서 독립중대 시절부터 인지도가 높았던 진석이었기에, 시민들의 오해는 오해에서 끝나지 않았다.

겨울로서도 실소할 수밖에 없는 해프닝이었다.

"뭐, 결과적으로는 잘 됐잖아요. 기부금은 피폭을 당한 다른 병사들에게 전달된다고 하니까. 얼마더라, 33만 달러?"

타타라가 정정한다.

"34만 달러입니다. 고작 사흘 만에 모였다더군요."

부하 장교들과 더불어 웃는 한편으로, 겨울은 그 호의의 무게에 대해 생각했다. 시민들의 지지는 곧 겨울에게 주어진 운신의 폭. 그 폭은 개인에게 주어진 것으로는 과분할 만큼 넓지만, 겨울이 담고자 하는 모든 것을 담아내기엔 부족했다.

　육군전쟁대학의 운동장 트랙 옆에는 교직원 자녀들을 위해 마련된 놀이터가 하나 딸려있었다. 그네가 두 쌍에 미끄럼틀이 두 개. 작고 초라하여 본디 인기가 많은 장소는 아니었다고 하는데, 근처 숙소에 겨울이 머물기 시작하면서 사정이 많이 달라졌다. 여기저기 걸터앉아 트랙과 숙소를 기웃대는 아이들이 늘어난 것이다. 부활절 주간에 접어들고부터는 아예 새벽부터 자리를 잡는 아이들도 많아졌다. 일주일간 이어지는 봄방학이었다.

　칼라일의 봄은 일교차가 크다. 이른 시간부터 찬바람을 맞아가며 기다리는 아이들을 모른 체하기도 곤란한 노릇이라, 겨울은 1.5마일 구보를 마친 시점에서 아이들에게 다가갔다. 처음 눈과 입을 동그랗게 만들었던 아이들은, 곧 어린 나이 특유의 천진난만한 친화력으로 겨울에게 이런 저런 질문들을 던져댔다.

　"중령님! 지금 사귀고 있는 사람이 티샤라는 게 사실이에요?"

　겨울은 낯선 이름에 속으로 갸우뚱했다.

　"티샤가 누구니?"

　"티샤 우드버리! 이번 주 빌보드 차트 1위! 영원한 구속을 부른 사람이요!"

"아."

풀 네임을 듣고서야 기억을 떠올리는 겨울이다. 티샤 우드버리는 일찍이 멧돼지 사냥 작전이 진행 중일 무렵, 독립중대가 데이비스 인근 주립대학 캠퍼스에 주둔할 때 위문공연단의 한 사람으로서 방문했던 가수였다.

겨울이 고개를 가로저었다.

"아니. 안면은 있어도 친한 사이는 아냐."

"그럼 빅토리아 윌리엄스? 맥켄지 힐? 시에라 왓슨?"

금발을 지닌 유명인들의 이름이 줄줄이 쏟아져 나온다. 앤의 정체는 겨울을 좋아하는 사람들에겐 아직까지도 뜨거운 화제로 남아있는 모양이었다.

겨울이 번번이 아니라고 답하자, 아이는 답답한 표정을 지어 보였다.

"그럼 중령님 애인이 대체 누구지……. 저한테만 알려주시면 안 돼요?"

"미안하지만 안 돼."

앤의 소박한 계획을 지켜주기 위해선 겨울이 함부로 입을 열 수가 없었다. 결혼이 불가피하게 미뤄지면서, 앤이 꾸미는 작은 음모는 겨울에게도 점점 소중한 것이 되어가고 있었다.

초조하게 입술을 깨물고 있던 아이가 곧 비장한 표정을 짓는다.

"그럼 이것만 알려주세요."

"뭔데?"

"지금 사귀시는 그분, 예뻐요?"

겨울은 하마터면 웃음을 터트릴 뻔했다.

"그럼. 세상에서 제일 예쁘지."

거짓말이 아니다. 실제로 겨울의 눈에는 그렇게 보이니까.

아이가 감탄하며 끄덕였다.

"과연. 저도 중령님 같은 군인이 되어서 세상에서 제일 예쁜 사람하고 부부가 될 거예요."

그러자 옆에 있던 여자아이가 뒤통수를 딱 때린다.

"야. 넌 내 거야."

"……."

남자아이는 맞은 머리를 쓰다듬으며 울상을 지었다.

키득거리던 다른 아이들 가운데 하나가 겨울에게 앨범과 펜을 내밀었다.

"여기다 사인해주세요."

티샤 우드버리와 마찬가지로 위문공연단의 일원이었던 보컬 겸 기타리스트, 렉스 고든이 리더인 메탈 밴드의 앨범. 앨범의 이름은 에버 윈터(Ever winter)였다.

이는 201독립대대의 공식적인 별칭에서 따온 것이다. 그런 만큼 타이틀곡의 뮤직비디오에서도 밴드와 배우들이 독립대대의 눈꽃 결정 부대마크를 달고 나온다. 겨울 역시 한 번 본 적이 있는데, 해일처럼 밀려오는 변종집단을 날카로운 샤우팅으로 압도한 뒤 전자기타로 때려죽이며 나아가는, 유혈낭자하면서도 괴상하기 짝이 없는 내용이었다.

곡명은 Prince of doom. 대놓고 겨울에게 헌정하는 타이틀이다.

이런 걸 아이에게 사준 부모는 뭘까?

겨울은 고민하면서도 아이가 원하는 대로 앨범 재킷에 자신의 서명을 넣어주었다. 어쩌면 앨범의 진짜 주인은 부모고, 아이에게 심부름을 시킨 것일 수도 있겠다.

이 와중에 트랙에선 아침 구보를 뛰는 훈련생들의 군가(Cadence) 소리가 가까워졌다.

「그들은 군대에서 주는 커피가 꽤나 괜찮다고 했었지.」

「자상과 타박상에 좋은데 맛까지도 소독약 같더라.」

「그들은 군대에서 주는 치킨이 꽤나 괜찮다고 했었지. 」

「치킨 하나가 식탁에서 뛰쳐나오더니 내 전우를 죽이더라.」

「그들은 군대에서 주는 빵이 꽤나 괜찮다고 했었지.」

「굴러 떨어지는 빵에 깔려 내 친구가 죽고 말았어.」

「오, 주여. 나는 가고 싶어요. 근데 그들이 나를 놓아주지 않아요.」

「오, 주여. 지이이입, 지이이입, 지이이입에 가고 싶어요…….」

참으로 기운 빠지는 가사였다. 겨울은 위화감을 느꼈다. 정작 노래를 부르며 뛰는 이들은 무척이나 날이 서 있었던 까닭이다.

'경쟁이 굉장히 치열하다지.'

보수교육에 돌입한 뒤로 독립대대 장교들이 겨울에게 우

는 소리를 한 게 한두 번이 아니었다. 모든 생도들의 표적이 된 기분이라면서.

처음엔 그저 생도들이 독립대대 소속 장교들의 존재에 자극을 받았기 때문이라고 보았다. 예컨대 ROTC의 레인저 챌린지처럼, 그 유명한 에버 윈터의 장교들과 겨루어 이기는 걸 일종의 도전으로 간주하는 게 아닐까 생각했던 것이다. 얼결에 도전과제가 되어버린 유라 이하의 간부들이 안쓰럽긴 하나, 크게 신경 쓸 문제는 아니라 여겼던 겨울.

그러나 실제로는 그 이상의 이유가 있었다.

모든 것이 겨울을 의식한 노력이었던 것.

단순히 잘 보이려는 시도가 아니다.

현지임관장교 보수교육의 이번 기수 인원들은 대다수가 난민 거류구 출신이었다. 당연히 저마다 이름을 올려둔 난민법인이 달랐으나, 이 기회에 겨울동맹으로 옮겨 오고 싶어 했다.

"되게 필사적이던걸요."

어쩌다 그들 중 하나와 이야기를 나누어 본 유라가 겨울에게 들려주었던 진술.

"처음엔 되도 않는 작업을 걸길래 뭐지 이놈은? 싶었는데, 자꾸 치근덕대는 게 귀찮아서 짜증을 한 번 팍 냈더니 사실 다른 꿍꿍이가 있었다고, 도와달라고 솔직하게 털어놓더라고요."

"다른 꿍꿍이?"

"네. 자기네 난민법인…… 이름이 독일어라서 정확하게

기억은 안 나지만, 아무튼 그쪽 분위기가 많이 안 좋은가 봐요. 전망이 밝은 것도 아니고, 내부적으로 깨끗하지도 못하고."

"깨끗하지 못하다면, 간부들이 지원예산을 유용한다는 뜻이에요?"

"아마도요."

이어 설명하기를, 애매한 대답은 당사자가 정확한 표현을 기피했기 때문이라고 했다. 당장 거기에 몸담고 있는 사람으로선 구체적인 사실을 밝히기가 쉽지 않았을 것이다. 그럼에도 말을 꺼낸 것은 그만큼 불안해하고 있다는 방증일 터이고.

겨울은 맥밀런 대통령의 예언이 현실로 다가왔음을 깨달았다. 언젠가는 일어날 일이라 생각해 왔으나, 그걸 실제로 경험하는 것은 또 다른 차원의 문제였다.

'슬슬 터트릴 때가 됐어.'

크레이머 행정부의 고립주의는 세련된 식민주의의 영역으로 나아가는 중이다. 새로 확보한 도서지역마다 난민 인구를 배치하고, 종래에는 실질적인 경제식민지 역할을 하도록 만드는 것. 장차 중미 지역에서도 같은 과정이 반복될 것이다. 러시아가 난민들을 분담하겠다고 나선 것 역시 비슷한 맥락에서 추진하는 일이었다.

그러나 이주를 강제로 진행하는 건 그림이 좋지 않았다. 난민들이 더 나은 미래를 찾아 스스로 발 벗고 나서는 구도가 최선이다. 그렇게 되도록 유도하려면 난민들의 처우를 지금보다 열악하게 만들 필요가 있었다.

여기에 난민지도자들의 부정부패를 폭로하는 것만큼이나 좋은 수단도 없다.

일찍이 예견했던 바, 겨울동맹을 비롯한 일부 난민법인들은 명예로운 반례이자 난민지도자 지원정책의 성공적인 사례로서 부각될 것이다. 어쨌든 크레이머 대통령 본인이 고안한 정책의 결과를 완전한 실패로 연출할 순 없는 노릇.

그러므로 동맹은 곧 겨울에게 주어진 보상이자 행동범위의 한계이며, 시민들에게 보여줄 트로피이기도 했다.

'박제될 낙원…… 인가.'

겨울은 회상 끝에 약간의 씁쓸함을 느꼈다. 그래도 이것이 스물일곱 번의 종말을 거쳐 도달한 가장 긍정적인 결말이었다. 앞으로 다시 긴 시간이 남아있을지라도, 겨울의 명성과 영향력은 지금보다 높아지기 어렵다고 봐야한다.

놀이터의 아이들을 적당히 보낸 겨울은 구내식당에서 홀로 식사를 시작했다. 유라를 비롯한 독립대대 장교들은 조금 떨어진 테이블에 모여 앉았다.

이는 겨울의 뜻이었다. 평소엔 같이 모여 식사를 하는 것만으로도 소속감이 강해지는 게 눈에 보였으니까. 주변의 부러움 섞인 시선들을 의식하다 보면 자연히 내가 이 집단에 속해있다는 사실을 과시하고 싶은 욕구가 생기고, 그에 따라 친근한 대화를 한마디라도 더 나누게 되는 것이다.

"오늘은 따로 앉아 보죠."

겨울의 말에, 유라는 바로 의도를 파악하곤 빙그레 웃어

보였다.

"네. 한 번 직접 이야기 나눠 보세요. 애들은 제가 다독이고 있을게요."

중국계나 일본계 장교들 입장에선 출신이 다른 장교들의 접근이 탐탁지 않을 것이었다.

명목상 같은 보수교육 프로그램에 참여하고 있다지만, 영관급 장교가 받는 교육과 위관급 장교가 받는 교육은 서로 겹치는 부분이 없었다. 그러므로 낮은 계급이 대다수인 난민 출신 장교들은 빡빡한 스케줄 속에서 겨울에게 말을 붙여볼 기회를 놓치지 않았다.

"실례합니다, Sir. 혹시 저희가 이 테이블에 앉아도 괜찮겠습니까?"

겨울은 긴장한 티가 역력한 질문에 고개를 끄덕여 주었다.

"앉아요. 어차피 빈 자리인데."

"감사합니다, Sir."

딱딱한 태도로 식판을 내려놓는 다섯 명의 소위. 사실 이들이 한 일행은 아니다. 서로 부대마크가 다른 셋과 둘이 각각 이쪽으로 오다가 어색하게 합쳐진 상황. 그 밖에 자리를 옮기려고 일어났다가 떫은 표정으로 다시 앉는 이들도 눈에 띈다.

허나 막상 좋은 기회를 잡은 다섯은 겨울이 토스트 하나를 꼭꼭 씹어 삼킬 때까지 이렇다 할 말을 꺼내지 못했다. 용건을 어떻게 꺼내면 좋을지 헤매는 눈치들이다. 물론 석

상처럼 보일 정도로 긴장한 탓도 있을 것이다. 소위와 중령 사이의 간극이 간극이거니와, 그 중령이 다름 아닌 한겨울 중령이었으므로.

겨울이 한 명을 지목하여, 처음 상태 그대로인 식판을 가리키며 물었다.

"그거 다 버릴 거예요?"

"예?!"

"속이 비어있으면 훈련 받기 힘들 텐데. 식욕이 없더라도 조금은 먹어둬야죠. 군인에겐 식사도 명령이니까."

"아, 네! 죄송합니다!"

뭐가 죄송한지는 모르겠지만 아무튼 사과부터 하고 보는 소위. 곧바로 식사를 시작하는가 싶더니, 너무 급하게 밀어 넣었는지 첫입부터 심한 사레가 들리고 말았다. 얼굴이 새빨개지도록 기침을 해대는 모습을 보니 안쓰럽기 그지없다. 연신 콜록대면서도 거의 울상을 짓고서 겨울에게 다시 사과를 하려 한다. 이번엔 입 밖으로 음식물이 튄 탓이었다.

"죄송, 합니다!"

"아니, 미안해할 필요는 없고…… 일단 물부터 좀 마셔요."

"예! 콜록, 콜록!"

그가 진정하기까지는 시간이 꽤 필요했다. 기침이 좀 가라앉는가 싶더니, 물을 마시다가 다시 사레가 들렸기 때문이다. 당사자는 창피함과 자괴감에 짓눌려 죽어버릴 것 같은 낯빛으로 변했다. 동료들이 원망을 담아 힐끗거리기도 했고.

"이것 참."

겨울이 작게 웃었다. 괴로워하는 사람을 앞에 두고 즐기는 취미는 없지만, 이 상황에 실소가 나오는 건 어쩔 수 없었다.

"오히려 내가 미안해지네요. 내 딴에는 긴장을 풀어주려고 했던 건데."

"아닙니다. 콜록! 제가 더…… 죄송합니다."

기침이 다시 가라앉기를 기다려, 겨울이 다섯 소위에게 차분한 말을 건네었다.

"여러분이 내게 부탁할 게 있어서 왔다는 거 알아요. 다먹었다고 먼저 일어서지 않을 테니, 일단 천천히 식사를 하면서 각자 하고 싶은 말들을 해봐요. 만약 시간이 모자란다면 약속을 잡아서 나중에 따로 만나도 좋겠고요."

"약속…… 정말이십니까?"

"왜 거짓말을 하겠어요. 나도 물어보고 싶은 게 많거든요. 보도 관제라도 걸렸는지, 요즘 다른 난민구역의 소식은 방송에도 잘 안 나오니까. 다만……."

"다만?"

"내겐 여러분의 부탁을 다 들어줄 능력이 없을 거라는 점, 미리 말해두고 싶네요. 다른 사람들의 이야기도 들어봐야 할 테고."

현실적인 한계를 지적하는 겨울의 말에, 다섯 소위의 안

색에 그늘이 드리워졌다.

난민법인이 받는 지원의 총량은 해당 법인이 미국의 안보와 경제에 얼마나 기여하는가에 따라 달라진다. 수용한계 역시 마찬가지. 지도자가 겨울일뿐더러, 배출한 군인들 중에서도 수훈자가 수두룩한 겨울동맹은 다른 법인들에 비해 수용 가능 인원이 독보적으로 많은 편이었다.

이러한 수용한계는 일반 난민과 군인들을 구분하여 적용한다. 각각 정해진 한계 내에서 다른 법인으로 얼마든지 옮겨 다닐 수 있는 것이다.

이는 다섯 소위가 바라는 바이기도 했다.

"솔직히 꼭 등록을 해놔야 하나 싶습니다."

스스로를 이던 블랑이라 밝힌 프랑스 출신 소위의 말.

"난민법인에 이름을 올려둔다고 해서 제가 이득을 보는 건 없잖습니까. 어차피 저는 이미 시민권자고, 제가 계속해서 복무하는 한 제 아내도 영주권자로 취급받을 테니까요."

맞는 말이었다. 난민법인은 어디까지나 예산과 행정소요를 절약하기 위한 수단으로서 강구된 것. 쉽게 말해 돈을 줄 테니 나머지는 너희가 알아서 하라는 제도다. 즉 그 법인의 간부들이 금전적인 이득을 취할 방법은 공금을 횡령하는 것뿐이었다.

다시 말해, 대부분의 난민법인들은 시간이 흐를수록 느슨해질 수밖에 없다.

겨울은 슬쩍 떠보듯이 물었다.

"그래도 법인에 속해있으면 전역 후에 일자리를 만들어

준다거나 해서 이런저런 도움을 줄 텐데요? 슬슬 군축에 관한 이야기도 나오고 있고."

군축. 최근 언론에서 곧잘 다루는 화두다. 아무리 맥밀런 행정부를 거친 미국이라도 천만에 달하는 육군을 오랫동안 유지하기란 부담스럽기 짝이 없는 노릇. 방역전쟁이 햇수로 4년차에 접어들었으니 전시국채 판매가 슬슬 한계를 보이고 있을 것이다.

한편 장병들의 귀환을 요구하는 시민들의 목소리는 날이 갈수록 커지는 상황.

'여유는 충분하지.'

파나마 지협엔 남북으로 구 본토 봉쇄선을 능가하는 강력한 요새선이 구축되고 있다. 에스더의 부재로 인해 중미 지역의 전황은 예전만큼 좋지 못하지만, 멕시코 중남부를 차지한 러시아가 본격적으로 군사력을 투사하기 시작하면 미군의 부담은 자연스럽게 줄어들 것이었다.

블랑 소위가 고개를 저었다.

"일자리……. 그것도 비리의 온상입니다."

"이를테면?"

"짐작하실 텐데요. 난민법인에서 퇴역 사병이나 장교에게 줄 일자리라는 게 뻔하잖습니까. 법인을 통해 고용된 노동자들, 그리고 그들이 일하는 현장의 현장감독 정도죠. 아니면 법인 소유의 자산이나 사업장 관리를 맡기거나."

유라가 만났던 이와 다르게, 블랑은 겨울을 상대로 뭔가 감출 생각이 전혀 없는 눈치였다.

"자리의 숫자가 한정되어 있으니 그걸 분배하는 과정에서 뒷거래를 하게 되는 건 필연입니다. 왜냐면, 일단 자리를 꿰찬 다음에는 손해를 순식간에 벌충할 수 있으니까요."

"노동자들에게 돈을 받고 있다는 거네요."

"좋게 말하면 수수료, 나쁘게 말하면 뇌물입니다."

법인을 통해 고용되는 노동자 수에도 쿼터가 정해져 있기는 마찬가지였다.

'겨울동맹이야 그 제한이 거의 없는 수준이지만.'

더불어 동맹에서 노동자를 구하려는 기관과 기업들도 많다. 평판이 좋기 때문이다. 일하다가 달아나는 경우가 없었다는 이유에서. 반면, 다른 법인이 보낸 노동자들 중엔 난민구역에서 어떻게든 벗어나고 싶어 하는 사람이 많았다.

겨울이 보기에, 이 차이는 더 나은 내일에 대한 희망이 있느냐 없느냐의 간극이었다.

가르시아라는 이름의 다른 장교가 끼어들었다.

"이제 계급별 최소 복무기간이 정상화될 거라는 이야기가 있어서 좀 불안하긴 합니다. 중위 진급이 확정되었다곤 해도, 앞으로 얼마나 군인 신분을 누릴 수 있을는지……."

군축이 걱정되지 않느냐는 질문에 대한 대답. 군인 신분을 누린다는 표현에서 기본적인 인식이 묻어난다.

계급별 최소 복무기간(Minimum time in grade)이란, 다음 진급을 위해 현재 계급에서 의무적으로 복무해야 하는 최소한의 기간을 뜻한다. 예컨대 중위가 되기 위해선 소위로서 18개월 이상을 복무해야 하고, 대위가 되기 위해선 중위로서 2년 이상을 복무해야 한다는 식.

이는 본디 국방부 훈령으로 정해진 사항이었다. 그러나 방역전쟁이 시작되면서 한시적으로 최소 복무기간을 축소, 또는 무시하는 특별훈령이 발효된 바 있다.

이게 겨울에게도 해당사항이 있느냐면, 꼭 그렇지만은 않았다. 훈장마다 등급을 매겨 서훈이력을 복무기간에 가산하기로 한 별도의 법령 덕분이다.

'동성무공훈장이 6개월에 은성이 1년, 근무공로훈장이 2년, 수훈십자장이 3년…….'

여기에 명예훈장은 예전부터 그 자체로 특진을 보장하는 훈장이었다.

부대마크가 다른 둘 중 한 명이 생소한 억양으로 묻는다.

"장교 부족으로 그렇게 어려움을 겪었는데, 설마 우리를 간단히 잘라내겠습니까?"

돔브로프스카. 이름을 보니 폴란드계인 모양이다.

가르시아가 고개를 흔들었다.

"모르시는 말씀. 군축을 얼마나 하느냐에 따라 달라질 문제지만, 그걸 감안해도 소위나 중위 같은 하급 장교들에겐 큰 가치가 없습니다. 진짜로 중요한 건 고급 장교들이죠. 국방부 장관 명령 한 번이면 우린 전부 다 군복을 벗어야 합니다."

이는 방역전쟁 전시임관 특별법에서 규정하고 있는 내용이었다.

그는 겨울에게 시선을 돌렸다.

"Sir. 당신께선 어떻게 생각하십니까?"

"……대체로 동의해요. 소위는 너무 많고, 중위도 그렇죠."

"역시."

다섯 소위는 겨울의 말을 무겁게 받아들였다. 명성이 명성이니만큼, 그저 혼자 하는 생각이 아니라 어떤 근거가 있을 거라고 믿는 분위기였다. 겨울은 굳이 그 착각을 지적하지 않았다. 하든 말든 차이가 없는 착각이었기 때문이다. 군축은 기정사실이라고 봐야 한다.

다시 블랑 소위가 입을 열었다.

"마치 개미지옥으로 빠져드는 기분입니다. 군인으로서의 전망은 어둡고, 군정청은 난민법인의 부정을 뻔히 알 텐데도 감사를 난민들 자신의 손에 맡겨둘 뿐이고……. 그렇다고 상황을 모르는 것 같진 않았습니다. 이러다가 언제 한 번 크게 터지겠다 싶은 걱정을 안 할 수가 없더군요. 그래서."

"그래서?"

"단도직입적으로 여쭙겠습니다. 저희를 받아주실 수 있으십니까?"

소속이 다른 둘도 용건은 다르지 않을 것이다.

테이블이 처음처럼 조용해졌다. 식사는 아까부터 뒷전이었다. 진지하게 들어주는 입장에서, 겨울의 식판도 대화를 시작할 즈음에 비해 달라진 게 별로 없었다. 시간상 일어나야 할 때가 다가오고 있으니 제대로 식사를 마치기는 글러먹은 셈.

겨울이 식판을 살짝 밀고 깍지를 꼈다.

"두 가지 문제가 있어요."

"그게 무엇입니까?"

"첫째. 처음에 이야기를 시작하면서 밝혔듯이, 내겐 모두를 받아줄 능력이 없어요. 여러분은 고작 다섯이지만, 지금 이 자리를 초조하게 지켜보는 사람은…… 언뜻 봐도 세 자릿수는 되어 보이네요. 여러분들과 저 사람들 사이에 운 이외의 차이가 있을까요?"

"……."

"다음으로, 난 여러분이 어떤 사람들인지 몰라요."

사실 먼저 말한 것보단 이게 더 중요한 문제였다.

"알아볼 방법은 있어요. 하지만 그게 다 빚입니다. 언젠가는 갚아야 하죠. 그리고, 이렇게 다가오는 사람 전부를 그런 식으로 검증하기는 무리고요."

블랑 소위의 낯빛에 순간적인 억울함이 스쳤다. 입이 열렸다가 말없이 닫히기를 몇 번. 그는 결국 자신을 변호하지 않았다. 그것은 무의미한 낭비였다. 이 자리에선 결국 믿어달라는 말 이외에 다른 증거를 댈 수 없는 처지이므로.

나머지 넷도 비슷했다.

적어도 성급한 사람들은 아니네. 생각한 겨울이 말을 이었다.

"겨울동맹은……. 이런 식으로 언급할 때마다 이름 때문에 조금 부끄럽긴 한데, 아무튼 동맹은 내가 성립 단계에서부터 관여한 단체예요. 지금까지 사람을 쓰는 데 신중을 기해왔죠. 내가 자리를 비운 동안에도 자체감사에 외부감사를 더해 투명성을 제고했고요."

추가로 CIA의 도움도 받았지만, 여기선 언급하지 않는다. 엄밀히 말하면 민간인 사찰에 해당하는 행위였으니까. 대상이 미국 시민은 아닌 데다 비상시국에 만들어진 법령이 있어 불법까지는 아니었으나, 사실이 알려지면 비판을 받게 될 여지가 충분했다.

"블랑 소위."

"예."

"당신의 예상대로, 난민법인들의 부정은 조만간 큰 화가 되어 돌아올 거예요. 그건 거의 확실하죠. 난 동맹이 거기에 휩쓸리길 바라지 않습니다."

"그럼 저희는 어떻게 해야 합니까? 지금 있는 법인에서 그냥 빠져나올까요? 일단 나부터 살아야 하니까?"

블랑이 식탁 위로 꽈악 주먹을 쥔다.

"법인에 아직까지 이름을 올려둔 건…… 저로 인해 조금이라도 더 나오는 지원금이, 누군가에게는 하루하루 연명하는 데 필요한 식사와 잠자리라는 사실을 외면할 수 없어서였습니다. 제가 하루를 더 버틸 때마다 그 사람은 하루를 더 먹고 하루를 더 춥지 않게 자겠지요."

반면 동맹으로 등록을 옮기면 지원금이 나오는 경로만 달라질 뿐이었다. 거주지가 멀리 떨어져 있다 해도 법인의 현지 사무소를 개설하면 그만이다.

그러나 겨울로선 이 또한 단점이었다.

'내 눈에서 너무 벗어나 있게 돼.'

외부감사 비용도 늘어나겠고, 현재와 같은 강한 유대감도 기대하기 어렵다. 겨울이 동맹에 바라는 이상성을 성취하기가 그만큼 어려워지는 것이다.

"이건 어때요?"

블랑의 말이 더 이어지기 전에, 겨울은 아까부터 염두에 두고 있던 제안을 꺼냈다.

"당신들이 난민 지도자 심사를 받는 거예요."

"……저희가 직접 말입니까?"

"예."

겨울이 궁리하기로는 가장 나은 선택지였다.

"폭발이 임박한 지금, 당신들을 비롯해 처음 알아가야 할 사람들 다수를 동맹에 받아주긴 힘들지만……. 가라앉을 배에서 옮겨 탈 새로운 배를 제공해주는 것쯤은 가능하겠는데요."

"……."

"심사를 담당하는 게 군정청, 그 결과를 승인하는 건 하원의원들로 구성된 난민지도자 위원회였던가요? 군정청 쪽은 아는 사람이 별로 없지만 어떻게든 될 것 같고, 위원회 쪽도 연락을 부탁해 볼 만한 분이 몇몇 계시거든요."

성공할 확률은 높았다.

'예산 집행항목을 분리할 뿐이지, 총액이 늘어나는 건 아니니까.'

정책은 예산의 지배를 받는다. 예산상의 부담이 없는 이상, 겨울과 인연이 있는 정계인사들은 전쟁영웅의 부탁을 흔쾌히 받아줄 것이었다. 오히려 달갑게 여길 가능성마저 있다. 경중을 떠나, 겨울에게 빚을 지울 기회가 그리 자주 오는 건 아니므로.

돔브로프스카 소위가 그 부분을 지적했다.

"Sir. 결국 그것도 일종의 빚이 아닙니까? 당신께선 조금 전 빚을 지고 싶지 않다고 하셨었습니다만……."

겨울은 가볍게 끄덕이며 대꾸했다.

"그 빚을 누구에게 지느냐의 차이라고 해두죠."

정보국 관계자가 이 말을 들었다면 조금 억울해할지도 모르겠다.

"그래서, 어때요."

회중시계를 확인한 겨울이 다섯 소위의 의사를 물었다.

"여러분만 떳떳하다면 내 제안에 따라서 손해 볼 건 없다고 보는데요."

시선을 주고받던 프랑스계와 폴란드계 장교들이 각각 한 사람씩 대답했다.

"그렇게만 해주신다면 큰 도움이 될 것 같습니다."

"저희도 마찬가지입니다. 부탁드려도 괜찮을지요?"

겨울이 어깨를 으쓱였다.

"어려운 사람 놀리는 취미는 없어요. 안 해줄 거면 뭐 하러 말을 꺼냈겠어요?"

온화한 답변을 듣고서야 굳어있던 몸을 이완시키는 소위들.

"이렇게 되었으니 나도 부탁 하나만 하죠."

겨울의 말에 긴장감이 다시 비등한다. 폴란드계의 보박 소위가 말끝을 흐렸다.

"부탁이라면 어떤……?"

"어려운 거 아니니까 어깨에 힘 빼요."

그리고 겨울은 고갯짓으로 이 테이블에 집중된 시선들을 의식시켰다.

"당신들과 처지가 비슷한 사람들이 많아 보이는데, 내가 일일이 이야기를 들어주자니 너무 힘들 것 같아서요. 하려면 할 수는 있겠지만……."

앤이랑 통화할 시간마저 줄어들까 봐 걱정인 겨울이었다.

"그러니, 여기서 오간 이야기를 당신들만 알고 있진 말라는 소리예요. 무슨 뜻인지 알겠어요?"

"예! 물론입니다. 의견을 취합해서 한 번에 말씀드리도록 조치하겠습니다."

"좋아요. 그럼 나중에 다시 대화하죠."

겨울은 소위들에게 자신의 메일 주소를 알려주었다.

칼라일에 머물기 시작한 이래, 일과를 마친 겨울의 주된 여가활동 중 하나는 인터넷을 통해 다양한 꽃들을 살펴보는 것이었다. 앤의 집과 사무실로 보낼 꽃다발의 구성을 고르는 일. 온라인으로 상담과 주문을 마치면, 실제 배달은 당일 내지 익일에 이루어진다.

이쪽 업계의 성쇠는 미국의 분위기를 간접적으로 보여주는 지표였다. 대역병 확산 전후로 문을 닫은 업체가 수두룩

했으나, 멧돼지 사냥 작전의 성공으로 사회 전반의 분위기가 반전되기 시작하고부터는 새로운 회사들이 하나둘씩 영업을 시작했다.

최전선의 장병들을 겨냥한 꽃 배달 업체들의 마케팅은 적당한 성공을 거두었다. 가족과 연인에 대한 그리움을 중점적으로 공략한 덕분이었다.

원거리 연애가 고단한 겨울도 여기에 넘어갔다. 작년부터 종종 이용해 보았던 겨울은 이제 최고등급 회원으로서 매달 2천 달러 가량을 결제하는 중이었다. 상당한 금액이지만, 급여 외의 연금만으로 연 4만 달러 이상을 받게 된 겨울로선 충분히 감당할 만한 지출이었다.

사실 겨울은 값이 더 비싸도 상관없다고 여겼다. 앤의 미소엔 그만한 가치가 있었으므로. 사후의 부귀영화에 큰 무게를 두지 않고 있기도 하다.

꽃 배달 업체는 선물 구매도 대행했다. 예전엔 자체적으로 유통하는 과일 바구니나 초콜릿, 다과 정도를 함께 판매하는 데 그쳤으나, 근래 들어선 장병들의 요구를 수렴하여 사업영역을 확대한 것이다.

꽃과 선물을 살피는 시간은 곧 그것을 받아들 앤의 모습을 상상하는 시간이었기에, 겨울에겐 나름대로 소중한 정신적 휴식이었다.

그러나 일과가 끝났다고 해서 마냥 넋을 놓고 있을 순 없었다. 구매를 확정 지은 겨울은 아쉬운 마음으로 화면에 떠 있던 창을 닫았다. 그리고 새롭게 도착한 메일을 확인했다.

'평소보다는 많아도…….'

예상보다는 적다.

겨울은 요 며칠간 난민 출신 장교들을 성심껏 상대해주었다. 그 결과 그들 나름대로 의견을 모으고 대표자를 정하여, 자신들이 원하는 새 난민법인의 구체적인 청사진을 그려왔다.

물론 그 과정이 결코 수월하진 않았을 것이다. 막상 기회가 주어지자, 같은 그룹 안에서조차 의견이 엇갈리기 시작하는 흐름이 겨울의 눈에도 뻔히 보일 지경이었으니까.

그럼에도 질질 시간을 끌지 않고 겨울의 예상보다 적은 숫자의 제안서들을 보내오는 건, 그들에게도 생존감각이라는 게 있기 때문일 것이었다.

'서로를 못 믿어서, 혹은 명예욕이든 권력욕이든 욕심이 나서 각자 다 지도자 해먹겠다고 나서면, 나라고 그걸 받아줄 리가 없지. 나도 빚을 지는 거라고 분명히 말해두었는데.'

말하자면 의견을 모으는 것 자체가 하나의 시험인 셈이다. 겨울에겐 한계가 있었고, 사정이 아무리 딱한들 인지부조화에 갇혀있거나 제멋대로 구는 사람들까지 일일이 도와줄 능력은 없었다. 도와주겠다는 사람의 눈 밖에 날 행동을 삼가는 건 상식적인 처신 아닐까.

또한 난민지도자들의 부패는 시한폭탄이나 다름없다. 언제 터질지 모를 폭탄을 끌어안고 있는 상태에서, 의견이 안 맞는답시고 시간을 끄는 건 절대 현명하지 못한 행동이었다.

배가 가라앉는 와중에 구명보트의 결함을 따질 겨를이 어디 있을까. 어느 정도는 운에 맡겨두는 수밖에.

겨울이 시계를 힐끗거렸다.

제안서들을 검토한 겨울은 예정대로 자신의 의견을 첨부하여 인연이 있는 의원들에게 전송했다. 열 명 남짓한 난민지도자를 추가로 등록하는 것쯤, 가까운 시일 내로 결과를 받아볼 수 있지 않을는지. 이미 곱씹었듯이, 예산이 늘어나는 건 아니잖은가.

다만 떨어져 나갈 장교들을 법인 소속으로 거느리고 있었을 난민지도자로선 갑작스럽게 날벼락을 맞는 기분일 것이다. 원칙적으로는 손해 볼 게 전혀 없으나, 겨울에게 매달린 하급 장교들의 증언이 절반만 사실이어도 금전적 손실이 상당할 테니.

한편으로, 새로운 법인을 꾸리는 하급 장교들은 당분간 불편함을 감수해야 한다.

'법인이 분리될지언정 부대가 분리되는 건 아니니까.'

백악관이 폭탄을 터트릴 때까지는 어쩔 수 없이 같은 부대에서 부대껴야 할 처지. 그러나 겨울을 찾아온 시점에서 그 정도의 각오는 당연히 해두었을 터였다.

겨울은 다시 한 번 시간을 확인했다.

다음으로 열어 보는 메일들은 주로 장연철과 민완기가 보내온 것들이었다. 현황을 전하고, 업무상의 사후승인을 받고, 향후 방침에 대한 의견을 구하는 과정.

겨우 이 정도의 의사소통만으로 운영에 문제가 없다는

게 겨울동맹의 장점이었다.

민완기는 그 성격에 이상적인 공동체라는 표현까지 사용했다.

「요즘의 겨울동맹을 보고 있자면, 귀족사회의 장점만 뽑아서 현대적인 공동체에 이식해 놓은 것 같다는 생각이 듭니다.」

그는 여전히 사람에게 냉소적인 관찰자로서, 동맹의 변화를 재미있어 하고 있었다.

「제국주의가 싹을 틔우던 시기에, 영국 귀족들은 금전적인 손해를 보면서까지 장교로서 복무하려고 했었지요. 설령 왕족이라도 처음엔 소위부터 시작하는 것이 원칙이었습니다. 그것이 명예로운 일이자 귀족의 계급적 당위성으로 여겨졌던 까닭입니다.」

「그저 고귀한 혈통을 타고났다고 해서 귀족인 게 아니라, 고귀한 의무를 수행하기에 비로소 귀족인 것이다……라는 마음가짐이었지요. 이런 귀족들은 혈통에만 매달리는 귀족들을 경멸하기도 했습니다.」

「그 소위 고귀한 의무라는 게 침략과 학살과 저열한 약탈로 점철되어 있다는 점은 경멸받아 마땅합니다만, 어쨌든 구태의연한 귀족들보다야 훨씬 더 나은 인간들이었던 겝니다. 자기네 울타리 안에서는 투철한 애국심으로 영국의 이익을 추구하는 영웅들이었던 것이지요…….」

겨울은 읽다 말고 또 시계를 엿보았다. 기다리는 때가 아직이라, 길게 응시하고 짧은 한숨 내쉰 다음 남은 글을 읽어 내려간다.

「……그런 맥락에서, 작은 대장님의 행보는 대단히 귀족적입니다. 영국의 제국주의자들과 달리 명분마저 완벽합니다. 방역전쟁은 인류의 존속을 건 성전 아닙니까. 이로부터 비롯되는 명예엔 어떤 흠결도 존재할 수 없습니다. 우리가 인간인 이상에는 말입니다.」

「동맹은 사실상 시작부터 끝까지 대장님의 헌신으로 쌓아 올린 단체이고, 여기에 속해 누리는 모든 생활은 전적으로 대장님의 명예에 기인하는 것입니다.」

「그러니 귀족이 되려면 타의 모범으로서 고귀한 의무를 수행해야 한다, 라는 인식이 동맹 전반에 퍼지는 것도 납득이 가는 일입니다.」

여기서의 귀족은 공동체의 지도층을 비유하는 표현으로 쓰인 것이었다.

'공동체의 건전성…… 인가.'

민완기는 동맹의 사람들이 '순화' 내지는 '교화'되고 있다고 써놓았다. 당장 눈에 띄는 일탈이 줄어들고, 이기적인 다툼도 감소했으며, 사람들의 협조성은 갈수록 늘어간다는 이야기.

「풍족한 곳간에서 풍족한 인심이 나오는 것이긴 합니다. 생활이 하루하루 불안했을 땐 동맹도 참 더러웠으니까요.」

「그러나 물질적인 안정과 미래에 대한 전망이 뒷받침되면서, 당신께서 행동으로 새겨놓은 동맹의 정체성이 구성원들 개개인에게 내면화되고 있는 것만큼은 분명합니다.

누구에게나 있는 지위상승의 욕구가 한겨울 중령 개인에 대한 경외와 동경으로 수렴되었다고 봐도 좋겠군요. 소속 집단에 대한 자긍심이 곧 행동을 교정하는 도덕률이 되어 주는 셈입니다…….」

이 부분을 읽고, 겨울은 지난날 앤이 들려주었던 말을 떠올렸다.

"워싱턴 대통령은 이렇게 말했죠. 미덕은 대중정치의 원천이다."

서로 얽혀있었던 손가락의 촉감이, 그때를 회상하는 이 순간에도 선명하게 되살아난다.

"나는 겨울이 이미 많은 사람들의 마음에 깃든 미덕이라고 믿어요. 그저 거기 있는 것만으로도 긍정적인 영향을 미치는 미덕."

겨울은 잠시 멍하니 있었다. 그 상냥함과 따뜻함의 부재를 깨달을 때마다 새삼스럽게 허전해지는 요즘이었기 때문이다. 이렇게 찾아오는 공허함은 때와 장소를 가리지 않았다.

민완기의 견해는 앤이 믿는 바와 조금 달랐다.

「……이게 다 당신께서 사람을 벗어난 신념을 오랫동안 고수하신 덕분이겠습니다만, 한편으로는 동맹이 작은 사회였기에, 그리고 인류가 존망의 기로에 놓여있었기에 비로소 가능한 변화였을 것입니다.」

「이 아름다움이 영원하진 못할 거라는 게 안타깝군요.」

「세상이 밝아지면 별빛은 가려지는 법입니다. 제가 겪어

온 바, 사람은 밝을 때 오히려 길을 잘 잃어버리는 동물이
더군요.」

「그래도 별은 언제나 그 자리에 있을 것입니다.」

「어둠 속의 별 같았던 당신이라는 사람 또한 언제까지고
그러하기를 바랍니다.」

“…….”

결국 민완기가 업무적인 내용보다 길게 달아 놓은 사설
은, 박제된 낙원으로서도 영원하지는 못할 동맹의 이상성
(理想性)이 겨울에게 실망감을 줄까 싶어 미리 염려를 표한
것이었다. 사람들이 어찌 변하든 간에 겨울만은 지금처럼
순수하기를 바란다는 속뜻.

근래 내가 할 수 있는 건 여기까지인가 보다, 라는 생각
을 자주 하는 겨울로선 쓴웃음을 지을 수밖에 없는 대목이
었다.

눈 속에서 피는 꽃도 언젠가는 시들게 된다.

영원함은 사람에게 허락된 영역이 아니었다.

복잡한 여운을 지우며 다음 메일을 열어 본다. 발신인은
D.C.에서 만난 적 있는 국선변호사, 로스 스톨워스였다. 클
라리사 채드윅과 시에루 중장의 변호를 맡았던 인물. 선거
를 거쳐 연방판사가 된 그가 겨울에게 조금 늦은 감사 인사
를 전해왔다.

일찍이 함께 연방대법원 내부를 거닐 적에 금전적인 도
움을 언급하긴 했으나, 스톨워스가 판사 선거에서 승리하
는 데에 거액의 선거자금이 들어가진 않았다. 겨울은 다만

SNS 등에서 국선변호사의 투철한 직업윤리에 감명을 받았다는 식으로 이름을 언급해 두었을 따름.

대선 당시 제2의 러닝메이트라고까지 평가받았던 겨울의 영향력이다. 많은 시민들은 한겨울 중령이 호감을 표한 사람에게 자신의 표를 행사했다.

물론 돈이 아예 안 들어가진 않았다. 그러나 정부예산이 아닌 기부금 중에서 출처를 가려 사용한 것인지라, 이 부분을 꼬집을 사람은 없다고 봐도 좋았다. 동맹과 같은 비영리 법인이 선거자금을 제공하는 건 미국에서 아주 흔히 벌어지는 일이었기 때문이다.

이는 헌법재판소가 합헌이라고 판결내린 문제였다.

이 기부금을 낸 사람 중엔 주웨이도 있었다. 문자 그대로의 의미에서 10억분의 1이라고 불리는 외모와 가창력에 힘입어, 그리고 옛 중국의 부패와 정치적 탄압을 증언하는 역할로서 미국 연예계에 기반을 다진 그녀는, 지금에 와선 겨울동맹의 후원자 중 하나로 자리매김했다.

'탄궈셩 주교로부터 온 메일은 없나?'

겨울이 스크롤을 죽 내려 보아도 발신인 가운데 탄궈셩의 이름은 없었다.

어머니 시에루 중장의 사형이 집행된 이후, 그는 줄곧 겨울의 연락을 거부하고 있었다. 전화는 받지 않고 문자엔 답신이 없다. 하여 겨울은 그의 메일 계정을 알아내어 몇 가지 제안을 보낸 참이었다.

혹시나 싶어 수신확인을 눌러보니 일단 읽어보기는 한

모양.

이 세계의 현재는 시에루 중장에게 빚을 지고 있다. 그
빚이 있는 한, 겨울은 중장이 남긴 유언을 기억할 것이었다.

그러나 말을 물가로 끌고 갈 순 있을지언정 물을 억지로
마시게 할 순 없는 노릇. 탄귀성 입장에선 미군으로 들어
오라는 제안에 모욕감을 느꼈어도 이상하지 않았다. 그를
속인 겨울부터가 미군이지 않은가. 또한 그의 어머니는 미
국의 법정에서 사형을 언도받았다. 그녀 스스로 바란 일이
었다고는 해도, 원망하려면 얼마든지 이유를 찾을 수 있었
을 터.

이유가 있어서 원망하는 것과 원망하고 싶어서 이유를
찾는 것의 차이였다.

다행이라고 해야 할지, 시에루 중장이 예견했던 대로, 탄
귀성 이외의 장교와 병사들 중에선 겨울의 제안에 긍정적
인 신호를 보내는 이들이 존재했다.

탄귀성이 정 세상으로 나오길 거부한다면 다른 이들 사
이에서 대표자가 될 사람을 골라야 할 것이다.

'하나씩 하나씩 정리해 나가야지⋯⋯.'

시에루 중장의 부탁과 달리, 겨울이 그들을 꼭 자신의 직
할로 거두어야 할 필요는 없었다. 이변이 없는 한 겨울은
크레이머의 임기 내에 장성까지 진급할 테니까. 별을 달고
나면 보다 다양한 방법으로 그들을 관리할 수 있을 것이다.

관련하여, 조금 다른 이야기이긴 하지만, 겨울을 좋아하
는 사람들은 겨울이 최연소 준장 진급을 놓쳤다는 것에 아

쉬워하고 있었다.

미국 역사상 가장 젊은 나이로 장성이 된 인물은 16세에 입대하여 20세에 준장을 달았던 '포트 피셔의 영웅' 페니패커 소장이다. 그 역시 겨울처럼 명예훈장 수훈자였다.

한편 2차 대전 당시에도 겨울보다 빠르게 진급한 사람이 존재했다. 고 제임스 스튜어트 준장은 41년 3월 육군 이병으로 군 생활을 시작하여 44년 1월에 대령 계급장을 달았다. 이병에서 대령까지 고작 2년 9개월 만에 올라간 셈이다.

겨울은 이 같은 사실을 자신에 대한 특집기사로 접해서 알게 되었다. 역사 속의 다른 전쟁영웅들과 비교 분석하는 내용이었다.

지지율에 민감한 크레이머 대통령도 이런 여론을 의식하고 있었다. 쇼맨십이 강한 편에 속하는 그는 소셜 미디어에 종종 의미심장한 말을 남겨 사람들의 기대심리를 건드리곤 했다.

이는 겨울이 자신의 장성 진급 가능성을 점치는 근거의 하나였다. 당장은 무리더라도, 행정부가 교체되기 전에는 별을 달겠지…… 싶은 것이다.

드디어 기다리던 시간이 왔다.

「겨울.」

"앤."

영상 속 오늘의 앤은 소매가 긴 파자마를 입고 있었다.

고급스러운 실크 원단이 테이블 램프의 온백색 빛을 받아 따뜻한 느낌을 자아냈다. 당연한 말이지만, 사무실이 아니라 집에서 연결한 영상통화였다. 겨울은 그 편안한 분위기에 매료되는 기분이었다.

"다행이에요."

「뭐가요?」

"최근 들어 밤늦게까지 사무실에 남아있거나, 현장에서 밤을 새거나 하는 일이 줄어든 것 같아서……. 전에는 과로로 쓰러질까봐 걱정이 많았거든요."

사고를 당하면 어쩌나 하는 마음도 있었다. 앤은 겨울이 살고 싶은 삶이었다.

「업무의 절대량이 줄어든 것 자체는 사실이죠.」

끄덕인 앤이 떨떠름하게 덧붙인다.

「처리해야 할 업무 하나하나의 중요성이 말도 못하게 높아져서 문제지.」

여기까지 말하고서, 그녀는 짐짓 토라진 표정을 지어 보였다.

「근데 다행이라는 말은 좀 그렇지 않아요? 부국장만 되지 않았어도, 내 이름은 벌써 조안나 한으로 바뀌었을 텐데.」

"……."

「뭐, 불가피한 일이었지만요…….」

뚱한 기색으로 책상에 엎드린 앤이 푸우- 한숨을 내쉬었다.

침묵 속에서 벽시계의 초침만이 째깍거렸다.

슬쩍슬쩍 서로의 눈치를 살피던 두 사람의 입가에 누가 먼저랄 것도 없이 미소가 떠올랐다.

「뭐예요. 왜 웃어요. 나는 진지한데.」

항의하는 앤의 입가엔 감추지 못한 보조개가 물려있었다.

"아, 미안해요. 당신의 이런 모습을 볼 수 있는 건 나뿐이라는 생각이 들어서 그만."

그러자 웃음을 참는 앤의 얼굴이 한층 더 카메라에 가까워진다.

「그런 거라면 어쩔 수 없네요. 자, 마음껏 봐요. 당신의 앤이에요.」

중의적인 표현이다. 겨울이 꽃 배달 사이트에서 사용하는 아이디가 My_Anne이었다. 기프트 카드에도 본명 대신 아이디가 찍힌다.

「그나저나, 나 요즘 뭔가 달라진 것 같지 않아요?」

"글쎄요."

「자세히 살펴봐요. 나 지금 화장 안 했는데.」

고개를 살짝 튼 앤이, 힌트를 주듯 자신의 볼을 콕콕 찔러 보였다. 하얀 살결이 같은 조명 아래의 실크보다 부드러워 보인다.

"혹시 피부?"

「정답.」

일단 한 번 의식하고 나니 확실히 달라진 것 같다는 느낌이 든다.

「역시 그렇죠?」

앤이 만족스러워했다.

「관리에 한 2만 달러쯤 쓴 보람이 있네요.」

"와."

겨울은 가볍게 놀라고 가볍게 납득했다. 연금을 제외하면 앤의 급여가 겨울보다 많을 것이기 때문이다. 군 기준으로 환산하면 소장쯤은 되어야 비슷한 금액을 수령한다.

수사관 시절에도 10만 달러가 넘는 연봉을 받았을 테니, 오랫동안 일밖에 모르고 살았다는 앤의 계좌엔 일반적인 미국인들과 다르게 많은 돈이 쌓여있을 가능성이 높았다.

다만 얼마나 많은 돈이 있느냐와 별개로, 그런 지출이 필요한가는 의문이었다.

"당신은 그런 거 안 해도 충분히 예뻐요. 대체 얼마나 더 예뻐지려고 그래요."

겨울의 말에, 앤은 짧게 웃고 정색했다.

「진심으로 그렇게 생각하는 건 알고 있지만, 내게는 꼭 필요한 일이에요.」

"꼭 필요한 일?"

「모르겠어요? 난 지금 결혼식을 준비하는 거란 말예요.」

"아……."

「닥쳐서 하면 너무 늦어요. 언제가 될지는 몰라도, 마침내 기회가 주어졌을 때 지체 없이 식을 올리려면 가능한 부분에 대해선 미리미리 준비를 해놔야죠. 적어도 그날 하루만큼은, 겨울의 옆에서 흠 없이 빛나는 사람이고 싶으니까.」

"……."

「가뜩이나 난 현장에서 구른 기간이 길잖아요. 거친 환경에 너무 오래 노출되어 있었죠. 게다가 다시는 누구도 사랑하지 않겠다고 다짐했던 터라, 나 스스로도 자신을 험하게 다루는 면이 있었고요. 이제 와서 보면 내가 참 바보 같았네요. 사랑을 안 하기는 개뿔, 결국 세상에서 가장 멋진 남자를 만나게 될 운명이었건만.」

농담처럼 말한 앤이 어조를 바꾸었다.

「무엇보다, 난 당신과 결혼하는 거란 말예요. 다른 사람도 아닌, 그 유명한 한겨울 중령하고. 그리고 당신은 현직 FBI 부국장, 나아가 유력한 차기 국장을 아내로 맞이하는 거고요. 내 말, 무슨 뜻인지 알겠죠?」

시답잖은 뜬소문이 나도는 걸 최소화하고 싶다는 말이었다.

앤을 바라보던 겨울은 갑자기 근심이 깊어졌다. 객관적으로는 어떨지 모르겠으나, 겨울이 보기엔 지나칠 정도로 매력적이어서였다. 그러니 자연스럽게 이런 탄식이 나온다.

"이해는 가는데, 다른 남자들이 앤에게 반할까봐 걱정스럽네요."

으익. 앤이 폭소를 터뜨렸다. 한참을 정신없이 웃은 그녀가 끅끅대며 말했다.

「그게 대체 누가 할 소린데 그래요? 겨울, 기왕 말이 나왔으니 솔직히 털어놔 봐요. 평소에 이런저런 유혹들을 많이 받지 않아요?」

겨울은 앤의 질문에 불안감이 묻어나지 않는다는 게 기뻤다. 그녀가 그만큼 자신을 믿는다는 의미였고, 또한 겨울이 그녀에게 그만한 믿음을 주었다는 의미이기도 했으므로. 둘 중에선 후자 쪽이 더 기쁜 일이었다. 겨울은 고개를 끄덕였다.

"아니라면 거짓말이겠죠."

「얼마나 돼요?」

"얼굴 내놓고 돌아다니기 부담스러울 정도로 많아요."

「역시나.」

미소를 머금은 채 한껏 여유롭게 턱을 괴는 앤.

「그 사람들에겐 미안하게 됐네요. 겨울은 벌써 내게 푹 빠져있으니까.」

"그러게요."

바보 같은 대화를 주고받은 겨울과 앤은 다시 한 번 소리 내어 웃었다. 언뜻언뜻 새어나올 수밖에 없는 그리움을 감추는 데 익숙해진 두 사람이었다.

대화는 간헐적으로 이어졌다. 주제와 내용은 중요하지 않았다. 시선을 맞추고 대화를 나누는 시간 자체가 소중한 것이다. 그래서 때때로 흐름이 끊어져도 괜찮았다. 서로를 가만히 보고 있노라면 어느 한쪽은 미소를 짓게 마련이었다. 자신을 보고 웃는다는 게 기뻐서 이쪽도 웃게 되고, 그 웃음은 다시 저편으로 전염된다.

그러던 중에 앤이 막 떠오른 것처럼 물었다.

「혹시 겨울을 힘들게 하는 사람은 없나요?」

"……?"

「그런 사람이 있으면 내가 혼내주려고요.」

장난스러워도 일단은 FBI 부국장이 하는 소리였다.

「괜히 물어보는 게 아니라, 당신이 스톨워스 판사의 당선을 도운 걸 계기로 당신을 새롭게 주목하는 사람들이 늘어났거든요.」

"아……."

「워싱턴 정계 일각에서는 당신이 자신의 정치적 영향력을 시험해보기 시작한 게 아닌가, 라는 이야기가 돌고 있어요. 겨울동맹으로 유입되는 기부금과 당신 개인에 대한 시민들의 지지도를 합치면, 어떤 선거에서든 어지간한 슈퍼 팩(Super PAC) 이상의 파급력을 발휘할 수 있을 테니까요.」

PAC는 정치활동위원회(Political Action Committee)의 약자로, 후원자들의 자금을 모아 정치인들에게 전달해주는 역할을 맡는다.

슈퍼 팩은 그중에서도 동원하는 자금의 규모가 압도적인 단체들을 지칭한다. 미국의 선거가 배금주의자들의 제전(祭典)이라고 비판받게 된 원인이었다. 큰돈을 대가 없이 내놓는 사람이 얼마나 되겠는가. 슈퍼 팩에게 빚을 지면 당선 후 그 이상으로 갚아야 한다.

「전에도 말했듯이, 난 당신이 적을 만들지 않았으면 좋겠어요.」

그녀는 자신의 말을 정정했다.

「물론 적이 아예 없을 수는 없겠죠. 옳은 일만 하더라도 싫어할 사람은 있을 테니까. 다만, 당신에게 주어진 힘이 당신을 상처 입힐 수도 있다는 점을 기억해줬으면 해요. 이번 일로 얼마나 많은 사람들이 당신에게 군침을 흘리기 시작했을지, 당신은 짐작할 수 있겠어요?」

"많겠죠. 굉장히."

「이번 판사 선거는 그렇게까지 큰 사건이 아니었지만, 앞으로는 이런 문제를 두고 결정을 내릴 때 나한테 상담을 해줬으면 좋겠어요. 혼자 고민하는 것보다는 둘이 머리를 맞대는 편이 더 좋은 결과로 이어질 테니까요. 어쨌든, 난 겨울의 아내가 될 사람이잖아요?」

여기서 조금 서운한 기색을 드러내는 앤. 생각해보면 연방판사 후보를 1차적으로 검증하는 역할을 맡은 기관이 바로 FBI였다. 겨울은 순순히 사과했다.

"미안해요. 거기까진 미처 생각을 못했어요. 당신 말처럼, 큰 사건이 아니라 대수롭지 않게 여긴 면이 있었던 것 같네요. 그렇게까지 가벼운 일일 수는 없는 거였는데…….
스톨워스 씨처럼 모범적인 사람은 당연히 판사가 되어야 한다는 생각도 있었고요."

「다음으로.」

앤의 말은 아직 끝나지 않았다.

「하원 난민지도자 심의 위원회에도 당신이 개인적인 부탁을 전달했다고 들었는데.」

"네."

「왜 그랬는지는 이해해요. 상황이 상황이니……. 하지만 그와 별개로, 당신이 왠지 모르게 서두르고 있다는 느낌을 받았어요. 그런 행동이 경계를 사게 될 거라는 걸 모르지 않았을 텐데. 이건 내 착각인가요?」

잠시 고민한 겨울이 고개를 흔들었다.

"아뇨. 맞는 것 같네요."

「어째서? 겨울이 초조해할 이유가 뭐죠?」

어려운 질문이었다. 지적을 받기 전까지는 깊게 파고들어 본 적 없는 문제였기 때문이다. 그러나 한편으로는, 답을 이미 알고 있기도 했다. 겨울이 느리게 입을 열었다.

"음, 일단은, 경계를 사더라도 어차피 잠깐이라고 생각했어요."

「잠깐이라면……?」

"난민법인들의 부정에 대해서, 앤은 대충 알고 있죠?"

앤은 부인하지 않았다.

「지위가 지위인걸요. 많이 심각하더군요. 차마 입에 담기도 꺼려질 만큼.」

겨울이 말을 이었다.

"그게 터지고 나면, 내 입지라고 해서 지금 같을 수는 없을 거잖아요? 관계법령을 지금 상태 그대로 두지는 않을 테니까. 난민지도자의 권한을 축소하거나, 아니면 아예 법인으로부터 분리를 시키거나……. 후자일 가능성이 더 높아 보이는데. 앤 의견은 어때요?"

「……동의해요.」

동맹에 부정이 있느냐 없느냐와는 무관하게, 사태의 여

파에 휩쓸리는 것이다.

"요즘 들어, 내 한계는 여기까지인가 보다, 라는 생각을 자주 하고 있어요."

「……」

"물론 앞으로도 내 마음을 지키며 살아가겠지만, 그 행동의 폭은 점점 좁아지겠죠. 나에 대한 사람들의 믿음과 호감은 시간의 흐름에 따라 조금씩 퇴색될 것이고……. 스톨워스 씨의 경우처럼, 누군가의 편을 든다는 건 그 상대편에겐 적이 된다는 뜻이죠. 내가 방관자로 살아가지 않는 한, 내게는 계속해서 적이 늘어날 거예요."

그러니 겨울의 인기와 영향력은 지금이 최대일 수밖에 없다.

「겨울, 당신은 신이 아니에요. 우린 사람으로서 최선을 다해왔고, 앞으로도 역시 최선을 다하면 돼요.」

"알아요."

겨울은 앤의 위로에 미소 지었다. 겨울 스스로는, 박제되어 있던 소년기로부터 벗어나 어른으로 거듭나는 과정이라고 여기고 있다.

"그런 아쉬움이 있더라도, 당신만 곁에 있으면 난 행복할 거예요."

에스더가 아직 살아있었을 시기에 유카탄 반도의 녹색 사막과 치아파스 주의 시에라마드레 산맥(Sierra Madre de Chiapas)을 돌파한 미군은, 옛 과테말라의 국토가 가장 좁아지는 지협에 새로운 차단선을 설정한 시점에서 일시적으로 남진을 중단했다.

이유는 두 가지.

첫째는 러시아와의 약속 이행이다. 즉 미군이 새로 점령한 영역을 러시아군이 인수하는 과정에서 불가피한 지체가 발생했던 것. 거점양도 및 주둔지 변경, 부대이동, 연락망 구성, 향후의 보급로 유지에 관한 협력 등 세부적인 사항들을 조율하려면 시간이 필요한 게 사실이었다.

둘째는 1차 군축을 위한 사전준비였다. 공세를 이어나가면서 군축을 병행하자니, 군에 가해지는 행정 부담이 지나치게 컸던 것이다. 이는 육군의 규모로 인해 심화된 문제이기도 했다.

어느 하루, 방송에서 보여준 미군의 차단진지엔 장난 같은 이정표가 세워져 있었다.

「파나마 운하까지 앞으로 869마일! Fuck! :)」

869마일. 결코 짧은 거리는 아니지만, 오아하카를 지나 멕시코 중부고원을 갓 벗어났을 때의 1,200마일(약 2천 킬로미터)에 비하면 굉장히 많이 줄어든 것이었다. 중미 전체를 놓고 보면 이제 3분의 2쯤 지나온 셈.

그렇다고 해서 남은 전장이 중미 전체의 3분의 1이라는 말은 아니다. 파나마 운하에 가까워질수록 육지의 남은 면적이 감소하기 때문이었다.

그것은 또한 변종들의 배후지가 급격히 줄어든다는 뜻이기도 했다.

파나마 운하 점령으로 남미로부터의 변종유입이 끊어진 지금, 중미지역의 변종들이 개체수를 늘릴 방법은 자체적인 번식과 얼마 안 되는 신규감염뿐이었다. 이런 상황에서 번식을 위한 배후지가 줄어드는 건 당연히 치명적이었다.

많은 관계자들이 앞으로 남은 869마일을 이제까지보다 낙관적으로 바라보는 이유였다.

겨울의 의견도 대동소이했다.

'어차피 내게 주어질 싸움은 아니겠지만.'

겨울과 201독립대대를 전선으로 보내야 한다는 의견이 완전히 사라진 건 아니다. 남다른 실전경험을 쌓은 특수부대를 후방에만 두는 건 비효율적이라고 지적하는 소수와, 군인으로서의 겨울에게 매료되어 겨울의 싸움이 이어지기를 바랄 뿐인 또 다른 소수가 공존했다.

그러나 그런 사람들도 독립대대를 지금 당장 투입하라는 식으로 주장하진 않았다. 방사능 피폭에 의한 부대 재정비는, 그게 일반적인 부대라도 기간을 길게 잡아야 하는 일이다.

하물며 특수부대인 「에버 윈터」의 결원을 훈련소에서 갓 나온 신병들로 채울 순 없는 노릇이었다.

예컨대 네이비 씰 같은 경우 총 32주의 교육훈련을 거쳐 새로운 구성원을 받아들인다. 그 전에 현역 군인들 가운데서 지원자를 모집하고 추려내는 데에도 시일이 요구되었다. 독립대대와 네이비 씰은 많은 면에서 다른 부대지만, 자격획득이 어렵다는 점만큼은 다르지 않았다.

독립대대 장병들이 실전을 앞두고 얼마나 많은 기갑공수 훈련을 거쳤던가.

겨울이 대대장으로서 통보받은 바에 따르면, 특수전 사령부에서는 201독립대대의 완전한 재전력화를 현재로부터 8개월 뒤로 내다보고 있었다.

물론 재전력화 완료 전에도 소대나 중대 단위의 개별 작전수행은 충분히 가능하다.

허나 어지간히 중요한 작전이 아닌 이상, 그 정도 규모의 동원에 겨울이 불려갈 가능성은 없는 거나 마찬가지였다. 겨울이 받는 강화교육은 미-러 합동비상대응체계 구축 계획의 일부였으니까. 독립대대의 재정비가 늦어질수록 대응체계 가동 시점도 연기된다.

하물며 여기엔 서부지역의 경제적 이권마저 달려있다.

겨울은 연방정부가 비상대응체계 구상을 발표한 이후 서부의 부동산 거래가 늘었다는 뉴스를 기억하고 있었다.

이 이권에 발을 걸친 관계자들, 그리고 지역 주민들의 표심에 얽매이는 정치인들은, 독립대대를 전선으로 보내자는 의견에 부정적일 수밖에 없었다.

'애초에, 재정비가 완료되는 날까지 전투가 계속되기는 할까?'

그러므로 이 시점의 겨울은 어딘가 허전한 여유를 누리는 중이었다. 자신의 의사와 무관하게 방관자가 되어가는 기분이라고 표현해야 할까.

그런 기분이 들 때마다 겨울은 앤을 생각했다. 때로는 향기, 때로는 체온, 때로는 목소리. 마음의 빈자리를 채울 수 있을 모든 것. 어떤 심상도 앤의 실존을 대신할 순 없었다.

허나 그녀를 실제로 만나기는 쉽지 않았다. 일전 그녀가 겨울을 만나겠다고 덴버까지 먼 길을 찾아왔듯이, 이번엔 겨울이 D.C.로 가보려고 했었다. 그러나 쉬는 날에도 백악관으로 불려가기 일쑤인 FBI 부국장의 업무가 장애물이었다.

대대적인 난민 이주가 진행되고 있으니, 이를 직접적으로 관할하는 부서가 아니더라도 업무량이 늘어나는 게 당연했다.

최근의 통화에서, 앤은 겨울에게 한 가지 주의를 당부했다.

「양-주의자(Yangist)를 자칭하는 멍청이들이 온라인에서 설쳐대고 있어요.」

얀기스트. 마오이스트(Maoist)와 같은 방식으로 이루어진 작명이다. 즉, 양용빈의 정신을 계승하는 자들이라는 뜻. 어디 계승할 것이 없어서 그런 걸 계승하는가 싶지만, 겨울은 그들 대부분이 진짜가 아닐 것이라고 짐작했다.

「맞아요. 당신은 항상 현명하네요.」

겨울의 추측을 긍정하면서도 우려를 감추지 않았던 앤.

「실제 적발되는 양-주의자들은 태반이 정신줄 놓은 관심병자들이에요. 중국계에 대한 증오를 부추기기 위해 그럴듯한 선언문과 영상, 테러 예고 등을 허위로 퍼트리는 거죠. 정작 잡혀온 다음엔 예외 없이 눈물 질질 흘리면서 재미로 꾸며낸 이야기였다고 용서를 빌더군요.」

"……."

「가뜩이나 바쁜 마당에 수사력을 낭비해야 하는 입장에
선 어처구니가 없죠. 그리고 테러 모의엔 장난이라는 게
없는걸요. 형량의 경중을 떠나, 일단 잡히면 무조건 실형
이에요.」

"문제는 그게 진짜인 줄 알고 휩쓸리는 사람들이겠네요."

「네. 일반 대중의 반응도 반응일뿐더러, 그런 것들을 접
하고서 진정한 의미에서 양·주의자가 되어버리는 경우마저
있으니까요. 주로 차별에 원한을 품은 중국계 시민들이나
난민 노동자들……. 거짓에서 비롯된 진실인 거죠. 다시 말
해, 허위에 불과했던 테러 예고 역시 어디선가는 진실이 되
어버릴 가능성이 있다는 소리예요.」

"그게 꼭 진짜 양·주의자의 소행일 거라는 보장도 없겠
고요."

「그렇죠.」

"많이 힘들겠어요."

「날 걱정할 때가 아니에요.」

"알아요. 보나마나 내가 목표라고 떠드는 사람들이 많을
텐데."

「…….」

"증오를 부추기려는 사람들과 양용빈의 정신적 후계자
들. 어느 쪽이 보더라도 나는 좋은 표적이겠죠. 전자는 시
민들을 자극하기에 나만한 소재가 없으니까 건드려 보는

것이겠고, 후자는 뭐…… 나야말로 양용빈의 원수나 다름 없을 테니까요."

설령 그들이 양용빈의 생존설을 믿는다 해도, 겨울은 여전히 처단당해야 마땅할 죄인이다. 상장의 핵공격을 방해한 전과가 있지 않은가.

그 핵공격이 자신들의 생사에 어떤 영향을 미쳤을 것인가에 대해선 이성적인 판단이 결여되어 있을 것이었다. 미워하고 싶어서 미워할 이유를 찾는 사람들의 이성은, 그저 합리화의 도구로서만 기능할 뿐이므로. 그만큼 궁지에 몰린 사람들이었다. 사회적으로나, 심정적으로나.

차별과 갈등으로 이익을 도모하는 공동체일수록 이런 부작용이 강하게 나타난다.

'바깥세상으로 가는 길이지…….'

겨울이 줄곧 경계해왔던 탁류였다. 이대로 탁하게 흐르는 세상은 언젠가 저 바깥세상의 닮은꼴로 수렴하지 않겠는가, 하고. 겨울의 능력으론 그저 맑은 웅덩이 하나 지켜낼 수 있을 따름이다. 겨울은 여전히 사람이었다.

"난 걱정하지 말라고 해도 소용없겠죠?"

「당연하죠.」

그녀의 부탁이 이어졌다.

「걱정되어서 죽을 것 같으니까, 당분간은 반드시 방탄복을 입고 다녀요. 등급은 무조건 레벨 4여야 해요. 매일 아침 착용한 모습을 사진으로 찍어서 내게 보내줄 것. 외부활동은 가급적 자제하고, 어디 갈 땐 꼭 나한테도 알려줘요. 유사시 행선지를 바로 파악할 수 있다면 큰 도움이 될 테니. 아니다, 아예 삼십 분마다 의무적으로 연락을…… 왜 웃어요?」

"조금 우울했는데, 덕분에 기분이 좋아졌어요."

이렇게 말하고도 계속 웃는 겨울 때문에, 앤은 결국 볼멘소리를 내고 말았다.

「나는 정말 걱정되어서 하는 소린데.」

"알아요, 알아. 방탄복은 잘 입고 다닐게요. 아침마다 사진도 보내고. 그렇지만 정시연락은 조금……. 우리, 시간 날 땐 안 그래도 10분이 멀다하고 메시지를 주고받잖아요?"

「……아.」

겨울과 앤은 서로의 남는 시간을 꽤다시피 하고 있었다. 교육이나 업무가 없을 때 수도 없이 많은 밀어들이 오갔다.

"혹시 앞으로는 메시지를 줄이라는 말이에요? 업무에 지장이 있어서?"

「놀리지 말아요.」

"아니면 내가 싫어졌다거나……."

「그만.」

부끄러워진 앤이 정색을 하는 바람에, 겨울은 한참을 더 큭큭거려야 했다.

그리고 겨울은 생각했다. 다소의 미련과 아쉬움이 남는다 한들, 앤만 곁에 있어준다면 앞으로도 이렇게 웃을 일이 많을 것이다. 그 이상을 바랄 필요가 있겠는가, 하고.

그 뒤로 겨울은 항시 방탄복을 착용하고 다녔다. 4등급 방탄판이 무겁다고는 하나 겨울에게 방해가 될 정도는 못

되었다. 정복 아래에 껴입다 보니 조금 불편한 감이 있을 뿐. 그러나 겨울은 그 불편함도 좋았다. 연인의 애정으로 말미암은 것이었으니.

'내게 위협이 될 실력을 갖춘 저격수는 미군 전체를 따져도 몇 명 없겠지만⋯⋯.'

그리고 그 정도의 실력자가 어중간한 음모에 가담할 확률은 지극히 희박하겠지만, 아예 불가능한 것인가를 묻는다면 아니라고 답할 수밖에 없다. 정상급으로 숙련된 저격수의 매복은 겨울의 감각보정으로도 포착하기 어렵다. 사격 직전에나 알아차릴 터. 그러니 앤의 말에 따라 방탄복을 입고 다니는 편이 유익했다. 그녀를 안심시키는 측면에서도.

얼마 지나지 않아, 방송에서도 관련된 주제를 다루기 시작했다.

『얀기즘의 부상. 조작된 현상인가, 실질적인 위협인가?』

『양용빈의 추종자들로 인해 계속해서 확산되는 중국계 위협론(Chinese Peril).』

『조지 워싱턴 대 조슈아 홀브룩 교수. "최근의 인종적 담론들은 제2의 황화론(Yellow Peril)에 불과하다."고 비판. 사회전반에 성숙한 시민의식을 요구.』

『나날이 증가하는 테러 위협! 국가안보를 위한 특단의 행동이 필요한 시점.』

『스스로를 지키기 위해 총을 드는 시민들. 정부는 무엇을 하고 있는가?』

이에 따라, 겨울이 실제 여론을 살펴보고자 웹서핑에 들이는 시간도 늘었다.

온라인상의 혼란은 보기 전에 예상한 바와 다를 바가 없었다.

개중엔 한국계 시민들, 특히 한국계의 정체성을 유지하고 있는 이민자와 2세들을 겨냥하여 적대감과 경멸을 표하는 의견들도 존재했다. 아니, 꽤나 많았다.

「자기들이 중국계랑 다르다고 티 내고 다니는 거 되게 꼴사납지 않아? 예전부터 근로기준 안 지키기로는 중국인들보다 심했던 주제에. 물론 생김새도 비슷하고.」

「그들이 묻는 "두 유 노우 겨울?"은 이제 지긋지긋해. 아니 씨발, 모를 리가 있겠느냐고. 지들이 한 중령 이름 잘 발음한다고 자랑하는 건가? 이 샛노란 똥 멍청이들. 발음은 몰라도, 한 중령을 존경하는 면에선 내가 너네보다 훨씬 더 나을걸? 너네는 순수하질 못하니까.」

「실제로 목숨 걸고 싸운 사람은 한 중령인데 콧대는 걔들이 높아. LOL」

「내가 예전에 한국계 친구가 있었는데, 걔가 말하길 한국계 이민자들끼리는 사기를 엄청 친다고 함. 들은 거라 확실한 거는 아님.」

"……."

이런 속내들이 예전이라고 왜 없었겠는가. 일정 부분은 사실이기도 할 터. 다만 이제 와서 전보다 더 자주 눈에 띄는 까닭은, 그만큼 경멸감을 드러내기 쉬워진 사회의 분위기 탓이 있을 것이었다.

'중국계와 다르다고 티를 내는 건 살아남기 위해 어쩔 수 없는 선택이고……'

일종의 연쇄작용이었다. 어떤 차별의 영향은 차별 그 자체에서 그치지 않는다.

보수교육을 받는 동안, 독립대대의 간부들은 인근의 골프장을 종종 이용하곤 했다. 전쟁대학과 육군 박물관(Heritage center) 사이의 넓은 부지를 차지하고 있는 이 골프장은, 육군복지단(MWR)이 운영하는 시설인지라 비용 면에서 큰 부담이 없었다.

강화된 보안 면에서도 그러했다.

장교들은 주말마다 찾아오는 한가한 시간을 거부하지 않았다. 경쟁에 시달리느라 적잖은 스트레스를 받고 있거니와, 겨울과 함께 잘 관리된 그린과 페어웨이를 거니는 것 자체를 일종의 보상으로 여겼기 때문이다. 팽팽하게 당겨지기만 하는 실은 언젠가 끊어지고 만다.

골프 실력이 별로인 겨울도 그런 점을 알고서 일부러 어울려주는 입장이었다.

'요즘 사회 분위기가 신경이 쓰이기도 할 테고.'

부하 장교들이라고 눈과 귀가 없겠는가. 요즘의 세태가 심상치 않다는 것쯤은 모두가 다 알고 있다. 그들의 생명줄이 바로 겨울이니, 지휘관이자 지도자로서의 겨울에겐 그들을 안심시켜줘야 할 책임이 있었다. 지휘관은 눈앞에 불발탄이 박혀 연기를 피워 올리는 상황이라도 침착한 모습을 보여줘야 하는 법이다.

"저희들 이야기를 직접 들어주시는 것만으로도 많이 위안이 됩니다. 동기부여도 되고요."

이는 알파 중대 송정훈 소위의 말이었다.

"어떤 면에선 특권이기도 하죠. 부러워하는 사람들이 어찌나 많은지…… 하도 그런 시선들을 받다보니 저 자신을 잃어버릴까봐 걱정이 될 정도입니다."

"자신을 잃다니?"

"그 왜, 있잖습니까. 호가호위?…… 아니면 교만? 이라고 해야 하나?"

"아하."

"사소한 대화를 주고받다가도 '아차! 방금 나 좀 밥맛없었나?' 싶은 순간들이 있습니다. 자꾸 전쟁영웅이라고 띄워줘서 더 하고요……. 저만 재수 없는 인간이 되는 거면 그래도 괜찮지만, 대장님 얼굴에 먹칠을 하는 건……. 어휴. 상상만 해도 저를 두들겨 패고 싶은 충동이 듭니다."

"항시 그런 마음가짐이면 큰 걱정은 없겠는데요."

겨울이 미소를 짓자, 송정훈은 머쓱하게 뒷머리를 긁었다.

"에이, 아닙니다. 이유라 중위님이 아니었으면 실수를 해도 벌써 몇 번은 더 했을 겁니다."

"그래요?"

"예. 예전부터 그래왔긴 한데, 아랫사람들이 주눅 드는 일 없게끔 좋게 좋게 관리를 잘하시니까요. 출신 가리지 않고 가깝게 지내면서도 상급자로서 할 말은 다 하시는 걸 보면 참 보통이 아니구나, 라는 생각이 듭니다. 역시 당신께서 직접 고르신 사람답다고나 할까…….”

“어쩐지 자화자찬 같네요.”

“네? 무슨…….”

“그렇잖아요. 송 소위도 결국 내가 임명한 사람인걸.”

반쯤 놀리는 듯한 겨울의 말에 송정훈이 허둥거렸다.

“아니, 저는 그……. 원래 이유라 중위의 땜빵으로 장교 노릇을 시작한 거였고…….”

송정훈의 임관은 이유라의 부상이 계기였다. 아이들린 지열발전소 방어전에서 뇌진탕을 입은 이유라가 해상 야전 병원으로 후송되자, 숙련병 가운데 하나였던 송정훈이 임시 직책진급으로 소위로서 소대장을 맡았던 것. 그 이후 지금까지 쭉 같은 계급장을 달고 있었다.

겨울은 다시 미소를 만들었다.

“계기가 무엇이었든, 소위가 무능한 사람이었으면 한 개 소대를 계속 맡겨두었을 리가 없잖아요. 동성훈장까지 받은 사람이 왜 그렇게 자신감이 없어요?”

“훈장이야 포효하는 폭풍 작전에 참가한 장교라면 대부분 하나씩 다 받은 거잖습니까.”

“자격이 있으니까 준 거죠. 지나친 겸손도 보기 안 좋아요.”

“으……. 들뜨지 않으려고 애쓰고 있는데 이렇게 띄워주시면 곤란합니다.”

송정훈이 난처해하는 와중에 멀리서부터 헬기 엔진소리

가 가까워졌다. 겨울은 대수롭지 않게 여겼다. 군 시설이 지척이라 종종 헬기들이 지나다니곤 했기 때문이다. 골프장에도 헬기 착륙장이 설치되어 있었고. 지금처럼 머리 위를 통과할 때도 있다.

"아, 바람!"

그린 가장자리에서 막 자세를 잡던 찰리 중대의 타타라가 인상을 찌푸린다. 근처엔 소총을 휴대한 채 경계를 서듯 지켜보는 히로노부 소위가 있었다.

어느 정도는 테러 위협을 의식한 조치. 허나 그 전에 마트에 장을 보러 가는 민간인들조차 무기를 가지고 다니는 시대였다. 공개 휴대(오픈 캐리)가 보편화된 이후 경찰의 과잉진압이 증가하는 문제가 생겼지만, 전체적인 범죄율은 오히려 소폭 감소했다. 과거 총기 규제가 강력했던 캘리포니아가 그렇지 않은 주들에 비해 높은 범죄율을 기록했던 것과 같은 이치였다.

바람이 잦아든 뒤로도 송정훈은 맥락 무관하게 이유라에 대한 칭찬을 늘어놓았다.

그걸 가만히 듣고 있던 겨울이 갑작스럽게 유라를 불렀다.

"이 중위!"

"네?"

"여기 송 소위가 이 중위 칭찬을 엄청나게 하네요? 당신이 차기 중대장이라서 얼마나 좋은지 모르겠대요!"

송정훈이 허둥거린다.

"으아아……. 아니, Sir, 왜 갑자기……."

그러면서 조금 떨어져 있는 유라의 눈치를 살핀다.

"흐-음."

한 손을 허리에 짚고 삐딱하게 선 유라는, 골프 클럽을 어깨에 척 올리고 눈을 가늘게 떴다.

"나 아부하는 거 별로 안 좋아하는데."

"아부 아닙니다!"

유라 본인이 아닌 겨울에게 한 말이 아부일 리가 있나. 건너 건너 전해질 것을 걱정했을 수는 있겠으나, 송정훈은 그렇게까지 치밀한 성격이 못 되었다. 그리고 유라가 그것을 모를 리도 없었다. 지금은 그저 겨울에게 어울려, 선선한 봄날의 오전에 목덜미까지 땀이 나도록 당황한 송정훈을 놀리고 있을 따름이었다. 다른 장교들 또한 재미있다는 듯 키득거렸다.

이것이 요즘 들어 독립대대 장교들 사이의 일상적인 분위기였다.

이를 두고 유라는 겨울에게 이런 말을 했었다.

"대장님이 전보다 밝아지셔서서 좋아요."

그리고 덧붙이기를-

"안심했어요. 그래도 전보다는 마음이 좀 편하신 거구나…… 하고."

이를 들은 겨울이 그렇게 보이느냐고 묻자, 유라는 웃으며 앤을 언급했다.

"그분께 전해주세요. 독립대대와 동맹의 모두를 대신해

서 감사드린다고. 그리고, 대장님과 더불어 한평생 행복하
시기를 바란다고……."

겨울은 고맙다고 답했다. 인사치레가 아니라, 정말로 고
마운 마음씀씀이였다.

따악-

회상에 잠겨있던 겨울을 경쾌한 타격음이 일깨웠다. 하
늘을 대각선으로 쭉 가로지르는 공. 뚝 떨어지는 위치가 좋
다. 왕커차이가 주먹을 불끈 쥐었고, 같은 팀인 브라보 중
대 소대장들이 환호를 보냈다. 알파, 찰리, 델타 소속 소대
장들은 절레절레 머리를 흔들었다.

중국계가 대부분인 브라보 중대 간부들은 골프를 굉장히
좋아했다.

'그게 저들에겐 동경의 대상이었을 테니까.'

민완기에게 듣기로, 중국에서 골프는 부르주아적 유흥으
로서 금기로 여겨졌다 한다. 정부에서 공식적으로 '녹색 아
편'이라는 표현을 쓸 정도였다고.

그럼에도 골프는 중국인들이 동경하는 유흥이었다. 혼탁
한 사회에서는 금기를 어기는 것이 특권처럼 여겨지는 까
닭. 공직자와 재벌들이 앞장섰고, 사다리 위의 삶을 꿈꾸는
많은 사람들이 그 뒤를 따랐다.

독립대대의 중국계 간부들이 자신들의 문화적 배경을 혐
오하는 지경에 이르렀을지언정, 과거의 영향이 아예 사라
질 순 없는 것이었다.

'그래도 좋은 의미로 많이 바뀌었지. 정말로……. 여차하

면 잘라낼 작정이었는데.'

처음 받아들일 때 범죄 경력이 있는 간부들이 과연 나쁜 버릇을 버릴 수 있을까, 라는 경계를 품었던 겨울이다.

그럼에도 기회를 주었던 건, 탁하게 흐르는 세상에서 누군가의 잘못이 온전히 그 사람만의 책임인 경우는 드물다고 믿고 있을뿐더러, 미군부터가 범죄자들을 병력자원으로 활용한 전적이 있었기 때문이다.

언젠가 한 번 곱씹었듯이, 이 나라에선 죗값을 치른 범죄자를 경찰로 임명하기도 한다. 자신부터가 범죄자였으니 범죄자들의 생각을 잘 알 거라는 논리에서였다.

당연히 그로 인해 발생하는 사고들도 있지만, 그 사고의 비율은 사전에 제기된 우려에 비해선 낮은 편이었다. 그저 그 낮은 비율의 사고가 무척 심각했을 뿐.

달리 말해, 그들에게 주어진 자리가 그들을 교화시켰다는 뜻이다.

그 이유를 겨울은 이렇게 생각했다.

'존경을 받기 때문에 존경 받을 행동을 하게 되는 거겠지.'

사람은 곧 관계다. 누구에게나 타인에게 인정받고 싶은 욕구가 있는 이상, 경험해 본 적 없는 자부심을 느끼고 나면 누구든 거기에 어울리는 사람이 되고 싶어지는 법이었다. 그것이 성공하는가와는 별개로, 스스로 바라게 된다는 점이 중요하다.

군인에 대한 미국인들의 예우는 충분히 그것을 가능케 하는 수준이다.

하물며 소속이 겨울의 독립대대라면야.

"Sir! 차례입니다!"

겨울을 부르는 건 리아이링이다. 동료들과 더불어 이 시간을 계산 없이 즐기는 모습이 이채롭다. 때때로 내비치는 독기 역시 과거보다는 무뎌진 그녀였다.

출신 조직 문제로 사이가 나빴던 쑨시엔이나 류젠차오 등과도 곧잘 어울린다. 원래의 출신에 대한 소속감보다 독립대대라는 동질감 쪽이 더 강해졌다는 방증이었다.

겨울이 자신의 클럽을 쑥 뽑는데, 전쟁대학 방향에서 헬기가 날아왔다. 이번에도 머리 위를 통과해 지나가는가 싶더니 속도를 줄여 골프장 한가운데 착륙한다.

동시에 대학이 있는 북서쪽에선 어렴풋한 사이렌 소리가 들려왔다.

"뭐지?"

골프채를 놓은 소대장들이 자연스럽게 습격에 대응하기 좋은 자리들을 잡는다. 사복 차림일지언정 전투경험까지 벗어 놓고 온 건 아니었다.

이윽고 헬기가 착륙한 클럽하우스 방향으로부터 일군의 경찰들이 접근했다. 전투복을 입고 자동화기로 무장한 그들은, 대대 장교들의 경계를 받고 있음을 깨달았는지 총을 등 뒤로 멘 채 느리게 걸어왔다. 선두의 인솔자가 겨울을 향해 경례했다.

"처음 뵙겠습니다, Sir. 주 경찰 소속 스테판 메이너드입니다."

그리고 자신의 배지를 보여준다. 겨울이 마주 경례했다.

"반갑습니다, 메이너드 경감(Captain). 한데 여긴 무슨 일로 오셨는지."

겨울은 계급을 보고 의문을 품었다. 미국 경찰은 군과 같은 계급을 쓰지만, 주 경찰의 경감이 군의 대위와 정확하게 대응하는 건 아니었기 때문이다.

펜실베이니아 주 경찰의 최고 책임자는 총경(Colonel/대령) 계급이다. 그렇다고 해서 그를 일개 대령으로 취급할 순 없었다. 실질적으로는 주 정부의 차관급에 해당하는 인사였다.

'이런 주 경찰에서 경감쯤 되는 인물이 일선에 나섰다면……. 카운티 몇 개를 커버할 정도의 경찰 병력이 통째로 움직이는 상황인가?'

비상대응체계의 핵심 관계자인 겨울은 이런 사항을 꼼꼼하게 숙지하고 있었다.

메이너드 경감이 주변을 한 차례 둘러보고서 답했다.

"1030시경, 주 경찰 공식 계정으로 육군전쟁대학 어딘가에 폭탄을 설치했다는 메일이 도착했습니다."

부하장교들의 긴장감이 올라간다. 겨울은 놀라움 없이 반문했다.

"폭탄을?"

"예. 급조폭발물의 사진까지 첨부되어 있더군요. 표적이 누구라고 밝히진 않았지만, 만약 이게 장난이 아니라면 한 중령님을 노렸을 확률이 높다고 판단했습니다. 그래서 신변 보호를 위해 저희가 출동한 거고요. 처음엔 숙소로 갔는데, 여기 계시다는 걸 뒤늦게 알았습니다."

"……이상하네요."

"무엇이 말씀이십니까?"

반문하는 경감 앞에서, 겨울은 넷 워리어 단말을 꺼내 보였다.

"내 비상연락망으로는 어떤 소식도 전해지지 않았거든요."

역병에 대비한 연락망은 이런 상황에서도 유효해야 정상이었다.

유라를 위시한 독립대대 간부들이 총구를 살짝 들어올렸다. 그것만으로도 경감을 당황하게 만들기는 충분했다.

"어, 잠시……. 연락망에 대해선 저도 잘 모르겠습니다. 긴급사태다 보니 각 기관별로 정보공유가 원활하지 못한 면이 있었던 모양입니다."

"일부러 연락을 지연시킨 건 아니고요?"

"……음."

겨울의 질문을 받은 경감이 잠시 고민하다가 떫은 표정으로 애매하게 끄덕인다.

"그랬을 수도…… 있겠지요."

현장 인력이라면 경험이 없는 게 이상한 문제. 겨울이 지적한 건 같은 영역을 담당하는 부서가 다수일 때 빚어지는 관할권 다툼의 가능성이었다.

메이너드 경감이 해명을 하긴 했지만, 독립대대 간부들은 그와 부하들의 신분이 가짜이거나, 진짜여도 어떤 음모에 가담한 이들이 아닐까 하는 의심을 풀지 않았다. 비상연락망이 가동되지 않았다는 건 그만큼 수상쩍은 정황이었으므로. 진정한 애국자들의 선례도 있다.

이에 메이너드를 비롯한 경찰 타격대원들은 무기를 손에서 아예 놓아버렸다. 이들도 나름대로 험한 경험을 쌓아왔겠으나, 지옥 같은 전장에서 생환한 현역 장교들의 경계를 받는 건 역시 부담스러운 일일 수밖에 없었다.

팽팽했던 긴장감은 겨울이 여기저기 전화를 걸어 사실관계를 확인하고서야 비로소 해소되었다. 간부와 병사들을 불문하고, 독립대대의 구성원들에게 있어서 겨울의 판단은 절대적이다. 각 중대 소대장들이 방아쇠울에서 손가락을 뺐다.

차상급자인 유라가 사과의 의미로 손을 내밀었다.

"의심해서 죄송했습니다. 기분 상하지 않으셨길 바랍니다."

역병확산 이후 재정비된 비상연락망은, 재난 발생 시 해당 지역 내의 모든 군인, 경찰, 소방관 등의 관계자들이 실시간으로 상황을 전파 받도록 만들어져 있었다.

메이너드는 어깨를 으쓱이며 악수에 응했다.

"아닙니다. 그럴 만한 상황이었지요. 그나저나."

그가 겨울을 돌아본다.

"역시 관할권 다툼이 맞는가 봅니다?"

"아무래도 그런 낌새네요."

"높으신 분들 경쟁에 휘말려서 피곤해지는 건 사양인

데……."

사안을 어느 부처가 주도하는가를 두고 위에서부터 꼬이기 시작하면, 현장에서도 당연히 업무상의 비효율과 파행이 빚어진다.

예컨대 인종차별 논란이 원인이 된 14년의 퍼거슨 사태에서도, 주립 경찰 및 주 방위군이 연방경찰 및 연방 법무부와 다른 명령계통에 속해 개별적인 대응을 보여준 바 있었다. 그나마 전시인 지금은 주 방위군의 지휘권이 대통령에게 넘어가 있어서 다행이었다.

'이거 앤이 알면 엄청나게 화를 내겠지.'

대통령도 대통령이지만 겨울은 앤이 더 걱정이었다. 직제 상 수사국이 주립 경찰의 상위 부처라고는 해도, 주지사가 경찰을 감싸기 시작하면 그 관계가 유명무실해질 것은 뻔한 까닭. 자기 주에선 경우에 따라 대통령과도 파워 게임을 벌일 수 있는 게 바로 주지사다. 따라서 화를 내는 것 자체보다는 그녀가 스트레스를 받을 것이 더 걱정되는 겨울이었다.

그래도 알려주지 않을 순 없는 노릇.

겨울이 문자로 이 상황을 전달하자, 앤은 곧바로 전화를 걸어왔다.

「다친 덴 없죠?」

"그럼요."

「그 사람 당장 바꿔줘요.」

할 말이 많겠지만, 간결하게 시간을 아끼는 그녀. 역시나 분노를 잔뜩 억누르는 기색이었다. 겨울이 넷 워리어 단말을 넘겨주자, 메이너드 경감은 조금 어리둥절한 표정을 지었다. 액정에 찍힌 건 앤이라는 이름뿐이었으니까.

"이게 누군데 저한테 주십니까?"

"FBI 부국장이요."

헉. 경감이 헛숨을 들이킨다. 경찰 이외에 대대 간부들 중에서도 살짝 놀라는 이들이 일부 있었다. 앤의 존재를 아는 이들이 입단속을 그만큼 철저하게 해왔던 모양이다. 겨울에게 폐를 끼치고 싶지 않다는 마음의 발로였을까.

"메이너드 경감입니다."

겨울의 청각은 새어나오는 통화를 엿듣기에 충분했다. 앤의 음성은 사무적이면서도 상대를 억누르는 무언가가 있었다.

그녀는 메이너드에게 업무에 관한 주요 사항들을 자신에게도 보고하라고 요구했다. 겨울도 앞서 눈여겨보았듯이, 그의 계급이면 일선에서 들어오는 정보는 다 접한다고 봐도 무방하기 때문이다. 높은 수준의 내부 정보 역시도.

물론 그녀가 강압적으로 찍어 누르기만 하는 건 아니었다.

「이로 인해 발생하는 모든 문제는 내가 책임지겠습니다. 당신이 직무상의 불이익을 겪을 경우, 그리고 그것이 바로 잡히지 않을 경우 수사국에 자리를 알아봐드리죠.」

겨울은 연인이 상당한 권력자라는 사실을 새삼스럽게 깨달았다.

메이너드와의 대화를 마무리 지은 그녀는 겨울에게 조심

하라는 부탁을 남기고 통화를 종료했다. 폭탄 운운한 메일이 거짓 협박일 가능성은 여전하지만, 어쨌든 겨울의 일인 이상 그녀도 꽤나 바빠질 것이다.

메이너드가 엄지로 어깨 너머 헬기착륙장 방향을 가리켰다.

"함께 가시죠. 대학 내 수색이 완료될 때까지는 안전한 작전본부로 모시겠습니다."

발걸음을 나란히 한 겨울이 목소리를 낮춰 물었다.

"괜찮겠어요?"

"뭐가 말입니까?"

"수사국에 협력하는 거."

"하하."

메이너드가 작게 웃는다.

"오히려 제게 무슨 일이 있기를 바라야지요. FBI 수사관이면 연봉이 보통 10만 달러인데⋯⋯. 무엇보다, 지역 경찰이 수사국에 협조하는 건 당연한 일 아닙니까. 그것도 한 겨울 중령의 신변에 관한 사안인걸요. 실수가 있어선 안 됩니다."

앞부분은 농담처럼 던지는 말이되 뒤로 갈수록 진심이 강하게 느껴졌다. 서면보장이 없는 앤의 약속보다는 그 스스로의 생각에 의거하여 내린 결정일 것이었다.

겨울과 대대 간부들은 네 대의 헬기에 나뉘어 탑승했다. 측면에 저격수를 태운 헬기들은 서쪽으로 기수를 돌렸다. 현장 지휘소가 디킨슨 대학에 설치된 까닭. ROTC 강연 및 훈련 문제로 겨울도 몇 차례 방문했던 교정이었다.

지휘소와 전쟁대학과의 거리만으로도 출동한 경찰 병력의 규모가 짐작이 간다. 보잘것없는 규모였다면 지휘소도 바로 지척에 설치했을 테니까.

주요 교차로마다 경광등 달린 차량들이 순찰을 돌고 있다. 겨울은 창 아래로 스쳐가는 칼라일 시가지를 보며 생각했다.

'아무리 봐도 저격을 시도하기엔 불리한 환경이야.'

탁 트인 공간이 드물뿐더러 높이가 높은 건물도 전무하다. 확보 가능한 거리는 기껏해 봐야 100미터 안팎이 최대였다. 앤이 조심하라기에 방탄복을 입고 다니긴 하나, 숙련된 저격수라도 그만큼 가까운 거리에서는 겨울의 감각에서 벗어날 수 없었다.

바로 눈앞에서 겨울을 속여 넘겼던 강화종 위퍼가 이상한 거다.

전투계열의 보정과 엮여 작동하는 「통찰」이 겨울의 판단을 뒷받침했다. 이제 와서는 겨울 본연의 감각과 다를 바도 별로 없어, 있으나마나 한 도움이었지만.

외부인의 출입이 제한되는 전쟁대학에 진짜로 폭탄이 설치되었을 확률은 얼마나 될까.

'내부인의 소행일 가능성을 배제할 수 없어.'

동기는 증오를 부추기는 쪽에도 있다. 이 경우엔 겨울을 노린다기보다, 그렇게 보이는 게 목적일 것이다. 최종적인 표적은 꼴 보기 싫은 중국계 시민과 난민들일 테고.

유라가 대학 입구를 차단한 장갑차를 보고 놀랐다. 일반적으로 떠올리는 경찰용 방탄차가 아니었기 때문이다. 도색과 무장의 차이가 있을 뿐 기본적인 차대는 군용과 동일하다. 엔진 소리가 시끄러워 헤드셋에 대고 하는 질문.

「설마 벌써 주 방위군이 투입되었나요?」

메이너드가 짧게 웃고 답했다.

「그럴 리가요. 폭탄이 터졌다면 모를까……. 저건 경찰 소유 장비입니다. 역병이 창궐한 뒤로 군용 장비를 들여오는 일이 늘었죠.」

「주민들이 불안해할 것 같은데.」

「저도 처음엔 놀랐습니다. 군수국이 경찰 상대로 장사를 하는 게 하루 이틀 일은 아니어도, 우리가 장갑차를 굴리는 날이 올 거라곤 상상해본 적이 없었거든요.」

「치안이 꽤 양호했나 봐요?」

「글쎄요. 다른 동네는 몰라도 필라델피아 광역권이 워낙 개판인지라…… 거짓말로도 괜찮았다고는 못하겠군요. 그보다는 사실, 주 정부가 항상 이게 부족해서 말입니다.」

메이너드는 손을 들어 지폐 비비는 시늉을 해보였다. 유라가 쓴웃음을 지었다.

모자란 예산에도 불구하고 각 주의 경찰조직이 중무장을 시작한 건, 변종집단의 침입이나 그에 준하는 감염폭발을 경계한 조치였다. 물론 대대적인 군비증강에 힘입어 쏟아져 나오는 장비들의 가격이 과거에 비해 저렴해진 면도 있었을 것이다.

'백신이 완성되면 좀 덜하겠지.'

종말은 아직 끝난 게 아니다. 겨울은 항상 그 사실을 유념하고 있었다. 그도 그럴 것이, 모겔론스의 원형을 확보한 뒤로 채 반년이 지나지 않은 시점이었다. 그동안 축적해왔을 연구들이 있다 하나, 임상실험을 거쳐 백신이 양산되려면 조금 더 시간이 필요할 것이었다. 마지막 순간까지 방심해선 안 된다.

그러나 종말을 끝냄으로서 얻는 특권은, 사실 겨울에게 있어 이렇다 할 의미가 없었다.

특권의 실체는, 이 세상에서의 삶을 통해 획득하는 모든 것들이 새로운 시작의 최솟값으로 고정되는 것. 여기엔 기술은 물론이고, 지위와 재산도 포함된다. 만약 겨울이 육군 대장으로 예편한다면, 새로운 시작에서는 그와 비슷한 수준의 사회적 배경이 주어지는 식이다.

이 기준은 몇 번을 다시 시작하더라도 동일하게 적용된다.

'그게 내게 무슨 가치가 있다고.'

행복을 누릴 수만 있다면 한 번의 삶으로 족하다. 봄의 친구로서도 그 정도의 시간이면 충분할 것이다. 반세기가 흐른 뒤의 봄은 인간이 인지하지 못할 영역에 도달한 존재가 되어있을 테니까. 겨울은 이번 세상을 끝으로 스스로의 존재를 폐기할 생각이었다.

회자정리(會者定離).

사람은 영원하지 않다. 하나의 만남은 언젠가 있을 한 번의 이별을 약속한다. 그러므로 누군가를 사랑한다는 것은 곧 사랑하는 만큼의 잠재적인 두려움이기도 했다. 앤을 사랑하게 된 지금, 그녀가 없는 세상이라는 건 겨울에게 무척이나 공허한 것이 되었다. 어차피 누이가 아니었으면 진즉에 마침표를 찍었을 사후가 아니던가.

겨울은 다만 앤과 함께 살아갈 세상이 조금 더 안전해졌다는 지표로서 종말의 끝을 기다리고 있었다.

헬기가 고도를 낮췄다. 차를 치운 주차장에 착륙한 헬기들은, 내려야 할 사람을 내려놓고 다시 이륙했다. 주변의 수상한 움직임을 감시해야 하는 까닭이었다.

"이쪽으로 오십시오."

메이너드가 겨울을 사방이 열린 천막으로 안내했다.

지휘소에선 전쟁대학에서 진행 중인 수색작업을 실시간으로 지켜볼 수 있었다. 지휘소를 총괄하는 사람은 어딘가의 서장을 맡고 있었을 법한 경정(소령)이었다. 겨울의 등장에 천막 전체가 잠시 조용해졌다.

"뵙게 되어 영광입니다, Sir."

"무언가 발견된 건 있습니까?"

겨울과 인사를 나눈 경정은, 겨울의 질문에 고개를 저었다.

"숙소부터 시작해서 수색범위를 넓혀가는 중이지만, 현재까지는 특이사항이 없습니다."

화면 속에선 언뜻 군복을 입은 이들도 스쳐 지나갔다. 겨울은 그들 가운데 아는 얼굴을 발견했다. 다름 아닌 무장한 전쟁대학 생도들이었다. 수색능력을 갖추지 못한 그들은 현장 주변에서 경비를 섬으로써 경찰의 역할을 보조했다.

겨울이야 표적일 가능성이 높아 이곳으로 데려왔어도, 교육생들은 실전 경험을 보유한 현역 장교들인 것이다. 협력의 필요성 여부를 떠나 순순히 몸을 피하자니 자존심이 상했을 터. 자체적인 대응능력은 없다지만, 전쟁대학은 엄연히 육군이 소유한 시설이었다.

전체적인 배치와 움직임을 지켜보던 겨울이 재차 물었다.

"이 정도 장비와 인력을 투입한 걸 보면 단순한 협박이 아니라고 판단할 근거가 있었던 것 같은데……. 그게 뭔지 알려주실 수 있습니까?"

"예, 뭐."

모호한 표정으로 정확한 대답을 삼가는 경정.

"발신자의 행적이라든가 해서……. 의심스러운 정황은 있으되 확실한 건 아닙니다. 일단 지금은 저희에게 맡겨주시기 바랍니다. 어이, 한 중령님을 쉴 곳으로 안내해드려."

겨울이 손을 들어 사양했다.

"아뇨. 난 그냥 여기 있겠습니다. 방해되지 않도록 하죠."

"흠…… 그러시다면야."

경정은 대답 직후 살짝 등을 돌렸다. 오퍼레이터들을 줄줄이 채근하는데, 겨울이 보기엔 조금 불필요한 상황 확인이 섞여있었다.

현장에선 경찰견을 동반한 수색조가 대학 건물을 샅샅이 훑고 다녔다.

「D동 확보. 숙소는 안전하다.」

「도서관 1층 이상 없음. 브라보 팀, 2층으로 올라가겠다.」

긍정적인 보고들이 이어진다. 겨울은 이대로 조용히 끝나기를 바랐다.

'시기가 안 좋아. 그렇잖아도 곧 난민지도자들의 부정이 폭로될 텐데……. 폭탄 테러와 때가 겹친다면 그 여파가 서로 상승효과를 일으킬 거야.'

자신이 쌓아온 이야기의 결말, 사람으로서의 한계, 탁하게 흘러갈 세상, 손이 닿지 않는 영역의 비극을 불가항력으로 납득하려는 겨울이었지만, 그 비극의 강도가 높아지는 건 당연히 달갑지 않은 일이었다.

지루하면서도 초조한 시간이 흘렀다.

수색이 거의 완료 단계에 접어들었을 때, 갑작스러운 폭음이 울려 퍼졌다.

경찰의 무선망이 폭주했다.

「뭐야? 어디서 일어난 폭발이야?」

「기숙사 D동이라고? 거긴 아까 수색이 끝났잖아!」

헬기에서 보내는 화면은 장교 숙소로부터 피어오르는 연기를 선명하게 잡아냈다.

이마를 짚은 겨울이 작고 긴 한숨을 내쉬었다.

폭탄의 위력은 약한 편이었다. 군용 플라스틱 폭약(C4)으로 환산한다면 대략 1.5파운드(680그램) 정도. 그래도 수류탄 서너 개에 해당하는 화력이라 경시할 순 없지만, 보다 중요한 건 실질적인 살상효율이었다.

수류탄이 고작 일이백 그램 안팎의 화약으로 넓은 유효 범위를 보여주는 것은, 잘게 쪼개진 강철 외피가 파편이 되어 박히는 덕분이다. 종류에 따라선 내부에 수천 개의 작은 쇠구슬들을 입혀 놓은 것도 있었다. 크기가 작은 상처들이라도 깊이가 깊으면 사람을 죽이기에 충분하다.

달리 말해, 폭발 그 자체만으로는 테러의 목적을 달성하기 어렵다.

'볼 베어링을 바르지도, 쇠못을 박아 놓지도 않았어.'

겨울이 테러리스트의 진의를 의심하는 이유였다.

조사 결과, 기숙사에서 터진 폭탄엔 살상효율 증대를 위한 조치가 무엇 하나 행해지지 않았다. 하다못해 13년의 보스턴 마라톤 테러에서도 압력솥 안에 베어링과 못을 채워 터트렸건만. 경찰의 수색을 농락한 범인이 이 부분에서만 허술했으리라고 생각하긴 힘들었다.

늦은 시간, 앤은 겨울에게 메신저를 통해 수사 진행 상황을 공유해주었다.

「Anne : 폭발 현장에서 이런 것이 발견되었어요.」

그녀가 전송한 수십 장의 사진들은 까맣게 박살난 무언가의 잔해를 모아놓은 것이었다.

「Anne : 폭탄 운반에 사용된 수제 RC 카의 잔해예요.」

텐트 안의 야전침대에 앉아 사진을 넘겨 보던 겨울이 자판을 눌러 질문을 보냈다.

「RC 카라면 폭발 당시 범인이 가까운 곳에 있었다는 뜻인가요? 장애물이 많은 환경이니, 원활하게 조종을 하려면

300미터 이내에 있었어야 할 텐데.」

「Anne : 그렇진 않아요. 17번 증거품을 봐요..」

열일곱 번째 사진엔 반 이상 녹아내린 칩셋이 찍혀있었다. 모퉁이의 형상이 남아있었으니 망정이지, 그것마저 뭉개졌다면 이게 칩이었는지 뭐였는지 알아보기조차 불가능했을 터였다.

「Anne : 그건 와이파이 칩셋이에요.」

「이런. 원격으로 조종했다는 말이군요.」

「Anne : 네. 범인은 IP 카메라를 해킹하여 수색 상황을 엿보다가, 수색 팀이 지나간 후에 RC 카를 돌입시킨 것 같아요. 차체에도 캠을 설치한 흔적이 있고요. 폭탄은 차체 위에 테이프로 둘둘 감아 고정시켰던 모양이고…….」

「추적은?」

「Anne : 아직까진 성과가 없네요. 어떤 놈인지는 몰라도, 유능한 해커가 개입한 게 분명해요.」

「그럼 막다른 길인가요?」

「Anne : 글쎄요. 우선은 모터의 거래내역을 조사하는 중이에요. 범인은 RC 카에 독일제 저소음 모터를 집어넣었는데, 이건 재작년에 수입과 제조가 중단된 물건이거든요. 결정적인 단서는 아니어도 아예 없는 것보다는 낫죠. 요주의 인물들의 최근 행적과 대조해보면 뭔가 걸리는 게 있지 않을까 기대하고 있어요.」

겨울이 다시 문자를 보낸다.

「뭔가 부자연스럽지 않아요?」

「Anne : 부자연스러운 부분이야 많지만, 특히 어떤 면에서요?」

「경찰의 움직임을 감시할 능력은 있으면서 내가 자리를 비운 사실은 몰랐다는 점이요.」

폭발은 겨울이 머무는 숙소의 복도에서 발생했다. 이로 인해 언론은 테러의 표적이 겨울이었다고 기정사실화하는 분위기였지만, 정말로 겨울을 죽일 셈이었으면 사전에 경고를 보내지도 않았을 것이다. 덕분에 죽거나 다친 사람은 아무도 없다.

'처음부터 인명손실이 생기지 않기를 바랐다고 봐야 자연스럽겠지.'

앤은 일단 겨울의 심증을 긍정했다.

「Anne : 나도 그렇게 생각해요. 전에 이야기했던 것처럼, 목적이 따로 있는 음모일 확률이 높죠.」

그러나, 하고 덧붙이는 말.

「Anne : 지금으로선 심증에 지나지 않아요. 어쩌면 이 테러가 일종의 예고이자 시작에 불과할 수도 있고요. 이런 유형의 테러를 저지르는 연놈들은 구역질나는 욕망을 품고 있는 경우가 많으니까. 대중에게 관심을 받는 데서 느끼는 만족감, 많은 사람들을 공포에 질리게 만드는 데서 느끼는 자기 존재의 격상……. 혹은, 명성 높은 전쟁영웅을 지배하는 데서 오는 쾌감.」

「지배?」

「Anne : 누군가의 생사를 좌우하는 건 근원적인 차원의 지배라고 할 수 있죠. 겨울도 알잖아요. 권력은 총부리에서 나온다. 그 명제가 개인과 개인의 관계에서도 성립한다는 거.」

겨울로선 미처 생각해보지 않았던 관점이었다.

'하기야 팬에게 살해당한 유명인이 한둘은 아니지.'

한겨울이라는 사람을 손에 넣었다는 착각. 그 착각을 즐길법한 정신 상태라면 누구든 용의선상에 오를 자격이 있다.

「Anne : 내 말은」

앤의 발신이 이어졌다.

「Anne : 정황이 그럴듯하다는 이유로 사고를 가둬두지는 말자는 뜻이에요. 확증이 나오기 전까지는 최대한 많은 가능성을 열어둬야죠. 소설보다 더 소설 같았던 사건들이 얼마든지 있으니까.」

「그러네요.」

수긍하고서, 겨울은 소리 작게 틀어 놓은 TV를 바라보았다. 그리고 자판을 두드렸다.

「사람들도 그렇게 생각해주면 좋을 것을.」

뉴스 캐스터는 이 순간에도 양용빈 주의자들의 위험성을 전하는 중이었다. 붉은 바탕의 자막으로는 「속보 : 한겨울 중령, 다친 곳은 없는 것으로 전해져」라고 떠 있었고.

여기에 얼마나 많은 시민들이 분노하고 있을지는 짐작조차 어렵다.

앤이 공유한 정보는 아직 언론에 풀리지 않았다.

넷 워리어 단말이 진동한다.

「Anne : 거기까지는 어쩔 수 없는 일이겠죠. 사람이 원래 그런걸요. 진실이 빠르게 밝혀지기를, 그리고 그 진실이 우리가 바라는 내용이기를 바라는 수밖에.」

「Anne : 어쨌든 겨울이 무사하기만 하면 최악의 사태는 피하는 셈이에요.」

「Anne : 그러니 눈 좀 붙여요, 내 사랑. 시간이 늦었어요.」

앤의 염려는 언제나처럼 상냥했다. 겨울은 불현듯 그녀의 향기가 그리워졌다. 이 시간까지 사무실에 있을 모습이 선하다. 어쩌면 백악관이거나, 백악관으로 가는 길일지도 몰랐다. 크레이머는 분명 이 사건의 경과를 지켜보고 있을 것이므로.

「당신은요? 퇴근도 못 했을 텐데.」

「Anne : 나는 괜찮아요. :)」

더 물어봐야 소용없을 일이었다.

겨울은 전등을 끄고 침대에 누웠다. 무슨 일이 벌어질지 모르니 신체적으로 최상의 상태를 유지할 필요가 있었다. 혼자만의 어둠 속에서 연산가속으로 흐르기를 기다리는 밤이다. 겨울은 꿈을 꾸지 못한다는 게 아쉬웠다. 요즘처럼 아쉬울 때가 없었다.

기다림 끝에 처음으로 돌아온 감각은 촉각이었다. 누군가 조심스럽게 볼을 쓰다듬고 있었다. 겨울은 조금 놀라서 눈을 떴다. 「생존감각」이 있으니 적대적인 접근일 리는 없지만—

"이런. 깨워버렸네요."

눈앞에 한껏 미소를 머금은 앤의 모습이 보인다.

"앤?"

"서프라-이즈!"

머리맡에 꿇어 앉아있던 그녀는, 막 상체를 일으킨 겨울을 와락 끌어안았다. 더는 참을 수 없다는 듯이, 겨울의 어깨에 얼굴을 묻고 깊은 호흡을 반복하는 그녀. 스읍- 들이쉬었다가 길게 내쉬는 숨결이 옷을 통과하여 따뜻하게 번진다. 사랑하는 사람의 향기가 그리웠던 건 겨울 혼자만의 이야기가 아니었던가 보다.

머릿속에 의문이 맴돌았지만, 겨울도 일단은 앤의 향기를 만끽했다.

몇 분이 흐른 뒤에야 비로소 질문을 꺼내는 겨울.

"어떻게 된 거예요?"

앤은 겨울의 허벅지에 걸터앉은 채로 답했다.

"현장을 살펴보러 왔죠. 수사체계도 확실하게 장악할 겸."

"FBI 부국장이 직접?"

"이상할 것 없잖아요. 법무장관도 움직이는 마당에."

그리고 그녀는 겨울의 입술을 훔쳤다. 아랫입술을 살짝살짝 빨아들이다가, 자연스럽게 벌어지는 잇새로 촉촉하게 젖은 혀를 밀어 넣는다. 회를 거듭할수록 진해지는 맛이었다.

"후우-"

한참을 탐닉한 앤이 안타까운 한숨을 내쉬었다.

"여기서 멈추고 싶지 않은데⋯⋯."

"⋯⋯."

겨울도 동감이었다.

그러나 시간도 시간이지만, 이런 야전텐트에서 사랑을 나눌 순 없는 노릇이다. 누가 언제 찾아올지 모르니까. 두 사람이 연인인 게 밝혀져도 여전히 비난 받을 스캔들이었다.

겨울로부터 떨어진 앤이 다짐하듯이 말했다.

"그래도 기회가 있을 거예요. 적어도 내일까진 여기서 머무를 거니까."

"바쁘지 않겠어요?"

"아무리 바빠도 30분을 못 만들려고요."

"⋯⋯30분?"

고개를 기울이는 겨울에게, 앤은 장난을 치는 악동처럼 웃어 보였다.

"네, 30분. 가끔은 색다른 경험도 좋잖아요?"

겨울은 앤의 이런 모습이 싫지 않았다. 사랑으로 말미암아 밝아지기는 그녀 또한 마찬가지인 것이다. 한편으로는 연인간의 신뢰이기도 하다. 이 사람이라면 있는 그대로의 나를 받아들여 줄 거라는 믿음. 어느 쪽이든 겨울에겐 만족스러운 일이었다.

"그럼, 이따가 봐요."

앤은 짧은 재회 끝에 가까운 약속을 남기고 떠나갔다.

얼마 지나지 않아, 겨울은 그녀의 얼굴을 아침 뉴스에서 볼 수 있었다. 침착하면서도 당당한 모습. 조금 전까지 보여주었던 달콤함은 조금도 남아있지 않았다. 현장 생중계 영상에 FBI 부국장 조안나 깁슨이라는 자막이 떠오른다. 통제선 바깥에서 뒤따르며 아우성치는 기자들의 질문에, 그녀는 잠시 발걸음을 늦추며 돌아섰다.

「배후에 양용빈 주의자가 있을 것이 확실하지 않느냐고요? 현시점에서 확실하게 밝혀진 사실은 아무것도 없습니다. 당신에게 기자로서의 자부심이 있다면 경솔한 판단을 삼가십시오. 아니면 말고, 라는 식의 무책임한 보도는 수사에 혼선을 끼칠뿐더러 사회 전반에 불필요한 혼란을 야기시킵니다.」

그러자 어느 기자가 악을 쓰듯 날카롭게 외치는 소리가 마이크에 잡혔다.

「그럼 범인에게 다른 동기가 있을 수도 있다는 뜻입니까?」

앤은 오연하게 끄덕였다.

「다양한 시나리오를 염두에 두고 수사를 진행하는 중입니다.」

이에 기자가 다시 소리친다.

「정황증거가 이토록 명백한데 다른 증거가 필요하단 말입니까?! 혹시 그들을 보호하기 위해 의도적으로 시간을 끌고 있는 건 아닙니까?!」

그들. 기자가 말하는 그들은 당연히 중국계 시민들을 의미한다.

즉, 그들 전체를 양용빈 주의자들과 한통속으로 간주하고 있는 것이었다.

앤의 눈썹이 꿈틀거렸다.

「재차 말씀드립니다. 범인의 동기와 정체에 대해서는 아무것도 밝혀지지 않았습니다. 그러나 이것 하나만은 분명하게 말씀드리죠. 이 나라는 단 한 번도 테러에 굴복한 적이 없습니다. 우리는 끝까지 추적할 것입니다. 개인이든 집단이든, 또 일 년이 걸리든 십 년이 걸리든, 테러의 배후가 반드시 대가를 치르도록 만들겠습니다.」

여기까지 말하고서, 그녀는 선언하듯 덧붙였다.

「이 싸움의 결과는 이미 정해져 있습니다. 그것이 정의이기 때문입니다.」

겨울은 새삼스럽게 앤이 아름답다고 느꼈다.

그러나 그 여운이 길게 이어지진 못했다.

수사의 경과에 관해 추가적인 언급이 없는 것을 빌미로, 이날 오후부터 몇몇 언론이 수사당국의 무능함을 성토하기 시작했다. 수사가 이례적으로 신속하게 이루어졌던 보스턴 테러 당시에도 범인의 정보가 공개되기까지 이틀은 걸렸건만.

어느 뉴스 채널은 앤의 말 중 일부를 악의적으로 편집해서 반복적으로 송출하기도 했다.

「현시점에서 확실하게 밝혀진 사실은 아무것도 없습니다.」

뒤늦게 뉴스를 접한 사람의 눈엔 이러한 보도가 어떻게 보이겠는가.

한편, 펜실베이니아 곳곳에서 시민들의 신고가 빗발치고, 이에 따라 수상해 보이는 인물들이 연달아 체포되었다.

하지만 명확한 증거에 기초하여 체포한 경우는 존재하지 않았다. 차이나포비아에서 자유롭지 못한 경관들, 4년 임기제로 선출되어 인지도에 얽매일 수밖에 없는 보안관들이 이런 흐름을 주도했다.

이튿날, 필라델피아 차이나타운에서 또 하나의 사건이 발생했다. 누군가 밤새 양용빈을 찬양하는 내용의 인쇄물을 살포한 것이다. 거기엔 '양용빈 장군의 신념'이 체계적으로 녹아있었다. 불특정다수의 익명성과 악의적인 집단지성이 결합해 만들어낸 그 사상이다.

앤은 인쇄물의 내용이 영문이라는 점을 수상하게 여겼다.

휴식 시간의 길지 않은 통화에서, 그녀는 이렇게 말하며 한숨을 내쉬었다.

「그도 그럴 게, 필라델피아에 거주하는 중국계 시민 중 70%는 영어를 구사하지 못하거든요. '깨어있는 동포들'의 행동을 촉구하고 싶었다면 당연히 중국어를 썼어야죠.」

앤의 말처럼, 중국계 시민들은 영어를 모르는 인구의 비중이 상당히 높았다.

'그 자체를 나쁘다고 볼 순 없지만…….'

미국은 공식적인 공용어가 존재하지 않는 나라다. 이민자들이 모여 출신국가의 언어만을 사용하는 거주지는 그 밖에도 얼마든지 존재했다. 코리아타운이 그렇고, 유럽계 공동체들 또한 예외가 아니었다. 사용인구가 많은 스페인어는 제2의 공용어 취급을 받기도 한다. 이민자들의 나라라는 표현은 문자 그대로의 사실이었던 것이다.

그럼에도 중국어 사용자들에 대한 이미지는 예전부터 썩 좋지 않은 편이었다. 차이나타운 이외의 장소에서조차 당연하다는 듯 중국어로 말을 거는 사람들이 많았기 때문이다. 상대가 알아듣든 말든 안중에도 없는 듯한 태도로.

겨울은 그들의 폐쇄성을 곱씹었다.

한편으로는 지나간 기억이 뇌리를 스친다. 앤과 함께 샌프란시스코에 투입될 당시, 중간 기착지로 잠시 거쳤던 엔젤 아일랜드의 옛 이민국 사무소. 겨울과 앤은 그 앞의 차이나 만(China cove)에서 피쿼드 호로 향하는 잠수함을 탔었다.

옛 이민국 사무소는 사적지로 지정된 건물답게 내부에 이런저런 읽을거리들이 많았다. 그 대부분은 중국계 이민자들에 대한 차별의 역사를 기록하고 있었다. 반백 년 이상 시행되었던 「중국인 배척법」은, 현재까지 이어지는 중국계 공동체들의 폐쇄성에 어느 정도의 영향을 미쳤을까. 피해의식과 적개심은 공동체의 폐쇄성을 강화하기 마련이었다.

그리고 그 폐쇄성은 지속적인 부조화와 갈등을 일으키는 원인이 된다. 폐쇄성으로 인해 갈등이 빚어지고, 갈등으로 인해 다시 폐쇄성이 견고해지는 악순환.

겨울이 생각하는 탁류의 단적인 예시다. 한 번 혼탁해진 물이 스스로 맑아지기란 불가능한 일이었다. 어느 선을 넘어선 이후엔 더 이상 돌이킬 수 없게 되어버리고 만다.

지난 세기의 편견이 현시점에서 새로운 불씨를 더하고

있는 것처럼.

사람을 닮았으나 사람은 아닌 것들과의 전쟁은 그 악순환을 끊어버리기에 부족했다. 다만 박제된 소년에게 잠시 사람을 넘어서는 꿈을 꿀 기회를 주었을 뿐.

이제 소년이 아니게 된 겨울은 오래 꾸었던 꿈으로부터 깨어나는 중이다.

'아니, 내려놓는다고 표현하는 편이 더 어울릴지도.'

씁쓸한 여운은 여전하다.

앤은 이번 사건의 배후가 앞선 테러와 동일할 가능성이 높다고 말했다.

「RC카 대신 다수의 드론을 썼다 뿐이지, 수법 자체는 먼 젓번의 테러와 일치해요. 와이파이 칩셋도 같은 제품을 사용했고, 클라우드 망의 흔적을 지운 기술도 비슷하죠. 인쇄물에선 어떤 단서도 확인할 수 없었고요. 굉장히 치밀한 놈이에요. 놈인지 놈들인지.」

"이번에도 추적이 어렵다는 뜻이네요."

「네.」

그녀가 한숨을 쉬었다.

「앞으로 많은 피가 흐를 거예요. 난 당신이 거기에 상처 입지 않았으면 좋겠어요.」

정황으로 미루어, 겨울은 결국 불씨를 튀길 부싯돌로 이용당한 것이다. 다양한 가능성을 염두에 두자고는 했어도, 이제 와서 범인의 동기를 의심하기는 어려운 상황이었다.

"난 당신이 더 걱정이에요. 경솔하게 떠드는 사람들이 많아서.”

「됐어요, 그런 시답잖은 놈들은.」

앤은 겨울의 걱정에 대수롭지 않게 대꾸했다.

「날 백날 물어뜯어 봐야 이 자리에서 끌어내리는 게 고작인데, 그마저도 쉬울 리가 없죠. 내가 강등당하면 국장님의 계획에도 차질이 빚어질 테니.」

“국장님의 계획?”

「연말의 선거에 상원의원으로 출마하라는 제안을 받으셨나 봐요. 본인도 장차 대선가도에 진출하고픈 욕심이 있는 모양이고. 뭐, 국장님 정도면 그만한 야망을 품을 법한 인물이긴 해요. 쿠데타 진압에 기여한 공로가 있는 데다, 우선 사람이 괜찮으니까요.」

“아⋯⋯.”

「그런 상황에서 자기가 지명한 부국장을 반년도 지나지 않아 해임하는 건 악수일 수밖에요. 기존의 강인한 리더십이라는 이미지에 상처를 입는 셈인걸요. 선거를 앞두고 여론에 휘둘렸다는 비난을 받기 십상이에요. 게다가 난 페어스트라이크 건으로 훈장까지 받은 사람이고요.」

대중적으로 알려지진 않았을지언정 FBI 내부에서만큼은 영웅으로 인정받는 앤이다. 그런 앤을 잘라내느니, 국장 입장에선 차라리 의원 출마를 미루는 편이 나을 것이다.

“그래도, 만에 하나라는 게 있잖아요.”

「그럼 욕이나 한바탕 해주고 나오면 그만이죠. 애초에 원해서 앉은 자리도 아닌걸. 겨울도 알잖아요? 내가 되고 싶었던 건 당신의 아내이지, FBI 부국장 같은 게 아니었다는 거.」

"……."

진심이 뚝뚝 묻어나는 너스레를 들으며, 겨울은 어색한 미소를 머금었다. 지금 이렇게 가볍게 말하고는 있어도, 정말 그렇게 되면 그녀에겐 무척 안타까운 기억으로 남을 것이다. 겨울이 손쓸 수 없는 현재에 아쉬움을 느끼듯이. 달리 맡을 사람이 없겠다는 생각에서 부국장 자리를 받아들였던 앤이니까. 그녀의 태도는 겨울을 안심시키려는 배려였다.

「아, 이만 가봐야겠어요.」

아쉬워하는 기색이 역력하다. 겨울이 그녀를 불렀다.

"앤."

「네?」

"내가 많이 사랑하는 거 알죠?"

큭큭. 수화기 너머에서 웃음소리가 들려왔다.

「아는데, 내가 더 많이 사랑해요. 나중에 봐요.」

전화가 끊어졌다.

통화의 가벼움과 달리, 사태는 점점 심각하게 흘러갔다. 일군의 무장한 시민들이 차이나타운을 포위한 것이다. 여기엔 정규군에 필적하는 장비를 갖춘 민병대원들도 섞여있었다. 이들은 길목을 봉쇄한 경찰과 대치한 채로 성난 구호와 욕설을 외쳐댔다.

경찰들의 긴장감은 화면 너머로도 선명하게 느껴지는 수준이었다. 아직 주 방위군이 출동하지 않은 상황에서, 경찰들은 시위대의 압력을 견디지 못하고 조금씩 자리를 내주고 있었다.

그리고 그들 또한 중국계 거주자들을 잠재적 용의자로 보고 있기는 마찬가지였다. 애초에 길목을 봉쇄한 이유부터가 검문검색을 강화하기 위해서였다. 거주자들을 적극적으로 보호하려는 의지 같은 게 있을 턱이 없었다.

결국 오후 2시 11분, 끝끝내 총격전이 시작되고 말았다. 중국계 시민들은 자기보호를 위해 총을 들고 자경단을 결성했다. 그러나 다수의 언론은 그들의 행동을 불공정한 태도로 다루었다.

「시청자 여러분! 보십시오! 그들이 무차별적으로 총을 난사하고 있습니다!」

매력적인 여성 앵커가 경악한 음성으로 소식을 전한다.

화면에서 보여주는 건 매양 중국계 자경단이 거리를 향해 발포하는 광경이었다. 설령 자경단 쪽에서 먼저 발포했더라도 그들이 처한 상황을 감안해줘야 할 텐데, 자료화면이랍시고 경찰들이 몸을 피하는 모습들을 삽입하니 시청자 입장에선 왜곡된 인상을 받는 게 당연했다.

앵커는 중간 중간 이 사태와 전혀 무관한 사실을 언급하기도 했다.

「작년의 통계에 따르면, 시민권을 보유한 차이나타운 거주자들의 평균 소득은 무려 6만 달러에 달한다고 합니다. 필라델피아 시민들의 평균 소득이 4만 달러에 불과한데도 말이죠. 저들은 그러한 부를 어떻게 손에 넣은 것일까요?」

교묘한 화법이었다. 중국계 시민들이 부당한 방법으로 돈을 벌었을 거라는 인상을 주는.

이는 또한 약탈을 조장하는 듯한 멘트였다.

이런 악의가 먹혔던 것일까?

폭동의 규모는 시시각각 커져만 갔다. 필라델피아가 치안이 마냥 좋은 도시는 아닐뿐더러, 같은 광역권 내에 미국 최악의 우범지대인 캠든(Camden)이 위치한 까닭이다. 이곳은 방역전쟁 이전부터 불법적인 무기거래와 마약밀수의 중심지로 악명이 높았다.

차이나타운과 캠든은 심지어 거리상으로도 가까웠다. 캠든에서 다리 하나만 건너면 곧바로 차이나타운이었으니까. 넷 워리어 단말의 위성지도로 이를 확인한 겨울이 짧게 신음했다.

그리고 곧 다시 한 번 신음했다. TV 화면에 비친 시위대의 현수막을 보았기 때문이다.

「중령님! 우리의 영웅! 이번엔 우리가 당신을 지켜드리겠습니다!」

"맙소사."

저기서 말하는 중령이 겨울 이외의 다른 사람일 가능성은 없었다.

주 방위군 투입은 사태 발생 후 한 시간 만에 이루어졌다. 이는 이례적으로 빠른 결정이었으나, 도시의 나머지 구역 보호를 우선시했다는 점이 문제였다. 높은 등급의 비취 인가를 보유한 겨울은 그 배치를 실시간으로 확인할 수 있었다.

'잘못되었다……고만은 할 수 없나.'

겨울은 이미 장교로서 군의 치안유지활동에 대한 교육을 받은 바 있다. 종말이 다가오는 시대엔 필수적인 사항이었다.

해당 교육에서 예로 든 사건 중의 하나가 92년에 일어난 LA 폭동이었다.

일단 도시적인 규모의 폭력사태가 발생하고 나면, 평소부터 사회에 불만을 품고 있던 소외계층 역시 각자의 동기로 무질서에 합류하기 시작한다.

그러므로 도시의 나머지 영역을 먼저 진정시키겠다는 결정은 결코 잘못된 것이 아니었다. 화재를 진압할 때 불이 번질 방향의 나무를 미리 베어내는 이치와 같았다.

현시점에서 투입된 군 병력이 고작 3개 대대에 불과하다는 사실도 감안해야 했다. 광역권의 크기와 시위대의 무장 수준을 고려하면 1개 여단조차 부족할지 모른다.

상황이 이런데도 불구하고, 겨울은 내일부터 보수교육이 재개된다는 통보를 받았다.

연락을 해온 사람은 육군 교육사령부의 어느 대령이었다.

"Sir. 지금은 다소 무리가 아닌가 싶습니다만……."

대학으로 복귀한 겨울은 이제 막 숙소를 옮긴 참이다. 전쟁대학 교정의 분위기는 뒤숭숭했고, 폭탄이 터진 자리엔 여전히 금줄이 쳐져 있었다. 추가 테러가 우려된다는 이유로 이곳에도 주 방위군 병력이 투입되어 경비를 서는 중이었다.

이 과정에서 원래 경비를 맡고 있던 경찰과는 서로 호흡이 맞지 않는 모습을 보여주었다.

말끝을 흐리는 겨울에게, 대령은 별것 아니라는 투로 대답했다.

「그렇다고 비상대응체계 구축을 늦출 순 없잖나. 백악관이 거기에 얼마나 큰 관심을 기울이는 사안인데. 이것도 일종의 임무라고 생각하게. 사정이 여의치 않을 때도 명령을 받으면 수행해야 하는 게 우리들 군인 아니던가.」

"음, 무슨 말씀이신지 알겠습니다."

서부지역 비상대응체계를 처음 제안한 사람이 바로 크레이머 대통령이었다. 쇼맨십이 원체 강한 사람이 아니다 보니, 대응체계의 발효일자를 한참 전부터 확정지어 놓은 상태. 그러니 본인의 체면 때문에라도 날짜를 늦추고 싶어 하지 않을 것이었다.

「뭔가 곤란한 일이 있으면 꼭 연락하게. 내가 최선을 다해 편의를 봐주겠네.」

"배려에 감사드립니다."

「무얼. 당연한 일이지.」

이후 대령은 전화를 바로 끊지 않고 이런저런 주제로 대화를 이어나갔다. 겨울은 대령이 자신의 식견을 어필하려한다는 느낌을 받았다.

그리고 이는 이 대령에게서 처음 느끼는 게 아니었다. 칼라일 주둔 병력이 속한 사단의 사단장도 점심 무렵 겨울을 찾아와 식사를 함께했던 것이다.

겨울로선 이런 의문을 품을 수밖에 없었다.

'로저스 중장님의 진급 건이 대체 어느 선까지 알려진 거지?'

문민통제의 원칙이 여전히 지켜지는 미군이지만, 그럼에도 장군은 예전부터 실력만큼의 정치력으로 올라가는 자리였다.

게다가 최근의 미군은 급격한 팽창으로 말미암아 장교와 장교간의 스폰서 관행이 만연해진 상태였다. 이는 2차 대전 당시에도 있었던 일. 기존의 체계로는 도저히 감당할 수 없을 만큼 조직이 커졌을 때, 개개인이 혼란에 대처하는 과정에서 자연스럽게 발생하는 현상으로 봐야 한다.

그러니 로저스의 중장 진급에 얽힌 비화를 아는 사람이라면 겨울과의 인연을 만들어두고 싶어 할 법했다.

중앙정보국이 일부러 정보를 퍼트렸을 가능성도 있겠다. 장차 겨울을 정보국과 군 사이의 확실한 연결망으로 삼기 위해서. 정보국의 직접적인 접촉엔 거부감을 보일 군 인사들도, 겨울을 매개로 한다면 협조적인 태도를 보여줄 확률이 높으니까.

이러한 연상의 끝에서, 겨울은 갑작스러운 염증을 느꼈다.

이런 시국에서도 자기 잇속을 먼저 차리는 군상들과, 그 군상들의 표적이 된 자신. 저 밖에서 세차게 흐르는 탁류.

그로 인하여 아직도 멀기만 한 앤과의 생활.

'이게, 내가 도달한 최선의 세상이라니.'

겨울의 속은 무거울 수밖에 없었다.

이는 낯선 스트레스였다. 누이가 자신을 따라 시드는 것이 싫어 불가피하게 사후를 연장하던 무렵엔, 그러니까 스스로가 벌써 죽었다고 여기던 무렵엔, 이토록 깊은 회의감에 사로잡힌 적이 없었건만. 왜 이제 와서 새삼스럽게 고단해지는 것일까.

겨울은 이미 답을 알고 있었다.

더 살고 싶어졌기에 숨이 막히는 것이다.

변화의 계기는 별 하나의 약속으로 말미암아 겨울에게 찾아온 봄이며, 다른 한편으로는 앤에 대한 사랑이기도 했다. 박제가 다시 생명을 얻는 과정이었다. 산다는 것은 우선 자신을 보호하는 일. 앤에게 프러포즈를 할 때 바깥세상에 대한 연민을 접어두었던 것이 그 예다.

필라델피아의 소요는, 이 세상이 바깥세상으로 가는 길에 본격적으로 접어들었음을 보여주는 신호였다. 앤과 함께 살아갈 세상은 저 밖의 세계를 급격하게 닮아갈 터.

그것을 두고 사람 사는 세상의 자연스러운 귀결이라 평한다면, 즉 사람들의 무대는 원래부터 그렇게 기울 수밖에 없도록 되어있노라고 한다면, 겨울로서는 받아들이기 어려울 것이었다. 아니, 어렵다기보다는 싫은 것에 가깝다.

숙고하던 겨울은, 일단 할 수 있는 데까지는 해봐야겠다고 생각했다. 겨울을 핑계 삼아 약탈과 강도와 살인과 방화

를 저지르고 있는 시위대에게 있어서 겨울 이상의 진정제
는 존재하지 않을 것이다. 사태를 가라앉히는 가장 빠르고
확실한 해법이었다.

'내일부터 교육을 재개한다고 통보한 시점에서 상부의
뜻은 분명하지만……'

암살 위협이 있다곤 하나, 군인은 본디 지키는 쪽이지 지
켜지는 쪽이 아니다.

그러나 위쪽에선 이번 소요를 진정시키는 데 겨울을 쓰
지 않겠다고 결정한 것이다. 겨울은 이를 자신에 대한 보호
라기보다 사태에 대한 적극적 방관으로 이해했다.

군과 정계의 지도부라고 모르겠는가. 테러의 진정한 목
적이 겨울의 목숨을 도모하는 것일 가능성은 지극히 희박
하다는 사실을. 그러나 정치적인 이해득실과 그 이상의 중
국계 혐오정서가 그들로 하여금 사실을 외면하도록 만들었
을 것이었다.

지속적으로 불안 요소가 될 소수인종을 끌어안고 있느
니, 차라리 이번 사태를 빌미로 뭔가 결정적인 조치를 취하
는 편이 낫다. 필시 그런 계산이 아닐는지.

때로는 자신의 선동에 자신이 휘말리는 사람들도 있다.

겨울은 우선 정식 지휘계통을 통해 자신을 소요 현장에
투입해달라는 요청을 올렸다. 결과는 당연하게도 반려였
다. 여기서 멈추지 않고, 겨울은 다른 경로를 통해 같은 의
견을 상신했다. 여기서의 다른 경로란, 자신을 한겨울 중령
의 스폰서로 여길 인물을 뜻한다.

'어차피 내겐 더 이상 싸울 기회가 주어지지 않을 테니까.'

처음 하는 생각이 아니다. 겨울의 예감은 확신에 가까웠다.

지금은 그냥 넘기고, 훗날 정치적인 노력을 통해 사회를 바꿔나간다는 선택지도 있을 것이다. 그러나 지금 이 순간은, 말하자면 둑이 무너지기 시작하는 순간이다. 아직은 호미나 가래로 막을 수 있다. 역병은 초기에 진압해야 희생이 적어지는 법이었다.

시간이 흐르면 한겨울 중령에 대한 경의와 호감이라는 호미가 녹슬어버릴 것이기도 하고.

겨울의 랩탑이 신호음으로 새로운 메시지의 도착을 알렸다.

「Lt Gen. Rogers : 중령. 귀관은 좋은 의미로든 나쁜 의미로든 당최 달라지는 게 없군.」

인트라넷 메신저에 뜬 텍스트는 로저스 중장의 질책이었다.

「Lt Gen. Rogers : 아무리 선의와 희생정신에서 비롯된 제언일지라도, 기존의 규율과 명령계통을 우회하는 건 장교로서 모범적인 처신이라고 보기 어렵다.」

「송구합니다.」

「Lt Gen. Rogers : 하물며 그것이 귀관 스스로에게도 위험한 일이라면 더더욱 그렇지. 귀관이라면 현재 방침의 배경에 POTUS(대통령)의 암묵적인 동의가 있음을 모르지 않을 텐데?」

「그렇습니다.」

「Lt Gen. Rogers : 아는데도 그렇게까지 해야만 할 이유가 있는가?」

결국은 걱정이었다.

계급은 여전히 중장이지만 로저스의 입지는 포효하는 폭풍 작전 당시보다 높아졌다. 합동참모본부로 영전하여 전략기획 및 정책본부장을 맡게 된 것이다.

합동참모본부는 육, 해, 공군의 이권이 첨예하게 대립하는 정치적 전장이다. 군령권이 없다는 한계도 그 위상을 깎아내리지는 못한다. 그런 곳으로 들어간 만큼, 로저스의 우려는 보다 확실한 근거를 깔고 있다고 봐야 했다.

겨울이 자판을 두드렸다.

「저는 초동조치라고 생각하고 있습니다.」

「Lt Gen. Rogers : 즉 지금이 아니면 늦는다고?」

「이미 늦었지만, 그렇다고 해서 시도조차 하지 않는 것보다는 낫지 않을는지요? 불타버린 폐허를 재건할 순 있을지언정 탄화된 사람을 되살릴 순 없는 법이니까요. 이대로 둔다면 혼돈은 전과확대에 돌입할 겁니다.」

겨울은 혼돈을 의지를 지닌 적처럼 표현했다.

전투에서 발생하는 인명피해의 대부분은, 전선이 돌파당했을 때가 아니라 돌파구를 통한 추가 공격이 이루어졌을 때 비로소 빚어진다.

군인에게 어울리는 비유였다.

「Lt Gen. Rogers : 흠…….」

세상을 보는 눈은 로저스에게도 있다. 장군다운 관록과 식견도 있다. 다만 그가 중국계 시민들을 어찌 바라보는가는 겨울에게 있어서 미지의 영역이었다.

「Lt Gen. Rogers : 올레마에서 내가 들려주었던 말을 기억하는가?」

「어떤 것을 말씀하시는지.」

「Lt Gen. Rogers : 우리가 신은 아니지 않느냐고 했던 부분.」

「예. 기억합니다.」

「Lt Gen. Rogers : 귀관에겐 아무래도 신앙이 필요해 보이는군. 세상의 모습으로 미루어 신이라는 게 정말로 존재할지는 의문이지만, 사람의 노력만으로는 귀관이 바라는 바를 성취하기가 불가능한 것도 사실이니까.」

"……."

겨울은 짧은 한숨을 내쉬었다. 사적인 교유가 깊다고만은 할 수 없는 사이인데도, 중장의 통찰은 겨울이 보는 세상을 꿰뚫고 있었다.

「Lt Gen. Rogers : 아무튼, 내가 할 수 있는 데까지는 해보겠다. 적어도 동기가 불순한 요청은 아니니. 다만.」

「말씀하십시오.」

「Lt Gen. Rogers : 확실히 해두지. 이건 어디까지나 귀관이 나의 전우이기에 주는 도움이다. 난 내 이력서에 귀관의 이름을 적어 넣을 생각이 없다.」

의도를 오해하지 말라는 뜻이었다. 겨울의 청탁으로 진급한 당사자다 보니 이런 문제에 민감할 수밖에 없을 것이다. 그에게 겨울과의 접점을 묻는 사람도 많았을 테고.

근래 들어 겨울과 직접적인 관계가 없는 많은 장군들이 겨울에게 호의적인 태도를 보여주는 것은, 물론 전쟁영웅에 대한 존중과 호감이 밑바탕에 깔려있겠지만, 동시에 전역이나 퇴역 이후의 구직활동을 준비하는 과정이기도 했다.

평생 군인이었던 장군들의 전역, 혹은 퇴역 이후 진로는 셋 중 하나였다. 정계에 진출하거나, 군과 관계된 기관에서 명목뿐인 자리를 맡거나, 아니면 사기업의 사외이사로 들어가거나. 이 중에서 첫 번째와 마지막은 로비스트로서의 잠재력이 중시된다.

이는 또한 장군들에게 있어서 자존감이 달린 일이었다. 긴 시간 군의 정점에 군림하다가 하루아침에 뒷방 늙은이가 되긴 싫은 것이다. 우울증에 걸려도 이상하지 않을 노릇. 성공적으로 제2의 인생을 시작한 동료들과 비교되기 시작할 경우엔 더더욱 그러하다.

그러므로 겨울과의 관계는 장군들에게 장래를 위한 스펙으로 간주되기에 충분하다.

달리 말해, 방역전쟁이 실질적으로 종결되는 시점에서 전역 및 퇴역을 고려하고 있는 장군들이 많다는 의미였다.

방역전쟁 내내 고급장교의 심각한 결핍을 겪었던 미국이 군축을 하겠답시고 현직 장군들을 무더기로 내쫓을 일은 없다고 봐도 좋다.

하지만 중요보직의 감소는 불가피하며, 이에 따라 현역

으로 남아있는 장군들에게 만족할 만한 대우를 해주기도 어렵게 된다. 그저 유명무실한 자리들을 복사 붙여넣기 하듯 양산하여 장식품처럼 앉혀 놓는 게 고작일 것이다. 급여도 어떤 식으로든 조정하게 될 터이고.

그러므로 장군들 스스로 보다 나은 대우를 찾아 나간다면 정부로서도 막을 이유가 없다.

'예비역으로 지정해두었다가 비상시에 동원하면 그만이니까.'

보다 적은 비용으로 보험을 유지할 수 있는 정부와, 평화로워진 세상에서 더 나은 세상을 영위할 수 있는 장군들. 양자에게 만족스러운 선택 아니겠는가.

그리고 그런 관점은 누군가에겐 수치스럽거나 모욕적일 수도 있는 것이었다. 특히, 전우가 자신을 그런 식으로 볼 수도 있다는 가능성이.

메시지가 갱신되었다.

「Lt Gen. Rogers : 그러니 일단 조용히 기다리고 있도록. 이건 명령이다. 이 이상의 군인답지 못한 행동은 용납하지 않겠다.」

다시 말하지만, 합동참모본부엔 군령권이 없다. 따라서 로저스에겐 명령을 내릴 권한이 없었다. 그럼에도 굳이 명령이라는 표현을 쓰는 것은 겨울에게 개인적인 담보를 요구하는 것이었다. 어기면 내 신뢰를 잃어버릴 줄 알라고.

겨울이 답신했다.

「Sir. 저는 제가 당신의 전우라는 사실을 영광으로 생각합니다.」

「Lt Gen. Rogers : 그거면 됐다. 해가 바뀌거든 술이나 한
잔 하지.」

술을 즐기지 않는 사람의 말이었다.

겨울이 연락할 사람으로 로저스를 선택한 것은, 됨됨이
와 유능함에 대한 신뢰도 있거니와, 그가 속한 합동참모본
부의 특성 때문이기도 했다. 권한이 애매한 대신 간섭하는
영역은 지극히 넓다. 애초에 대통령을 위한 자문기관이었
으므로.

로저스의 성격이면 정식 명령계통을 거쳐 아예 대통령을
설득하려 할 가능성도 있다. 급격한 승진을 거듭했다곤 해
도 그 역시 장군. 이럴 때 쓸 정치적 자산이 없지는 않을 것
이다.

겨울은 잠을 자지 않고 기다렸다.

밤이 깊어지는데도, 어두운 방의 TV는 점점 더 격화되는
유혈사태를 보여주었다. 쨍그랑! 화염병이 깨지며 불길이
치솟는다. 화염에 휩싸인 가게는 진즉에 약탈당해 텅 비어
있는 상태였다. 깨진 창가엔 중국계 자경단이었던 것으로
보이는 시체가 걸려있었다. 그 아래의 벽은 진득하게 말라
가는 핏자국으로 가득했다.

방송사의 헬기와 드론이 저공비행으로 시가지를 가로지
른다.

도시 곳곳에서 차량의 도난방지 경보음이 울려 퍼졌다.
차이나타운 자경단이 수적 열세에 밀려 동쪽 경계로부터

한 블록 뒤로 물러났기에, 당장은 총성보다 약탈의 함성이 더 높았다. 불운하게 제때 물러나지 못한 자경단은 도로 위에서 린치를 당했다. 차가운 아스팔트 위에 새로운 시체가 널브러졌다. 이제 와서 새로운 풍경은 아니었다.

가끔은 이 지옥 같은 거리를 발로 뛰어 취재하는 기자들도 있었다. 용감한 행동이기 이전에, 폭도화한 시위대가 기자들에게까지 적대적이진 않았던 까닭이다. 시위대에겐 명분이 있었다. 그 명분이 그들의 행동에 최소한의 제약을 걸어놓았다. 그들은 카메라를 환영했고, 명분으로 자신들을 정당화하는 데 힘썼으며, 심지어 기자들을 보호해주기까지 했다.

몇 번 채널을 바꾸던 중에 겨울은 아는 얼굴을 발견했다.

'……마르티노 씨?'

길버트 마르티노. 올레마에서 구조한 종군기자단의 한 사람이었다. 도움이 될 수도 있겠다. 잠시 생각에 잠겨있던 겨울은 방송사 로고를 보고 그의 연락처를 확인했다. 미리 연락처를 교환해 두었으면 좋았을 뻔했다. 기본적으로 언론인이라 주의할 필요는 있겠으나, 생명의 은인인 겨울에게 함부로 굴지는 않을 테니까. 구해주었을 당시엔 겨울을 거의 숭배하다시피 했던 사람이다.

잠시 후, 로저스 중장의 최종답신이 도착했다.

특수전사령부 명의로 내려온 명령과 함께.

해당 명령은 현장의 주 방위군 및 경찰 병력을 인수하여 소요 진압에 동참하라는 지시를 담고 있었다. 어느 부대를 어디서 누구에게 어떻게 인수해야 하는지, 규모와 시간과 방식과 이동수단까지 명확하게 기재되어 있다.

이 명령을 만들어내고자 로저스가 어떤 수단을 동원하고 어떤 무리를 감수했을지는 모르겠으나, 당장은 고마운 마음으로 활용하는 것이 최선이었다.

새벽 1시 30분. 차이나타운 서쪽의 로건 스퀘어(Logan Square).

"오신다는, 말씀을 듣고, 정말, 숨넘어가게 달려왔습니다."

겨울이 지정한 랑데부 포인트에 늦지 않게 도착한 마르티노가 곧 죽을 사람처럼 헐떡거렸다. 전과 달라진 게 없는 그의 스태프들도 마찬가지. 도로 상황이 엉망이라 차량을 제대로 이용하기 힘들었을 것이다.

'그래도 헬기를 부를 수 있었을 텐데.'

본사에서 헬기 지원을 해주지 않은 걸까, 아니면 혹시라도 특종을 빼앗길까봐 본사에까지 비밀을 지킨 걸까. 어쨌든 아무래도 좋은 일이다. 겨울은 그들 모두와 인사를 나누었다.

"오랜만입니다, 마르티노 씨. 카아 씨와 클라인 씨도."

"제, 이름을, 기억해 주시다니……."

감격하는 카아. 예나 지금이나 한결 같은 반응이었다.

그런데 겨울을 찾은 건 이들만이 아니었다.

"중령님!"

겨울은 손을 들어 병사들의 경계를 늦추었다. 아는 목소리였으니까.

"타미리스 양? 당신도 와 있는 줄은 몰랐네요."

새로 나타난 사람은 역시 종군기자단의 한 사람이었던 헬렌 타미리스와 그녀의 카메라맨이었다.

호흡을 조금 회복한 마르티노가 지친 기색으로 웃었다.

"제가 귀띔해줬지요."

"특종을 나누시려고요?"

"뭐, 사내의 경쟁자는 아니기도 하고……. 무엇보다, 생사고락을 함께한 친구 사이니까요. 서로가 이 도시에 있다는 걸 뻔히 아는 마당에, 같이 중령님께 도움을 받은 입장에서 나중에 원망을 듣고 싶진 않았습니다."

"그렇군요."

믿을 만한 기자가 둘이다. 좋으면 좋았지 나쁠 것은 없었다.

"반가운 마음은 깊지만 주어진 여유가 없네요. 오늘은 제가 여러분께 도움을 받아야겠습니다."

겨울의 말에, 마르티노가 묻는다.

"대충 짐작은 갑니다만, 그래도 확인은 해야겠군요. 통화에서 당부하신 것 외에 특별히 바라시는 게 있습니까?"

"아뇨. 그저 중립적인 태도를 부탁드리죠."

"그거라면 안심하셔도 좋습니다."

씨익 웃는 그는, 필라델피아에 출동한 겨울의 모습이 방송을 타는 것만으로도 이 폭동의 국면을 바꿔 놓기에 충분하다는 사실을 이해하고 있었다.

'언론인이 미디어의 힘을 모르는 쪽이 이상하지.'

겨울이 동반한 병력의 이동과 배치를 지시하는 동안, 마르티노와 타미리스가 바쁜 걸음으로 따라다니며 계획된 질문을 던졌다.

"지난 폭탄 테러는 중령님을 노린 양용빈 주의자의 소행이었다는 분석이 지배적인데요, 그럼에도 불구하고 차이나타운을 보호하라는 명령을 받은 것에 대해서 어떻게 생각하십니까?"

겨울은 명령의 배경을 모르는 척 연기했다.

"당연한 명령이라고 생각합니다. 군의 의무는 시민을 지키는 것이니까요."

"그중에 테러리스트가 있을지도 모르는데 말입니까?"

"증거가 없을뿐더러, 그게 사실이라면 더더욱 시민들을 보호해야죠. 선량한 시민들 사이에 테러리스트가 숨어든 셈이니까요."

"이 방송을 보고 있을 필라델피아 주민들에게 하실 말씀이 있으시다면?"

"군과 경찰은 도시의 질서회복을 위해 최선의 노력을 경주하겠습니다. 주민 여러분께서는 저희를 믿고 안전한 곳에서 상황이 안정되기를 기다려주시기 바랍니다."

이런 모습이 전파를 타면서, 화면 속 풍경으로 위치를 특정한 시민들이 몰려들기 시작했다. 그 시민들의 대부분은 조금 전까지 시위대로서 거리를 행진하던 이들이었다. 애당초 거리로 나와 있던 이들이 아니었다면 이렇게 빨리 올 수 있었을 리가 없다.

한편 스스로 떳떳하지 못하다고 생각하는 대다수는 불에 덴 것처럼 놀라 흩어졌다. 진정한 의미에서 폭도가 되었던 세력이다.

겨울에게 관심이 집중됨에 따라, 총성이 울려 퍼지는 빈도가 급격하게 감소했다.

'이렇게 간단한 걸……'

겨울은 한숨을 쉬고 싶은 심정이었다.

물론 차이나타운 인근에 진짜 양용빈 주의자가 있지 말란 법 없고, 따라서 저격의 우려가 상존하는 상황. 그러나 겨울을 겨냥한 총성이 터지는 게 꼭 나쁜 것만은 아니었다. 그 사람을 검거하는 광경이 중계되면, 그것을 재료 삼아 물타기를 시도할 수 있으니까.

경찰들의 통제선 너머의 시민들이 수군거렸다.

"저거 봐! 이유라 중위도 있어!"

"진짜네? 근데 호랑이 가죽 망토는 어딨지?"

이를 들은 유라의 표정이 민망함으로 물들었다.

겨울이 인수한 병력은 한 개 중대의 주 방위군 및 연방보안청 기동타격대(SOG)와 총기단속국(ATF) 요원 등으로 잡다하게 구성되어 있었다. 면면을 보면 되는대로 긁어줬다는 인상이 강하다. 사태의 심각성에 비해 충분한 병력도 아니었다. 모두 연방정부의 지시를 받긴 하지만, 어느 부처든 자기네 인력을 내놓기는 싫은 법이었다. 그 상대가 겨울이라 할지라도.

그래도 겨울은 부족하다고 생각하지 않았다. 겨울이 여기 있는 한 대놓고 공격해올 미치광이들은 없거나 드물 것이기 때문. 즉석에서 군경 합동 지휘체계를 구축하고 독립대대 간부들에게 통솔을 맡긴다. 주 방위군이든 경찰이든 당연히 원래의 지휘관들이 존재하지만, 서로 체계가 상이한 양측이 같이 움직이려면 중간에서 조율을 해줄 참모들이 필요하다. 겨울이 독립대대 장교들을 데리고 온 첫 번째 이유였다.

명령서를 확인하고 바로 달려온 것이긴 하나, 작전을 구상할 시간은 충분히 많았다. 겨울은 지하철역을 거점 삼아 벽에 붙은 지도를 임시 상황판으로 개조하고, 간부들을 모아 속사포 같은 명령을 쏟아냈다.

"이곳 레이스 바인(Race Vine) 역을 연락소 겸 대피시설로 지정하겠습니다. 보호가 필요한 시민이 있다면 우선 지하역사에 수용하세요. 히로노부 소위."

"예!"

"한 개 분대를 차출하여 지하철 역 경계에 투입하고, 책임자를 결정한 다음 보고할 것."

"알겠습니다!"

"부상을 당한 시민은 맞은편의 대학병원으로 유도합니다. 강선열 소위는 이걸 가져가서 병원 원무과와 교섭하세요. 선수금 받은 셈 치고 이쪽에서 보내는 부상자들을 수용하라고. 내 개인 자격으로 치료비를 대납하는 형식입니다."

겨울이 내민 것은 미리 작성해서 가져온 수표였다. 서명은 물론 겨울의 것. 이런 비용이 벌써 공금으로 할당되었을 리가 없지 않은가.

강선열 소위가 경악했다.

"2, 20만 달러? 어째서 이런 데 사비를……."

"행정상의 조치가 이루어지기 전에 죽는 사람이 나올 테니까요. 그 금액이면 부족한대로 시민들의 응급처치를 의뢰할 정도는 되겠죠. 바로 가요. 10분 주겠습니다."

겨울의 단호한 태도에 강 소위는 당황한 기색 그대로 수표를 받아들었다. 겨울의 이름과 서명이 적힌 수표는 그 자체로 강력한 협상력을 발휘할 터였다. 단순한 금액을 넘어서 추후 병원의 광고효과를 노릴 수도 있는 일이다.

미국의 병원은, 이렇게 기름칠을 하지 않고 환자를 맡길 경우 수용능력을 초과했다는 이유로 부상자를 방치해버릴 가능성이 높았다. 혹은 치료를 해주더라도 무성의한 태도로 일관하거나, 비용을 겁낸 환자가 처치를 거부할 수도 있었다.

이걸 꼭 영리화 된 병원만의 책임으로 보긴 어렵다. 원래 이런 재난 상황에서의 환자 수용은 병원에게 손해를 보기 십상인 일. 사태 수습 이후 치료비를 청구하려고 보면, 치료 받은 당사자와 시 당국과 주 당국과 연방당국이 서로에게 청구서를 떠넘기기 일쑤였으니까. 결국 치료비는 병원 차원에서 대손상각 처리될 확률이 높다.

치료 받은 당사자는 그 전에 벌써 파산한 상태일 것이고.

'이번은 예외겠지만.'

지금도 옆에서 카메라가 돌고 있었다. 생중계는 아니고, 사태가 끝난 뒤에 공개하기로 겨울과 합의한 부분이었다.

　언론이 이 일을 다루면 의료보험 개혁을 부르짖는 크레이머가 그냥 넘어갈 리 있겠는가. 종래에는 고작 20만 달러로 수백만 달러 이상의 효과를 거둘 수 있을 것이다. 20만 달러는 더 나은 세상을 위해 기부한 셈 치면 그만이다.

　"임호진 소위는 한 개 소대를 이끌고 차이나타운 북쪽 경계를 방어. 브로드 스트리트부터 10번가와 바인 스트리트 교차로까지 고속도로(Express way)를 경계로 차단선을 설정할 것. 가교마다 한 개 팀을 배치하고 각 가교 사이의 구간마다 다시 한 개 팀을 파견. 나머지는 예비대로 편성."

　임호진 소위가 머뭇거렸다.

　"병력이 부족하지 않겠습니까? 예비대도 마찬가지입니다."

　한 개 팀은 네 명으로 이루어진다. 소총수 겸 리더 하나, 일반 소총수 하나, 유탄사수 하나, 지원화기 사수 하나. 주요 도로를 막을 병력으로는 모자라 보이는 게 사실이다.

　겨울이 고개를 가로저었다.

　"아뇨. 충분해요. 이쪽 조명을 다 끊어버려요. 여의치 않으면 총으로 쏘던가. 예비대도 그 숫자로 족합니다. 차단선 위로 타격대를 보낼 테니."

　유사시 탁월한 야간전 능력을 활용하라는 뜻이다. 아무리 장비를 잘 갖춘 민병대라도 야시경과 적외선 조준기 세트까지 일괄 보유한 경우는 드물었다.

거기에 도심을 관통하는 고속도로는 일반 도로보다 한 층 낮은 높이로 만들어졌다. 등 뒤가 바로 차이나타운이니, 지형장벽에 의지해 방어한다면 포위당할 일은 없다고 봐도 좋다.

다음으로 겨울은 유라를 불렀다.

"이유라 중위."

"네!"

"중위가 타격대를 편성해요. 소대 하나에 총기단속국 요원들을 섞어서. 여기엔 강력한 시현성(示現性)이 요구됩니다. 일종의 기동방어라고 생각하고 공세적으로 움직이되, 모루 역할은 소대에게 맡기고 경찰 병력을 앞세울 것. 시위 진압엔 경찰의 능력이 더 우수할 테니까요."

경찰도 경찰 나름이다. 겨울이 데리고 있는 건 연방경찰의 정예였다.

시현성을 요구한 것은 충격이 필요한 까닭이다. 폭도들을 대대적으로 검거하는 장면이 전파를 타면, 그 외의 지역에서도 시위대의 기세가 주춤해질 것이다. 그렇잖아도 겨울의 등장으로 당황하고 있는 마당이니.

상황이 상황이다 보니 유라가 평소보다 각 잡힌 태도로 질문했다.

"벤저민 프랭클린 대교는 저대로 방치합니까?"

그녀가 지목한 다리는 필라델피아와 캠든을 잇는 길목이었다. 겨울이 끄덕였다.

"그냥 둬요. 시위대가 빠져나가게끔."

퇴로를 막아선 안 된다. 목표는 최대한 많은 폭도를 구속하는 게 아니라 소요 자체를 진정시키는 것. 살인과 방화를 저지른 자들이 꼬리를 감추겠으나, 그걸 감수하고서라도 사태를 빠르게 마무리 짓는 편이 사상자를 최소화하기에 유리했다.

"Sir. 시현성이라면 당신께서 직접 나서시는 편이 낫지 않습니까?"

"난 중국계 자경단의 무장해제를 유도할 겁니다. 그다음에 합류하죠. 필요하다면 말이지만."

겨울이 생각하기에 자경단의 무장해제는 최우선적으로 처리해야 할 일이었다. 일부 언론의 불공정한 보도로 인해 중국계 시민들에 대한 시선이 싸늘해지지 않았는가. 그러므로 겨울이 그들을 무장해제시키는 장면이 방송으로 나가야 했다.

'핵심은 어디까지나 여론전이야.'

미디어의 만행은 미디어로 수습하는 게 제일이었다.

이를 다른 사람에게 맡기기도 곤란하다. 브라보 중대의 간부들이라면 같은 중국계니까 차이나타운 주민들도 거부감 없이 받아들이겠지만, 문제는 정작 브라보 중대 간부들 쪽이었다. 그들은 자신들이 중국계로 보이는 것을 싫어했다. 달라 보이고 싶은 마음은 곧잘 폭력성으로 표출된다. 즉 겨울의 눈 밖에서 대민사고가 발생할 확률이 높았다.

'그나마 믿을 수 있는 건 왕커차이 소위 정도…….'

기자 중의 한 사람, 헬렌 타미리스는 자신의 스태프를 데리고 유라에게 따라붙었다. 따로 부탁하지 않아도 자신의 필요성을 인식한 것이다. 다만 떠나면서 마르티노에게 눈을 흘기는 것으로 미루어, 어느 쪽이 겨울에게 붙어있을지를 두고 모종의 내기가 있었던 듯했다.

겨울의 지시가 이어졌다.

"리아이링 소위는 연방보안청 요원을 둘 붙여줄 테니 시청으로 가서 연락장교 역할을 맡아요. 내 이름을 어떤 식으로 팔아도 좋아요. 최대한 빨리 시경의 지원을 끌어내야 합니다."

필라델피아 시청은 겨울이 자리 잡은 역사에서 고작 세 블록 떨어져있을 뿐이었다. 당연히 거기엔 시 경찰 병력이 집중되어 있는 상태.

"맡겨주십시오."

리아이링이 결의를 다지며 경례했다. 특유의 욕망에 불이 붙은 모습이었다. 승산이 충분하니 겨울의 점수를 딸 기회라고 여기는 출세욕.

'상황을 이해하고 있는 거겠지.'

필라델피아 시경(市警)은 결코 능력이 없어서 가만히 있는 게 아니다. 단지 의욕이 없을 뿐이다. 진압에 나섰다간 희생은 희생대로 치르고 시민들의 지지는 지지대로 잃어버릴 테니까. 시경이 차이나타운을 보호한다면 즉각적으로 시장을 비난하고 나설 언론이 많다. 그러므로 시장에겐 시경을 움직일 하등의 이유가 없었다.

그러나 이제 사정이 달라졌다. 사태에 한겨울 중령이 개입했으니, 공적을 나눠 가질 기회를 놓칠 리가 없었다. 시민들의 여론을 우려할 이유가 사라진 건 물론이다.

이런 조건이면 계산이 깊은 리아이링이 설득에 실패할 리가 없었다.

참모 역할을 맡은 이들을 제외한 나머지 간부들을 적재적소에 배치한 겨울은, 예고한 대로 직접 나서서 차이나타운으로 진입했다.

"무기를 버리고 통제에 따르세요! 이제부터 이곳은 우리가 보호합니다!"

자경대원들은 중국어로 외치는 겨울의 말을 듣고 순순히 무기를 내려놓았다. 마르티노를 따르는 리로이 카아의 카메라가 그 모습들을 놓치지 않고 담아냈다. 엠바고를 걸었던 아까의 작전지시와는 달리, 이 장면은 전국에 생중계로 나가는 중이었다. 회수한 무기가 잔뜩 쌓이는 광경은 많은 시민들의 적의를 누그러뜨릴 것이었다.

몸수색을 받은 자경대원 하나가 겨울에게 제안했다.

"저희 자경단이 당신을 도와드리면 안 되겠습니까?"

유창한 영어였다. 겨울은 차갑게 보이지 않도록 주의하며 거부했다.

"괜찮습니다. 제 지시에만 따라주시면 됩니다."

그러나 자경단 간부쯤으로 보이는 사내는 바로 수긍하지 않았다.

"어쩌면 우리 중에 정말로 미친 작자가 있을지도 몰라서 그렇습니다. 한 중령님 당신께서 다치시거나…… 만에 하나라도 잘못되는 경우, 우리의 운명은 나락으로 떨어질 겁니다."

겨울이 시선을 기울였다.

"마음은 이해합니다만, 군인의 의무는 시민을 보호하는 것입니다. 그 반대가 아니죠. 저와 치안당국을 믿고 안전한 곳에서 기다려주시기 바랍니다."

"하지만-"

"죄송합니다. 시간이 없어서 이만. 혹시 다친 사람이 있다면 경찰에게 알려주십시오. 곧바로 조치해드릴 겁니다."

경찰의 존재를 강조하는 겨울. 경찰에게 일부러 그런 배역을 준 것이기도 하다.

'나 개인에 대한 신뢰를 공권력에 대한 신뢰로 만들어야 해.'

방송을 통해 지켜보는 사람들에게도, 겨울의 행동이 개인의 행사가 아니라 공권력의 행사로 보여야 한다. 동반한 연방보안청 요원들의 복색과 장비가 군의 그것에 필적한다는 게 흠이긴 하나, 어쨌든 그들도 경찰이었다. 방탄복 상의에 US Marshall이라는 문구가 찍혀있었다.

공포에 질려있던 차이나타운 거주자들은 이제야 안도하며 눈물을 쏟았다. 그들에게도 겨울은 비길 데 없는 영웅이었고, 평소에도 중국계 부하들을 차별 없이 기용하기로 유명했으며, 그런 영웅이 자신들을 구하고자 위험을 무릅쓰고 나섰다는 사실에 감격했다.

마르티노가 자기 스태프들을 향해 수신호를 보냈다.

"컷, 컷. 카메라 돌려요. 저 목소리들이 길게 나가면 곤란해."

카아가 동의했다.

"중국어로 저렇게 외쳐대는 건 역시 좀 그렇죠……."

대다수 미국 시민들이 중국계에 대해 느끼는 이질감만 강화할 따름이었다.

겨울은 바쁘게 움직이는 와중에도 그 대화를 듣고 감사의 의미로 눈인사를 보냈다.

이렇게 다각적인 노력에 힘입어, 사태는 빠르게 진정세로 돌아섰다. 겨울이 도착한 후 두 시간이 흐른 시점에선 사실상 모든 폭력사태가 끝났다고 봐도 좋을 정도가 되었다.

그러던 중에 유라로부터 무전이 들어왔다.

「Sir. 펜실베이니아 군사 예비대(Pennsylvania Military Reserve)가 치안유지업무를 돕겠다고 제안하는데 어떻게 할까요? 주 정부로부터 정식 승인을 받은 민병대라는데요.」

"정식 승인? ……사실관계를 확인하고, 지휘권을 장악할 수 있다면 받아들여요. 가급적 차이나타운에서 먼 쪽으로 배치하고."

「네. 걱정하지 않으시게끔 처리할게요.」

민병대라고 다 같은 민병대가 아니다. 합법적인 비영리 단체로서 주 정부의 인가를 받은 준군사조직이 따로 존재했다. 이들은 유사시 주 방위대(State defence force)로 흡수된다. 종말이 시작된 이후의 민병대 조직 중에선 시민들의 선호도가 가장 높은 축에 드는 부류. 겨울이 유라의 통솔을 허락한 이유였다.

일반 시민들로 구성된 민병대가 차이나타운을 보호하는 광경은, 미국 시민들에게 있어서 꽤나 상징적인 그림이 될 것이었다.

'이제 좀 숨을 돌려도 괜찮으려나……'

주민들을 위무하는 동시에 전반적인 지휘를 하느라 바쁘게 움직인 겨울이었다. 때때로 진동하는 넷 워리어 단말에 주의를 할애할 겨를이 없었다. 연인이 보낸 문자 메시지들을 이제야 제대로 읽어본다.

쌓인 숫자가 많지는 않았다. 당연한 일이다. 앤 또한 바빴을 테니까.

「어떻게 된 거예요? 위에서 당신을 보내줄 거라곤 예상치 못했어요.」

첫 메시지는 겨울이 이곳에 온 뒤로 몇 분 지나지 않아서 도착했다.

「또 뭔가 잔뜩 무리를 했겠군요. 아내 될 사람으로서 걱정이 많습니다. :(」

「20만 달러라니. 아내 될 사람으로서 걱정이 많습니다! :(」

「저격을 경계해요. 당신이 어련히 조심하겠지만, 아내 될 사람으로서 걱정이 참 많습니다!!! :(」

스크롤을 내리며, 겨울은 남몰래 소리 죽여 웃었다.

「그래도 덕분에 일이 편해졌네요. 고마워요, 내 사랑. :)」

「날이 밝으면 내가 그쪽으로 갈게요. 이따가 봐요.」

그녀가 약속한 아침은 기다림 만큼이나 느리게 밝아왔다. 소요는 사후정리 단계에 접어들었고, 중국계 난민 일부가 경찰의 보호 속에서 자신들의 사업장을 수습하기 시작했다.

'LA 폭동이 일어났을 때도 영업을 계속하던 업소들이 있었을 정도니까.'

겨울에겐 그러한 삶의 항상성이 아름다워 보였다.

독립대대의 간부들도 남은 임무를 치안당국에 완전히 인계하고 겨울이 있는 곳으로 돌아왔다.

"저기, 실례합니다."

겨울이 있는 곳으로 두 손 펼치고 조심스럽게 다가온 이는, 간밤에 겨울을 돕게 해달라고 간청했던 중국계 자경단의 한 사람이었다.

"다들 식사가 아직이신 것 같은데, 괜찮으시다면 저희 아버지의 식당에서 해결하시는 게 어떨까 하고. 아버지께서 중령님과 부하분들께 최선의 요리를 대접하고 싶으시답니다."

겨울이 물었다.

"감사한 말씀이네요. 아버님께서 요리사이신가요?"

"장장 40년간 가업을 이어오셨지요. 실력만큼은 최고이실 겁니다."

"그렇다는데, 다들 어때요?"

시선을 돌리니 간부들의 반응이 반으로 갈린다. 유라처럼 솔직하게 좋아하는 사람이 있는 반면, 차마 말은 못해도 은근히 싫어하는 사람도 있었다.

겨울은 후자를 모른 척하며 끄덕였다.

"그럼 부탁드리겠습니다."

"다들 저를 따라오십시오. 안내해드리겠습니다."

기뻐하며 앞장서는 중국계의 사내.

리아이링이 겨울의 옆으로 다가와 속삭이듯 경고했다.

"괜찮으시겠습니까? 안전이 확인되지 않은 음식입니다."

겨울은 정면을 보고 걸으며, 그녀와 마찬가지로 소리를 줄여서 답했다.

"별일 없을 거예요. 저 사람을 못 믿겠으면 내 안목이라도 믿어요."

"……."

잠시 입을 다무는 아이링. 별로 좋지 않았던 과거에도 불구하고 본인을 발탁한 게 겨울이니, 겨울의 안목을 의심한다는 말은 할 수가 없는 것이다.

"그렇다면 제가 기미라도 보게 해주시겠습니까?"

독극물이 있는지 없는지 자기가 먼저 먹어서 확인하겠다는 소리였다. 겨울은 한순간 과잉충성이라고 생각했으나, 「생존감각」의 존재를 모르는 리아이링으로선 충분히 품을 법한 우려였다. 겨울이 잘못되면 자신의 전망도 불투명해진다.

겨울은 무난하게 사양했다.

"그건 너무 티가 나잖아요. 정 걱정스럽다면 마르티노 씨에게 부탁해보죠. 조리단계에서부터 카메라를 들이대면 허튼 행동을 하기 어려울 테니."

그래도 표면적으로는 이상할 게 없는 취재였다.

"……알겠습니다."

리아이링은 못마땅한 기색으로 타협안을 받아들였다.

그러한 우려가 무색하게 식사는 훌륭했고, 별다른 사고 없이 끝났다.

이후엔 앤이 겨울을 찾아왔다. 비록 두 사람이 긴 시간을 함께 있지는 못했으나, 충실함이 꼭 시간에 비례하는 것은 아니었다. 그녀는 겨울에게 예의 그 '30분'을 제안했고, 몇 번의 경험만으로도 익숙해진 겨울은 그 유혹을 웃으며 받아들였다. 언제나 휴식과 서로의 체온이 절실한 두 사람이었다.

여기는 다른 곳도 아닌 필라델피아다. 번화한 도시에서, 장소는 찾으려면 얼마든지 찾을 수 있었다.

달캉, 달캉. 알루미늄 블라인드가 가볍게 흔들리는 소리. 깨진 창문으로 바람이 들어오고 있었다. 겨울이 줄을 당겨 블라인드를 끌어올리자, 창 너머로 필라델피아 중심가의 풍경이 한눈에 들어온다. 박살난 유리창은 간밤에 이 건물이 총격을 받은 흔적이었다. 벽과 천장에 남아있는 탄흔들이 그 증거다.

그래도 간밤의 소요가 거짓말이었던 것처럼 평화로운 아침이었다. 창틀에 잘린 햇살이 반듯한 마름모꼴로 바닥에 떨어졌다. 그 햇빛을 받으며, 창가에 선 겨울은 흐트러진

옷매무새를 정돈했다. 단추를 채우다가 문득 매만지는 입가엔 감정의 여운이 남아 있었다.

한동안 차곡차곡 쌓이기만 했던 불편함과 무력감을 조금은 덜어낼 수 있었던 오늘. 그 기회의 끝에서 잠깐이나마 사랑하는 사람과 서로의 체온을 나눴으니, 겨울이 느끼는 만족감은 자연스러운 것이었다. 아니, 만족감보다는 차라리 안도감에 가까운 감정일지도 모르겠다.

쏴아아아~

화장실에서 물 내려가는 소리가 들린다. 다음은 끼릭끼릭 수도꼭지를 돌리는 소리. 별것 아닌 소음에 귀를 기울이며, 겨울은 창틀에 비스듬히 기대어 앤이 나오기를 기다렸다. 잠깐 시야를 벗어났을 뿐인데 벌써부터 다시 보고 싶어진다. 그녀가 항상 보이는 곳에 머물렀으면 싶은 겨울이었다.

잠시 후 앤이 문을 열고 나왔다. 겨울이 그렇듯이, 그녀 또한 눈이 마주치는 순간부터 웃음을 짓기 시작한다. 곧 다시 헤어져야 할 테지만, 그 사실을 미리 생각하면 생각할수록 함께하는 즐거움은 빠르게 시들어버리고 만다. 두 사람이 경험으로 체득한 지혜였다.

나중에 다시 만났을 때에도 변치 않을 감정을 믿으며, 지금은 그저 서로에게 기댈 수 있는 이 순간을 오롯하게 향유하는 것이 최선이었다.

"음?"

겨울을 보는 앤의 눈에 짓궂은 장난기가 깃들었다.

"겨울. 그 모습 그대로 나갈 셈이에요?"

"왜요?"

갸우뚱하는 겨울에게, 앤은 살짝 상기된 표정으로 자신의 목 언저리를 짚어 보였다.

"목에, 립스틱 자국."

"앗……."

"가만있어 봐요. 내가 지워줄게요."

바싹 다가선 앤이 겨울의 두 팔을 잡고 목으로 입술을 가져갔다. 뭘 하려는가 했더니 혀로 핥아서 지우려는 것이었다. 겨울은 시계를 보며 난감해하면서도 그녀가 원하는 대로 몸을 맡겨두었다. 따뜻하고 촉촉한 감촉이 목덜미를 간지럽힌다. 그 위로 와 닿는 숨결과 향긋하게 느껴지는 체취도 좋았다.

"됐다."

떨어진 앤은 생긋 웃으며 소맷자락을 써서 마무리했다.

겨울이 짐짓 못마땅한 투로 불평했다.

"지우는 방법이 지나치게 관능적이지 않아요? 30분이 이미 다 지나갔는데."

말이 30분이지, 실제로는 그보다 좀 더 적었다. 장소를 찾는 데 걸린 시간이 있기 때문이었다. 그나마 곧바로 이 콘도를 지목한 앤의 통찰 덕분에 낭비를 최소화할 수 있었다.

앤이 곱게 키득거렸다.

"인내가 길고 쓸수록 열매는 더 달게 느껴지는 법이죠.

다음에 만날 겨울이 기대되네요.”

“감당할 수 있겠어요?”

“후회는 그때 해도 늦지 않다고 봐요. 그리고 아마, 나한테는 그 후회마저도 즐거울 걸요?”

“……어디 두고 보자고요.”

“큭큭. 네, 두고 보기로 하죠.”

앤은 창틀에 기댄 겨울을 끌어안고 가만히 눈을 감았다. 햇살에 젖은 얼굴에선 다 지우지 못한 노곤함이 묻어났다. 이대로 잠들고 싶은 표정. 시위가 폭력으로 비화될 무렵부터 지휘에 개입했다고 하니, 겨울과 마찬가지로 긴장감과 책임감 속에서 밤을 새웠을 그녀였다.

“오늘을 계기로 이 콘도에도 사람이 돌아오게 될까요?”

겨울이 묻자, 앤은 눈을 감은 채 고개를 가만히 흔들었다.

“불안이 남아있을 동안에는 어려울걸요…….”

그리고 포옥 한숨을 내쉰다.

“이번엔 어떻게 잘 넘어갔지만, 그저 급한 불을 껐을 뿐이에요. 반 중국계 정서는 언제든 새로운 사건으로 터져 나올 수 있죠. 요즘 들어선 차라리 격리수용을 실시하는 편이 낫지 않을까 싶을 정도예요. 그러면 최소한 사망자는 적게 나올 테니까…….”

여기까지 말한 앤이 눈을 뜨고 겨울을 올려다보았다.

“정말 터무니없죠? FBI 부국장이라는 사람이 이런 생각이나 하고 있고.”

겨울은 그녀의 볼을 쓰다듬으며 부드럽게 답했다.

"옳고 그름을 떠나, 실무 책임자로서는 충분히 할 법한 생각이라고 봐요. 최악과 차악 사이의 양자택일이 강요되는 상황이라면 말이죠. 나쁜 건 당신이 아니라 그런 선택을 강요하는 현실 쪽 아니겠어요?"

현실이고, 세상이고, 사람들이다.

"와."

앤이 다시금 겨울의 품에 얼굴을 묻었다.

"진짜 달콤한 위로네요……."

겨울은 앤을 다독여 주며, 그녀의 어깨 너머로 살풍경한 방을 바라보았다.

이 콘도는 보기 드물게 호텔 기능을 겸하는 곳이었다. 어느 방엔 거주자가, 어느 방엔 투숙객이 있는 식이다. 그래서 로비에도 투숙객을 위한 안내 데스크가 존재했다. 각 호를 분양받은 소유주들이 협동조합 형식으로 운영했을 터.

박살난 정문을 지나 도착한 로비에서, 앤은 어렵잖게 이 방의 열쇠를 골라냈다. 많은 열쇠 가운데 층수가 높고 손을 탄 흔적이 없는 하나였다.

방 안의 가구들은 비닐로 덮여있었다. 그 위로 뽀얗게 쌓인 먼지는 이 방이 적어도 몇 주 전부터 비어있었음을 암시했다. 그래서 소파를 덮은 비닐엔 지난 30분, 앤이 손을 짚었던 자국들이 선명하게 남아있었다.

콘도는 차이나타운의 위험성이 급격히 높아지면서부터 줄곧 방치되어 있었을 것이다. 딱히 갈 곳이 없어 남아있던 거주자들도 최근의 흐름을 보고 어떻게든 몸을 피해야 했을 터. 차이나타운의 가장자리에 있는지라 공격이 시작되면 눈 먼 총탄을 맞기에 딱 좋을 위치였다.

어쨌든 이런 콘도에서 지냈을 사람이면 당장 대피할 자금이 부족하진 않았을 것이다. 도심에 근접한 입지를 고려하면 월세와 관리비조로 매달 이삼천 달러가 가볍게 나갔을 곳이니.

웅웅-

"으, 아까부터 정신 사납게……."

테이블 위에서 연신 진동하는 스마트폰을 바라보며, 앤은 자기 볼에 불만 섞인 바람을 채워 넣었다. 액정에 뜬 메시지들은 당장 급한 호출과 거리가 멀었다.

그러나 한편으로는 시간상의 한계를 초과해버린 것도 사실. 어쩔 수 없이 나가봐야 할 시점이었다. 아쉬움이 뚝뚝 묻어나는 표정으로 겨울과 떨어지는 앤. 머리를 묶은 그녀는 홀스터를 착용한 후 스마트폰을 챙기며 바깥 방향으로 고갯짓했다.

"가요. 더 늦었다간 싫은 소리 듣겠어요."

앤이 앞장서고 겨울이 뒤따른다. 조용한 복도엔 비상등이 들어와 있었다. 두 사람은 엘리베이터를 기다리는 동안 입맞춤을 나누었다. 승강기 안에서도 마찬가지. 그러나 1층 로비를 나섰을 때, 겨울은 육군 중령으로, 앤은 FBI 부국장으로 돌아와 있었다.

"힘내요. 마지막까지 조심하고요."

그녀의 작별인사.

"당신도요."

겨울은 그녀에게 손을 흔들어주었다.

현장에 다시 합류하며, 겨울은 명령서의 효력이 정지되기 전에 해야 할 일들을 생각했다. 우선순위는 놀라울 만큼 빠르게 구체화되었다. 앤과 시간을 보내기 전보다 머리가 맑아진 건 기분 탓이 아닐 것이다. 아쉬움 이상으로 힘을 얻었다. 겨울은 앤 역시 그러하기를 바랐다.

해야 할 일 중엔 민병대 관계자들을 만나는 것도 있었다. 지휘권을 장악한 유라와의 무전을 유심히 들어본 바, 그들이 원한 것은 한겨울 중령의 지휘를 받았다는 사실 그 자체였다. 말로는 표현하지 않아도 은연중에 느껴지는 것이 있었다고나 할까.

겨울은 그들의 요망에 적극 부응해줄 참이었다.

'오늘의 경험을 자랑스러워하는 한, 그들은 중국계에 대한 혐오에 대해서도 상대적으로 냉정한 태도를 유지해주겠지.'

전쟁영웅과 함께 폭동에 맞서 싸운 것은 오래도록 술집에서 떠들 만한 무용담인 것이다. 내가 말이야, 그날 한겨울 중령하고 같이 있었단 말이지……. 하는 식으로. 그 무용담 속에서 자경대원 자신은 정의의 편이어야 한다. 그 전까진 별 생각이 없었거나 중국계에 은근한 적의를 품고 있었을 가능성마저 있으나, 때로는 거짓에서 시작되는 진실이라는 게 있는 법이었다.

또한 그들에겐 많은 기자들이 관심을 보일 터. 인터뷰가 반복될수록 그들의 증언이 여론상의 선순환을 낳을 가능성도 커진다.

겨울은 자신을 좋아하는 사람들을 이렇게 계산적으로 대하기가 싫었다. 하지만 현실이 현실이다 보니 어쩔 수 없는 부분이었다. 그래도 악의로서 기만하는 건 아니며, 설령 그들이 겨울의 속내를 알게 된다 하더라도 비난을 할 것 같진 않았다.

한편 우선순위의 일부는 스스로 겨울을 찾아왔다. 무슨 소린가 하니, 필라델피아 시장이나 시경 총감, 연방보안관, 펜실베이니아 주지사 같은 사람들이 현장을 방문했다는 말이다.

진정으로 타산적인 이들이었다.

그러나 겨울은 그들을 반가운 마음으로 맞이했다.

언젠가 제프리의 연인, 캐슬린 헤이랜드 보안관이 이런 말을 들려준 적이 있었다.

"어느 도시, 어느 빈민가, 어느 우범지대에서든, 치안을 확보하려면 우선 공권력에 대한 신뢰부터 회복해야 합니다."

그 전에, 그녀는 중국계에 대한 경찰의 차별을 언급했다.

"중국인들을 일부러 차별하는 인원이 있기는 있겠지요. 그러나, 저만 해도 중국계 거류구를 순찰할 땐 살갗이 찌릿거릴 때가 많습니다. 경찰 입장에서 위협을 느끼는 건 진짜라는 거죠. 단순히 의심이 많아 느끼는 착각이라기엔…… 노려보는 시선들이 너무나 분명합니다. 의미를 알 수 없는 그들만의 수군거림도 신경을 곤두서게 만들고요."

그녀가 증언한 악순환은 지금 미국 전역에 걸쳐 형언하기 어려울 정도의 규모로 반복 재생산되는 중이다.

그렇잖아도 고립성과 배타성이 강한 중국계 공동체는 이런 상황에서 공권력을, 나아가 미국이라는 나라 전체를 적으로 인식하기 십상이었다. 그 인식이야말로 양용빈 주의가 열매를 맺게 만들 양분이다. 이미 악의의 씨앗이 싹을 틔웠으되, 늦었다고 포기하기는 일렀다.

따라서 겨울은 여론에 민감한 고위관계자들을 티 나지 않게, 그러나 아낌없이 띄워주었다.

"뵙게 되어 영광입니다. 시장님과 시경의 지원 덕분에 소요를 빠르게 진정시킬 수 있었습니다. 진심으로 감사말씀을 드립니다."

"주지사님께서 아직 위험한 현장을 방문해주신 데 놀랐습니다. 피해를 입은 시민들을 만나보시겠습니까? 여기 리소위가 안내해드릴 겁니다."

위는 시장에게, 아래는 주지사에게 해준 말이었다. 아직 위험한 현장 운운하는 부분은 추후 주지사의 과감성을 강조하는 데 쓰기 좋은 재료일 것이다.

빠르든 늦든 이 광경을 지켜볼 사람들은 각급 기관들이 반 중국계 정서에 힘을 모아 대처했다는 인상을 받을 터이고.

민병대원들과도 빠짐없이 악수를 나누었다. 그 광경을 마르티노가 카메라에 담았음은 물론이다.

늦은 오후가 되어 겨울이 대부분의 업무를 치안당국에게

인계할 무렵, 마르티노는 휴대폰을 살피며 이죽거렸다.

"이 소요가 장기화될 거라고 떠들던 놈들이 순식간에 태도를 바꿔서 호들갑을 떨고 있군요. 중국계 시민들의 저항을 보도하는 태도도 눈에 띄게 달라졌습니다. 언급을 자제할지언정 사실을 왜곡하지는 않는군요. 중령님의 영향력에 새삼 감탄했습니다. 하하. 경쟁자들의 추태는 언제 봐도 즐겁군요."

겨울이 어색하게 웃었다.

"성격 안 좋으시네요."

"기자라는 게 성격이 좋기 어려운 직업인지라."

그는 능글능글 자학적인 농담으로 응했다. 처음 만났을 당시의 인상과는 많이 달라진 지금이다. 이쪽이 원래의 성격에 가까울 것이었다.

"저녁엔 베트남계와 태국계, 한국계, 일본계 사업장들이 입은 피해를 중점적으로 보도할 예정입니다. 이번 폭동은 방향성이 엇나갔다는 비난도 추가로 받게 되겠지요."

마르티노의 말처럼, 차이나타운엔 중국계 사업장만 있었던 게 아니었다. 오히려 중국계가 아니기에 더 심하게 약탈당한 사업장들도 존재했다. 중국계 자경단은 중국계 사업장만을 보호했기 때문이다.

'평소부터 얄밉게 굴었다고 했었지.'

겨울이 자경단원들의 변명을 떠올렸다.

그랬다. 그것은 변명이었다. 그들은 겨울이 한국계를 외면한 자신들의 행동에 화를 낼까봐 두려워했다.

그러나 한국계를 비롯한 다른 문화권의 소수인종들이 먼저 중국계를 외면해온 것도 사실이었다. 그들에겐 그것이 자기방어와 생존의 수단이었겠지만.

결국 누가 나쁘다고 쉽게 단정 지을 수 없는 상황이었다.

사람들의 탁류란 대개 이런 식으로 만들어진다.

상념을 치운 겨울이 기자에게 까딱 목례했다.

"어제 오늘의 도움에 감사드립니다, 마르티노 씨."

"별말씀. 저야말로 감사드려야죠. 중령님 덕분에 특종을 잡았으니. 앞으로도 제가 필요할 땐 망설임 없이 연락 주시기 바랍니다. 만사를 제쳐 놓고 달려올 테니까요."

기자는 눈을 찡긋거리고 다음 취재를 위해 떠나갔다.

겨울은 속으로 희망적인 관측을 하나 품었다.

'일이 이렇게 되었으니, 난민지도자들의 부정을 발표하는 시점은 좀 미뤄질지도…….'

지금 폭로가 이루어진다면 충분한 주목을 받기 어려울 것이다. 난민지도자들의 횡령보다는 한겨울 중령을 노린 테러가 훨씬 더 강렬한 사건이니까. 비교가 무의미할 지경. 그러니 테러의 배후가 밝혀지기까지는 발표를 미루는 편이 합리적이었다.

여론의 향방에 따라서는 폭로 자체가 기약 없이 표류할 공산도 있었다. 겨울의 짐작이 맞다면, 테러의 배후는 양용빈 주의자가 아닐 테니까. 그 사실이 밝혀질 경우, 시민들은 반 중국계 정서를 경계하거나 적대하기 시작할 것이었다.

혼자 하는 생각이지만, 겨울은 가능성이 꽤 높다고 판단했다. 수사당국이 거짓 범인을 만들어내지만 않는다면야.

그러나 다음 날 아침, 백악관은 생각지도 못한 방법으로 겨울의 관측을 뒤집었다.

백악관 대변인의 담화는 필라델피아 소요에 대한 논평으로 시작되었다. 무고한 시민들이 입은 피해에 유감을 표하고, 도시를 빠르게 안정화시킨 각급 관계자들의 노력에 긍정적인 의의를 부여하는 내용. 근본적인 원인으로서 반 중국계 정서를 언급하지 않은 점은 조금 아쉬웠으나, 크레이머 행정부의 성향을 감안하면 이 이상의 온건함을 기대하기 어려웠다.

하여 겨울을 비롯한 독립대대 장교들은 이때까지만 해도 느긋한 분위기로 TV를 시청하고 있었다. 돌아보면, 이걸로 또 한 건 해냈구나 싶은 표정들. 자신들의 활약을 다양한 매체로 접하는 건 뿌듯하고 만족스러울 수밖에 없는 일이었다.

이런 분위기 속에서 유라가 슬쩍 운을 띄웠다.

"Sir. 이번 일로 서훈을 신청해도 괜찮을까요? 몇 명은 꼭 챙겨주고 싶은데⋯⋯."

정이 많을지언정 공사를 혼동하지는 않는 유라다. 그런 유라가 챙겨주고 싶다고 할 정도면, 이번 작전에 동참한 소대장들이 그만큼 모범적으로 임무를 수행했다는 뜻이었다.

은연중 힐끔거리는 시선을 좇아보건대, 중대간 화합을

고려하는 측면도 있을 듯하다.

독립대대에서 이루어지는 모든 서훈은 기본적으로 지휘관인 겨울이 신청하는 것.

겨울은 선선히 고개를 끄덕였다.

"오늘까지…… 아니, 이번 주 안에 양식 작성해서 나한테 보내요. 대단한 건 아니지만, 우수 대민지원 훈장(Military Outstanding Volunteer Service Medal)쯤은 받을 수 있도록 해볼게요. 복무기간 가산은 없더라도 진급평가엔 도움이 되겠죠."

복무기간 가산이 없는 건 훈장의 등급이 낮기 때문이었다. 즉 당장 호봉이 오른다거나 하는 일은 없다. 그러나 아무리 낮은 등급의 훈장이라도 한 번 받아놓으면 이후의 진급에 두고두고 영향을 미친다. 심사를 받을 때마다 일정 점수를 기본으로 깔아 놓고 시작하게 되는 것이다.

'그래서 다른 난민 출신 장교들이 서훈추천에 인색하다지.'

그들에게 있어서 뛰어난 부하는 잠재적인 경쟁자나 다름없었다. 이는 단순한 짐작이 아니라, 이곳 전쟁대학에서 교육을 받고 있는 인원들이 독립대대 간부들에게 직간접적으로 하소연하다시피 한 사실이었다. 그런 점에서, 독립대대에 속해있는 당신들이 너무나, 너무나 부럽다고. 이 모든 흐느낌들은 어떤 식으로든 겨울의 귀에 들어오게 되어있었다.

왕커차이가 전하기를, 어떤 이는 겨울에 대한 원망을 토로하기도 했다고 한다. 겨울의 존재로 인하여 미국 시민들이 '영웅적인 활약'이라고 느끼는 역치가 지나치게 높아져 버렸다는 것이다. 겨울로서는 미처 생각해보지 못했던 후발주자의 관점이었다.

유라가 생긋 웃었다.

"감사합니다. 대장님께서 그렇게 말씀해주시면 확정된 거나 다름없네요."

실제로 위에선 지금껏 겨울의 서훈신청을 기각한 적이 없었다.

넘치는 자긍심은 오만함의 경계를 범하기 쉽다. 겨울이 가볍게 주의를 주었다.

"그렇게 생각하는 건 상관없지만, 어디 가서 대놓고 말하고 다니진 말아요."

"당연하죠. 괜히 안 좋은 말이 도는 일 없도록 주의하겠습니다. 너희들도 알겠지?"

유라는 겨울의 노파심이 자신을 겨냥한 게 아님을 알고 있었다. 다른 소대장들의 주의를 환기하는 모습이 자연스러웠다. 받아들이는 소대장들의 태도에도 거부감이 없었고. 유라가 실력과 실적과 인품으로 얻어낸 인정이었다. 겨울은 다시 한 번 확신했다. 그녀가 선임중대장을 맡아서도 주어진 역할을 잘해낼 것이라고.

이런 생각을 하고 있는 와중에, 백악관 대변인은 어느 샌가 이번 소요의 발단이 된 테러를 거론하고 있었다. 그런데 그 흐름이 조금 이상했다.

「반사회적 테러에 악용될 수 있는 불법적인 무기 거래를 추적하는 과정에서, 수사당국은 일부 난민 출신 장교들이 자신이 속한 부대의 보급물자를 빼돌렸다는 사실을 확인했습니다.」

이 말은 기자단을 크게 술렁이게끔 만들었다. 그만큼 충격적인 내용이었던 까닭이다.

담화가 끝나기 전인데도 한 기자가 급하게 질문했다.

「잠시만요, 대변인. 그럼 이번 테러에 사용된 폭탄도 그렇게 유출된 군수품 중 하나라는 말씀이십니까?」

「그 부분은 아직 확실하지 않습니다. 조사 결과를 기다려주십시오.」

모호한 부정이었다. 기자는 그 모호함을 파고들었다.

「하지만 가능성은 있는 거고요?」

「정확한 건 수사결과가 나온 뒤에야 알 수 있겠습니다만, 예. 그 가능성도 염두에 두고 수사를 진행하는 중입니다.」

테러에는 사제폭발물이 사용되었으나, 그 폭발물을 채운 화약이 어디서 나왔는가가 관건이었다. 과거에도 총탄에서 긁어낸 화약을 테러에 쓴 사건이 존재했다. 출처에 따라서는 기자가 제기한 가능성도 충분히 성립할 수 있었다.

대변인의 답변에 다른 기자들이 질문을 쏟아냈다.

「가능성을 염두에 두고 있다는 말씀은 그럴 만한 근거가 있다는 뜻으로 이해해도 되겠습니까? 각각의 사건을 잇는 최소한의 정황증거가 존재한다고?」

「대변인! 무기를 빼돌린 장교가 혹시 중국계입니까? 또 무기 밀매에 관여한 조직의 출신성분은 어떻습니까? 그들

중에도 역시 중국계가 포함되어 있진 않은가요? 대답해주세요!」

「무기 밀매가 구체적으로 언제부터 시작된 겁니까? 이번 테러가 일어나기 직전이었습니까?」

대변인은 손을 들어 기자들을 진정시켰다.

「질서를 지켜주십시오. 지금은 질의응답시간이 아닙니다. 그래도 이미 나온 질문들만큼은 먼저 대답해드리도록 하죠.」

기자들이 조용해졌다. 독립대대 간부들도 뒤따라 숨을 죽이고 귀를 기울였다.

「군수품 유출에 연루된 장교들은 대부분 난민지도자 자격을 인정받은 이들로서, 무기 밀매 이외에도 상습적으로 월권행위와 불법적인 독단전행을 일삼아온 것으로 추정됩니다. 그들 중엔 일부 중국계 장교들이 포함되어 있습니다. 그들이 선택한 거래 상대가 같은 중국계의 범죄조직이었을 개연성은 높지요. 중국계 커뮤니티의 폐쇄성은 어제 오늘 이야기가 아니니까요. 그리고 이런 거래가 활발해진 시점은-」

잠시 말을 끊은 대변인이 비치되어 있던 생수로 목을 축인다.

「이런 거래가 활발해진 시점은, 민간 차원의 실탄 기부 운동이 한창일 때와 일치합니다. 그로 인해 민수시장에서 소총탄의 품귀현상이 심화되었을 무렵이죠. 군을 도우려는 시민들의 선의를 악용했던 겁니다.」

겨울은 저도 모르게 관자놀이를 짚었다. 분명 그런 일이 있었다. 민간에서 수억 발에 달하는 소총탄을 모아 군 당국에 전달했던 사건. 미국이라서 가능했던 운동이다.

'세상에. 이걸 이런 식으로 엮어버리네……'

너무 절묘해서 할 말이 없을 지경이었다.

난민지도자들이 그 무렵에 부정을 저지른 건 분명 사실일 것이다. 정확하게는 '그 무렵에도' 부정을 저질렀다고 해야 할 터. 무기밀매는 그저 그들이 저지른 무수한 부정 중 하나에 불과하겠으나, 그렇게 유출된 무기류가 잠재적 테러 단체로 흘러들어갔을 가능성을 배제할 수 없다는 게 문제다.

거기에 과연 통일된 목적성이 존재하는가 여부는, 지금으로선 그리 중요한 게 아니었다. 적어도 분노하고 있을 시민들의 입장에서는.

그만큼 대변인의 화법이 교묘했다. 거래가 활발해졌다고 했지 정확하게 그 무렵에 시작되었다고 하지는 않았으니까. 그러나 기자와 시민들은 그 차이에 주목하지 않을 것이다.

그 외에도 대변인이 거짓말을 한 것은 없다. 그럴 수도 있다는 말은 아닐 수도 있다는 말과 같으니.

이런 식이라면 테러에 집중되어 있던 관심과 공분(公憤)을 난민지도자들이 저지른 부정으로 자연스럽게 옮겨올 수 있었다.

'이제 난민지도자들에 대한 수사가 확대되면, 새로운 부정이 드러날수록 수사가 처음 시작된 계기 같은 건 사람들의 머릿속에서 점차 잊혀지겠지. 이어지는 건 그저 감정뿐……. 훗날 무기밀매와 테러 사이에 직접적인 관련성이 없다고 밝혀지더라도, 시민들의 분노는 그대로 남아있을 거야.'

군중의 감정을 다루는 기술에 있어서 백악관 참모진의 능력은 겨울의 상상을 능가했다.

겨울은 이번 일로 폭로가 늦춰지거나 기약 없이 표류할 거라고 내다보았건만, 유능한 행정가들이 보기엔 오히려 폭로의 파급력을 극대화할 둘도 없는 기회였던 것이다.

그 과정에서 중국계에 대한 악감정을 부추기는 것쯤이야 손쉬운 일일 터이고.

어쩌면 겨울의 개입요청을 허가해준 것마저 거시적인 계산의 일부였을지 모르겠다. 그런 계산을 순간적으로 해낼 만한 사람이 백악관에 한 사람쯤은 있지 않겠는가. 대통령 크레이머를 포함해서, 백악관에 출입하는 사람들은 모두 정치력의 괴물이라고 보아야 마땅하다.

왕커차이가 신음했다.

"이건……. 큰일이군요."

아이링이 태연하게 대꾸했다.

"우리하고는 상관없는 일이지."

아이링은 진정으로 신경 쓰지 않는 기색이었다. 겨울 아래에 있는 자신이 겨우 이런 일로 피해를 볼 리가 있겠느냐는 확신. 겨울과 시선이 마주친 그녀는 잠시 의아한 표정을 지었다가, 이내 미소를 머금고 가볍게 목례했다. 겨울의 아래에 완전히 자리를 잡고부터 익숙해진 친애와 경의의 표현이었다.

겨울은 왕커차이에게서 전해들은 이야기를 떠올렸다.

'같은 중국계라는 표현에 격분했다고……'

어제, 차이나타운 정리가 끝나갈 때 겨울의 눈 밖에서 벌어졌다는 일이다. 어떤 거주자가 브라보 중대의 중국계 장교들에게 모국어로 거듭 감사 인사를 건넸던 모양. 이런 시국에 믿을 것은 역시 피를 나눈 동포들밖에 없다면서. 몇 번이나, 몇 번이나.

왕커차이는 아이링이 그토록 서슬 퍼런 표정을 짓는 걸 처음 보았노라고 증언했다.

"내 앞에서 한 번만 더 동포 운운했다간 네놈 멱을 따다가 젓갈(醢)을 담가버리겠어."

그녀가 감사를 표하던 사내의 뺨을 후려치고 멱살을 쥔 채 쏘아붙였다는 경고다. 사람을 젓갈로 만들겠다는 건 옛 중국의 형벌에서 기원한 협박이었다. 삼합회에 몸담았던 그녀라면 실제로 보거나 거들었을 가능성마저 있다. 꼭 죽이지는 않더라도, 징벌로써 손을 잘라 소금에 절이는 경우가 있기 때문이다. 절여진 손은 규율 유지를 위한 전시품이 된다.

즉, 그녀의 협박은 반쯤 진심이었다고 봐야 한다.

한편 이 이야기를 전하는 왕커차이의 태도에서도 맞은 사내에 대한 연민은 그다지 느껴지지 않았다. 다만 아이링의 성향에 우려를 표했을 따름.

결국 이들은 겨울의 선의에 마음 깊이 공감해서 따르는 것이 아니었다. 그저 겨울이 바라는 것을 행할 뿐. 다른 중대의 간부들도, 겨울동맹의 사람들도 대체로 비슷한 속내인 사람들이 많을 것이다. 그들이 내면화한 겨울의 미덕은 곧 겨울에 대한 호감과 충성심의 이면에 지나지 않는다. 겨울은 새삼스러운 유감을 느꼈다.

'시간이 더 흐르면 달라지겠지만……'

바라는 바는 거짓에서 시작된 진실. 그러나 당장은 겨울 없인 무너지고 말 미덕이었으므로.

"당분간 다들 언행에 주의해요."

겨울의 말에 장교들의 시선이 모인다.

"민감한 시기입니다. 별것 아닌 말이라도 가공하기에 따라서는 큰 여파를 낳을 재료가 될 수 있어요. 외부인과의 교류는 각별히 조심할 필요가 있습니다."

부하 장교들의 대표로서 유라가 끄덕였다.

"염려 놓으세요. 신경 쓰지 않으시도록 통제하겠습니다."

"……믿을게요."

이렇게 당부하고서, 겨울은 화면 속 대변인을 응시했다. 담화를 끝낸 그는 막 질의응답에 착수한 참이었다. 그의 침착하고 차분한 태도는 현재의 시국을 대하는 백악관의 냉정함을 반영하는 것만 같았다.

이날 이후, 잠시나마 누그러졌던 반 중국계 정서는 전보다 더 폭발적인 기세로 터져 나왔다. 미국은 각지에서 이어지는 시위로 몸살을 앓았다.

이런 상황에서 수사당국은 하루가 멀다 하고 난민지도자들의 새로운 부정을 폭로하여 분노의 불길을 거세게 만들었다. 핵심 표적은 당연히 중국계 난민지도자들이었다.

결국 6월 1일을 기하여, 크레이머 대통령이 중국계 시민들의 격리수용에 관한 새로운 행정명령을 발표하기에 이르렀다.

「치안당국의 부단한 노력에도 불구하고 많은 시민들이 신변상의 위협을 느끼고 있는 바, 저는 미합중국의 대통령으로서 국가 안보와 사회 안정을 위해 중대한 결정을 내리고자 합니다.」

……

「오늘 이후, 중국계 시민들은 희망하는 사람에 한하여 그들을 위해 준비된 새로운 거주지와 개척지로 이동할 자격을 얻습니다. 이 경우 기존의 자산은 국가에 의해 위탁 관리되며, 운영 과정에서 발생하는 수익은 전액 중국계 시민들의 처우개선을 위해 사용될 것입니다.」

……

「또한 중국계 난민들 중 정부가 지정하는 그룹 역시 신규 거주지와 개척지 등으로 이동하게 됩니다. 이들은 정당한 노동의 대가로서 삶을 영위하는 데 필요한 자원을 획득할 것입니다.」

……

「이는 또한 인류의 영역을 확대해 나가기 위한 수단이기도 합니다. 황무지를 개척했던 선조들의 정신이 이 시대의 과제를 해결할 새로운 열쇠가 되기를 바랍니다. 시대적 사명을 지고 새로운 경계(New frontier)로 나아갈 모든 용감한 이들에게, 위대한 아버지와 어머니들의 아들딸들이 미리 경의를 표하는 바입니다…….」

격리정책의 윤리적 문제를 미국의 정신과 시대적 사명으로 포장하는 훌륭한 연설이었다.

겨울은 머릿속으로 중국계 시민들의 가까운 앞날을 그려 보았다.

'희망자에 한한다고 해도, 결국 대부분이 떠밀리듯 나가게 되겠지.'

어느 거리든 빈집이 늘어나기 시작하면 슬럼화 되는 건 순식간이었다. 하물며 온갖 적의가 집중되는 차이나타운이라면야. 삶의 환경이 악화될수록 어쩔 수 없이 떠나는 사람도 늘어날 것이다.

그렇게 나가고 나면, 이번엔 중국계 시민들과 난민들 사이에서 반목이 심해지지 않을지. 시민들은 그래도 미국 시민으로서 여러 제도적 혜택들을 우선적으로 누릴 터이고, 또 자산수용의 대가로 받을 금전적 지원도 있겠으나, 난민들에겐 그런 것이 전혀 없다. 개척지에서도 시민권의 유무에 따라 사회적 계급이 나눠지는 것이다. 그들의 불만이 밖으로 표출되지 않도록 만들 효과적인 전략이었다.

행정명령 발표 당일, 웹서핑을 하던 겨울은 이런 게시물을 발견했다. 누군가 이미지 보드 커뮤니티에 익명으로 남긴 견해였다.

「……이처럼 대량의 전시국채 발행은 곧 전후의 급격한 인플레이션을 약속한다. 해외시장이 소멸한 지금으로선 감당하기 어려운 일이다. 고로 이번 행정명령에서 중국계 시민들의 자산을 정부가 일괄 수용하기로 한 것은, 그 자산들에 대한 투자를 유도하여 전시국채 상환의 부작용을 최소화하고 경제지표를 연착륙시키려는 의도로 풀이된다. 채권을 채권으로 묶어두기 위한 수단인·것이다.」

어떤 주류 언론도 이런 분석을 내놓지 않았다. 그러나 겨울은 확실히 설득력이 있는 의견이라고 판단했다. 크레이머라면 가능하다. 그는 유능했고, 미국을 위해 최선을 다하는 대통령이었다. 단지 그가 생각하는 미국에 중국계 시민들의 자리가 없을 뿐.

세차게 흐르는 탁류는 이제 겨울의 손을 완전히 벗어났다.

보수교육 종료를 나흘 앞둔 9월 3일. 노동절을 맞이한 전쟁대학 교정은 담장 밖과 별개의 세상이 된 것처럼 조용하고 평화로운 분위기였다. 이날 겨울을 초대하고자 한 개인이나 단체가 많았으나, 겨울은 그 모든 초대를 정중하게 사양했다. 필요하다면 필요할 일들. 그러나 파티나 행사에 참석하여 평범하게 웃고 떠들 자신이 없었다. 심중에 무거운 세태를 앓고 있으므로.

교정 내에서 개인적으로 겨울을 찾아올 사람도 없었다. 독립대대 장교들은 상대적으로 짧은 교육을 이수하고 새로운 주둔지로 떠나갔다.

독립대대의 신규 주둔지는 샌디에이고 광역권 안쪽에 마련되었다. 본디 해병대 항공기지(MCAS Miramar)였던 곳을 확장하여 기갑대대가 들어갈 자리를 만들어낸 것이다.

유라는 겨울에게 많은 사진들을 보내왔다. 내장공사가 막바지인 신축 막사와 그곳에서 땀을 흘리는 난민 노동자들, 대대가 인수한 새로운 장비들, 철조망 너머 비포장도로에서 구보를 뛰는 대대원들, 그리고 샌디에이고 시내의 겨울동맹 거주지 등. 거주지는 표지판에 찍힌 지명부터가 윈터 하이츠(Winter Heights)라고 되어있었다.

주 상원의원 탈튼 브래넌의 제안으로 성립한 윈터 하이츠는, 그 일대의 부동산 거래가를 끌어올릴 마중물로서 동맹이 앞으로 오랜 시간 갚아나가야 할 부채였다. 그러나 급여를 저당 잡힌 노동자들은 그래도 마냥 좋다는 반응이었다. 신분상의 문제로 절차가 다소 복잡해졌을 뿐, 근본적으로는 대출을 받아 집을 사는 것과 다를 게 없다는 입장.

사후보고 차 겨울에게 보낸 메일에서, 백산호는 도심에 가까운 거주지와 상점가, 도시 근교의 농장과 공장, 거기서 사용할 농기계와 중장비 등 다양한 종류의 실물자산을 합리적인 가격에 인수했다고 자부했다.

'자부……라기보다는 시킨 일을 제대로 했으니 내치지 말아달라는 느낌에 가까웠지.'

글귀만 봐도 행간에 조심성과 두려움이 녹아있었다. CIA가 사람을 어찌 다루었는지 새삼 궁금해지는 대목이었다.

여하간, 동맹에 속한 사람들에겐 더 나은 내일을 꿈꿀 수 있는 희망이 있었다. 크레이머 대통령마저도 여러 차례 '모범적인 소수자들'이라고 언급할 정도였다. 난민지도자 지원법이 바로 이런 사람들을 위한 것이었다면서.

'성공적인 사례로서 띄워줄 것까지는 예상했지만……'

크레이머는 여기서 추가적인 기지를 발휘했다. 중국계 난민지도자들의 부정을 다른 그룹보다 높은 비율로 폭로하여, 자신이 제안한 정책의 실패를 정책 자체의 오류라기보다는 이를 악용한 중국계의 잘못으로 몰아갔던 것이다.

동시에 해당 부서의 담당자들은 책임을 면치 못했다. 크레이머가 의도적으로 남겨두었던 반대 당파의 인물들이었다. 그들 또한 일찍이 파국을 예감했을 것인데도 사태가 이 지경에 이르도록 자리를 지키고 있었던 배경에는, 필시 크레이머의 정치적인 노력이 있었을 것이었다.

어쩌면 물밑에서 어떤 거래가 이루어졌을지도 모른다. 정치적인 입장이라는 건 개인의 이익에 따라 바뀔 수도 있는 것이니까. 신념만으로는 워싱턴 정계에서 살아남기 어렵다.

어쨌든 현 정권은 이로써 연말에 있을 상하원 중간선거에서도 유리한 고지를 차지하게 되었다. 앞으로도 흔들림 없는 지도력으로 나라를 이끌어갈 기반을 다진 것이다.

상황이 이렇다 보니 중국계 격리정책을 비판하거나 반대할 만한 세력이 없었다.

하다못해 익명의 게시판에서도 동정적인 여론을 찾아보

기 힘들었다.

「Good_sanchez : 오늘 우연히 전시국채 판매에 관한 통계를 봤는데, 칭키(Chinky) 새끼들은 인구 대비 국채를 구매한 비율이 많이 낮더라고. 남들이 허리띠 졸라매면서 전선으로 돈을 보내고 있을 때, 얘들 대부분은 자기네가 잘 먹고 잘 사는 것 외엔 관심조차 없었다는 말이야. 아주 흥미로워. 얘들에겐 뭔가 태생적인 결함이라도 있는 걸까? :-(」

「zombieslayer : 둘 중 하나지. 그 연놈들이 애당초 지독하게 이기적인 성격이거나, 아니면 애초에 이 나라를 자기들 조국이라고 생각하질 않았거나. 어쩌면 둘 모두일 수도 있고.」

「Blueb3rry : 내가 보기엔 둘 다가 맞겠다. 이 나라가 자기네 조국처럼 느껴지지 않는다고 쳐도, 인류 멸종의 위기라는 걸 모르진 않았을 텐데. 결국 걔들은 이런 면에서도 우리의 노력에 무임승차를 한 거지. 이제 대가를 치를 때가 되었을 뿐.」

「audiohead : 어떤 놈들은 정든 터전을 떠나야 한다는 식으로 불쌍한 척을 하던데, 개인적으로 하나도 안 불쌍함. 아니 누가 강제로 추방하기라도 하나? 아니잖아? 희망자만 선택적으로 떠나는 거고, 그나마도 자기들 스스로가 저지른 잘못에 등을 떠밀리는 셈인걸.」

「illovecramer : 미국은 미국을 조국으로 여기는 시민들의 나라여야 한다. 이기적인 얼간이들, 잠재적인 범죄자들, 양용빈의 추종자들 따위에게 내줄 땅 같은 건 없어!」

「st_lozier : 잠재적인 범죄자들이라는 표현은 좀 그렇지 않아?」

「illovecramer : 너 뉴스 안 봄? 실제로도 요즘 각종 범죄를 엄청나게 저지르고 있잖아.」

「st_lozier : 그래도 그 범죄자들이 중국계 시민 전체를 대변하는 건 아니잖아. 그리고 그들 중에도 참전용사 가족들이 있어. 우리는 그들의 존재를 무시해선 안 돼.」

「illovecramer : 그래, 그래. 알았어. 너는 착한 사람이야. :)」

익명이기에 더더욱 진심에 가까울 의견들.

중국계의 범죄율이 과거에 비해 눈에 띄게 높아진 것은 사실이다. 다만 이는 그만큼 집중적인 단속이 이루어진 결과라고 봐야 했다.

캐슬린 보안관도 말했었다. 일반적인 검거 건수는, 그럴듯한 의심을 받는 그룹이 그렇지 않은 그룹에 비해 높게 나타나는 경향이 있다고.

한편으로는 이제까지 중국계 커뮤니티의 폐쇄성에 가려져 왔던 불법적인 관행들도 있을 것이었다. 자신이 속한 공동체에 이익이 된다면 그것이 합법이든 불법이든 개의치 않는 태도. 폐쇄적인 공동체라면 어디서든 찾아볼 수 있는 행태였다.

그들이 미국을 조국으로 여기지 않았다는 비난을, 마냥 부정할 수만은 없다는 사실이 안타깝다. 그러나 그 폐쇄성이 강해진 계기가 무엇인가를 되새겨볼 필요가 있었다. 애초에 미국 내의 차이나타운들은 도금시대(Gilded age)부터 형성된 중국인 격리구역에서 기원한 것이니까.

과거가 고스란히 반복되고 있는 현재, 그들의 폐쇄성엔 어느 정도의 책임을 물 수 있을는지.

Good_sancehz가 봤다는 통계에 모종의 함정이 없으리라는 보장도 없었다. 충분한 크기의 표본을 확보했는지, 확보한 표본에 편중성은 없는지, 통계의 기준에 사실을 왜곡할 여지가 존재하지는 않는지 등등을 검증해봐야 한다.

하지만 일반 시민들에겐 그럴 마음도, 여유도, 능력도 없었다. 그저 정부의 발표와 언론보도의 공신력을 믿을 따름.

그러니 이런 분노가 터져 나오는 게 정상이었다.

「elvis_press : 누구는 이번 '뉴 프론티어' 행정명령을 두고 정부가 전시국채 상환을 위해 중국계 시민들의 자산을 노린 거라는 소리를 하던데, 그 같잖은 주장이 사실이라고 쳐도 뭐가 잘못된 건지 모르겠어. 아까 누가 말했듯이, 걔들 대다수는 남들이 밥값 아껴서 전시국채를 살 때 자기네만 잘 먹고 잘 살 궁리를 하고 있었다고.」

「elvis_press : 내가 아는 사람들은 진짜 내일을 생각하지 않고 전시국채에 돈을 갖다 박았어. 왜냐고? 이 나라는 종말과 싸우고 있었으니까. 내일이라는 게 아예 오지 않을 수도 있었으니까. 우리 아버지 어머니도 그러셨지. 식탁에 올리는 베이컨을 가짜 베이컨으로 바꾸고, 가끔은 전기요금을 체납하면서까지 돈을 모아 국채를 사셨단 말야.」

「elvis_press : 만약 정부가 국채를 제대로 상환하지 못하거나, 상환을 하더라도 물가가 감당 못하게 올라버리면 우리 집은 앞으로 더욱 가난해질 거야. 반면 국채에 손을 대지 않은 놈들은 상대적으로 잘 먹고 잘 살겠지. 어째서 헌신적으로 시민의 의무를 다한 사람들이 오히려 손해를 봐야 하는 거지? 누군가 대답해줄 수 있어?」

「letsVote : 너 같은 사람들이 보답 받아야 하는 게 맞아. 자기만 똑똑한 줄 아는 바보들의 헛소리엔 신경 쓰지 마. 그게 진정 중요한 문제였다면 언론이 벌써 다루지 않았을까?」

「rusty_grey : 그렇다. 신경 쓰지 마라. 옳게 된 나라는 이런 거지.」

"……."

겨울은 보던 핸드폰을 내려놓았다. 책상 위엔 보수교육용 교재가 펼쳐져 있었으나 읽을 마음은 들지 않았다. 치러야 할 시험은 다 치른 시점이었기 때문이다.

습관적으로 틀어두는 뉴스 채널에선 모겔론스 백신의 개발현황에 대한 이야기가 흘러나왔다.

「9월 3일 현재 FDA의 심사를 받고 있는 모겔론스 백신은 총 7종류인데요, 이중에서 J&J, 릴리 Co., 리드 사이언스 등 3개사의 제품이 방역전선의 장병들을 상대로 3단계(Phase 3) 임상실험을 진행하는 중입니다. J&J의 최고업무 책임자 나타니엘 허버트 씨는 오늘 오후 기자회견을 통해 자사의 백신이 47건의 접종에서 어떠한 부작용도 없이 모겔론스 감염을 막아냈다고 주장했습니다. 또한 J&J가 회사 차원에서 전 인류의 기대를 인식하고 있으며, 가까운 시일 내에 FDA의 최종승인을 받을 수 있도록 노력하겠다고 밝혔습니다.」

「전문가들은 이 발표가 정치적인 목적에서 이루어졌을 것이라고 분석했습니다. 그중 한 명을 이 자리에 직접 모셨습니다. 안녕하세요, 박사님.」

「예, 안녕하십니까.」

「J&J의 발표에 정치적인 배경이 깔려있을 거라고 말씀하셨는데, 구체적으로 어떤 부분을 두고 그런 말씀을 하셨던 건가요?」

「모겔론스의 백신은 그 특성상 가장 먼저 개발하는 회사가 시장을 독점하게 됩니다. 지금도 임상실험에 문제를 겪고 있는데, 일단 백신이 개발되어 장병들에게 우선적으로 접종을 하기 시작하면 추가적인 임상실험이 불가능해지는 까닭입니다. 후발주자들은 더 이상 표본을 확보할 수 없을 테니까요..」

「그렇군요. 한데 그 사실이 이번 발표와는 어떤 관계가 있을까요?」

「보십시오. J&J가 저런 발표를 했는데 다른 경쟁사들은 왜 비슷한 발표를 하지 않는 것일까요? 답은 간단합니다. 임상실험 실적에서 J&J에게 뒤처지고 있기 때문이겠죠. 즉 J&J는 실적을 통해 여론의 지원을 얻고, 이후의 임상실험 기회를 독점하여 조금이라도 빨리 최종승인을 받고 싶은 겁니다.」

「과연. 일리가 있는 설명이십니다.」

「반면 보건당국의 입장에서 인류의 가장 큰 두려움을 해소할 열쇠를 어느 한 제약사가 독점해 버리는 건 결코 바람직한 결과가 아니지요. 모르긴 몰라도 지금 엄청난 로비가 이루어지고 있을 것인데, 여론의 압력에도 불구하고 당국이 뚝심으로 버티는 중일 겁니다. 개인적으로는 크레이머 행정부가 고삐를 아주 잘 잡고 있다고 생각합니다. 지지율이 압도적이지 않았다면 어려웠을 일입니다.」

근래의 언론은 이처럼 백신의 개발현황을 심도 있게 다루었다. 임상실험 3단계는 상용화 직전의 상태를 의미한다. 전미의 관심이 집중되는 건 당연한 일이었다.

이에 따라, 남부여대로 먼 길을 떠나가는 중국계 시민들의 모습은 날이 갈수록 더 적은 관심만을 받게 되었다. 간혹 화면에 잡히는 경우에도 대부분은 멀찍이 거리를 두고 촬영한 영상이었다. 그 영상 속에서, 사람들의 표정은 알아보기 어려운 수십 개의 화소에 지나지 않았다.

이런 와중에 러시아도 미국과 비슷한 정책을 실시했다. 중국계를 다른 시민들 및 난민들과 달리 취급하기 시작한 것이다.

체르타 포스타얀늬 키타이스키 아씨야들리스치. 줄여서 키타이스키 체르타(Китайский Черта)라고 부르는 중국계 격리수용구역은 가장 고된 노동시설과 가장 험난한 개척지들로 구성되어 있었다. 이는 기존의 중국계 거주지(Китайский квартал)와 근본적으로 다른 성격. 차라리 크레이머 행정부의 뉴 프론티어 정책이 더 낫다고 생각될 지경이었다.

물론 여기에 대해서도 사람들은 큰 관심을 기울이지 않

았다. 러시아에게 과연 미국과 같은 동기가 있는가 여부는, 미국 시민들에게 있어서 그리 중요한 일이 아니었으니까.

그래도 미국 정부는 떠나기를 거부하는 중국계 시민들을 보호해주긴 했다. 신고가 들어오면 출동은 한다는 뜻이다.

'그들의 존재야말로 도덕적인 방패인걸……'

결코 떠나라고 강제하는 게 아니다. 고향을 등지는 건 어디까지나 자발적인 선택이어야 하는 것이다.

앤이 수시로 피로를 호소하는 이유였다.

「Anne : 주류 사회는 우리가 잠재적인 범죄자들을 보호한다는 식으로 흉을 보고, 중국계 시민들은 공권력 자체에 대한 불신이 심각하고, 부하들은 영 의욕이 없고, 위쪽에선 치안 유지보다 테러 예방에 총력을 기울이라고 하고…….. 이렇게 사방에서 치이다 보면 겨울이 충전해준 에너지가 금방금방 방전되고 말아요. 지금 당장 당신의 키스가 필요해요. 흑흑. :'-(」

이게 고작 10분 전에 도착한 문자 메시지였다.

「아, 잠깐만요. 시청자 여러분, 지금 뭔가 새로운 소식이 도착했다는데요…….」

뉴스 앵커의 말과 그 이후의 부자연스러운 정적이 겨울의 주의를 환기했다.

「저기, 뭐라고요?」

화면 밖을 향해 묻는 앵커. 그의 표정이 점차 당혹감으로 물들었다.

「어, 속보! 속보입니다! 워싱턴 D.C.에서 자살폭탄 테러가 발생했습니다!」

워싱턴 D.C.? 모골이 송연해진 겨울은 곧바로 앤에게 전화를 걸었다. 아니겠지, 아니겠지. 초조하게 중얼거리며 듣는 통화연결음은 벨이 울리는 4초의 간격조차도 길게 느껴졌다. 잠시 후, 연결음이 끊어지며 무미건조한 안내음성이 흘러나왔다.

「현재 고객님께서 통화중이셔서 전화를 받을 수 없습니다. 음성사서함으로 연결하시려면 1번을, 연락할 번호를 남기시려면 2번을 눌러주십시오.」

"……."

망설이던 겨울이 1번을 눌렀다.

"나예요. 테러 소식을 보고 전화했어요. 이 메시지를 확인하는 대로 연락 줬으면 해요."

녹음을 짧게 끝내고 속보에 귀를 기울인다.

「테러가 발생한 장소는 백악관 앞 타원광장(The Ellipse)으로, 정확한 피해규모는 아직 확인되지 않았습니다. 지금 보시는 영상은 인근의 폐쇄 회로에 찍힌 현지의 상황입니다.」

타원광장은 백악관과 워싱턴 기념비 사이에 위치한 공터였다. 폭발이 백악관 잔디밭의 경계를 침범하진 못했으나, 한때 앤과 함께 거닐었던 산책로를 아수라장으로 만들어놓았다.

겨울은 입이 바싹 마르는 느낌을 받았다.

객관적으로 보면, 앤이 폭발에 휘말렸을 가능성은 희박한 편이었다. 업무 시간의 그녀는 높은 확률로 자신의 사무실이나 어딘가의 현장지휘소에 머무르고 있었을 것이다. 수도 한복판에서 테러가 터졌으니 FBI 부국장의 전화기에 불이 나는 것도 당연한 일.

그러나 완전히 안심하기도 어려웠다. 부국장쯤 되면 다른 기관의 사람들을 비공식적으로 만날 일도 많다. 내셔널 몰이나 타원광장은 그러한 만남의 장소로 적합했다. 최악의 경우를 상상해 본다면, 앤은 그런 만남을 기다리던 중 누군가와 통화를 하다가 폭발에 휘말렸을 수도 있었다. 앤이 뉴 프론티어 행정명령에 관련하여 평소 이상으로 바빠지고부터는 그녀의 일정 역시 불규칙해졌다…….

'아니, 아니. 그 경우에는 상대편이 전화기를 길게 붙잡고 있을 이유가 없겠지.'

역시 부국장으로서의 업무 수행에 여념이 없는 쪽일 것이다. 침착함을 유지하고자 부단히 애쓰는 겨울이었지만, 심장이 두근거리는 것까지는 어찌할 도리가 없었다.

결국 한 번 더 전화를 걸어본다.

그러나 이번에도 연결은 이루어지지 않았다.

「통화량이 많아 연결이 지연되고 있습니다. 잠시 후 다시 걸어주시기 바랍니다.」

겨울은 순간적으로 화를 낼 뻔했다. 역병도 있었고 쿠데타도 있었다. 그런데 아직까지도 통화 수용량이 이 정도밖에 안 된다니. 시대가 시대인 만큼 통신사 나름대로 사정이 있었을 개연성이 충분하나, 지금의 겨울에겐 거기까지 헤아려줄 여유가 없었다.

아무것도 하지 못하고 기다리는 시간이 길어진다. 한참을 기다린 것 같아서 시간을 확인하면 1분이 지나있고, 다시 한참을 더 기다린 것 같아서 시계를 보면 고작 2분이 지나있었다.

　우우우웅—

　겨울은 단말기가 진동하기 무섭게 연결 버튼을 눌렀다.

　"여보세요? 앤?"

　「겨울.」

　하아. 저도 모르게 안도의 한숨을 내쉬는 겨울. 굳어있던 몸이 햇빛에 닿은 눈처럼 녹아내린다. 긴장이 풀려 손이 떨리는 건 정말 오랜만에 경험하는 일이었다.

　"괜찮아요? 다친 덴 없고요?"

　묻는 말까지 떨린다.

　「예. 무사해요.」

　"다행이다……."

　「당신이 걱정할까 봐 빨리 연락해주고 싶었는데, 사정이 여의치 않더군요.」

　"당연히 그랬겠죠. 무사한 걸 알았으니 됐어요. 시간 더 빼앗지 않을게요."

　수화기 너머에서 짧은 숨소리가 번졌다. 짧고 희미하게 웃는 느낌.

　「이럴 때 할 소리는 아니지만, 당신이 날 걱정해주는 게 정말로…… 위안이 되네요.」

　목소리만 듣고도 겨울의 상태를 짐작했을 것이었다. 이

미 수도 없이 살을 맞댄 사이이니.

앤이 속삭이듯 말했다.

「이만 끊어야겠어요. 급한 대로 조치를 끝내고서 다시 걸게요. 당신을 생각해서라도 최대한 조심할 테니, 연락이 늦어진다고 너무 걱정하진 말아요.」

"……네."

「사랑해요.」

그녀는 가라앉은 키스를 남기고 통화를 종료했다.

연결이 끊어진 뒤에도 겨울은 한참 동안 멍하니 있었다. 잠깐 사이에 기운이 다 빠져나간 기분이었다. 당장 할 일이 없는 게 다행. 뉴스의 후속 보도에 집중하려고 해도 자꾸만 정신이 흐트러진다. 앵커의 목소리가 무의미한 소음의 연속으로 느껴졌다.

한편으로는 가슴속이 잔불 같은 응어리에 지져졌다.

이래서, 바로 이래서 바깥세상으로 가는 길을 우려했던 것이건만.

그러나 이 세상은 이미 그 어두운 길로 확실하게 접어들었다. 앞으로 줄곧 저 바깥세상을 닮아갈 것이다. 설령 종말을 피한다 한들 아름다움과는 거리가 멀 결말이었다.

그 결말을 나중에라도 뒤집을 수 있을까?

벌써 여러 번 곱씹어 보았듯이, 겨울이 언젠가 정계에 진출한들 지금 이상의 영향력을 손에 넣기란 불가능하다.

겨울의 힘은 현재가 정점이었다. 모두가 좋아하는 한겨울 중령은, 겨울이 그들 모두의 종말과 싸웠기에 비로소 성립했던 것. 종말이 멀어지고 인간 아닌 것들과의 전쟁이 사라질수록, 사람들의 호의는 시간의 흐름에 따라 조금씩 조금씩 희미해질 터였다.

그래도 개인으로서는 비교를 불허할 정도의 지지가 남아 있겠으되, 싸워서 죽일 수 없는 것들의 악에 비하면 점점 더 약해지는 힘에 불과하다.

'대통령이 된다고 해도 마찬가지지.'

헌법이 개정되지 않는 한 겨울은 대선에 출마할 자격조차 없지만, 불가능한 가정을 해봐도 결론은 달라지지 않았다. 대통령의 손발은 수많은 견제와 이해관계에 묶여있기 마련이었다.

크레이머의 영향력 또한 지금이기에 저토록 강력할 수 있는 것이다.

이 시국을 지켜보다 보면 양용빈의 말이 떠오른다.

「내가 미국인들의 야만성을 믿기 때문이오.」

있는지 없는지 모를 모겔론스의 원형을 미끼로 협상단을 끌어낸 자리에서의 발언이었다.

겨울은 그가 틀렸다고 생각했다. 미국인들의 야만성이 아니라 평범한 사람들의 야만성이다. 그리고 그 야만성은 모두의 책임인 동시에 누구의 책임도 아니었다. 불확실성으로 가득한 세상에서, 대부분의 사람들은 그저 자신의 삶을 감당하고자 노력했을 뿐이니까.

따라서 용납하기 싫은 건 사람들이 아니라 사람들이 갇혀있는 세상 그 자체였다.

봄이 언급했던 신포도다.

사실 모든 걸 내려놓고 앤과의 여생을 즐기기도 여의치 않다. 세상이 탁하게 흐르는 이상, 보이지 않는 곳으로부터 어떤 영향이 밀려올지를 항상 불안해해야 할 터이므로. 그동안 책임져왔던 사람들을 외면하는 것도 못할 짓이었고.

또한 앤에겐 앤 나름의 책임감과 사명감이 있었다. 그것 역시 겨울이 사랑하게 된 그녀의 일부. 앤은 겨울만 있으면 다른 건 필요 없다고 말할 테지만, 정말로 그런 상황에 놓일 경우엔 적잖은 상실감을 느낄 것이었다. 그것은 겨울이 바라는 바가 아니었다. 그녀가 겨울의 행복을 소망하는 만큼 겨울도 그녀의 행복을 소망하기에.

결국 앞으로도 이 세상의 일부로서, 하루하루 끊임없이 조여드는 한계에 부대끼며 앤과의 삶을 지켜 나가는 수밖에 없었다.

겨울은 묵직한 피로감을 느꼈다.

현실감각이 돌아오면서, 앵커의 말은 멀리서부터 가까워지듯이 선명해졌다.

「……테러범의 신원은 현재까지 확인되지 않았으나, 생존자 중 한 사람인 킴벌리 윌크스 씨는 폭발이 일어나기 직전 누군가 중국어로 외치는 소리를 들었다고 증언했습니다. 내용은 알 수 없었지만 분노하는 듯한 음성이었다고 하는군요. 수사당국은 얀기스트 조직의 소행일 가능성에 무게를 두고 수사를 진행하는 중이라고 밝혔습니다.」

양용빈 주의자의 소행이면 차라리 다행일 것이었다.

닷새 후, 교육을 마친 겨울은 정식으로 대령 계급장을 달고 샌디에이고로 돌아오게 되었다.

"그동안 고생 많으셨습니다."

오랜만에 만난 싱 소령은 전과 달라진 게 없는 모습이었다. 겨울은 그의 경례를 받은 뒤 친근한 악수를 나누었다.

"고생은요. 나 없는 동안 부대를 잘 맡아줘서 고마워요. 이번엔 서로 역할을 바꿀 차례네요."

역할을 바꾼다는 건 이제 싱 소령이 교육 받으러 떠날 차례라는 뜻이었다. 재편중인 부대라도 최소한의 기능은 유지해야 했으므로, 최상급자와 차상급자가 한꺼번에 자리를 비울 순 없었다.

싱이 의미심장한 말을 던졌다.

"새로 인수할 장비 중엔 방역전쟁 용도로 볼 수 없는 것들이 포함되어 있더군요."

겨울이 끄덕였다.

"들었어요. 대공미사일 같은 거요?"

"저희의 역할에 대한 소문이 사실인 모양입니다."

"……아무래도 그렇겠죠. 러시아와의 우호관계가 영원할 순 없는 거니까. 지금이야 서로 긴밀하게 협력하고 있지만 수십 년 후에도 똑같으리라는 보장은 없잖아요. 위에서 미리미리 준비하려고 하는 것도 당연하죠."

관련하여, 201독립대대를 모체로 하여 동일한 기능을 갖춘 독립대대들을 추가로 편성한다는 정보도 있었다.

'현재까지는 러시아의 공수역량이 미국을 능가하지. 위에선 기왕 비상대응체계를 구축하는 김에 러시아와 대등한 체급의 기갑공수부대를 보유하겠다는 의도가 아닐까.'

국가 간의 분쟁은 이 세계에 남아있는 또 다른 불안요소였다.

물론 혹시라도 미국과 러시아가 전면전까지 치르는 일은 없을 것이다. 양국의 대립이 첨예했던 냉전기에, 무수히 많았던 우발적 핵전쟁의 위기에도 불구하고 인류가 멸망하지 않은 이유가 무엇이던가. 그만큼 공멸의 공포가 강력했기 때문이다.

두 핵보유국이 서로 국경을 접하게 되었으니 그만큼 더 조심스러워질 수밖에 없었다. 핵미사일은 거리가 가까울수록 치명적이다. 경우에 따라서는 제대로 된 요격이 이루어지기도 전에 서로의 본토에서 버섯구름이 치솟는 상황도 가능했다.

그러나 전면전을 치르지 않는다는 게 꼭 평화로운 공존만을 뜻하진 않았다.

압도적인 국력의 차이도 의미가 없다는 건 이미 한반도의 역사가 증명했다. 미러 양국의 국경에서도 어김없이 탁류가 흐를 것이었다.

싱은 겨울의 안색을 살피곤 쓴웃음을 지었다.

"제가 경솔했군요. 먼 길 다녀오신 분 앞에서 괜한 이야기를 꺼냈나 봅니다. 오늘은 이만 들어가서 쉬시지요. 피곤해 보이십니다."

겨울의 입가에도 쓴웃음이 번졌다.

"나도 마음 같아선 그러고 싶은데, 안심시켜야 할 사람들이 너무 많네요."

"안심?"

"내가 더는 난민지도자가 아니게 되었잖아요."

"아……."

싱은 곧바로 이해했다.

지난날 앤과의 통화에서 겨울이 예견했던 바, 난민지도자들의 부정이 줄줄이 폭로되는 시점에서 기존의 제도가 그대로 유지될 수는 없는 것이었다. 가장 모범적인 사례로 꼽힌 겨울동맹 또한 그 영향으로부터 자유롭지 못했다.

난민지도자 지원법의 개정은 난민지도자라는 개념을 사실상 폐기하는 방향으로 이루어졌다. 시민권을 획득한 병력자원을 난민법인으로부터 분리해내는 수순이었다.

병력자원들 스스로가 그렇게 되기를 희망하는 경우도 많았다. 오롯이 미국 시민으로만 인정받고 싶은 것이다. 기존의 제도는 자신들이 난민 출신임을 계속해서 상기하게 만든다.

한편 겨울동맹쯤 되면 거액의 예산을 지원받을 당위성도 희미해졌다. 성공적으로 정착해서 삶을 영위하기 시작한 사람들에게 무슨 지원이 더 필요하겠는가. 그저 아직 자립하지 못한 이들, 난민구역에서 벗어나지 못한 사람들을 관리할 비용이 요구될 따름이었다.

그러니 동맹 사람들이 두려워하는 건 당연한 일이었다.

예산이야 어쨌든, 겨울은 공동체를 지탱하는 가장 큰 버팀목이자 혐오와 증오와 편견의 홍수를 막아주는 방파제였다. 겨울의 보호가 없다면 당장 동맹에 속한 중국계 난민들부터 위험해지고, 언젠가 다른 난민들도 같은 처지에 놓일 위험이 존재한다.

겨울이 말했다.

"그 사람들에겐 공식적인 관계가 없어졌다고 해서 남이 되는 건 아니라는 사실을 확인시켜 줘야죠. 실제로도 그렇고요."

동맹 전반은 언제까지고 겨울의 뜻을 따를 터였다.

싱이 끄덕인다.

"저도 최근의 동향은 안타깝게 생각합니다. 당신께서 신경 쓰셔야 할 일이 많겠군요."

"어쩔 수 없죠. 내 능력에도 한계가 명백하지만, 할 수 있는 데까진 해보는 수밖에. 그나마 여기서는 폭동이 일어나지 않은 게 다행이네요."

겨울은 지친 기색을 감추지 않았다.

동맹의 법인 사무실을 방문한 겨울은, 정말로, 정말로 많은 사람들의 면담요청을 받았다. 그중엔 겨울에게 무작정 도움을 청하겠다고 찾아온 중국계 시민들도 많았다. 겨울은 그들에게도 영웅이었으니. 그러나 한두 사람이면 모를까, 겨울이 그들 모두에게 손을 내밀 순 없는 노릇이었다.

그런 와중에, 겨울의 눈앞에 겨울에게만 보이는 문장 하나가 떠올랐다.

「이 세계관의 종말이 끝났습니다.」

"……."

겨울은 면담 요청을 분류하던 손을 놓고 그 문장을 노려보았다. 몇 차례 일렁이던 문장은 잠시 후 처음부터 없었던 것처럼 사라졌다.

'종말이 끝났다고? 이런 상황에서?'

이는 향후 10년간 인류가 멸종할 가능성이 0에 수렴했다는 뜻.

하하. 겨울은 어이가 없어서 웃고 말았다.

그리고 그 순간, 이 세계에 흐르던 시간이 정지했다.

<12권에서 계속>

Q&A ◀

변종에 대한 이런저런 이야기들

1. 변종들의 대사억제는 이론적으로 가능한 개념인가요?

결론부터 말씀드리면 가능합니다. 이론적으로는 말이죠. 작중에 묘사되는 변종들의 대사억제 작용기전은 사실 동물들의 겨울잠과 같은 것이거든요. 변종들은 그걸 좀 더 능동적으로 이용할 뿐입니다.

최근에 발간된 책 중에서는 리자 브르네케 저(著)『겨울잠을 자는 동물의 세계』가 겨울잠에 대해 자세히 설명하고 있습니다. 그 내용을 일부 인용해보면 다음과 같습니다.

생물학자들은 동물들이 겨울잠에 드는 상황을 토르퍼 (Torper: 라틴어. 경직, 마비를 뜻함.)라고 부른다. 토르퍼는 생명을 유지해주는 기능들, 이를테면 신진대사·체온·심장박동을 잘 통제하여 감소시키는 것이다.

체온을 낮추는 것에 덧붙여, 겨울잠 동물들은 대사저하 (Metabolic inhibition)라는 과정을 통해 신진대사를 억제할 수 있다.

겨울잠을 자는 동물들의 결정적인 특징은, 동물 스스로 이런 상태를 통제한다는 점이다.

겨울잠을 잘 때 생명을 유지해주는 기능을 저하시킴으로써 동물은 99% 이상의 에너지를 절약한다.

주변의 기온이 섭씨 5도인 공간에 있는 고슴도치 한 마리를 상상해보자. 이 고슴도치의 정상 체온은 섭씨 35도이고, 그러면 분당 산소 18밀리리터를 소비한다. 반대로 고슴도치가 겨울잠 상태에 돌입하면 산소소비량은 (분당) 0.08밀리리터까지 낮아진다. 즉 겨울잠 상태에 돌입하면 정상일 때에 비해 0.5%의 에너지(와 산소)만 소비해도 된다는 뜻이다.

저는 이런 메커니즘을 인체에 적용한다고 상상해 보았습니다. 성인은 1분에 평균적으로 200 내지 300밀리리터의 산소를 소비하죠. 여기에 대사억제가 작용할 경우, 산소 소비량은 분당 1~2밀리리터까지 감소하게 됩니다.

감염변종은 인간에 비해 대사가 활발하다고 설정해 두었지만, 본바탕은 어디까지나 인간의 육체이므로 대사억제 시 필요한 산소량은 큰 차이가 나지 않을 것입니다.

폐의 용량은 크게 잔기용적(Reserve Volume)과 생명용적(Vital Capacity)으로 나눌 수 있습니다. 잔기용적은 숨을 내쉬어도 남아있는 최소한의 공기량으로서, 통상 1,200밀리리터 안팎입니다. 그리고 생명용적은 인위적으로 들이쉬거나 내쉴 수 있는 최대용량으로, 통상 4,800밀리리터 안팎입니다.

그렇게 들이마신 공기 중 산소량은 20%가량이니, 변종이 대사억제에 돌입할 경우 물에 빠지더라도 몇 시간쯤 추가적인 호흡 없이 견딜 수 있으리라 생각했습니다. 작중에 빈번히 묘사된 것처럼 숨을 최대로 들이쉬고 대사억제로 전환하자면 폐 근육을 고정시키는 별개의 메커니즘이 요구됩니다만, 어쨌든 불가능한 일은 아니라는 점에 주목했습니다.

이외에도 변종들의 능력은 대부분 '최소한의 현실성'을 고려하여 결정했습니다. 험프백에겐 소와 같은 반추위(反芻胃)와 셀룰로오스를 분해하는 미생물을 주었죠. 위퍼의 위장 능력은 흉내문어(Mimic octopus)로부터 영감을 얻었습니다. 트릭스터의 EMP는 생체 코일을 파열시키는 식으로 만들어내는 것이고요.

이러한 '최소한의 현실성'에서 예외가 있다면 이번 권에서 등장한 테라토마 정도겠네요. 테라토마의 복제 및 분열 속도는 아무리 양보하더라도 현실적으로 불가능한 것입니다. 단순한 소설적 허용으로 봐주시기 바랍니다.

2. 러시아에서 활동하는 변종들은 어떻게 그 추운 겨울을 견뎌내나요?

설정 상 추운 지역에 분포하는 변종들은 결빙방지단백질을 보유하고 있습니다. 동결에 의한 세포 손상을 방지하는 단백질이죠. 부동액의 일종으로 생각하셔도 무방합니다.

물론 이건 동결에 대한 대책일 뿐 추위에 대한 근본적인 대책은 아닙니다.

불필요하다는 생각에 작중에서 설명하진 않았으나, 추운 지역의 변종들은 그 외 지역의 변종들과 체모(體毛)의 구조가 다릅니다. 추운 지역 변종들의 털은 북극곰의 그것처럼 태양광의 열을 보존하고 한 방향으로 전달하는 역할을 합니다. 북극곰만큼 발달되어 있지는 못하지만요.

그리고 피부와 피하지방이 모두 두꺼운 편이며, 피부의 모세혈관 조직이 펭귄의 발바닥 혈관과 유사한 형태로 변형되어 있습니다.

지능적인 개체들은 의복이나 도구, 불 등을 활용하기도 합니다. 이번 권에선 지저신경망 변종을 위한 바람막이의 흔적이 묘사된 바 있죠.

그럼에도 가장 중요한 건 역시 열량공급과 집단행동입니다.

우선 열량공급. 지저신경망 변종은 사실 트릭스터와 비슷한 시기에 등장했습니다. 이 변종의 존재로 말미암아 변종집단은 일정 범위 이내에서 체계적인 열량공급을 받을 수 있었습니다. 여기엔 험프백과 같은 역할을 수행하는 특수변종의 기여가 있었지요. 1차적인 영양은 타이가 지대의 광대한 원시림으로부터 얻는다는 설정이었습니다.

다음으로는 집단행동인데, 대단할 것은 없습니다. 각 집단마다 적당한 주기로 돌아가며 대사억제에 돌입하고, 이동할 땐 밀집하여 이동하며, 안쪽과 바깥쪽의 변종들이 순서대로 자리를 바꾸는 동물적인 수준입니다. 지능을 지닌 개체들이 이 과정을 통제하고요. 그 통제의 정점엔 지저신경망 변종의 존재가 있었습니다.

달리 말해 지저신경망 변종이 충분히 늘어나기 전, 즉 감염 폭발 첫 해의 겨울엔 추운 지역에서 활동하는 변종집단의 규모가 미미했습니다. 이 겨울은 러시아와 북유럽 국가들의 숨통을 틔어주었죠. 러시아가 구대륙의 다른 국가들보다 더 수월하게 방역전쟁을 치를 수 있었던 배경입니다.

3. 변종들의 이름(뮤테이션 코드)을 명명하는 데에 특별한 규칙 같은 게 있나요?

그냥 그 변종의 특성을 반영하는 이름이면 무엇이든 무방합니다.

그래도 하나의 규칙이 있다면, 생화학적으로 위험한 개체는 하나가 아닌 두 개의 단어로 코드 네임을 부여합니다. 앤스락스 로지와 머스터드 앰버가 그렇지요. 앞쪽의 단어는 생화학적 특성을 반영하며, 뒤쪽의 단어는 단순한 식별용 명칭으로 사용됩니다.

작중에서도 몇 번 설명된 바, 앤스락스 로지의 앤스락스 (Anthrax)는 동물성 탄저병을 뜻하는 단어입니다. 뒤쪽의 로지는 영국의 전래동요에서 유래된 이름이죠.

머스터드 앰버의 머스터드는 겨자 가스(Mustard gas)의 머스터드이며, 앰버(Amber)는 겨자가스 농축액이 담긴 피부의 수포들이 호박(琥珀/Amber) 같다고 해서 붙여진 이름입니다.

이러한 명명법에서 뒤쪽의 단어가 필요한 이유는 동일한 생화학적 위험성을 공유하는 서로 다른 특수변종이 출현할 가능성 때문입니다.

4. 「침묵하는 하나」는 실존하나요? 아니면 가설일 뿐인가요?

직접적으로 등장한 적은 없지만 실존합니다. 「침묵하는 하나」는 처음부터 특별한 개체라기보단 트릭스터 사이에서 이루어지는 역할 분담에 가깝거든요. 그걸 인간들의 입장에서 편의상 특별한 개체처럼 분류할 따름이죠.

예컨대 한 번 침묵하는 하나가 되었다고 해서 해당 개체가 죽을 때까지 그 역할을 수행하는 것은 아닙니다. 상황에 따라서 서로 역할을 교대하는 경우도 있다는 이야기입니다. 다만 「침묵하는 하나」로서의 역할을 오랫동안 수행한 개체는 그만큼 참을성이 강하고 지혜롭기 때문에, 특별한 일이 없는 한 계속해서 「침묵하는 하나」의 역할을 맡습니다.

비하인드 스토리를 하나 말씀드리자면, 산 채로 포획하여 중국 대륙에 풀어놓은 알파 트릭스터 중 하나가 바로 「침묵하는 하나」입니다. 강화등급 알파는 강화가 이루어지지 않았다는 의미죠. 미군 당국은 강화가 이루어지지 않았기에 위험성이 낮다고 판단하여 알파 등급을 포획한 것이지만, 달리 생각해보면 놈들은 초기에 등장하여 그만큼 오래 살아남았다는 뜻이기도 합니다. 군 당국이 미처 생각하지 못한 부분이지요.

5. 종종 등장했던 사람을 두려워하지 않는 바퀴벌레는 특수 변종의 흔적이 맞나요?

네. 바퀴벌레를 키워 변종집단에게 영양을 공급하는 유형의 특수변종입니다. 화학적 작용으로써 신경계를 부분적으로 파괴하거나 교란하여 바퀴들을 모으고 붙잡아두는 능력을 지니고 있습니다.

이런 유형은 험프백이 그렇듯 존재 자체가 기밀로 분류되기에 공표되지 않았습니다. 일부 변종들은 여기서 풍부한 단백질을 섭취합니다.

6. 리코라드카나 체르노보그 같은 특수변종들은 방사능에 오염되고도 어떻게 살아있는 건가요?

그 오염의 정도가 치명적이지 않기 때문에 살아있을 수 있습니다. 작중에서도 대사로 짧게 설명된 바, 이들 특수변종들이 방출하는 방사능은 마이크로시버트 단위입니다. 그것이 체내피폭의 증거임을 감안하더라도 생명을 위협하는 수준까진 아닌 것이죠.

그리고 이들은 필요로 하는 열량의 3~5% 정도를 방사능으로부터 얻습니다. 방사능을 직접적인 에너지원으로 쓴다는 건 아니고, 식물이 광합성에 햇빛을 쓰는 것처럼 방사선을 이용하는 미생물이 체내에 공존한다는 뜻입니다. 그런 미생물이 실제로 존재한다고 하더군요. 체르노빌에서 발견되었다고 들었습니다.

마지막으로, 변종은 DNA를 수복하는 능력 면에서 인간을 상회합니다. 그럼에도 암에 걸려 죽을 위험성이 높지만 말입니다.

오해 없으시기를 바라며 첨언하자면……. 이러한 설정들이 확실하게 가능한 것이냐? 라고 묻는다면 답은 글쎄요, 가 될 수밖에 없습니다. 제가 최소한의 현실성을 챙긴 목적은 독자 분들에게 이거 꽤 그럴 듯한데? 라는 느낌을 드리는 정도였거든요. 그게 제 능력의 한계이기도 했고요. 기존의 좀비물들이 클리셰로서 대강 넘어가는 좀비의 특성에 그럴듯한 현실감을 더하는 정도가 최선이라고 생각했습니다. 그러니 여러분께선 현실적 요소를 기반으로 한 공상쯤으로 받아들여 주시기 바랍니다.

납골당의 어린왕자 11

초판 1쇄 발행   2020년 1월 15일

저자 퉁구스카
표지 MARCH

디자인 윤아빈
주간 홍성완
마케팅 정다움 김서희
발행인 원종우
발행처 (주)이미지프레임

주소 (13814) 경기도 과천시 뒷골1로 6, 3층
영업부 02-3667-2653   **편집부** 02-3667-2654   **팩스** 02-3667-2655
메일 edit03@imageframe.kr   **웹** vnovel.co.kr

ISBN   979-11-6085-775-7 04810 (11권)
        979-11-6085-063-5 04810 (세트)